i
imaginist

想象另一种可能

理想国

imaginist

布鲁克林

Motherless
Brooklyn

Jonathan Lethem

孤儿

乔纳森·勒瑟姆 著

姚向辉 译

广西师范大学出版社
·桂林·

版权登记图字　20-2010-258

图书在版编目（ＣＩＰ）数据

布鲁克林孤儿 / （美）勒瑟姆著；姚向辉译
— 桂林：广西师范大学出版社，2011.7
ISBN 978-7-5495-0600-2
Ⅰ.①布… Ⅱ.①勒… ②姚… Ⅲ.①长篇小说－美
国－现代 Ⅳ.①I712.45
中国版本图书馆 CIP 数据核字 (2011) 第 112981 号

广西师范大学出版社出版发行

　桂林市中华路22号　邮政编码：541001
　网址：www.bbtpress.com

出　版　人：何林夏
全国新华书店经销
发行热线：010-64284815
山东人民印刷厂印刷
　山东省莱芜市赢牟西大街28号　邮政编码：271100

开本：880mm×1230mm　1/32
印张：11.125　字数：200千字
2011年7月第1版　2011年7月第1次印刷
定价：34.00元

如发现印装质量问题，影响阅读，请与印刷厂联系调换。

献给我的父亲

第1章

走进

语境决定一切。不信的话给我换身衣裳看看。我是游园会的吆喝师傅，是拍卖场的主持人，是闹市区的表演艺术家，是神灵附体的乱语者，是提案受阻的醉酒参议员。我有妥瑞氏症①。我的嘴巴一刻都不肯停歇，尽管多数时候我只是低语或默念，就像我正在大声朗读，喉结不住跃动，上下颚的肌肉颤抖着，如同面颊底下埋了颗微型心脏，声音沦为囚徒，悄然逸出的字词仅仅是它们自己的幽魂，是没有气息和音调的空壳。(让我当《迪克·特雷西》②故事中的恶棍，我肯定选"嘟囔"无疑。)失去声音的字词冲出我宛如丰饶之角的大脑，去世界的表层溜上一圈，像琴键上的手指，温柔地拨弄现实。爱抚现实，触碰现实。它们是隐形的维和军队，是崇尚和平的游牧部落。它们没有恶意，旨在调解、诠释、按摩

---

① 即抽动秽语综合征。患有这种病的人会不由自主地眨眼睛、扮鬼脸、耸肩、摇头、擤鼻子、模仿他人的言行、触摸别人、发出"啊""呃""咳"等喉音，或者大声叫喊一些秽语等等，精神紧张时病状会明显加重。[本书注释均为译者所加，下同。]

② 《迪克·特雷西》(Dick Tracy)：彻斯特·古德的长篇连载漫画，描写警探特雷西与各种歹徒斗智斗勇的传奇故事，"嘟囔"是故事中的恶棍之一。

心灵。它们在所有地方消除不完美，头发要梳理整齐，鸭子要排成一行，草皮要时时更换。给餐具编号，一一擦拭锃亮。轻轻拍打老妇人的臀部，招来格格笑声。只是——唉，阻碍就在此了[①]——等它们觉得完美已经过度，等世界表层已经打磨光滑，老妇人也都一个个心满意足，这时，我这支小军队就要造反，就要烧杀劫掠。现实需要这儿那儿有个毛刺，地毯需要瑕疵。字词开始神经兮兮地拉扯线头，寻找能用力的位置，能下手的弱点，能攻击的耳朵。于是，那种强烈的欲望来了，催逼我在教堂叫嚷，在托儿所叫嚷，在坐满人的电影院叫嚷。开始只是小小的瘙痒而已，无关紧要的小小瘙痒，但很快就化作受到阻拦的激流，大坝受压变形。诺亚的洪水。这样的瘙痒就是我的全部生活。说着说着它又来了。捂住耳朵吧，打造方舟吧。

"吃我啊![②]"我尖叫道。

"嘴满呢。"吉尔伯特·科尼连头也没回，就这么回应我的咆哮。我勉强听懂了他的意思——"我的嘴满着呢"——这既是实话也是笑话，而且还是很烂的笑话。他早就习惯了我的痉挛性喷发，通常都懒得加以评论。科尼把"白色城堡"[③]的口袋往我这边推了推，纸袋在车座上起了褶皱。"填你那洞。"

科尼并不需要我特别体谅照顾。"吃我啊吃我啊吃我啊!"我接着尖叫，继续释放脑袋里的压力。叫完后，我终于可以集中精神了。我取出一个小号汉堡包，打开裹着它的油纸，拿起上半个小圆面包，仔细检查肉饼

---

① 原文为"here is the rub"，典出《哈姆雷特》第三幕第一场。

② 吃我啊（eat me）：英语中的粗话，指涉口交。

③ 白色城堡（White Castles）：美国快餐连锁店，所售食品以汉堡包为主。

上的网眼栅格，检查洋葱方粒侧面亮晶晶的汁液。这是我的另一种强迫行为。我必须观看"白色城堡"的内部，欣赏机制汉堡肉饼和粘粘的小粒炸洋葱这两者的反差。混沌与控制。然后大致按照吉尔伯特的建议，我把汉堡整个儿塞进嘴里。"白色城堡"多年前的口号"一麻袋买回家"在脑海深处嗡嗡叫唤，上下颚努力地把小号汉堡研磨成能下咽的小块，我则扭过头，透过车窗望向那幢屋子。

食物的确能够安抚我的神经。

我们在东八十四街一〇九号执行监视任务，这幢孤零零的排屋被两边的公寓楼夹在当中，这些公寓楼体躯庞大，有门童把守，送饭小弟拎着热烘烘的中餐外卖袋进出门厅，行色匆匆，在十一月无精打采的阳光下仿佛一只只疲累的飞蛾。此刻正是纽约城的午餐时间。吉尔伯特·科尼和我对这场盛筵也有所贡献，我们兜了个圈子，去西班牙哈莱姆买汉堡包。曼哈顿地区的最后一家"白色城堡"位于东一〇三街，不如郊区外带店那么好，你没法看着厨子替你准备所点的餐食，说实话，我甚至有些怀疑小圆面包不是蒸出来，而是拿微波炉加热的。总而言之，我们带着那堆尚属差强人意的小汉堡和炸薯条回到下城区，在目标地址门前并排违停，看见有车位空出来，再赶紧顶上去。尽管前后不过几分钟工夫，但两幢公寓楼的门童已经给我们下了定论——格格不入，鬼鬼祟祟。我们开的是林肯车，没挂T字头的车牌①，也没有能证明它属于租车行的贴纸或者其他标识。更何况吉尔伯特和我又都是大块头。门童大概把我们当成了条子。无所谓，不关我们的事。我们只管边咀嚼边监视。

我们也不知道自己在这儿干什么。敏纳派我们来的时候没提缘由，

---

① 纽约的T字头车牌车辆是计程车。

这倒不算稀奇，虽说这地址颇为稀奇。敏纳侦探所的差使把我们困在了布鲁克林，说实话，连远离法院街的机会都不多。卡罗尔花园和科布尔山加起来就是弗兰克·敏纳恩怨情仇的纵横游戏棋盘，我、吉尔·科尼和所里其他的兄弟则是动来动去的棋子——蛮像"大富翁"①里的那些玩意儿，我有时候会这样想，"铁皮汽车"、"苏格兰犬"之类的（当然，绝对不是"大礼帽"）。此刻置身于上东区，我们不再熟悉脚下的版图，就仿佛"铁皮汽车"和"苏格兰犬"进了"糖果乐园"——或者也可能是"黄上校"的书房。

"牌子上写的是什么？"科尼朝宅子门口扬了扬油光光的下巴。我望了过去。

"'约克维尔禅堂。'"我念出门上青铜铭牌的字，兴奋的大脑琢磨片刻，把注意力集中在了比较奇异的后半部分上。"吃我啊禅堂！"我透过紧咬的牙关嘟嚷道。

吉尔伯特明白我的意思，这是我对不熟悉事物表达迷惑的方式。"是啊，'禅堂'是什么？那是个什么地方？"

"兴许和禅宗差不离。"我说。

"不知道什么叫禅宗。"

"禅宗和佛教有点儿像。"我说，"禅宗大师，知道吧。"

"禅宗大师又是什么？"

"呃，就那个，像功夫大师。"

"扯淡。"科尼说。

---

① 大富翁（Monopoly）：一种多人策略图版游戏，下文中的"铁皮汽车"、"苏格兰犬"、"大礼帽"均是游戏中的棋子名称。"糖果乐园"是另一种游戏。不像大富翁那样突出竞争，糖果乐园是欢乐祥和的游戏。"黄上校"是桌游"妙探寻凶"中的人物，军官出身，威严而危险。

经过这番短暂的探询转折后，我俩又默默地陷入志得意满的咀嚼状态。当然啦，和每次说完话一样，我的大脑在忙着把打散了的语言模仿拌成色拉：不知道什么叫禅堂，功像重夫，风水大师，疯狗狂师，禅打手枪。吃我啊！不过，这些话不需要发出声音，至少现在不需要，还有"白色城堡"没嚼完，没看完，没品味完。我拿起第三个小汉堡，塞进嘴里，随后抬头看一〇九号的门口，脑袋猛然一抽，就仿佛发觉那幢楼在偷瞄我一样。科尼和敏纳侦探所的其他兄弟都喜欢和我搭伙执行监视任务，因为强迫症逼着我每隔三十秒左右必须要看一眼监视的地点或人物，他们于是便省得扭动自己的脖子了。类似的逻辑也可以解释我为什么在搭线窃听时那么受欢迎——给我一组在所听对话中需要监察的关键词，我就不会再有任何其他念头，等听见与某个关键词有关的、哪怕最轻微的暗示时，我会欣喜得恨不得脱衣庆贺。换了别人做这件事情，恐怕都会不可避免地滑入睡梦中。

一边咀嚼着第三个小汉堡，一边监视平静的"约克维尔禅堂"大门口，我的双手没完没了地揉搓"白色城堡"的纸袋，数了又数，一遍遍确定我还剩下三个没吃。我们买的那袋小汉堡包有十二个，科尼不仅知道我必须吃六个，更清楚两人吃的数量一样多能让我高兴，这是在给我受到妥瑞氏症控制的强迫症本能挠痒痒。吉尔伯特·科尼是个大块头的傻瓜，但想必有一颗金子般的心，也有可能是他习以为常了。我的痉挛性发作和强迫行为让所里的兄弟既开怀也厌倦，他们串通一气，对我恭顺到了离奇的地步。

一个女人从人行道拐上了排屋的门廊，伸手去开门。短短的黑发，有点方的眼镜——在她转身背对我们之前，我只来得及看见这些。她穿着海军呢短大衣，发型有些男孩子气，黑色卷发贴在脖颈上。大概二十五岁，十八岁也难说。

"她要进去了。"科尼说。

"看，她有钥匙。"我说。

"弗兰克要我们做什么？"

"只有监视。记笔记。现在几点？"

科尼把"白色城堡"的包装纸揉成一团，指着手套箱说："要记你记。六点四十五。"

我揿开手套箱——塑料搭扣松开时的空洞咔哒声颇为悦耳，我知道自己很想尽可能像地模仿出来——找到了搁在里面的小笔记本。"女孩，"我写道，然后立刻划掉，"女人，头发，眼镜，钥匙。6:45。"笔记是写给我自己的，因为如果需要向敏纳口头汇报的话，那个人一定是我。就我们所知，他要我们来有可能是为了吓唬某人，也可能是为了等待什么东西的交接。我把笔记本摆在我和科尼之间、"白色城堡"口袋的旁边，抬手啪的一下关上手套箱，然后在同一个位置噼里啪啦接连拍了六下，复制我喜欢的这种空洞的砰砰响可以释放脑袋里的压力。六是今夜的幸运数字，六个汉堡包，六点四十五分，所以要拍打六下。

对我而言，计数、抚摸物品、重复字词是同一种行为。说实话，妥瑞氏症无非是个伴随终生的巨大标签而已。这个世界（或者说我的大脑——其实是一回事）一次又一次把它贴在我身上。我呢？只好再给它贴回去。

它就不能改改？如果凑巧你也得了这毛病，恐怕早就知道答案了。

"兄弟们。"一个声音从车子临街的那侧传来，我和科尼吓了一跳。

"弗兰克。"我说。

来的是敏纳。战壕雨衣的领子竖着，抵挡住了阵阵凉风，但没能遮住他那张没刮胡子、宛若《日落黄沙》①中罗伯特·瑞安的苦脸。他蹲下身子，脑袋低到与我旁边的窗口齐平，像是不愿被"约克维尔禅堂"里的人看到。嘎吱作响的计程车碾过他背后马路上的坑洞，如弹簧木马般上下颠簸。我摇下车窗，忍不住伸出手去触摸他的左肩，这种动作他早就习以为常，都懒得再去注意——有多少年了呢？让我想想看，十五年了，自我十三岁时第一次生出冲动，伸手去摸那位当年二十五岁的街头朋克身上短夹克的肩头，已经过去了十五年。十五年的敲打和触摸——如果弗兰克·敏纳不是血肉之躯而是一尊铜像的话，我大概已经把那个位置打磨得光亮非凡，意大利教堂中那些殉难烈士铜像的鼻头和脚趾便是如此遭了观光客大军的荼毒。

"你来干什么？"科尼说。能让敏纳跑这么一趟，而且还是亲自单独前来，一定是为了什么重要的事情，否则，他大可以让我们拐个弯去哪儿接他。无疑发生了什么难解的事情，而——惊呼吧！——我们这些打下手的却照旧一无所知。

我从抿紧的嘴唇间不出声地挤出字词：监视，蛇出，埋伏禅堂。

蛇丛之王。

"给我根烟。"敏纳说。科尼靠过来，隔着我递去一盒波迈②，有根烟磕出了一英寸左右，方便老板抽取。敏纳把香烟塞进嘴里，自己动手去点，他因专注而皱起了眉头，用衣领替打火机挡风。他吸了一大口，将烟

---

① 《日落黄沙》(*Wild Bunch*)：1969年美国西部片。
② 波迈(Pall Mall)：美国香烟品牌。

气喷进我们的领空。"好，听着。"他说，好像我们还没专心聆听似的。

生是敏纳帮的人，死是敏纳帮的鬼。

"我这就进去，"他眯起眼睛望着禅堂，"里头的人会按电子开关放我进去。我把门拉到头。我要你"——他对科尼点点头——"抓住门，进去，仅仅是进去而已，等在楼梯底下。"

"里头的人要是出来给你开门怎么办？"科尼说。

"到时候再说。"敏纳答得简明扼要。

"那好，可万一——"

敏纳没等他说完就挥手叫他住嘴。科尼还在努力摸索，想理解他所扮演的角色，只可惜事与愿违。

"莱诺尔——"敏纳说。

莱诺尔是我的名字。在弗兰克和敏纳帮的口中，其读音与"黑胶碟"押韵①。莱诺尔·艾斯罗格。列队检阅！

可靠儿·猜猜科格。

最终的·艾斯乌鸦。

讽刺的·尿尿蛤蜊。

依此类推，等等等等。

我的本名像是太妃糖，最初的语素被拉扯成了灯丝般纤细的线索，乱七八糟地挂满了脑袋这个回声室的地板。弹性尽失，香味嚼了个一干二净。

---

① 莱诺尔（Lionel）与黑胶碟（vinyl）同押"诺尔"尾韵。主角的妥瑞氏症的症状之一是以押韵的形式联想单词。下文中有很多类似的情况出现。

"拿着。"敏纳把无线电监控器和耳机扔在我的膝头上,然后拍拍他胸前的口袋。"我装了窃听器。等会儿就打开。仔细听着。要是我说……呃……'要不是我的小命都仰仗它',你就下车,过来敲门,等吉尔伯特放你进屋,你们两人就冲上楼,尽快找到我。明白了?"

兴奋之下,"吃我啊,屌蠢"这几个字险些脱口而出,但我猛力吸气,把它们又咽了下去,什么也没说出口。

"我们没带。"科尼说。

"没带什么?"敏纳问。

"喷子,我没喷子。"

"喷你个头。吉尔伯特,那玩意儿叫'枪'。"

"没枪,弗兰克。"

"真是谢天谢地。跟你实话实说,要不然我每天晚上怎么睡得着?你千万别有枪。你们两个白痴从我背后爬上楼梯,手里最好连个发卡也别拿,连把口琴也别拿,更别说枪了。你们只要露脸就行了。"

"对不起,弗兰克。"

"连支没点火的雪茄也别拿,连根他妈的水牛城辣鸡翅也别拿。"

"对不起,弗兰克。"

"给我听好了。要是听见我说……呃……'先让我上个厕所',意思就是我们要出来了。你叫上吉尔伯特,回到车上,准备跟上。懂了吗?"

上,上,上,懂!我的大脑说。鸭,鸭,鸭,鹅!

"'小命全仰仗它了',冲进禅堂,"我说出声的却是这句,"'上厕所',发动引擎。"

"够天才,怪胎秀。"敏纳答道。他捏捏我的脸,把香烟往背后的马路上一扔。香烟在路面上翻了几个筋斗,火花四溅。他的眼神遥不可及。

科尼走出车子，我立刻爬到驾驶员的座位上。敏纳敲了一下引擎盖，那架势活像说完"待着"后拍拍狗脑袋。接着，他轻快地走过前保险杠，举起一根手指，让科尼别走得太快，他穿过人行道，来到一〇九号门前，揿响"禅堂"标志底下的门铃。科尼靠在车上，耐心等待。我戴上耳机，线路中清晰地传来敏纳的鞋底刮擦人行道的声音，我因此知道窃听器工作正常。抬起头，我看见右手边那幢大宅的门童在瞪着我们，但除此之外，他没有进一步的举动。

我同时从现实中和耳机里听见电子开关的响声。敏纳进去了，把门甩得大开。科尼三步并作两步冲上去，抓住那扇门，也消失在了屋里。

上楼的脚步声接踵而至，还没有人说话的声音。忽然间，我陷在了两个世界里，眼睛和颤抖的身躯在林肯车的驾驶座，从停车的位置望着上东区的日常街景：遛狗的，送货的，像成年人一样身穿正装的少年男女，想在夜生活开始时混进潮流所向的时髦酒吧；而我的耳朵却用敏纳爬楼梯的室内回响构造了一幅声景，此刻依然没有人迎接他，但他似乎清楚身在何处，鞋子的皮革摩擦着木板，楼梯吱呀作响，接着是两下沉闷的木头撞击声，脚步声重又响起，但轻了许多。敏纳脱掉了他的鞋子。

揿响门铃，然后偷偷摸摸溜进去？这可说不通。不过此刻这些事情中有哪一点是说得通的呢？我从纸袋里又摸出一个"白色城堡"——六个汉堡能为不合逻辑的世界重塑秩序。

"弗兰克。"线路中传来一个声音。

"我来了，"敏纳厌倦地说，"但我不该来的。你自己的屁股该自己擦干净。"

"谢谢你能来，"那个声音继续说道，"事态实在有些复杂。"

"他们知道那幢楼的合同的事情了？"敏纳问。

"不，我想不知道。"对方的声音冷静得出奇，很能安慰人。我认出这个声音了吗？还不如敏纳答话时的韵律告诉我的信息多呢——敏纳和这个人很熟，但他是谁呢？

"进来，咱们谈谈。"那个声音说。

"谈什么？"敏纳说，"我们到底有什么好谈的？"

"弗兰克，你听听你自己都在说什么吧。"

"我来就是为了这个？听我自己说话？我在家也一样能听。"

"说实话，你真的听过吗？"我在那个声音中觉察出一丝笑意，"要我说，恐怕还不够频繁，也不够深刻吧？"

"乌尔曼呢？"敏纳说，"你没把他叫来？"

"乌尔曼在市中心。你得去找他。"

"我操。"

"耐心。"

"你说你的耐心，我说我的我操。"

"个性差异，对吧？"

"没错。这件事就此拉倒吧。"

又是一阵发闷的脚步声，一扇门砰然关闭。铿琅一声，大概是瓶子和玻璃杯碰撞发出的，倒了一杯酒。葡萄酒。我也不介意来点儿喝的，但我只能猛嚼"白色城堡"，眼睛直愣愣地望着挡风玻璃，大脑从"个性"转到"孤独症"、"神秘"、"我抽搐"、"量杆"和"屌周"上，我想到应该记上一条，于是打开记事簿，紧挨着"女人、头发、眼镜"写下"乌尔曼"和"市中心"，心里想到了"迟钝的人出城去"。我把汉堡包咽下肚，下巴和喉头抽紧，禁不住一抽，无可避免地喷吐出一句污言秽语——我喊得很响，尽管车里没有第二个人在听。"吃屎吧，贝利！"

贝利这个名字深植于我这颗罹患妥瑞氏症的大脑之中，但我说不出究竟是为什么。我不认识任何叫贝利的人。也许贝利就是所有人，就像《美丽人生》①中的乔治·贝利。他是我想象中的倾听者，不得不承受我独处时发出的大部分咒骂的冲击力——显然，我内心的某部分需要一个靶子。要是妥瑞氏症患者在森林中咒骂，但附近没有第二个人，他是否算是发出了声音？贝利对我而言就是这个难题的答案。

　　"弗兰克，你的脸色出卖了你，你很想杀人是吧？"

　　"从你开始就很不错。"

　　"怎么能怪我呢？弗兰克，是你自己管不住她的。"

　　"她要是想念她的罗摩喇嘛叮咚了，那可都是你的错。都怪你往她脑子里装了那些狗屁东西。"

　　"拿着，试试这个。"（请他喝酒？）

　　"空腹，算了。"

　　"哎呀呀，忘了你有多受苦。"

　　"噢，去你妈的吧。"

　　"吃屎吧，贝利！"越是紧张，我的抽动就越是厉害，压力煽起妥瑞氏症的怒火。这个场景中有什么东西让我分外紧张。我偷听到的对话过于心照不宣，其中的指涉精炼而模糊，每一个单词底下仿佛都藏着几十年的交易往来。

　　另外，那个黑色短发的姑娘在哪儿呢？与敏纳和那位傲慢的对谈者同在一个房间里，但默然不语吗？抑或是去了别的什么地方？我无法用视觉观察一○九号的内部空间，这让我十分焦虑。那个姑娘就是他们所

---

① 《美丽人生》(*It's a Wonderful Life*)：1946年美国电影。

谈论的"她"吗?感觉似乎不像。

所谓"她的罗摩喇嘛叮咚"又是什么呢?我没有余裕去烦恼这些。我推开蜂拥而至的秽语冲动,不沉溺于我无法理解的事情之中。

我瞥了一眼大门。科尼应该仍旧在屋里。我想听见"小命全仰仗它"这几个字,然后和科尼一起冲上楼梯。

驾驶员座位的窗户上传来一下敲击声,我被吓了一跳。是那个曾经盯着我看的门童。他示意要我摇下车窗。我摇摇头,他点点头。最后我照他说的做了,同时拿开一侧耳机,听他到底想说什么。

"干什么?"我受到了三重分心——电动车窗在引诱我那颗叽叽喳喳的大脑,期待着被毫无意义地升起和放下。我努力压服这种冲动。

"你的朋友,他要你。"门童说着对他那幢楼打了个手势。

"什么?"我彻底被搞迷糊了。我扭动脖子,视线投向他的背后,但他那幢楼的门洞里空无一人。与此同时,线路中传来敏纳的声音,但不是"厕所"和"小命全仰仗它"。

"你的朋友,"门童操着粗陋的东欧口音又说了一遍,他大概是波兰或捷克人,"他在找你。"他咧嘴一笑,享受着我的困惑。我能感到自己的眉头夸张地拧成了一团,冲动袭来,我想叫他擦干净那满嘴满脸的傻笑。他身上就没有一样值得赞扬的地方。

"什么朋友?"我问。敏纳和科尼都在禅堂里,要是那扇门曾经打开过,我不可能没有注意到。

"他说如果你在等待,那他已经准备好了,"门童说,点点头,又打了个手势,"想谈谈。"

此刻,敏纳正说到什么"……在大理石地板上弄得一团糟……"

"我觉得你找错人了,"我对门童说,"屙蠢!"我一缩身子,挥手叫他走开，把注意力转向耳机里传来的声音。

"喂，喂，"门童说着举起双手，"朋友，我只是带个信而已。"

我再次放下电动车窗，好不容易才挪开手指。"行啊，"我说，把又一句"屄蠢"压成了一声吉娃娃式的高亢吠叫，听起来有点像"汪呸！"

"但我不能离开车子。告诉我那位'朋友'，想和我说话，就出来上这儿跟我说。明白了吗？'朋友'？"我好像忽然多了好几个朋友，但却叫不出任何一位的名字。我的手重复着不由自主的拍打动作，这既是冲动使然，也是一个手势，想把这个小丑赶回他的门洞里站着。

"不，不行。他说进去谈。"

"……打断一条胳膊……"敏纳好像在这样说。

"那就问清楚他的名字，"我都要绝望了，"回来告诉我他姓甚名谁。"

"他想和你谈谈。"

"好吧，吃我啊门童，告诉他，我很快就过去。"我当着他的面升起车窗。他又敲了敲，但我没理会。

"……先让我上个厕所……"

我打开车门，推开挡道的门童，跑到禅堂门前，狠狠地敲了六下。"科尼，"我从牙齿缝里呲呲地说，"快出来。"

我在耳机里听见敏纳关上洗手间的门，继而传来流水的声音。"希望你听见那句话了，怪胎秀，"他对麦克风耳语道，直接点出了我的名号，"我们将坐进一辆车子。别跟丢了。悠着点儿。"

科尼的脑袋从门内探了出来。

"他要出来了。"我说着把耳机挂在脖子上。

"好。"科尼的双眼瞪得溜圆。此刻生死攸关，机会只有一次。

"你开车。"我一边说，一边用指尖碰碰他的鼻子。他像苍蝇似的躲开我的手。我们匆忙坐进轿车，科尼加快了引擎的转速。我把那袋凉汉堡和扯开的包装纸一起扔在后座上。白痴门童消失在了他那幢楼里。我暂时将他推离了脑海。

我和科尼面对面坐着，车子吐出的蒸汽包裹住了车身，我们在等待，车子在抖颤。我的大脑在喊叫："跟上那辆车！好莱坞明星！当你对着雪茄许愿！"我的下颚工作起来，把这些字词嚼碎了吞回去，没有发出任何声音。吉尔伯特的双手紧攥方向盘，我的手不出声地在膝头打拍子，动作细微如蜂鸟振翅。

所谓"悠着点儿"对我们就是这个意思。

"我没看见他。"科尼说。

"等着。他会出来的，可能还有其他人。"可能，嘎咕。我抬起一侧耳机，凑到右耳边。没有说话声，只有咚咚咚的响声，大概是在下楼。

"他们要是进了咱们后面的哪辆车怎么办？"科尼问。

"这条路是单行道，"我有些不耐烦，但还是依照他的提示回头张望停在后面的车辆，"让他们先过去就行。"

"看。"科尼说。

就在我回头时，他们出现了：敏纳和另一个男人，那家伙体型巨大，穿黑色外套；两人溜出正门，快步走上我们前方的人行道。另外那个人最起码也有七英尺高，两肩宽阔，像是橄榄球运动员的护甲，又像是黑外套底下藏了一双天使翅膀。说不定那娇小的短发姑娘就蜷缩在此，像人肉背囊似的攀在高个子的肩头。这个巨人就是刚才说话间极尽曲意奉承的那一位吗？敏纳急匆匆地走在前头，仿佛更想甩掉我们，而不是方便我们跟踪，继续这场游戏。为什么？背后有枪指着他？巨人的双手都揣在口袋里。不知为何，在我的想象中，这双手正握着两卷面包和大块萨拉米香肠，这些点心藏于外套中，是冬日里的方便食品，足以喂饱那个巨人。

这番幻想也许不过是在自我安慰：一卷面包不可能化作手枪，而眼下局面中的唯一枪械归敏纳持有。

我和科尼傻乎乎地望着他们从两辆停着的车之间穿过，钻进一辆从我们背后缓缓开来的黑色K车①，然后立刻加速离开。我和科尼都处于过度紧张的精神状态中，原以为他们会坐进某辆停着的轿车，发动引擎上路，因此一时间没有反应过来，眼看着他们扬长而去。"快追！"我说。

科尼猛打方向盘，想把林肯车开出停泊的位置，保险杠撞上了别的车子，去势足以留下凹痕。我们无疑被卡在了两辆车之间。他连忙倒车，车尾又是砰的一下，不过轻了不少；我们终于得到了足够大的间隙，够让车子转弯开出这块空间。但就在此时，去路却又被一辆如火箭般从面前冲过的计程车挡了一挡。K车正在前方拐弯，驶上第二大道。"快！"

"看，"科尼指着计程车说，"我够快的了。你眼睛往上。"

"眼睛往上？"我说，"眼睛睁大。下巴往上②。"纠正他是我对压力的本能反应。

"对，那个也要。"

"眼睛睁大，眼睛看路，耳朵粘在了收音机上——"我忽然非得列出所有行得通的组合不可。"眼睛往上"那几个字就有这么可恼。

"对，还有陷阱收紧，"科尼说。他把车开在刚才那辆计程车背后，

这样倒也不错,因为计程车开得飞快。"你那么有空,把耳朵粘在耳机上吧,听听弗兰克。"

我拿起耳机。没有人说话,只有交叠的车声,取代了耳机遮挡住的声音。科尼跟着计程车转上第二大道,K车被无数计程车和其他车辆裹在中央,正在乖乖地等待交通灯变色。我们又入局了,伴之而来的是一丝庆幸,但细品之下却又是那么绝望,因为两辆车前后相隔一整个街区,很容易跟丢。

科尼转进左边车道,绕过前方第一辆计程车,拐到另一辆计程车背后,与敏纳和巨人所在的轿车共处同一车道。我眼巴巴地看着前方半英里外的定时交通灯转为红灯。有份工作简直就是为强迫症患者量身定做的:交通管理。接着,我们面前的交通灯变绿,黑色和暗褐色的私家车和亮橙色的计程车冲过十字路口,如同一块漂浮着的被单。

"跟近些。"我说着把耳机又拿到耳边。一阵冲动来势汹汹,从我的胸腔里杀将出来:"吃我啊屎蠢先生!"

连吉尔伯特的注意力也被这一嗓子吸引住了。"屎蠢先生?"交通灯变绿,轮到我们过路口了,计程车厚颜无耻地前后穿梭,妄图抽空钻过去,但事实上,红绿灯的设计是为了把交通保持在每小时二十五英里的速度上,哪里有空子等着你来钻?我们到现在还没有看见K车的驾驶员长什么模样,那家伙和计程车司机一样欠缺耐心,已经蹭到了队列前端,但面对仍在倒数的红绿灯,所有人都不敢轻举妄动,至少在交通灯没有转绿之前是这样。我们此刻与他们只隔了一辆车。到现在为止,这场追逐还在科尼的掌控范围之内。

我?那就是另一回事了。

"诚挚的神秘废物。"我一边说,一边努力寻找能减轻冲动的词句。

我的大脑仿佛灵感迸发，正在竭力制造最具独创性的新鲜喝骂。妥瑞氏症的缪斯与我同在。来得真不是时候。压力通常会让我抽动得更加厉害，但执行任务时集中精神往往能驱开它们。真该把开车的活儿揽过来的，我这才意识到。追赶充满了压力，此刻压力无处可去。

"受扰的访客周。妹扰。"

"唉，我也有点儿妹扰了。"科尼心不在焉地说，一边猛地冲向右边车道上的一个空当。

"拳妹——"我喷着唾沫星子叫道。

"饶了我吧。"科尼抱怨道，他终于把我们送到了K车背后。我往前一趴，仔细分辨车里的情形。三颗脑袋。敏纳和巨人在后排，还有一名驾驶员。敏纳正对前方，巨人亦然。我拿起耳机，想检验一下猜想，我猜得没错：无人说话。有人知道他们在干什么，知道他们在往哪儿去，但这个人绝对不是我或科尼。

我们在五十九街被拦在了绿灯的尾巴上，每次快上皇后大桥都会遇到这种倒霉事。车流慢了下来，听天由命地等待这轮红灯过去。科尼松了松油门，省得在等待期间紧贴着K车，变得过于显眼，一辆计程车见状插到了我们前面。就在这时，K车骤然加速，赶过了刚刚变红的交通灯，差点撞上自五十八街滚滚而来的车流。

"妈的！"

"妈的！"

科尼和我都惊得险些从各自的皮囊里蹦出来。我们的车被卡得动弹不得，就算想跟上去，也闯不过横贯市中心的车流。感觉像是套上了紧身衣。感觉像是厄运笼罩了我们，敏纳麾下的窝囊废，我们再次让他失望了。废物总能把事情搞砸，否则的话就不叫废物了。不过，K车又一头落进了另一团乌七八糟的车群中，被下个街区的红灯挡住了去路，仍留在视线之内。车流被截成几段。我们此刻运气还不错，但仅限此刻而已。

我瞪大眼睛，几欲发狂。他们的红灯，我们的红灯，我的视线来回闪动。我听见科尼的呼吸声，听见自己的呼吸声，就仿佛闸门口的马匹——受肾上腺素驱使的躯体幻想着它们能赶过这一个街区的距离。要是不当心些的话，等看见交通灯变色，我们的前额怕是立刻要冲破挡风玻璃飞将出去。

我们的红灯变色了，但他们的也一样，我们的座驾缓缓爬行，而他们所处的车群则狂暴前冲。那堆车子是我们的希望，K车处于车群尾端，只要车群始终这么密集，那K车就没法跑得太远。我们差不多处在我们这个车群的顶端。我使劲拍打着手套箱，一连六次。科尼加速过猛，撞上了前面那辆计程车的尾巴，但撞得并不狠。我们绕到它的侧面，看见计程车保险杠的黄漆上有一块银色擦痕。"管他的，接着走。"我说。计程车的驾驶员似乎也抱着同样念头。我们这群疯狂竞赛的计程车和民用车呼啸着冲过五十九街，想用速度打败万古不变的交通灯倒计时法则。我们的车群分散开来，追上了他们那个也同样分散开的车群后端，两者合二为一。K车凶悍地不停变换车道。我们依样行事，此刻不再加以掩饰了。一个又一个街区飞速掠过。

"转弯！"我叫道，"超过去！"我一把抓住门把手，科尼则已经打起了全部精神，将拓扑学公理抛诸脑后，驾着车子一连穿过三条拥挤的车道，光秃秃的轮胎发出尖叫，镀铬的车身纷纷闪避。我的冲动安静了下去——压力是一回事，动物的本能恐惧则是另外一回事。就仿佛飞机摇摇晃晃地降落，全体机组人员的每一分意志力都集中在了稳住机身上，这一刻，万物由我控制的无端妄想（在当前，是车轮、交通、科尼、重力、摩擦力及其他)——我用构成我这个存在物的每根纤维如此想象着——足以让我忘掉一切。妥瑞氏症也望而却步。

我们颠簸着冲过小巷,科尼说:"三十六。"

"什么意思?"

"不知道。反正就三十六。"

"中城隧道,皇后区。"

这其中有某种令人安心的成分。大体而言,巨人和司机正在跑向我们的地盘。我们的行政区。还没到布鲁克林,但也能凑合。越来越稠密的车流裹挟着我们一路颠簸,融入隧道里排满车子的两条车道,K车被牢牢卡在两辆车之前,脏乎乎的瓷砖墙壁边缘镶有照明灯带,不透光的黑色车窗反射着灯光。我略略放松下来,不再屏住呼吸,脸孔扭曲如小丑,从紧咬着的牙缝中挤出一声"吃我啊",不为别的,只因为我可以这样做。

"收费站。"科尼说。

"什么?"

"有收费站,皇后区那边。"

我开始翻口袋。"多少钱?"

"三块五,好像。"

隧道结束,两条车道分支开叉,迎向六七个收费亭;这时候,我奇迹般地正好凑齐了这笔钱,三张一块纸币,一个两毛五、一个一毛和三个五分硬币。我把钱捏成一团,攥在拳头里递给科尼。"别被他们甩掉,"我说,"找条快车道,切到别人前面去。"

"好。"科尼眯起眼睛,透过挡风玻璃张望,想找到一个合适的方向。他刚转向右边车道,K车忽然冲出车流,向最左边的车道驶去。

我和科尼都楞了一楞。

"怎么了?"科尼说。

"快易通①,"我说,"他们有快易通卡。"

K车驶进空荡荡的快易通车道,径直开过收费亭。我们的车却落到了"无需找零或使用筹码"车道的第三位。

"跟上去!"我叫道。

"正努力呢。"科尼被这番转折弄得头晕目眩。

"往左边拐!"我说,"开过去!"

"咱们没有快易通卡。"科尼痛苦地咧嘴一笑,他就有这个本事,智力会陡然回到懵懂孩童的状态。

"我不管!"

"但咱们——"

我伸手去抢科尼手里的方向盘,想把车子弄到左边去,但为时已晚。我们前面出现了空当,科尼将车驶了上去,一边放下他那边的车窗。我把过路费扔进他摊开的手掌,他把钱交了过去。

我们从右边车道驶出隧道,突然置身于皇后区了,乱糟糟的街道出现在面前,看起来都一个样子:弗农大道、杰克逊大道、第五大道,等等等等。

K车不见踪影。

"停车。"我说。

科尼在杰克逊大道停下车,心情无比懊恼。虽然才七点钟,但天完

---

① 快易通(E-Z Pass):应用于美国东北部的车辆收费系统,使用射频识别(RFID)技术,司机可直接通过过路收费亭,不用停车交费。

全黑了。河对岸，帝国大厦和克莱斯勒大厦亮起了灯。汽车驶出隧道，呼啸着经过我们身边，奔向长岛高速公路的入口，每辆车都很清楚各自的目标，这像是在嘲笑我们。失去了敏纳，我们只是漫无目的的无名小卒。

"吃我啊通道！"我说。

"他们大概只是想甩掉我们吧？"科尼说。

"我看是这样没错。"

"不，听我说，"他没甚底气地说，"他们也许掉个头回曼哈顿了。咱们也许能截住他们——"

"嘘——"我听着耳机里的响动，"要是弗兰克发现我们在背后消失了，多半会说些什么。"

但事与愿违，线路中无人说话，只有驾车的声音。坐在车里的敏纳和巨人都一言不发。我不再认为禅堂的那个人就是巨人了，我听到的那个声音多嘴饶舌，装腔作势，要我说，不可能沉默如此之久。敏纳既没有在闲扯，也没有在说笑，更没有出声指点地标建筑，这就更加让我惊讶了。他莫非在害怕不成？害怕被对方看出他身上有麦克风？他认为我们还跟在后面吗？他为何要我们跟着他呢？

我回答不上任何一个问题。

我发出六次猪的呼噜声。

我们坐在那里，等待着。

继续等待。

"大块头波兰笨蛋就这德性，"敏纳说。"非得待在闻得到煎饺味道的地方。"

然后是"噢呃"一声，像是巨人给他胃部来了一拳。

"波兰什么的在哪儿？"我抬起一侧耳机，问科尼。

"啊？"

"附近有什么波兰地方吗？吃我啊煎饺笨蛋！"

"不知道。我觉得哪儿都挺波兰的。"

"桑尼塞德？伍德塞德？快想啊，吉尔伯特，跟我一起想。他在波兰什么的地方。"

"教皇访问过哪儿？"科尼沉思着说。这听起来像是玩笑的开头，但我很了解科尼，他才记不住玩笑呢。"那儿跟波兰有关，对吧？哪儿来着，呃，格林波因特？"

"格林波因特在布鲁克林，"我不假思索地说，"我们在皇后区。"话一出口，我和科尼同时像动画片里老鼠瞥见猫似的一扭头。普莱斯基桥。将皇后区和布鲁克林（特别是格林波因特）分隔开的河流与我们仅有几码之遥。

总比坐以待毙强。"走。"我说。

"你仔细听着，"科尼说，"咱们可不能绕着格林波因特乱开。"

我们全速冲过那座小桥，跃入布鲁克林的嘴巴。

"莱诺尔，哪条路？"科尼问，他大概以为敏纳在不停给我指引方向。我耸耸肩，摊开手掌，对着林肯车的天篷。这个动作立刻引发了冲动，我不停重复，耸肩，摊开手掌，歪嘴斜眼。科尼没有理我，双眼扫视底下的街道，寻找K车的踪影，尽可能慢地驶下普莱斯基桥在布鲁克林这一侧的斜坡。

就在这时，我听见了动静。车门打开，砰的关上，拖着脚步走路的声音。敏纳和巨人抵达了终点。我抽动到半截的时候凝固在那里，集中精神聆听。

"小哈里·布雷南，"敏纳用他最具嘲讽意味的腔调说，"咱们停下来不会是要安装点儿什么东西吧?"

巨人没有搭话。脚步声继续传来。

小哈里·布雷南是谁?

我们开下了这座轻型桥梁,有那么几秒钟,我们沉浸在这个行政区向我们大开方便之门的念头之中。但事实上,我们驶进了麦克金尼斯大道,街边尽是暗沉沉的工业建筑,毫无特征,令人沮丧。布鲁克林方圆辽阔,这附近不是我们的地盘。

"知道吗——你要是逃不开的话,布雷南,对吧?"敏纳接着用挖苦的语气说。背景里传来汽车鸣笛的声音——他们还没有走进室内,只是站在街头某处,非常近,近得让人心里发慌。

接着,我听见一下重击声,然后又是吐气声。敏纳挨了第二拳。

敏纳又开口了:"嘿,嘿——"一阵挣扎,我听不清楚具体怎么了。

"他妈的——"敏纳说,我听见他又挨了一下,有好一会儿喘不上气,只能发出低沉的悲鸣。

那巨人身上最吓人的地方是他从不说话,连呼吸都没有重到能让我听见的地步。

"小哈里·布雷南,"我对科尼说。我怕他以为这又是我在胡言乱语,便补充道:"吉尔伯特,这名字有印象吗?"

"再说一遍?"他慢慢说道。

"小哈里·布雷南,"我重复道,不耐烦得都快发狂了。有些时候,我觉得自己像是一道静电,正在和游弋于糖浆之海中的角色谈话。

"当然,"他说,把大拇指往他那边窗外一指,"刚刚经过。"

"什么?经过什么?"

"像是五金工厂什么的地方,有个大标牌。"

我屏住了呼吸。敏纳在和我们说话,给我们指路。"掉头。"

"干什么?回皇后区?"

"不,布雷南,回你看见牌子的地方,"我真想掐死他,或者至少找到他身上的快进按钮,狠狠地按下去,"他们下车了。快掉头。"

"就一两个街区。"

"好,那就快!脑子我,二世!①"

科尼调转车头,牌子赫然在目。一幢两层楼工厂的砖墙上,用马戏团海报的硕大字体写着"小哈里·布雷南公司。供应钢板",这里占据了麦克金尼斯大道的一整个街区,离普莱斯基桥不过咫尺之遥。

看见墙上的"布雷南"几个字,触发了好一场联想词的小丑大游行。我记起小时候曾经听错过"林林兄弟、巴纳姆与贝利马戏团"②。巴纳妈·贝利。就是这样的:锇、小豆蔻、脑素、巴纳妈、妈妈在哪儿③:元素周期表、重金属。巴纳妈·贝利也许就是乔治·贝利和吃我啊贝利的大哥。又或者他们都是同一个人?现在不行,我恳求罹患妥瑞氏症的自我。以后有空再琢磨。

"绕着街区开,"我对科尼说,"他就在这儿某处。"

"别嚷嚷,"他答道,"我听得见。"

"闭嘴,让我听。"我说。

"我也这么说。"

"什么?"我抬起一侧耳机。

---

① 布雷南是Brainum的音译,前一半是brain,即脑子。
② 林林兄弟、巴纳姆与贝利马戏团(Ringling Bros. and Barnum & Bailey):美国老牌马戏团。
③ 此处几个词原文均押尾韵。

"我也这么说。闭嘴。"

"够了! 闭嘴! 开车! 吃我啊!"

"他妈的怪卵。"

布雷南背后的那个街区黑黢黢的, 看起来无人出没。几辆停着的轿车中没有那辆K车。砖砌的仓库建筑没有窗户, 边缘点缀着防火出口, 铸铁笼道横贯整个二楼, 最后结束于一条看起来不甚牢靠的破旧长梯。巷子里有个小里小气的垃圾箱, 上面画满了涂鸦, 半截身子被塞在一扇双开门的门洞里。垃圾箱背后的门装着长长的外置合叶, 酷似屠宰场用的那种。垃圾箱的一边盖子关着, 另一边敞开着, 几根日光灯管支棱在外头。街道上的垃圾堆在轮子周围, 我认为那东西有段时间没挪动过了, 因此可以不必操心后面那扇门。另外一个出入口是一道卷帘门, 位于卡车般大小的装卸台边, 紧邻着灯火通明的大马路。如果那扇门新近升起过的话, 我想我肯定能听见它闹出的响动。

新镇溪污水处理厂的四根烟囱耸立于街道尽头, 没有灯光映照, 仿佛角斗士电影中的古老塔门。若是加上一只膨胀的飞猪, 活脱脱就是平克·弗洛伊德乐队《动物》专辑的封面。我们在烟囱的暗影下驾着林肯车, 转过了这个街区的四个拐角, 却一无所得。

"该死。"我说。

"听不见他?"

"只有街头噪音。对了, 按喇叭。"

"干吗?"

"快按。"

我把注意力集中在耳机上。科尼揿响林肯车的喇叭。没错, 声音传了过来。

"停车。"我慌张起来。跳下车,站在人行道上,我碰上车门。"慢慢兜圈子,"我说,"看着我点儿。"

"莱诺尔,怎么了?"

"他在这儿。"

我在人行道上踱着步子,尽量感受这幢发黑的建筑物的脉搏,想对这个荒凉的街区做出判断。构成这个地方的是大块大块的残余废物,有失望,有失业,有悔恨。我不想置身此地,也不想让敏纳留在此地。科尼驾着林肯车缓缓而行,愣怔地透过驾驶员那侧的车窗盯着我。我听着耳机里的声音,最后终于听见我的脚步声越来越近。我的心脏敲出了复合节奏,声如雷震。接着,我有了发现。街区尽头远离垃圾箱的位置上,敏纳的麦克风从衬衫上被扯了下来,卷成一团扔在小巷路边。我将它捡起来,塞进裤袋,扯掉脖子上的耳机。我感觉到街头的冷酷包围过来,于是沿着人行道小跑向垃圾箱,不过路上还是停下来一次,重演刚才捡起窃听器的动作:飞快地在人行道边缘跪下,抓起东西,塞进口袋,摘掉想象中的耳机,因为我发现的东西让我再次感觉到一阵惊恐,演练结束后我继续向前小跑。天很冷,寒风迎面直击,鼻涕随即淌出。我用袖口擦净鼻子,来到了垃圾箱面前。

"混账东西。"敏纳在垃圾箱里呻吟。

我碰了碰垃圾箱的边缘,沾了满手鲜血。我推开第二个盖子,把盖子倚在门上保持住平衡。敏纳如胎儿般蜷缩在垃圾箱里,双臂交叉,护住胃部,两个袖筒都是血红一片。

"天哪,弗兰克。"

"能把我弄出去吗?"他叽里咕噜地咳出几句话,对我翻了个白眼,"能拉我一把吗?我是说,别站在那儿等缪斯降临了行吗?还是说你想先掏出画笔，架起帆布？我可还没上过油画呢。"

"对不起，弗兰克。"我伸出手，科尼这时也赶到了，站在我的背后往垃圾箱里张望。

"我操。"他说。

"帮我一把。"我对科尼说。我们两人合力将敏纳从垃圾箱的箱底拽了起来。敏纳依然抱着受伤的腹部蜷成一团。我们把他拖出箱口，一起抬着他走出黑洞洞的空旷小巷，护佑他的动作极为夸张，我和科尼的膝盖相向而屈，肩膀朝前倾斜，把他当成了身穿血污战壕雨衣的童年耶稣，只是块头大了些，而我和科尼则是圣母的两条温柔臂膀。我们将敏纳送进林肯车的后座，他紧闭双眼，又是呻吟又是咯咯发笑。血险些把我的手粘在车门把手上。

"最近的医院。"我们坐进前排时，我低声说。

"附近我不熟。"科尼也小声答道。

"布鲁克林医院，"后排的敏纳说，声音响得出奇，"沿麦克金尼斯一直开，上布鲁克林-皇后区高速公路。下了迪卡尔布大道就是布鲁克林医院。你们两个白水卷心菜脑袋。"

我们屏住呼吸，双眼直视前方，直到科尼开上正确的方向才敢喘气，我扭过头，望向后座。敏纳半闭着眼睛，没刮胡子的下巴皱纹丛生，他像是在拼命思考或愠怒或尽量不哭出来。他发现我在看他，使了个眼色。我叫了两嗓子——"汪呸、汪呸"——不由自主地还了他一个眼色。

"弗兰克，搞砸了？"科尼说，他的眼睛始终盯着道路。车子在布鲁克林-皇后区的高速公路上颠簸震颤，这里拥有整个行政区最糟糕的路面。和G线地铁一样，布鲁克林-皇后区高速公路也受制于妄自菲薄，没能进入曼哈顿这个堡垒，没有分享到半分荣光。路上不分昼夜挤满了四十轮甚至五十轮的重型卡车。

"我把钱包和表留在车上，"敏纳没有回答科尼的问题，"还有寻呼机。不想在医院被人偷了去。记住，这些东西留在车上了。"

"没问题。弗兰克，到底他妈的发生了什么事？"

"想把枪留给你，但枪没了。"敏纳说。我看着他脱下手表，银光闪闪的表壳沾着鲜血。

"他们拿走了你的枪？弗兰克，到底怎么了？"

"挨了一刀，"敏纳说，"没什么大不了的。"

"你不会有事吧？"科尼的话既是问题也是祈愿。

"噢，当然，好得很。"

"对不起，弗兰克。"

"谁？"我问，"是谁干的？"

敏纳露出微笑。"怪胎秀，知道我要你干什么吗？给我讲个笑话。讲个你存在心里的笑话吧，求你了。"

十三岁以后，我就和敏纳陷入了讲笑话的竞赛，主要原因是他想看我按捺住冲动，讲完每一个故事。我很难做到这件事情。

"让我想想看。"我说。

"笑会牵动伤口，"科尼对我说，"讲个他知道的，或不好笑的。"

"我倒是几时笑过来着？"敏纳说，"就随便让他说好了。不会比你开车把我颠得更疼。"

"好吧，"我说，"有位老兄走进酒吧。"我望着后座上的血泊，同时还要阻止敏纳跟着我的视线看过去。

"入场券来了，"敏纳喘息道，"最好的笑话总有最他妈雷同的开端，吉尔伯特，对吧？一位老兄，一家酒吧。"

"好像是。"科尼说。

"已经很好笑了，"敏纳说，"已经有利好消息了。"

"总之，有位老兄走进酒吧，"我从头开始，"带着一只八爪鱼。他对酒保说，'跟你赌一百块，不管你有什么乐器，这只八爪鱼都会弹。'"

"带八爪鱼的老兄。吉尔伯特，你喜欢吗？"

"恶心。"

"然后，酒保指着角落里的钢琴说'请吧'。那老兄把八爪鱼摆在钢琴凳上——钢琴八爪穆斯！钢琴八爪妈！贝利！——八爪鱼掀开盖子，试了几套音阶，然后开始弹奏练习曲。"

"有两下子，"敏纳说，"会炫耀。"

我没有问他到底在说谁，因为要是问了的话，他肯定要回答既在称赞章鱼，也在夸奖我，因为我用了"练习曲"这个词。

"那老兄就说'给钱'，可酒保说'等等'，他又抽出一把吉他。那老兄把吉他递给八爪鱼，八爪鱼上紧E弦，闭上眼睛，弹出一曲方丹果舞曲。"压力正在累积，我摸了六下科尼的肩膀。他没有理会我，只顾风驰电掣般地开车，超越一辆又一辆卡车。"那老兄说'给钱'，酒保说'等等，我记得这儿还有别的'，于是从后面房间翻出一支黑管。八爪鱼看了几眼这东西，紧了紧簧片。"

"他这是在挤牙膏吗？"敏纳说，这话依然指的是我和章鱼两个。

"嗯，八爪鱼不怎么在行，却还是用黑管吹出了几小节曲调。得奖什么的不可能，但他无疑会演奏这东西。黑管！挤牙膏！吃我啊！老兄说'给钱'，酒保说'再等一等'，到后面翻箱倒柜，最后抱了个风笛出来，把风笛啪的一声摔在吧台上。那老兄把八爪鱼拿过去，啪的一声摔在风笛旁边。八爪风笛！"我停下来，清清脑子，不想在爆出笑点的时候胡言乱语。然后，我重又开口，我害怕失去讲述的线索，更害怕失去敏纳。他的眼睛不停开闭，我希望他能一直睁着眼睛。"八爪鱼打量了一番风笛，伸出爪子，揪起一根风管，松开看它跌落。又揪起另一根风管，松开看它跌落。八爪鱼退了两步，眯起眼睛端详风笛。那老兄紧张起来，走到吧台边跟八爪鱼说——接爪鱼！回爪鱼！——跟八爪鱼说，操，说要操——说，'怎么了？难道不会吹？'八爪鱼说，'吹？要是能让我想明白怎么扒了它的裤子，我就要操它！'"

这番曲折中，敏纳一直闭着眼，现在也没有睁开。"讲完了？"他说。

我没有答话。我们转下布鲁克林-皇后区高速公路的匝道，开上迪卡尔布大道。

"医院在哪儿？"敏纳仍旧闭着眼睛。

"就快到了。"科尼说。

"我需要帮助，"敏纳说，"我快死了。"

"没有的事。"我说。

"进急救室之前，弗兰克，你能不能告诉我们，是谁把你伤成这样的？"科尼说。

敏纳一声不吭。

"他们往你肚子上捅了刀子，把你扔进他妈的垃圾箱里，弗兰克，你难道还不想说？"

"从救护车的坡道开上去，"敏纳说，"我得上那儿找人帮忙。我才不想在他妈的急诊大厅里等死。我需要立刻得到医治。"

"弗兰克，我们不能沿着救护车的坡道开上去。"

"什么？你难道需要快易通卡吗？你这腐烂的臭肉糜。按照我说的做。"

我紧咬牙关，脑子转得飞快：有位老兄走进救护车坡道往你该死的急诊肚子上捅了刀子说我需要立刻捅垃圾一刀在该死的大厅救护车里说一下看着后面说我觉得我挨了一刀在该死的大厅立刻急救灯八爪肉糜八肉爪糜。

"八肉爪糜！"我喊了出来，满眼泪水。

"对，"敏纳说，他哈哈一笑，然后呻吟起来，"好他妈的大一群呢。"

"该有人发发善心，把你们两个都安乐死了才好。"科尼嘟囔着把车开上了布鲁克林医院背后的救护车坡道，与"请勿入内"的标牌擦身而过，车轮在陡峭的弯道上吱嘎作响，驶向用黄色蜡纸标出的"仅供急救"的双开弹簧门。科尼才停车，一名身穿私人警卫公司制服的牙买加人就马上跑来，敲敲科尼那边的车窗。成捆成扎的雷鬼发辫推到两边，从他的帽子底下伸出来，他生着一双千叶眼，该佩枪的部位插了根棍子，胸口名牌绣着他的名字：艾尔伯特。这身制服和随便哪个看门人或机修工的都没什么区别。他骨瘦如柴，上衣有些偏大。

科尼没有放下车窗，而是推开了车门。

"把车开走！"艾尔伯特说。

"看一眼后座。"科尼说。

"我不管，兄弟，这里仅供救护车使用。回到车上去。"

"今天夜里这就是辆救护车，艾尔伯特，"我说，"给我们的朋友拿副担架来。"

敏纳看起来糟糕透了，不折不扣地枯萎了，我们把他扶出车厢的时候，你可以看得到究竟他耗尽了什么。鲜血的气味仿佛雷暴即将来临，仿佛臭氧。刚一进门，两个穿绿色医生制服、戴橡皮筋套袖的大学生就从我们手中接过敏纳，将他放上一张钢制轮床。敏纳的衬衫撕碎了，中腹部血肉模糊，全身也是如此。科尼出去开走车子，免得揪住他胳膊不放的门卫继续聒噪，我跟着敏纳的担架往里走，那两个大学生虽然反对，但还没强烈到我抵挡不住的地步。我一边走，一边紧盯着他，一边像平时站着说话那样断断续续地敲打他的肩膀，说话的场合也许是侦探所的办公室，也许正捧着两块披萨漫步于法院街上。他们把轮床停在急救室里一块半私用的空间，学生没有再搭理我，而是专心想办法给他的胳膊扎针输血。

敏纳睁开眼睛。"科尼呢？"他的声音像是干瘪的气球，你要是不知道它灌满了空气是什么样子，就想象不出他应该发出什么样的声音。

"医生不一定允许他回这儿来，"我说，"我按理说也不该在的。"

"哼哼。"

"科尼——吃我啊，汪呸！——科尼说得挺有道理，"我说，"你实在应该告诉我们对方是谁，趁我们……呃……还等在这附近的时候。"

学生开始围着他的中腹部忙碌，用长剪刀剥去衣物，我转开了视线。

敏纳又露出笑容。"我有个段子要说给你听。"他说。我凑到近处聆听。"在车里想出来的。八爪鱼和回爪鱼坐在长椅上，呃，不，坐在篱笆上。八爪鱼掉了下去，谁剩了下来？"

"回爪鱼，"我轻声说，"弗兰克，是谁干的？"

"还记得你跟我说的那个犹太人笑话吗？犹太妇人去西藏，求见大喇嘛。"

"当然记得。"

"那笑话不错。喇嘛叫什么来着？到最后，爆笑点那句话。"

"你说欧文？"

"哦，没错，欧文。"我几乎听不清他的声音了，"就是他。"他的眼睛闭上了。

"你的意思是说一个叫——屄！蠢！——欧文的人对你做了这些？是车里那个大块头的名字？欧文？"

敏纳低声说着什么，听起来像是"记住"。房间里的其他人制造出各种噪音，趾高气扬地用术语互相吼叫命令。

"记住什么？"

没有回答。

"欧文这个名字？还是别的什么？"

敏纳听不见我说话。一名护士拉开他的嘴，他根本没有反抗，也没有动弹。

"对不起。"

说话的是一名医生。他个子不高，橄榄色皮肤，胡子拉碴，大概是印度人或巴基斯坦人。他看着我的眼睛说："你必须离开了。"

"我做不到。"我说着伸手去摸他的肩膀。

他没有闪避。"你叫什么？"他柔声问。此刻我从他疲惫的表情中看得出，他经历过几千个这样的夜晚。

"莱诺尔。"我抑制住冲动，没有喊叫出姓氏。

"妥瑞氏症？"

"是的罗格。"

"莱诺尔，我们要做急救外科手术。你必须到外面等待。"他飞快地点点头，给我指出方向，"需要你帮你朋友处理一些文件。"

我呆呆地站在那里，看着敏纳，很想再给他说个笑话，或者听他再讲一个笑话。有位老兄走进——

一名护士把带铰链的管子插进敏纳的嘴里，那管子活像一个巨型倍兹玩偶糖盒①。

我沿着进来的方向走出急诊室，找到负责分诊的护士。我一边在脑子里想"仲裁"和"破坏"②，一边告诉她，敏纳是我送来的，她说她跟科尼说过话了。需要我们的时候，她会叫我们的，在此之前，坐着等吧。

科尼双腿交叉，抱着两臂，下巴怒气冲冲地翘出了脸面，灯芯绒外套仍旧系着纽扣，占据了半张大抵是鸳鸯椅的东西，与座椅相连的窄架上摆满了卷角的肮脏杂志。我走过去，占据剩下的半张座椅。等待区是众生平等的真实写照，唯有货真价实的悲惨境遇方能造出如此效果：西班牙人、黑人、俄罗斯人、以及各种天晓得来自何处的人，红眼睛的妙龄少女带着孩子，你衷心祈祷那是她弟弟或妹妹；毒瘾缠身的退伍老兵乞求医生开些止痛片却无法如愿；疲惫的家庭主妇安慰着不断抱怨消化道阻塞的自家兄弟，他有一个星期没有体验过结肠蠕动的乐趣了；惊恐的情人拒绝伺候病号，我目光灼灼，瞪着面无表情的分诊护士和她身后那扇沉默的门。其他人的表情或警戒或挑衅，让你忍不住揣测他们遭遇了什么不幸，猜想他们与病人是什么关系，是自己有病还是送人看病。他们与你分享的是人生中悲惨的那一部分，除此之外，他们的生活美好、纯粹、不受损害。

我一动不动地坐了一分半钟，追逐、布雷南那幢楼和敏纳的伤口折磨着我，一幅幅画面在头颅内闪过，胡言乱语的冲动涌上喉头。

---

① 倍兹玩偶糖盒（Pez dispenser）：pez是糖果品牌，装在玩偶外形的长筒糖盒里。
② 分诊（triage）与仲裁（arbitrage）、破坏（sabotage）押尾韵。

"走进。"我叫道。

好几个人抬头张望,被我的小小口技迷惑住了。是护士在说话?那是什么人的姓吗?莫非是他们自己的名字,只是被念错了读音?

"这会儿别发疯。"科尼压低嗓门说。

"老兄走,走进,老兄走进。"我无助地对他说。

"什么?难道是在说笑话?"

我大抵尚能自控,把单词化为低吼般的声音,连同"左左金①"这几个字一起喷吐出来——但这番努力又引发了一阵副抽动:快速眨眼。

"你是不是该出去站会儿?比方说抽根烟什么的?"科尼这个可怜的笨蛋显然和我一样紧张。

"走走!"

有人盯着我看,有人厌烦地撇开视线。我曾经被大众当作病人之类的东西:恶灵附体,动物附体,语言癫痫发作,等等等等。医生应该给我吃药,送我回家。在这儿,我还不够倒霉,病况不够严重,不足以引发众人的兴趣,只是有些吵闹而已,需要挨两句斥责,好让他们对自己的疾病感觉好些。因此,我的古怪很快就轻松愉快地消融在周围的气氛中。

只有一个例外:艾尔伯特,自从我们冲上救护车坡道之后,他的怨恨就在持续积累;此刻他站在室内躲避寒冷,大概同时也想用充血的眼睛多盯着我们点儿。我顶撞过他,他和等候室里的其他人不一样,他知道我的身份不是患者。他从往手心哈气的地方走开,来到门口,气冲冲地抬手指着我。"嘿,兄弟,"他说,"在这儿不许你那样。"

"哪样?"说完,我扭着脖子嘎声吼道,"然后那老兄说!"急切地补

---

① 原文是"whrywhroffsinko"均是"走进"(walks into)这两个单词的音素组合。

充了我的观点，我的声音高得刺耳，像是始终无法吸引听众注意的脱口秀艺人。

"不许你他妈的那样，"他说，"上别处闹腾去。"他露出一脸狞笑，赞赏自己的口齿伶俐，为与我的难以自制形成鲜明对比而喜不自胜。

"少管闲事。"科尼说。

"一！根！绳子！"我想起另有一个酒吧笑话还没讲给敏纳听过。我的心沉了下去。我想闯进急诊室，把笑话说给医生听，说给敏纳那张插着导管的脸听。"绳子！走！进！"

"兄弟，你这是发哪门子疯啊？"

"我们不招待绳子！"

我有麻烦了。我那颗罹患妥瑞氏症的大脑把自己锁在了绳子的玩笑上，活像生态恐怖分子把自己和吞噬树木的推土机捆在了一起。要是找不到出路的话，我会一个音节一个音节地或咕哝或尖叫着将整个笑话卸成碎片喷吐出来。我开始寻找逃生通道，一边数天花板上的瓷砖，一边在膝头敲出节奏。我发觉整个房间的注意力再次集中在了我身上。这家伙说不定还真的挺有趣呢。

免费的人类怪胎秀。

"他有毛病，"科尼对警卫说，"别烦他。"

"嘿，告诉那位兄弟，他最好站起来，带着他的毛病走出去，"警卫说，"否则我就召唤无敌舰队了，明白我的意思？"

"你肯定弄错了，"我的声音已经冷静下来，"我不是一根绳子。"交易已经达成，所在级别超出了我的控制。笑话必须被讲出来，我只是动嘴的装置罢了。

"我们要是站起来的话，艾尔伯特，你的屁股就要生毛病了，"科尼说，"这话总听得懂吧？"

艾尔伯特没有搭腔。整个房间都在观望，这里是布鲁克林频道在直播。

"艾尔伯特，能给根烟吗？"科尼说。

"兄弟，这个房间禁烟。"艾尔伯特轻声说。

"不错，这条规定非常好，合情合理，"科尼说，"因为这儿坐着好些个人，抽烟关系到他们的健康。"

科尼有时候非常擅长用没头没尾的话胁迫他人。艾尔伯特此刻完全被他拿住了。

"我是个磨损的结①。"我轻声说。我开始想去抓艾尔伯特腰间皮套里的警棍——这种冲动古老而熟悉，我见了悬在皮带上的东西就想抓，比方说圣文森特孤儿院那些老师戴在身上的钥匙串。此时此刻，这个念头显得格外糟糕。

"抱歉什么？"艾尔伯特大惑不解，尽管差了千里万里，但这也算是听明白了笑点何在。

"磨损的结！"我和颜悦色地重复道，然后添上一句，"吃我啊绳子笑话！"艾尔伯特怒目而视，不确定我究竟在怎么称呼他，还有他受到了多么大的侮辱。

"科尼先生，"负责初诊的护士喊道，打破了僵局。科尼和我立刻站了起来，我们在追逐中跟丢敏纳，想要补偿的心情急切到了可悲的地步。矮个子医生已经出了抢救室，站在护士背后，正在对我们点头。我们与艾尔伯特擦肩而过的时候，我略微放纵自己，抚弄了一下他腰间的警棍。

---

① 原文是"a frayed knot"与下文的"抱歉"（afraid not）发音相近。

半基佬，敏纳经常这么称呼我。

"呃，你们哪位是敏纳先生的亲属？"医生的口音把敏纳先生说得像是轻罪[①]。

"是也不是，"科尼抢着说，"这么说吧，我们是他最亲近的人。"

"嗯，我懂了，"尽管他肯定不明白，但医生还是这样说道，"二位能跟我走一趟吗？这边来——"他领着我们走出等待区，来到另一个半封闭的房间，这里与先前推着敏纳进来的地方颇为相似。

"我是磨损。"我低声说。

"很抱歉，"医生站得很近，近得奇怪，他在打量我和科尼的眼神，"我们没多少可做的。"

"那也无所谓，"科尼没听懂他的言下之意，"不管你怎么处理，我相信都很正确，因为弗兰克本身就不怎么需要——"

"我是个磨损的结。"我感觉自己快要哽塞了，但这次不是因为词句无法出口，而是胃囊在疯狂翻腾。白色城堡口味的胆汁。我拼命把它咽回去，用力之大使得耳膜鼓胀。我感觉自己的整张面孔都笼罩上了一层酸雾，憋得赤红。

"咳咳，我们没能救活轻罪。"

"等等，"科尼说，"你刚才说没能救活？"

"是的，没错。原因是失血过多。我很抱歉。"

"没能救活！"科尼吼叫道，"我们把他送进来的时候，他不是救活了吗？这是个什么样的地方啊？他不需要被救活，只需要稍微缝几针就行——"

---

① 轻罪（misdemeanor）与敏纳先生（Mr. Minna）读音接近。

我不得不伸手去触摸医生，以完全对称的方式轻轻碰擦他的双肩。他站在那里，承受着我的抚摸，没有推开我的手。我捵直他的衣领，使之紧贴底下肉色T恤的线条，让脖子两边袒露出一样多的肌肤。科尼默不做声地站在旁边，垂头丧气，正在慢慢收敛痛楚。我们三个人都站在那里，等医生的衣领终于被我拉捵、弯折到应有的位置上为止。

"有时候，我们也会无能为力。"医生眨了眨眼睛，目光移向地面。

"让我见见他。"科尼说。

"这不可能——"

"这地方太扯淡了，"科尼说，"让我见见他。"

"不行，要保存证据，"医生疲惫地说，"相信你们也明白。另外，法医想和你们谈谈。"

我看见警察穿过医院的咖啡店，走进急救室的某个区域。不管那几个警察是不是来拘捕我们的，其他执法人员恐怕很快也会到场。

"吉尔伯特，咱们该走了，"我吩咐科尼，"最好现在就走。"

科尼不明所以。

"也许你真的该走了。"我半强迫性地说，恐惧在悲恸中升起。

"你误会了，"医生说，"我们要请你们留下来。让这位先生领你们去——"他对我们背后的某个人点点头。我猛然转身，身上蜥蜴似的本能惊骇不已，我竟然允许别人偷偷溜到了背后。

是艾尔伯特。那位细瘦的牙买加人，他横在我们和出口之间。他的表情似乎促使科尼醒悟了过来。这名守卫就像个卡通标记，提醒他真的存在警察这种东西。

"滚开。"科尼说。

"我们不招待绳子！"我解释道。

艾尔伯特看起来并不比我们更信任自己的权威身份。每逢这种时刻，我就会想起我们这些敏纳帮成员的模样：发型统一、体型庞大、缺乏教育、充满干劲，就算满脸横肉上淌满泪水，也依然不似善类。而我的说话方式、骤然抽搐、四处乱摸这种种症状，这些敏纳格外青睐的元素，更是让最终的结果混乱不堪。

弗兰克·敏纳，没有被救活，失血过多，就躺在隔壁房间。

艾尔伯特张开手掌，他的身体或多或少正在请求我们合作。"兄弟，你们还是等等吧。"

"没门，"科尼说，"下次再说。"科尼和我只是调整了一下身体重心，向艾尔伯特的方向凑过去，他立刻朝后跳开，双手在他让出来的空间挥舞，像是在说，刚刚站在这儿的是别人，不是我。

"但我们必须坚持请你们留下。"医生说。

"你其实并不想坚持，"科尼怒火万丈地扭头对他说，"你没有所必须的坚持，明白我什么意思？"

"我想我大概用不着明白。"医生轻声答道。

"那就仔细想想吧，"科尼说，"别太着急了。莱诺尔，咱们走。"

第2章

布鲁克林孤儿

我在圣文森特男孤儿院的图书室长大，这所孤儿院位于布鲁克林下城区，还没有哪个开发商有兴趣把这一片翻新为上等社区；这里既不算是布鲁克林高地，也不属于科布尔山，甚至都不在波伦山的范围内。大体而言，孤儿院坐落在布鲁克林桥的出口匝道上，但看不见曼哈顿或大桥本身，底下的八条车道总是车流滚滚；车道旁耸立着毫无特色的民事法庭，法院大楼尽管看起来冷峻灰暗，但我们孤儿院里的不少孩子都见识过里面的样子；还有布鲁克林邮局的分拣中心，彻夜嗡嗡哼哼，灯火闪烁，大门呻吟着打开，卡车运来堆积如山的名为"信件"的神秘物品；还有伯顿机修专科学校，受过磨砺的学生在那里努力着让自己过上无聊的正常人生活，他们每天两次蜂拥而出，趁着休息时间喝啤酒吃三明治，把隔壁的破旧酒馆挤得满满当当，乖戾的暴徒气焰让过路人胆战心惊，让我们这些孤儿院的孩子心驰神往；还有一排前不着村后不着店的公园长椅，头顶上是拉法耶的大理石胸像，标出他在布鲁克林战役中的介入地点；还有一处停车场，周围的高篱笆顶上镶有宽阔的铁丝网和迎风抽打的荧光警示旗；还有一幢红砖盖的贵格派礼拜堂，附近还是农田的时候大概就有它了。简而言之，这些乱七八糟的货色把守着一个古老而破落的行政区的臃肿入口，是货真价实的蛮荒之地，从这里经过前往他处的人们会将它刻意遗忘。在被弗兰克·敏纳拯救之前，正像我之前所说的，我就生活在图书室里。

　　我决心读完那坟墓般的图书室里的每一本书，每一册编目入库又被遗忘的惨淡捐赠品——我在圣文森特时恐惧和无聊到了何等地步，由此可见一斑。这也是妥瑞氏式症的早期迹象之一，让我强迫性地计数、排序、探查。蜷缩在窗台上，翻着干燥的书页，看着尘埃跌撞着穿过成束的阳光，我在西奥多·德莱塞、肯尼斯·罗伯茨、J.B.普里斯特利的著作和《大众机械》的过刊中寻找正在萌芽的古怪自我，但都没找到，没找到属于我的那种语言。与此相仿的是我无法看电视。《家有仙妻》、《太空仙女恋》、《我爱露西》、《盖里甘》和《脱线家族》①没完没了地重播，那些缺乏运动细胞的书呆子借此打发了无数个下午的时光，凑到屏幕近旁观赏女人的滑稽表演——女人！多么陌生的存在，和信件一样，和电话一样，和森林一样，都是与我们孤儿无缘的东西——模仿女性角色的丈夫，但我在电视里找不到自己，德西·阿纳兹、迪克·约克、拉里·海格曼②，那些饱受折磨的飞向地球的太空人，他们没有展示出我需要看到的东西，无法帮助我找到我的语言。我与周六早晨稍微亲近些，尤其是达菲鸭能带来不一样的感受，前提是我能忍受想象自己长大后成了一只挨过炸弹、嘴巴七零八落的鸭子。《蜜月中人》里的亚特·卡尼也让我有所触动，特别

① 均是美国著名电视系列情景喜剧。
② 分别是《我爱露西》、《家有仙妻》、《太空仙女恋》的男主演。

是他扭动脖子的模样，不过这需要管事的允许我们晚睡才行，否则就没法看见他了。但是带给我语言的是敏纳，是敏纳和法院街让我说话的。

我们四个那天之所以被选走，只因为我们是圣文森特仅有的五个白种男孩中的四个，第五个名叫斯蒂芬·格罗斯曼，肥如其名①。斯蒂芬要是瘦些的话，凯赛尔先生恐怕就会把我扔回废物堆里了。我无疑是个滞销货，又抽搐，又抠鼻子，是从图书馆里挖出来的，而非来自操场，怎么看都像个弱智，显然是谁买谁后悔的劣等品。凯赛尔先生是圣文森特的老师，他跟弗兰克·敏纳熟得跟邻居似的，他建议敏纳借用我们一个下午，这让我初次窥见了在敏纳周围闪闪发亮的那个由"承情"和"偏袒"构成的光环——"认得谁谁谁"是一种生存条件。敏纳与我们恰好位于两个极端，我们不认识任何人，即便认得也无法从中获益。

敏纳只要白种孩子，是为了迎合雇主或许抱有的偏见——和他必然抱有的偏见。也许他的脑子里那时就有了改造我们的幻想。当然我无从得知。在他第一天对待我们的态度中无疑没有显露半分。那是八月一个闷热的工作日，下午的课程结束后，街道像是黑色的口香糖，慢速爬行的车辆在烟霾中仿佛成像不清的自然课幻灯片。他打开厢式货车的后门，车身遍布凹痕和涂鸦，尺寸和深夜送信的邮政卡车差不多，他吩咐我们进去，然后砰的一声摔上门，上了锁，既没有任何解释，也没有问我们叫什么。我们四个人大眼瞪小眼，为脱离樊笼感到震惊、晕眩。我们不知道这代表什么，其实也不需要知道。另外三个人，托尼、吉尔伯特和丹尼都愿意跟我搭伙，愿意假装我与他们很合拍，只需这样他们就能被外部世

---

① 格罗斯曼原文为Grossman，其中的gross有臃肿、肥胖的意思。

界拎出孤儿院，摸黑坐在肮脏的金属地板上，听凭车厢震颤着驶向圣文森特以外的某个地方。我当然也在震颤，敏纳集拢我们几人之前我就在震颤，我的内里永远在震颤，我用尽力气不让它表露出来。我没有亲吻另外三个男孩，但我很想，于是我发出了亲吻般的啁啾声，类似鸟儿的叫声，一遍又一遍："喊喳，喊喳，喊喳。"

托尼叫我闭上他妈的臭嘴，但他的心思并不在这儿，特别是今天，人生的秘密正在徐徐展开。对于托尼来说尤其如此，他的命运找上门来了。他从一开始就在敏纳身上看见了更多的东西，因为他让自己做好了这个准备。托尼·佛蒙蒂因其流露的自信在圣文森特小有名气，他坚信自己进孤儿院肯定是出了差错，相信自己并不属于这里。身为一名意大利人，他优于我们这些不知道出身的家伙（艾斯罗格是什么玩意儿？）。他的父亲不是黑帮就是条子——托尼不认为这有什么矛盾，所以我们也一样。意大利人将会伪装成这个那个身份回来找他，他正是这样看待敏纳的。

托尼出名还有别的原因。他比同在敏纳车厢中的我们其他几人都年长，他十五岁，我和吉尔伯特十三，丹尼·芬特尔十四（圣文森特孤儿院的孩子到了一定年纪就去别处念高中，从此很少再露面，但托尼却想办法留了下来），他的年龄让他显得无比时髦和世故，即便他没有离开过孤儿院，在外面生活了一段时间再回来也是这样。事实上，他是我们的经验之神，总在唠叨香烟和其他方面的暗示。两年前，街对面礼拜堂的某个贵格派人家把托尼带了回去，想给他一个永久的家。收拾衣服的时候，他就已经在抒发他对这家人的不齿了。他们不是意大利人。话虽如此，托尼还是和他们生活了几个月，也许挺开心，但他始终不肯承认。他们安排托尼进了"布鲁克林之友"，一家离这里只有几个街区的私立学校。大多数日子里,下午放学回家的路上,托尼会在圣文森特的围栏外逗留,跟我们讲他如何抚摸私立学校的姑娘们,有时还要搞上一两回,私立学校的男生都很娘娘腔,懂得怎么游泳和踢足球,但上了篮球场只有挨他羞辱的份儿,而篮球都不算是托尼的专长。后来有一天,他的继父母发现高大黑发的托尼和一个姑娘上床,但这次太过分了,那女孩是他们十六岁的亲生女儿。反正据说如此,但消息的源头只有一个。总而言之,第二天他被送回了圣文森特,他轻而易举地回到了原先的生活方式:每隔一天,就轮流殴打我和斯蒂芬·格罗斯曼,然后又对我们示好,这样我们俩就永远不可能同时受他照应,也无法彼此信任,就像我们不信任托尼一样。

托尼是我们的"嘲笑之星",当然也是他首先吸引了敏纳的注意力,激发了我们这位未来老板的想象力,叫他在我们这群渴望栽培的心中窥见了日后的敏纳帮。或许托尼,连同他对意大利救星的热望,甚至还帮助敏纳做出了构想,最终令敏纳侦探所应运而生;托尼那份渴求的力度激发了敏纳的特定灵感,让他第一次有了找几个帮手供其差遣的念头。

敏纳当时也只勉强算是成年,但在我们眼中却无疑是个男人了。那年夏天,他二十五岁,瘦长身材,略有点小肚子,穿有口袋的T恤衫,还尽心尽力地把头发梳成油光水滑的大背头,这种卡罗尔花园式的发型与七九年格格不入,而像是投射自某个弗兰克·辛纳屈①唱主角的年代,那一刻仿佛一粒琥珀或摄影师的滤镜,紧紧包裹住了弗兰克·敏纳和他钟爱的所有事物。

---

① 弗兰克·辛纳屈(Frank Sinatra, 1915-1998):美国老牌影星、歌星。

敏纳那辆货车的车厢里，除了我和托尼之外，还有吉尔伯特·科尼和丹尼·芬克尔。吉尔伯特当时是托尼的左膀右臂，身材矮壮，性格阴沉，称之为"硬朗"也不为过——听见你叫他暴徒，他也许会对你露出笑容。吉尔伯特对斯蒂芬·格罗斯曼格外不好，要我说是因为后者的肥胖对他而言是一面引人不快的镜子，但他待我很宽容。我们甚至一起守着几样古怪的秘密。两年前，孤儿院组织去曼哈顿参观自然历史博物馆，我和吉尔伯特脱离大部队，不约而同地返回了一个展厅，天花板上垂吊着的巨大塑料蓝鲸主宰着整个房间，它是正式参观的焦点展品。然而，蓝鲸身下还有一道双面展墙，是黑暗而神秘的深海生物立体布景，打了灯光，排列整齐，你必须凑到玻璃前才能发现隐藏在拐角处的种种奇景。其中有抹香鲸大战巨乌贼，还有杀人鲸破冰而出。我和吉尔伯特深深着迷，流连于一面又一面的展窗之前。等一班三年级或四年级的小孩被带出展厅以后，我们发觉这个巨大的房间尽归我们所有，连说话时我们的声音都被博物馆里超乎自然的寂静磨去了棱角。吉尔伯特把他的发现指给我看：企鹅布景旁有一扇孩童尺寸的黄铜门扉，没有上锁。打开门，我们发现它既通向企鹅布景背后，也通向布景内部。

　　"艾斯罗格，进去。"吉尔伯特说。

　　如果我不愿意，这大概就是仗势欺人了，但事实上我想进去都想得发疯了。展厅里空无他人的每一分钟都极其宝贵。那扇门的上缘只有我的膝盖高。我爬了进去，打开充当展览边墙的海蓝色背景板上的活门，接着滑进了画面之中。碗形的海底长而平缓，是涂抹过颜色的石膏，我弯着膝盖沿坡跑了下去，望着玻璃另一侧目瞪口呆的吉尔伯特。游泳的企鹅或是固定在从后墙上伸出的长杆上，或是悬挂在海面的塑料波浪下，海面此刻已是我头顶上低矮的天花板了。我爱抚着最近的一只企鹅，这只企鹅吊得很低，正在潜水追捕美味鲜鱼。我拍拍企鹅的脑袋，揉揉它的咽喉，像是在帮它吞咽药丸。吉尔伯特笑得直打滚，以为我在向他表演喜剧，但事实上我被一阵温柔而又躁动的冲动所征服，必须去爱抚那只僵硬悲哀的企鹅。接下来，我必须去触摸每一只企鹅，至少是我够得到的每一只——有几只我够不到，它们站在浮冰上，被海面挡在了另外一侧。我跪在地上四处移动，满怀爱意地挨个抚摸那些游泳的鸟儿，最后才穿过铜门逃了出来。吉尔伯特佩服得五体投地，这我看得出来。我成了他心中无所不能的小子，敢肆意妄为的小子。当然了，他既对也错，因为摸到第一只企鹅之后，我就没有其他选择了。

不知为何，这引出了一连串的事件，使得他越来越信任我。我很疯狂，但又很温顺，很容易受到胁迫，这让我成了吉尔伯特理想中的仓库，用来存放他认为是疯狂念头的东西。吉尔伯特比别人早熟，喜欢打手枪，正在寻找介于其个人经验和一般校园常识之间的三角测量基准物。我做那档子事吗？有多频繁？一只手还是两只手？这样还是那样握？闭不闭上眼睛？有没有动过摩擦床垫的念头？我很认真地对待他的询问，但却无法提供他需要的信息——当时还不行。我的愚钝刚开始让吉尔伯特好生不爽，他有一两个星期假装从未提过那些问题，甚至压根儿不认识我，对我投来凶恶的目光，叫我晓得要是胆敢说出去就将有极大的痛苦等在前头。然后他会突然回来，比之前更急切。试试看吧，他这样说，没那么难。我会看着，如果你弄错了我就纠正你。和博物馆那次一样，我听从了他的话，可结果却不尽如人意。我无法用对待企鹅的那种温柔对待自己，至少当着吉尔伯特的面做不到（尽管事实上他催动了我对自己的私密探索，这很快就变得相当耗费精力），吉尔伯特又不高兴了，把我吓得魂不附体。两三个回合以后，这个论题就被永远搁置了。然而，暴露隐私的影响却留存了下来，成为我们之间宛若幽魂的维系。

　　敏纳这辆货车里的最后一个男孩是丹尼·芬克尔，他是个赝品，只不过肤色很白而已。丹尼欢欢喜喜、轻松自在、发自肺腑地融入了圣文森特的大部分人中。他以自己的方式赢取了不亚于托尼的尊重（自然也得到了托尼的尊敬），既没有吹牛说大话，也不需要惺惺作态，大体而言连嘴巴都不用张开。他真正通晓的语言是篮球，可这位运动健将精神太过紧绷，动作太过流畅，在屋内、教室里就显得分外憋屈。他一开口就要嘲笑我们的热情、我们显露的"不酷"，但总有些心不在焉，仿佛他的脑子另有盘算，还在琢磨怎么换手过人，怎么优化步法。他听"放克疯"，听"浮雕宝石"，听"扎普"①，和孤儿院的其他孩子一样，也飞快投入了饶舌乐的怀抱，但每逢他钟爱的音乐奏响，他从不会跳起舞步，而是抱着胳膊站在那里，随着节拍瞪眼撅嘴，富有表现力的臀部一动也不动。丹尼生活在半空中，他既不黑也不白，既不挨揍也不打人；帅归帅，但不受女孩这个念头侵扰；功课一塌糊涂，但每门课都能蒙混过关；偶尔挣脱地球引力的束缚，漂浮在圣文森特的篮球框上那堆烂铁链和人行道之间。折磨托尼的是自幼失散的意大利家庭，他坚信他们会回来找他；丹尼却像是七八岁就离家出走，加入了街头篮球比赛，一气打到十四岁，直到敏纳开着货车来的那一天为止。

　　妥瑞氏症教你学会普通人忽视和遗忘的东西，教你窥见编织现实的机制，人们用它来藏匿不可容忍的存在、不可调和的矛盾和破坏前路的

---

① 分别是Funkadelic、Cameo和Zapp，均是著名放克乐队。

事物——它教给你这些，是因为就是你把这不可容忍的存在、不可调和的矛盾和破坏前路的事物投掷给他们的。有次我搭巴士驶过亚特兰大大道，背后隔着几排坐了个不时喷发式抽动的男人——他每次抽动都要发出长长的呻吟，那是一种近乎于呕吐的噪音，是五年级学生学着搞出来、吞下满满一肚子空气、到了高中就会忘记的声音，因为到时候迷人的姑娘不再让他们害怕，反而变得必不可少。我这位同伴的抽动异常特殊：他坐在巴士后部，所有的脑袋都朝前看的时候，他就模拟出一阵消化系统的反刍声。人们纷纷回头，大惊失色——巴士上统共坐了十五到二十名乘客——他就扭头他顾。不止如此，每隔六七次他还要混入极龌龊的放屁声。这是一名六十来岁的黑人，满脸可怜相，一个酒鬼，一个游民。尽管他对时间拿捏得很好，玩得一手好捉迷藏，但人人都清楚他就是噪音的源头，其他乘客或者哼歌，或者咳嗽以示申斥，不再用视线满足那家伙，不再回头注视他。这是一场双输的竞赛，没人回头彻底释放了他，任由他不间断地喷发出最难听不过的声响。对于除了我之外的所有人来说，他无疑是个幼稚的混球，可悲的酒鬼，期冀着其他人的注意（假如他未经诊治的话——很可能是这样——多半对自己亦有如此理解）。但那无疑是强迫症发作，是一阵阵抽动，是妥瑞氏症的征候。他不停地发出响动，直到我到站下车，我相信我下车后他依然如故。

重点在于，我知道其他乘客在各自终点下车后过个几分钟恐怕就会忘了他。无论那种疯狂的蛙鸣般的呻吟如何充斥着巴士上的听众席，但听过演出的人们只会忙于忘却他制造的乐声。共感现实既脆弱又弹性十足，像泡沫的薄膜一般容易自愈。那名不时喷发的男人撕开现实的动作如此快速决然，我能看见伤口立刻就封上了。

妥瑞氏症患者，别称隐形人。

与此类似，我怀疑孤儿院其他的孩子，包括和我一起加入敏纳帮的三位兄弟，恐怕都不会记得我那些没完没了的亲吻。我自然可以逼着他们记起来，但那多半将招致许多怨言。亲吻这种抽动当时在圣文森特始终不离我们左右，现在也有可能重新发作，随时随地都有可能。另外，随着妥瑞氏症越来越严重，我很快就把亲吻抛在了成百上千种其他行为的背后；敏纳粗粝的怜爱仿佛棱镜，有些行为经其折射之后成了我的注册商标，我的"怪胎秀"。所以，亲吻被渐渐忘却了。

到我十二岁的时候，也就是触摸企鹅九个月后，我的心中开始充满了触碰、敲击、抓捏和亲吻的冲动——强迫行为率先出现，因为语言于我而言，依然犹如困在平静冰层下的动荡汪洋，那情形恰似我受困于企鹅展览水下那一半的样子，被堵在玻璃底下，被掩住了声音。我开始举手摸门框，跪在地上去抓运动鞋上没系好甩来甩去的鞋带（近来这在圣文森特最蛮横的孩子中蔚然成风，对我却殊为不幸），不停敲击课桌椅的金属管支脚，寻找特定的振铃旋律；还有最糟糕的一样：抓住并亲吻我的孤儿同伴们。当时我被自己吓得够戗，在图书馆里藏得更深了，但上课、吃饭和就寝还是非得露面不可。然后事情就发生了。我会扑向某个人，用双臂包裹住他，亲吻他的面颊、脖子或额头，能碰到哪儿就是哪儿。接着，冲动过去，扔下我百口莫辩，要么想办法自我辩解，要么逃之夭夭。我亲吻了格雷格·图恩和埃德温·托雷斯，但平时却连直视他们的勇气都没有。我亲吻了莱斯霍恩·蒙特罗斯，他用椅子敲断过霍卡罗先生的胳膊。我亲吻了托尼·佛蒙蒂和吉尔伯特·科尼，还企图亲吻丹尼·芬特尔。我亲吻了斯蒂芬·格罗斯曼，说也可悲，但感谢他当时对我听之任之。我亲吻了跟我地位相同的人，那些同样可悲的隐形孤儿，他们在孤儿院的边缘挣扎，只求苟延残喘，我甚至不清楚他们的名字。"游戏而已！"我这样恳求。"游戏而已。"这是我唯一的辩解，我们生命中有太多诡秘莫测的事情宛如游戏，各有其古老的内在法则，就像"英国牛头犬"、"追捕"和"斯嘉丽与詹克斯"。那是转给我们这些知道怎么玩的孤儿的神话，我或许有可能说服他们，这不过是另外一种游戏而已：亲吻游戏。同样重要的是，我或许也能说服自己——这游戏难道不是出自我读过的某本书？这是为亢奋的青春少年准备的游戏，比方说萨蒂·霍金斯日①？忘记咱们这儿没有姑娘吧，难道我们孤儿院的男孩就不值得拥有相同的东西？没错，就是这样，我心想——我仅凭一己之力便把饱受压抑的人们带进了青春期。我知道他们不知道的某些事情。"游戏而已。"我绝望地说，有时候还伴随着痛苦的眼泪流过我的面颊。"游戏而已。"莱斯霍恩在陶瓷喷泉上撞破了我的脑袋，格雷格·图恩和埃德温·托雷斯宽宏大量，只是把我推倒在地。托尼·佛蒙蒂把我的胳膊扭到背后，强迫我贴在墙上。"游戏而已。"我在牙缝里挤出这句话。他放开我，满心怜悯地摇头而去。结果倒是因祸得福，他有几个月认为我不配让他脏了手，我太可悲，太娘娘腔，别说打我，他连碰都不肯碰我，避而远之就更好了。丹尼·芬特尔看穿我的来意，如躲避腿脚灌铅的后卫般闪开我，继而奔下楼梯，消失得无影无踪。吉尔伯特呆立当场，对我怒目而视，因为我俩的私密过往而气馁不已。"游戏，"我安慰他，"游戏而已。"我这样告诉可怜

---

① 萨蒂·霍金斯日（Sadie Hawkins Day）：源自卡通画家阿尔·卡普（Al Capp）笔下的人物故事。萨蒂·霍金斯是镇上最有钱有势人家的女儿，其腿长擅跑，然长相奇丑无比，所有男人都避之不及，三十五岁依然小姑独处，于是她父亲利用权力搞了一个所谓的萨蒂·霍金斯日，将所有单身汉召集起来赛跑：第一声枪响所有单身汉起跑；第二声枪响，他女儿起跑，被他女儿追上就得乖乖做她的"俘虏"。

的斯蒂芬·格罗斯曼，他相信了我，但只到他企图亲吻欺压我们两人的托尼为止，他或许希望这能够改变当时的主仆关系。托尼没有饶过他。

与此同时，在结冰的表壳之下，语言的海洋正在走向沸点。我越来越难以置之不理，电视上的推销员说到"陪伴余生"时，我的脑海里跟着出现"安抚块坟淫欲"；听见"阿尔弗雷德·希区柯克"时，我默默回应"被改变了的屋子钟表"或者"反跋涉的烦躁亲吻"；坐在图书馆阅读布斯·塔金顿的著作时，我的喉咙和下巴会在抿紧的嘴唇后蠕动，疯狂地想给文章的音节配上《饶舌歌手的喜悦》①的曲调（当时这首歌每隔十五二十分钟就会在操场上响起一次）；还有一个名叫比利或贝利的隐形伙伴在乞求我的侮辱痛骂，而我发现自己越来越难以抵御这个诱惑。

上帝慈悲，亲吻这阵风来得快，去得也快。我找到了其他的发泄口，其他的执迷。凯赛尔先生从图书室拽出来交给敏纳的这位十三岁苍白少年，更喜欢敲击地板、吹口哨、打响舌、使眼色、飞速扭头、抚摸墙壁，就是不用我那颗受妥瑞氏症控制的大脑最渴望的方式直接表达欲念。这时候，语言在我体内翻腾，冰冻的海洋正在解封，但任其释放似乎过于危险。我想长篇大论，但不能让任何人甚至我自己知道，我的疯狂到底有多么意图不轨。出乖露丑、丢魂失态，那只不过是偶然抽风而已，或多或少可被原谅。简而言之，捏捏莱斯霍恩·蒙特罗斯的胳膊甚至亲吻他是一回事，但走上去管他叫"小母鹿·猫鼬"或"左手·月光圣歌"乃至于"操你妈·玫瑰对虾"就是另外一回事了。因此，尽管我四处搜罗词汇，如滴

---

① 饶舌歌手的喜悦（Rapper's Delight）："糖果山匪帮"乐队在1979年发行的热门单曲。

着口水的虐待狂掳掠者一般珍爱它们，扭曲它们，融化它们，磨掉它们的棱角，码放成摇摇欲坠的叠堆，在释放它们之前，我将其转译成肉体的活动，癫狂的舞蹈。

现在我潜匿了，我这样想。每发出一次抽动，我都压制下了几十次，至少我有如此感觉——我的身体是根上得太紧的钟表发条，轻轻松松地赶着一组长短指针以两倍的速度前进，自认能毫不费力地让一整幢大厦里停顿的钟表重新走动，或是全套庞杂的工厂设备，就像《摩登时代》里的那条生产线，那年我们在第四大道的布鲁克林公共图书馆的地下室看了这部电影，放映的版本有个书生气的伴音解说卓别林多么天赋异禀。我把卓别林和巴斯特·基顿（他的《将军号》也同样是无声电影）视为偶像：深具侵略性和破坏性的能量在两人身上闪耀，身体几乎容纳不下；他们有办法逃过陷阱，让无尽的危险永远环绕四周，被世人认为伶俐可爱。我没必要费心思去寻找座右铭：沉默是金，明白吗？明白了吧。磨练你对时间的掌握，磨砺那些躯体律动——再愚蠢不过的摸墙壁、做鬼脸、抓鞋带，直到它们像是闪烁的黑白画面一般好玩，直到你的敌人戴上警察或邦联军爷的帽子，被他们自己绊倒，直到眼如雌鹿的女人狂喜晕厥。所以，我让舌头在牙关背后缠绕，不去理睬面颊的脉动和喉头的颤抖，坚定地把语言如呕吐物般咽回腹中。但语言灼烧似烈火。

货车载着我们走了一两英里，敏纳骤然刹车，引擎呼哧呼哧地慢慢停下。又过了几分钟，他才放我们钻出车厢，我们发现自己站在一个带铁门的仓库院子里，头顶布鲁克林-皇后区高速路，这儿是一片废弃的工业区。我后来知道了名字，叫红钩区。他领着我们走到一辆大卡车前，这是一辆十二轮拖车，目力所及不见车头，他拉起后车门，出现在眼前的是一

055

车厢一模一样的纸板箱，足有一两百个，甚至更多。我不禁一阵战栗：我在偷偷数箱子。

"你们上去两个人。"敏纳心不在焉地说。托尼和丹尼脑子转得快，马上就爬进了车厢，他们可以在没有太阳的阴凉地方干活。"很简单，把这些东西搬进去。卸下来，弄到卡车前头，进去。直着走，听明白了？"他指着仓库这样说。我们都点点头，我偷着看了一眼，没人注意到我。

敏纳打开仓库的大扇格板门，告诉我们把箱子堆在哪儿。我们立刻动起手来，很快就被热得半死不活。托尼和丹尼将箱子推到车厢边缘，吉尔伯特和我跑了十来趟后，年长的两个孩子放弃了有利地位，帮着我们把箱子拖过炎炎烈日下的院子。敏纳没碰任何一个箱子；他从头到尾都坐在仓库的办公室里。透过一扇内部窗户我们可以看到，那个房间乱糟糟的，塞满了桌椅和文件柜，到处是大头针钉着的字条和色情画日历，还放了一摞橘红色的锥形交通路标，他拼命抽烟，没完没了地打电话，显然根本不听对方怎么回答——每次我透过窗户看他，他的嘴巴都在动。办公室的门关着，外面听不见他在玻璃后发出的声音。过了一阵子，又出现了一个男人，我不确定他是从哪儿蹦出来的，他站在院子里擦拭前额，仿佛他也是流汗出力的人之一。敏纳迎出来，两人一起走进办公室，那家伙就此消失。我们把最后几个箱子搬进仓库。敏纳拉下卡车的卷帘门，锁上仓库，指指他的货车，要我们回去，但在关门前停了下来。

"够热的，是吧？"他说，这大概是他第一次正眼看我们。

汗流浃背的我们使劲点头，谁也不敢说话。

"你们几个小猴子渴吗？我都快给热死了。"

敏纳带着我们来到距离圣文森特几个街区的史密斯街，在一家酒铺门前停下，给我们买了啤酒，是易拉罐的米勒啤酒，和我们一起坐在后车厢里痛饮。这是我第一次喝啤酒。

"名字?"敏纳指着托尼说,他显然是我们的老大。从托尼开始,我们一一报上教名。敏纳没有说他叫什么,只是一口喝光啤酒,然后点点头。我开始叩击身边的车厢板。

耗尽了体力,逃出圣文森特所带来的惊讶感也悄然退去,我的综合征又在寻找出口。

"该跟你说一声,莱诺尔是个怪胎。"托尼说,他的声音因为自尊而略略颤抖。

"很好,嘿,你们哪个不是怪胎?请原谅我直话直说,"敏纳说,"一个个没爹没妈的——我没弄错吧?"

静默。

"喝完啤酒。"敏纳说着把空罐抛过我们,扔进车厢深处。

我们为弗兰克·敏纳做的第一份工就此结束。

第二周,敏纳又找上了我们几个人,带着我们来到上次那个荒僻的院子,这次他友善了不少。工作的内容毫无区别,连箱子的数量也差不多(两百四十二,两百六十),我们在同样战战兢兢的沉默中勉力做事。我感到托尼朝我和吉尔伯特的方向投来炽烈燃烧的怨恨火焰,他大概认为我们正在毁坏意大利人对他的拯救。丹尼当然与此无关,还是一副茫然样子。话虽如此,但我们开始以团队方式协同作战——强制性的体力劳动自有其真理所在,尽管心不甘情不愿,但我们还是展开了探索。

喝啤酒的时候,敏纳问:"喜欢这份工作吗?"

我们中有个人说当然。

"知道你们在干什么吗?"敏纳露出一脸坏笑,等着我们的答案。这个问题很能迷惑人。"知道这是什么性质的工作吗?"

"呃,搬箱子?"托尼说。

"没错,搬运,搬运工作。为我工作的时候,你们就这么称呼它。这儿,看着。"他站起身,手伸进口袋,掏出一卷二十块的票子和一小叠白色卡片。他冲那卷钞票看了一会儿,然后剥下四张二十块,给我们一人一张。这是我的第一张二十块票子。然后,他给我们一人发了一张卡片。上面写着:L与L搬运公司。没有不接的小活,这份工作太重要。杰拉德与弗兰克·敏纳。还有一个电话号码。

"你是杰拉德还是弗兰克?"托尼问。

"敏纳,弗兰克·敏纳。"这口气活像邦德,詹姆斯·邦德。他用手捋了捋头发。"所以,你们是一家搬运公司,懂了吗? 是干搬运活儿的。"这一点似乎非常重要:所以我们管它叫"搬运"。我想不出这份工还有别的什么叫法。

"杰拉德是谁?"托尼问。吉尔伯特和我,甚至还有丹尼,都小心翼翼地观察着敏纳。托尼在代表我们四个人提问。

"我兄弟。"

"哥哥还是弟弟?"

"哥哥。"

托尼想了片刻。"L与L又是谁?"

"名字而已。L与L,两个L。公司名称。"

"呃,那是什么意思呢?"

"白痴,你希望它是什么意思? 活得响亮? 挚爱娘们? 嘲笑你们这几个窝囊废?"

"什么? 难道没有任何意思?"托尼说。

"我这么说了吗? 有没有? "

"最不寂寞。"我猜测道。

"说得好,"敏纳对我挥挥啤酒罐,"L与L搬运公司。最不寂寞。"

托尼、丹尼和吉尔伯特都瞪着我,不知道我是如何赢来了这如潮的赞许。

"喜欢莱诺尔。"我听见自己说。

"敏纳,这是意大利人的姓吗? "托尼问。这个问题无疑是为他自己问的。是该开门见山的时候了,我们其他三个人哪儿凉快哪儿歇着去。

"你老几啊? 查户口? "敏纳说,"新记者? 你全名是什么,吉米·奥尔森①? "

"路易斯·莱恩。"我说。和所有人一样,我也看《超人》漫画。

"托尼·佛蒙蒂。"托尼没有理睬我。

"佛蒙—蒂,"敏纳重复道,"这是什么名字? 新英格兰地方的? 你是红袜队的球迷? "

"洋基队。"托尼有些迷惑,自我辩解道。洋基队是当年冠军,红袜队遭到羞辱,是万年手下败将,不久前还在巴奇·邓特那记著名的本垒打面前一败涂地。我们几个人都在电视上看见了。

"运气借来,"我边回想边说,"牛逼才能。"

敏纳爆发出一阵狂笑。"没错,牛逼他妈的才能! 非常不错。看什么看,就是牛逼才能。"

"莱克斯·卢瑟。"我说着伸手去摸敏纳的肩头。他只是盯着我的手,但没有避开。"午餐打圈,大笑运气,圈子嘴唇——"

---

① 吉米·奥尔森(Jimmy Olsen)是《超人》漫画中的记者。路易斯·莱恩则是超人的女友。

"小疯子，够了，"敏纳说，"已经足够了。"

"锁扣东西——"我绝望地寻找能让自己停下来的法子。我的手继续叩击敏纳的肩膀。

"停下吧，"敏纳反过来给我的肩头也来了一下，出手颇狠，"别拖大船。"

所谓"拖大船"指的是考验敏纳的耐心。随便什么时候，只要你想多碰碰运气，说得太多，寒暄太久，或者高估某种特定方法或手段，你就犯下了"拖大船"的罪错。大体而言，拖大船就是把智慧用错了地方，或者扯淡没扯到点子上，这是放之四海而皆准的道理：觉得自己很有趣的家伙就仿佛拖着一艘大船四处走动。知道玩笑在哪儿开到头，话题应该怎么开场，在大船被拖动前脱身而去，这是一门艺术（前提是你想尽量推进事态；平白丢失赢得一阵大笑的机会是非常差劲的事情，这种举动甚至不配得到特别的称呼）。

多年前，大家还不熟悉"妥瑞氏症"这个词的时候，敏纳就给我下了诊断书：拖大船症末期。

分发八十块钱和四张名片，敏纳只做了这些就永远——或者，他愿意多久就多久——招纳我们四个人成为L与L搬运公司的初阶员工。每人二十块加一罐啤酒，我们得到的始终是这个待遇。敏纳时不时地召集我们，提前一天通知或压根儿就不通知，后者是一项激励，我们开始念高中以后，总是一下课就回到圣文森特，满怀期待地待在操场或休息室里，每个人都假装没在竖着耳朵听他那辆货车引擎的独特隆隆声。活计五花八门，形形色色。我们搬运类似于拖车里那些纸箱的货物，进出法院街路边的各处店头和地下室格栅，这些可疑的行为似乎该由批发商自己处理，这些交易都是在店铺后头分享一支雪茄敲定的。我们还累死累活地搬运一整套公寓的家具，进出不装电梯的褐沙石豪宅，这是合法的搬家活儿，至少我看来如此，但经常有烦恼的男女在旁边操心，觉得我们年纪不够大，也不是专业人员，没法照顾好他们的财产——敏纳会叫他们闭嘴，拿我们分神的代价来提醒他们："咪表在飞驰哦。"（当然了，按小时计算的费率与我们的报酬无涉。我们拼命不拼命都只有二十块，但我们都很拼命。）我们把沙发用自制的皮带和滑轮放下三楼窗户，托尼和敏纳在屋顶上，吉尔伯特和丹尼在窗口接应，我在地面管理引路绳。曼哈顿大桥靠布鲁克林这一侧底下有幢巨大无比的楼房，主人是敏纳的朋友，有地位但从不露面，楼房毁于火灾，我们免费替绝大多数房客搬家，这是某种形式的安置措施或让步姿态——具体条件隐晦不清，但敏纳对此非常在意。有两个大学生年龄的画家找他投诉，说我们搬运消防员堆在地上的一叠破画布时太过粗鲁，他因为耽搁了时间而前后踱步，大发雷霆。此刻，唯一起效的咪表是供敏纳拿捏的时间，还有他与那位朋友兼客户之间的信用。八月的一天，我们清晨五点起床，去搭建临时性的木制舞台，供参加大西洋作怪街庆①的乐队表演，这是一项盛大的年度街头狂欢节；然后又在黄昏时分拆除舞台，热烘烘的大道此刻洒满了一天累积下来的食物包装纸和用过的纸杯，最兴奋的几个狂饮者跟跄着走向住处，我们则忙着用铁锤和脚跟砸开松木框架。还有一次，我们把整家电器展示厅搬空，装进了敏纳的货车，扯下架子上已经拆箱的立体声音响，拉出橱窗里的陈列品，断开照明灯光和闪烁的放大器的电线，最后甚

---

① 大西洋作怪街庆（Atlantic Antic）：布鲁克林区通常在每年八九月份举办的一项街头狂欢节。

至连桌上的电话机也没有放过——要是敏纳没有站在门外的人行道上，一边喝啤酒一边与亲手帮我们开门锁的那家伙说笑话，看着我们搬运货品，那这场面就更像是胆大包天的盗贼在行动了。每到一个地方，敏纳都能串通，哄骗，乱报化名，使眼色要我们帮衬；而每到一个地方，敏纳的客户都死盯着我们这些孤儿，有些人怀疑我们会趁乱偷拿值钱的东西，有些人想弄清楚我们为什么为敏纳效力，也许是希望捕捉到不够忠诚的线索，在敏纳身边埋下伏笔，以备他们的不时之需。我们没有偷拿任何东西，没有显露任何不忠诚；而是反过来瞪着他们，想让他们退避三舍。听他们说话时，我们收集消息。敏纳愿意的时候会教导我们，不愿意的时候我们就看着自己学。

我们因此变成了一个群体。我们发展出了特定的集体自我，这让我们在孤儿院独树一帜。我们内部的敌意越来越少，外部来的压力越来越大：非白人的孤儿在我们的小团体中嗅到了一丝他们未来将会遭受何等压迫，为此转而惩罚我们。年龄也开始让这种种分野愈加显眼。所以，托尼、吉尔伯特、丹尼和我逐渐抹平了彼此间的旧日积怨，背靠马车站成一圈。我们总是黏在一起，无论在孤儿院还是在当地的萨拉·J.豪尔高中，这所高中是必要的中间站，只有少数几个人例外，他们够格去某些特别的地方（例如曼哈顿），也许是斯图佛逊，也许是音乐艺术学校。

我们这些圣文森特出身的男孩在萨拉·J.豪尔掩饰了身份，融入大部分人群中，这个群体也很粗野，尽管一个个都有父母手足和电话机，卧室门可以上锁，以及其他成千上万种我们想象不到的便利条件。但我们这些人都互相认识，留意着其他人，我们是与真钞一同流通的假币。无论肤色黑白，我们像兄弟般相互关照，为彼此在社会上遭受的羞辱保留特定程度的鄙视。另一方面，我们第一次与女孩混在一起，那简直就像路边的融雪盐进了冰激凌，不过对于萨拉·J那些粗野而魁梧的黑肤女孩来说，冰激凌只是打个粗略的比方而已，她们成群结队，放学后伏击任何胆敢在学校里与她们调情甚至眼神接触的白种男孩。学校里的绝大部分女孩就是这种货色，屈指可数的白种和拉丁女孩以近乎全然隐身的方式挣扎求生，想刺透她们由恐惧和沉默构成的外壳，你必须直面饱含愤恨的怀疑眼神。那种表情仿佛在说，我们的人生另有别的去处，你们也该这样。有男朋友认领的黑种女孩过于世故，不受校纪束缚，到了午餐时间那些男人就开了重低音轰鸣的汽车过来，有些车子还炫耀着车门上的累累弹痕；对我们来说，这些车辆的唯一用途就是当作丢烟头的靶子，我们经常如此比赛。是啊，萨拉·J里的两性关系很受束缚，但我想我们四个人，甚至包括托尼，恐怕都对在这儿念书的姑娘不会生出半分兴趣。我们宁可等着去法院街，去通过敏纳了解那个世界。

敏纳的法院街属于老布鲁克林，表面上永恒而宁静，底下却生机盎然，充满了流言蜚语、幕后交易和嬉笑怒骂，进了这片街区，政治集团与披萨饼店和肉店老板同在，到处都有不成文的规矩。所有一切都是口耳相传，只有最至关紧要的除外，而那些规矩则是无需说出的共识。他领我们去的理发店，理相同的发型，每人只收三块钱，他是例外，老板甚至不要他掏腰包——谁也不去琢磨为什么这儿的价钱自六六年以后就没涨过，也不去琢磨店里为什么有六个老理发师在操刀，而大部分时间他们根本没在做事，店头贴着的"理发杀手"的招贴画从这东西发明那天起就没换过（罐子上吹牛说是在布鲁克林发明的）；而另一方面，总有稍年轻些的男人进进出出，争论着运动话题穿堂而过，挥手拒绝理发的提议。事实上，理发店是退休之家，是社交俱乐部，同时给里屋的扑克赌场打掩护。理发师之所以受到照应，是因为这里是布鲁克林，人们守望相助的地方。为什么要涨价？进店的人反正都是这场密谋的一部分，都互相信任——不过你要是把话说出口，得到的不是困惑和否认，就是哈哈大笑和狠狠一巴掌。另一个典型的神秘所在则是"街机房"，这地方门脸宽敞，铺着油毡，放了三张弹珠台（永远有人在玩）、六七台街机（包括太空战机、青蛙过街和虫虫大战，但少有人问津）和一名出纳员，他不但帮你把纸币兑换成角子，也接受百元大钞，收进号码、马匹名和橄榄球队名列表旁的小格里。街机房门前的路边停满了小绵羊①，这东西在一两年前曾风行一时，现在却永久性地停放于此，除了一把自行车锁之外再无保护，这简直是在存心嘲笑街头蛮子。换了一个街区外的史密斯街，车子估计要被拆成碎片，但在这儿却保存完好，活脱脱是个路边小绵羊展示厅。无须解释，因为这里是法院街。法院街穿过卡罗尔花园和科布尔山，事实上是唯一真正的布鲁克林；北边的布鲁克林高地早被曼哈顿偷偷揽至门下，南边是港口，剩下格瓦努斯运河以东的全部地方（我们每次开车过运河的时候，敏纳都会大笑着说，这里是全世界唯一百分之九十由枪械构成的水体），除了公园坡和温莎的几小块文明前哨之外，就是丑恶不堪、粗野凶残的喧哗地带了。

有时候他只需要我们中的一个人。他会开着英帕拉而非厢式货车出现在孤儿院，点名叫某个人上车，然后带了那人离去，被抛下的几个人又是心碎又是吃惊。托尼时而受宠时而失宠，他的进取心和自尊心为他赢取的东西和让他付出的代价相近，但他毫无疑问是我们的头儿，也是

---

① 小绵羊（Vasper）：轻便摩托车的俗称。

敏纳的左膀右臂。他把敏纳的这些私密差事视为紫心勋章，但拒绝向我们透露其中的具体内容。丹尼，运动员身材，沉默的大高个，他成了敏纳最信任的灰狗，他的墨丘利，替敏纳个人递送物品和安排约会，还在红钩区一处荒废的停车场提前上驾驶课，仿佛敏纳要培养他当国际间谍或新青蜂侠的加藤。吉尔伯特一肚子顽固，不达目的从不罢休，苦活累活也就都归了他，比方说坐在并排违停的车里等待，比方说用胶带修理一车厢撕破的纸箱，比方说卸下尺寸过大的衣橱的支腿，好让它穿过狭小的门洞，比方说给厢式货车重新上漆，车身上的涂鸦显然触怒了敏纳的某个邻居。我则是备用的眼睛、耳朵和意见。敏纳会带着我参加里屋、办公室、理发馆的各种磋商，事后听我的汇报。我怎么看那家伙？胡扯还是真话？笨蛋还是弱智？大鲨鱼还是讨厌鬼？敏纳鼓励我把每样东西都尝两口，咀嚼后再吐出来，他似乎认为我的语言喷涌只是暂时没有锚定议题的评论而已。另外，他格外喜爱我的言语模仿症。他觉得我这是为了引人注意。

不用说，那自然不是评论和引人注意，但妥瑞氏症的语言症状终于在我身上盛放了。和法院街一样，我在语言和密谋背后沸腾，颠倒逻辑，突然抽搐，口出恶言。现在，法院街和敏纳开始把我拉向台前。有了敏纳的鼓励，我放任自己模仿他偷听到的对话、他的抱怨与劝慰，还有他那些"看在谁谁谁的面子上"的争辩。敏纳喜欢我对客户和合作者施加的影响，喜欢我如何让那些人心情紧张，我会突然出声，或者头部猛然抽搐，或者哑着嗓子大吼"吃我啊贝利！"从而打断不着边际的闲谈胡扯。我是他的特别效果，是修成肉身的笑话，能跑会跳。他们抬头呆望，惊诧莫名，而敏纳只是心照不宣地挥挥手，接着数钱，都懒得看我一眼。"别在意，他忍不住，"他会这样说，"那孩子是大炮里射出来的。"或者，"他有时候疯疯癫癫的，别理他就是了。"然后他对我打个眼色，认可了我们的心有灵犀。我是人生不可预测、残酷又激烈的证据，是他自己那颗疯狂心灵的等比模型。敏纳用这种方式给我的言语发放了许可证，而事实证明，言语解放了我，没让罹患妥瑞氏症的自我吞噬我；事实证明，这给我带来了其他方式未能办到的满足，就像抓挠能暂时止住瘙痒。

"莱诺尔，你就从来不听自己在说什么？"后来敏纳这样问我，他摇着头说，"你绝对是从他妈的大炮里打出来的。"

"斯科特出自大峡谷！我也不知道为什么，但就是——闭上嘴！——停不下来。"

"你是一场怪胎秀，这就是原因。人类怪胎秀，而且还免费。大众免费参观。"

"怪胎秀！"我给他肩头来了一下。

"我怎么说的来着？免费人类怪胎秀。"

与敏纳相遇四五个月以后，秋季的一天，我们被引介给马屈卡迪和洛卡弗蒂，地点是他们在迪格洛街的褐沙石宅邸。敏纳照例把我们四个人塞进厢式货车，没有解释要去干什么，但他处于某种特别程度的兴奋状态之中，他的神经质在我身上诱发了一种特别的抽动欲望。他先开车经布鲁克林大桥进入曼哈顿，然后拐到桥下，来到富尔顿街附近的码头。他在车流中穿梭的时候，我始终在模仿他头部紧张兮兮的抽搐动作。车在一处栈桥前的水泥场地正中央停下。敏纳让我们等在货车外面，自己钻进了一个没有窗户的波纹钢板小棚子，我们在东河吹来的风中瑟瑟发抖。我抽搐起来，绕着货车跳舞，数大桥的悬挂钢索，大桥如巨大怪物的金属臂膀般挂在我们的头顶上，托尼和丹尼身穿他们最薄的格子呢上衣，冻得要死要活，对我又踢又骂。吉尔伯特裹了件假绒毛长外套，与寒风绝缘，这衣服的凸起部位是缝在一起的，这让他看起来很像米其林轮胎人或《爱丽丝漫游奇境》里的红皇后。他站在我们几英尺开外，有系统地把大块大块风化剥落的混凝土扔进河里，清理栈桥上的碎石仿佛能帮他赚点数似的。

两辆黄色小卡车开了过来，敏纳适时出现。这两辆厢式货车来自莱德租车行，比敏纳那辆小，装饰得一模一样，但一辆保养完好，另一辆破破烂烂的。两个司机坐在驾驶室里抽烟，引擎没有关闭。车厢没有上锁，敏纳拔开插销，吩咐我们把车里的东西搬到我们车上，而且动作要快。

我拿起的第一件东西是电吉他，这把吉他做成振翅的V字形，涂装了珐琅质的黄白火焰，插孔里还悬着线缆。其他乐器，无论是吉他还是贝司，都放在各自的黑色硬盒中，但只有这把吉他是被匆匆拔掉后随意塞进车厢的。两辆货车装满了音乐会的器材：七八把吉他、键盘、满是电子开关的面板、好几捆线缆、麦克风和支架、效果踏板、不经拆解直接装进车厢的全套鼓具、许多放大器和监听音箱，这其中包括了六台黑色的舞台用放大器，每台都有半个冰箱大小，第二辆莱德公司的卡车里只放了这些东西，每套放大器都需要两个人抬出来，然后装进敏纳的厢式货车里。放大器和硬盒上都印有乐队的名字，我对他们只有模糊的印象。后来我得知AM频道上有一两首小受欢迎的歌曲出自这支乐队，唱的是公路、汽车和女人。当时我无法领会其中的意思，但知道这些设备足够小型场馆演出使用。

我不清楚该怎么把这两车货物塞进敏纳的厢式货车，敏纳只是叫我们闭嘴，手上再麻利些。那两辆车上的人既不说话也不离开驾驶室，只是默默地抽烟等待。没有人走出那个波纹钢板棚子。搬到最后，车厢里剩下的空间仅够吉尔伯特和我勉强进去，挤在门背后，随着那些堆积成山的可怜乐器一路颠簸，而托尼和丹尼则在前面和敏纳在一起，两人分享一个座位。

就这样，我们过桥返回布鲁克林，吉尔伯特和我都很害怕，万一货物移位或倾覆那可就小命不保了。经过几次转弯和急停，我们吓得喘不过气来，敏纳终于把货车并排违停在了马路上，放我们从后面出来。行程终点是迪格洛街上成排的褐沙石豪宅中的一幢，红砖墙面，精磨石雕剥落成粉，窗前挂着优雅的帘布。某位高明的推销员十几二十年前做了笔生意，在整个街区的优雅前门上建起了薄脆的铁皮遮阳棚，百年老建筑都被毁得不成体统；马屁卡迪和洛卡弗蒂的住处只有一个地方与众不同，那就是这幢屋子没有那玩意儿。

"咱们得把那套鼓拆开。"托尼打量着房门说。

"搬进去好了，"敏纳说，"进得去。"

"那楼梯呢？"吉尔伯特说。

"你会明白的，你个巧克力奶酪球脑袋，"敏纳答道，"少废话，往门廊上搬就是了。"

进到室内，我们果然明白了。进了大门，这幢看似普通的褐沙石建筑就很不寻常了。狭窄的走廊和楼梯、轮辐栏杆、华丽的高屋顶，这些典型的内部装饰都被拆除一空，取而代之的是仓库风格的楼梯，直接通往地下室和楼上。我们脚下的大厅地板左边被一堵干净的白墙隔断，墙上有一扇关着的门。我们把器材运进楼上的房间，敏纳守在厢式货车背后，那套鼓很容易就进去了。

乐队器材整齐地码放进房间的一角，底下垫着显然早就准备好的木托盘。楼上是空的，只这儿那儿摆着几个板条箱，一张橡木饭桌上堆满了银质餐具：叉子、两种大小的调羹、黄油刀，以上几样都各有几百件，华美而沉重，闪闪发亮，扎成乱七八糟的好些堆，除了手柄都指着同一个方向之外再无任何规律可言。我从没有在一个地方见过这么多餐具，包括圣文森特的食堂厨房在内——话也说回来，圣文森特的叉子是扁平的模压货，这脏兮兮的金属物件，一头折弯，算是叉头，另一头则充当把手，比吃学校午餐时配发的塑料"叉匙"好不到哪儿去。相比之下，眼前的叉子犹如雕刻杰作。我从其他几个人身边走开，被堆成小山的叉子、餐刀和调羹深深迷住了，但特别关注叉子，它们的轮廓仿佛少了大拇指的小手，又好似银质动物的爪蹄。

另外几个人把最后一台放大器搬上楼梯。敏纳重新停妥厢式货车。我站在餐桌前，扮作随随便便的样子。抽动脑袋是抽动手臂的良好掩饰方法，我发现没有任何人在注意我。我把一柄叉子藏进口袋，下手的时候，我因欲望和期待而颤抖着，恐惧中藏着欣喜。正要带着战利品逃遁的时候，敏纳回来了。

"客户要见你们。"他说。

"是谁？"托尼问。

"他们说话的时候，记住别开口，懂了吗？"敏纳说。

"好，但客户是谁呢？"

"现在就给我练练怎么闭嘴，免得等会儿见到他们不够熟练，"敏纳说，"他们在楼下。"

在大厅里那堵洁净无暇的墙壁背后，藏着这幢褐沙石建筑的又一个意外，像是种双重逆转：前厅的古老建筑丝毫未变。走过墙上唯一的那扇门，我们步入一个极为雅致、装饰奢华的褐沙石厅堂，天花板的石膏涡卷装饰上贴着金叶子，地上摆着古董桌椅和大理石台面的边桌，古董落地钟足有六英尺高，花瓶里插着鲜花。我们脚下踩的地毯历史悠久，颜色层层叠叠，是一幅过去的梦幻地图。墙上挂了许多带框的照片，没有哪张照片晚于彩色胶片的发明。这里更像是旧布鲁克林的博物馆展室，而不是一个现代房间。两位老先生，身穿相配的棕色正装，坐在几张长毛绒座椅中的两张里。

"这么说，他们就是你的孩子们了？"第一位先生说。

"跟马屈卡迪先生说声哈啰。"敏纳说。

"唷。"丹尼说。敏纳给他胳膊上擂了一锤。

"我说，跟马屈卡迪先生说声哈啰。"

"哈啰。"丹尼愠怒地说。敏纳在礼节上从未对我们有所要求。我们和他完成的工作不需要如此无趣的转折。我们习惯于跟他一起闲逛于街头巷尾，满口胡言乱语，互以毒舌相待。

但我们感觉到了敏纳的改变，感觉到了害怕和紧张。我们愿意遵从，尽管卑躬屈节不在我们掌握的技能之内。

两位老人翘着二郎腿坐着，手指搭成尖锥，仔细地打量我们。他们的服饰都极为整洁，露在外面的皮肤苍白而柔软，面孔也很柔软，但绝无发胖的痕迹。叫马屈卡迪先生的那位生着个大鼻子，鼻梁顶端有个豁口，这处边缘光滑的伤痕宛如模压塑料器具上的开槽。

"说哈啰。"敏纳吩咐我和吉尔伯特。

我在想"先生抓住你的身体混合淋浴弱智吹哨条子的生日"，实在不敢开口说话，只好轻轻抚弄着偷来的叉子的齿头，灯芯绒裤子的前袋几乎容不下这柄叉子的长度。

"没关系。"马屈卡迪说。他的笑容紧巴巴的，只动嘴唇，不露牙齿；厚实的镜片让视线的逼人程度加了一倍。"你们都给弗兰克干活？"

我们该怎么回答？

"没错。"托尼自告奋勇地答道。马屈卡迪是意大利人的名字。

"他怎么说，你们就怎么做？"

"没错。"

第二个男人欠起身来。"听我一句，"他说，"弗兰克·敏纳这人不错。"

我们再次不知如何是好。难道该唱反调不成？

我数着口袋里那柄叉子的叉齿，一二三四，一二三四。

"跟我们说说，你们有什么打算？"第二个男人说，"从事什么职业？做什么样的工作？成为什么样的人？"他没有隐藏牙齿，牙齿呈亮黄色，一如我们卸货的卡车。

"告诉洛卡弗蒂先生。"敏纳催促道。

"弗兰克，你怎么说，他们就怎么做，对吗？"洛卡弗蒂对敏纳说。尽管这只是重复先前的话，但不知为何却不像轻松的闲谈。他的关注中带着强烈的疑虑。敏纳如何回答是性命攸关的事情。我几次偷偷瞥视马屈卡迪和洛卡弗蒂，他们就是这样的人：看似平庸的话语背后却藏着令人惊惧的分量。

"是啊，这些孩子都很不错。"敏纳答道。我在他的声音中听出了仓促。寒暄过后，我们已经待得太久了。

"孤儿。"马屈卡迪对洛卡弗蒂说。他在重复别人告诉他的什么话，突出其中的价值。

"喜欢这屋子吗？"洛卡弗蒂对屋顶打了个手势。他捕捉到我正在盯着涡卷装饰看。

"是的。"我谨慎地答道。

"这是他母亲的客厅。"洛卡弗蒂说着对马屈卡迪点点头。

"完全按原样保留，"马屈卡迪自豪地说，"一样东西也没变过。"

"马屈卡迪和我还像你们这么大的时候，我经常来见他的家人，我们一起坐在这个房间里。"洛卡弗蒂对马屈卡迪笑笑。马屈卡迪也以笑容相待。"他母亲让我相信，假如我们把水洒在这块地毯上，哪怕只有一滴，她就会生生扯掉我们的耳朵。坐在这儿，忍不住要想起往事啊。"

"所有的东西都完全按原样保留，"马屈卡迪说，"她要是看见了，一定会知道。假如她此刻在这里，愿上帝保佑她可爱又可悲的灵魂。"

两人陷入沉默。敏纳也不再开口，不过在我的想象中，我能感觉到他心里装着紧张和焦虑。我认为我真的听见了他吞咽唾沫的声音。

我的喉咙很安静。我转而抚摸那柄偷来的叉子。此刻它似乎是效力十足的魔咒，我甚至有了错觉，只要我把叉子藏在口袋里，也许就永远不需要胡言乱语了。

"那么，请告诉我们，"洛卡弗蒂说，"告诉我们，你们想从事什么职业，成为什么样的人。"

"和弗兰克一样。"托尼说，他相信他在替我们几个人发言，事实也的确如此。

这个答案让马屈卡迪吃吃地笑了，但依旧不露半颗牙齿。洛卡弗蒂耐心等他的伙伴笑完，然后才问托尼："想做音乐吗？"

"什么？"

"想不想做音乐？"他的语气诚挚可信。

托尼耸耸肩。我们每个人都屏住呼吸，等着理解他的意图。敏纳换了个姿势站着，紧张地望着这次会面溢出他的控制范围。

"你们今天为我们搬运的物品，"洛卡弗蒂说，"认出那些东西都属于什么人了吗？"

"当然。"

"不，不行，"敏纳忽然开口，"你们不能这样做。"

"请不要拒绝我们的礼物。"洛卡弗蒂说。

"不，真的不行。绝无冒犯之意。"我看得出拒绝对于敏纳来说势在必行。这些礼物少说也值几千块，几万块也有可能，属于必须断然拒绝的好意。我实在不该费神拿电吉他、键盘和放大器编织狂热的幻想，但为时已晚：乐队名字在我的脑子里喷涌而出，都窃取了敏纳的智慧：操蛋讨厌鬼，巧克力奶酪球，托尼和拖大船。

"为什么呢，弗兰克？"马屁卡迪说，"咱们寻点儿小乐子嘛。让孤儿做音乐是件好事。"

"不了，求您。"

石头缝里蹦出来的混球。免费人类怪胎秀。我设想着这些名字作为乐队标识出现在低音鼓的鼓面上，刻印在放大器的机身上。

"不会允许其他人拿那堆垃圾取乐了，"洛卡弗蒂耸耸肩，"可以送给你的孤儿们，也可以浇上一罐汽油然后放火——有什么区别呢？"

洛卡弗蒂的语气让我明白了两件事情。第一，这番赠予对他而言真的没有多少意义，没有任何意义，因此拒绝也是可以接受的。他们不会强迫敏纳让我们收下这些乐器。

第二，洛卡弗蒂的比较很怪异，其中牵涉到了一罐汽油，但这个比较对他们而言却并不陌生。乐队的那些器具如今就将面临这样的结局了。

敏纳也听明白了，他长出一口气。危险已经过去。但就在这个瞬间，我却朝相反的方向拐了弯。叉子的魔法陡然失效。我开始想把脑子里跃动的连篇鬼话用某种方式变成声音。纨绔牛逼与陈腐甜甜圈——

"唉，"马屈卡迪说，他举起一只手，仿佛温文尔雅的公断人，"看得出有人不高兴了，那就算了吧。"他的手探进正装上衣的内袋。"但我们坚持要向这些孤儿表达谢意，他们毕竟帮了我们一个大忙。"

他拿出的是百元大钞，一共四张。他把钞票递给弗兰克，对我们点点头，露出慷慨的笑容，没有理由不接受吧？这个姿态毫无疑问就是弗兰克四处散发二十块钞票的起源，相比之下弗兰克立刻显得既幼稚又廉价，因为他拿来充当小费的钞票从来都不到一百块。

"好的，"敏纳说，"这可太好了，他们会被二位宠坏的。他们还不知道怎么花钱。"终点就在眼前，他终于有了开玩笑的心情。"说谢谢，你们这些花生脑袋。"

其他三人都惊呆了，我正在和妥瑞氏症殊死搏斗。

"谢谢。"

"谢谢。"

"谢谢，马屈卡迪先生。"

"汪！"

事毕，敏纳把我们带离屋子，他赶着我们穿过这幢褐沙石建筑的古怪走廊时步子走得太快，甚至没有回头看一眼。我们走出房间之前，马屈卡迪和洛卡弗蒂都未曾离开座椅，只是向我们或彼此间露出笑容。敏纳让我们坐进后车厢，我们在那里攀比各自的百元钞票，它们都是崭新的，连着号码。托尼立刻想说服我们把钱交给他统一保管，钱放在孤儿院可不够安全。我们没有上钩。

敏纳把车停在史密斯街上靠近太平洋大道的一家通宵超市门前，阿拉伯人盘下这里以后，将其更名为"扎伊德市场"。我们坐在车里等待，终于见他拎着啤酒绕到车后。

"你们几个混球，知道怎么忘记事情吧？"他说。

"忘记什么？"

"刚才见到的那两个人的名字。四处乱说对你们没有好处。"

"那我们该怎么称呼他们？"

"什么也别称呼。这是我工作的一部分，你们必须学会遵守。有时候，客户就只是客户而已，没有名字。"

"他们是谁？"

"谁也不是，"敏纳说，"这就是重点。忘了你们曾经见过他们。"

"他们住在那儿？"吉尔伯特说。

"不，他们只是还留着那地方而已。他们已经搬去了泽西。"

"花园州①，"我说。

"是的，花园州。"

"花园州砖面与灰泥！"我大叫道。花园州砖面与灰泥是一家房屋翻新公司，自制的电视广告片水准低劣，在第九和第十一频道播出，拣的是大都会队和洋基队的比赛间隙和《阴阳魔界》剧集的重播期间。我原本在抽动中就会偶尔呼叫这家公司的奇怪名字，此刻我心中觉得砖面和灰泥说不定正是马屈卡迪和洛卡弗蒂的秘密名号。

"那是什么？"

"花园州砖泥与灰面！"

这让敏纳又哈哈大笑一场。和恋人一样，我乐于逗敏纳大笑。

"很好，"他说，"非常不错。就叫他们砖泥和灰面吧，你这该死的一等一怪胎。"他又灌下一罐啤酒。

---

① 花园州（Garden State）是新泽西的别称之一。

如果记忆没错，我们再也没有听见过敏纳提起这两个人的真名。

"所以你觉得你是意大利人？"敏纳有一天这样问，当时我们都挤在他那辆英帕拉里。

"你觉得我看起来像什么血统？"托尼说。

"不知道，还以为你或许是希腊人。"敏纳说，"我从前认得一个希腊人，他在联合街转来转去兜搭意大利姑娘，最后姑娘们的几个兄弟把他带到了桥底下去。知道吗？你让我想起那家伙。有几分那种忧郁气质。要我说，你是半个希腊人。还可能是波多黎各人，叙利亚人也未可知。"

"去你妈的。"

"说起来，说不定我认得你们的爹妈咧。咱们讨论的显然不是乘喷气飞机四处跑的有钱人，而是成群的少女妈妈，也许就住在方圆五里之内，很想了解他妈的真相。"

敏纳对托尼的自吹自擂随口加以嘲弄，他仿佛在用这种方式证实我们已经有所怀疑的事情——点缀着各种复杂意义的不但是他的生命，我们的也是，而那些巨大的布置在他眼中却昭然若揭，他掌握着揭示真相的力量；他确实认识我们的父母，并且随时都可能把他们交给我们。

他也有奚落我们的时候，假装知道或者无知——我们分辨不出哪样是哪样。他和我独处时，他这样说："艾斯罗格，艾斯罗格，这个名字。"他咬着腮帮子，眯起眼睛，似乎在试着回想起来，又或者是在读镌刻在远方曼哈顿天际线上的名字。

"你认识姓艾斯罗格的？"我呼吸急促，心脏怦怦乱跳，"边缘肥猪！"

"不认识。只不过——你有没有在电话簿里查过？老天在上，顶多不过三四个艾斯罗格。这名字怪死了。"

后来回到孤儿院，我查了号码簿。有三个艾斯罗格。

从敏纳讲的和他喜欢听的笑话里，还有那些只听了一两句就匆匆打断的，可以窥见他的古怪视角。我们学会了即使蒙着眼睛也能穿梭在他各种盲目偏见的迷宫里。嬉皮士很危险，不正常，他们心中的乌托邦错得让人痛感悲哀。（"你的爹妈肯定是嬉皮士，"他曾这样对我说，"所以你才成了这么一个超级怪胎。"）同性恋男人是无害的提醒物，让我们记得敏纳在我们几个人心中埋伏了什么东西，而"半基佬"比彻头彻尾的基佬更加可耻。某些棒球运动员是半基佬，特别是大都会队的成员（洋基队神圣但无趣，大都会队则非常可悲，都是些浊骨凡胎），比方说李·马泽尼、鲁斯蒂·斯托布和已故的加里·卡特。大部分摇滚明星和参过军但没上过战场的也是如此。女同性恋聪颖而神秘，值得尊重，（怎能指望敏纳传授我们有关女性的各种知识？这家伙自己对女性就既困惑又虔敬。）但依然有可能顽固自大得可笑。大西洋大道的阿拉伯居民遥不可及、深不可测，与在哥伦布之前盘踞在这片土地上的印第安部落差不多。"传统"少数族群——爱尔兰人、犹太人、波兰人、意大利人、希腊人和波多黎各人——都是生命的黏土，打骨子里就很好玩；但黑人和各色亚洲人则阴沉、冷漠、不好玩（波多黎各人按理说属于第二类，但只因为《西区故事》便被提升进了"传统"行列；同时，所有西班牙裔人都是"波多黎各人"，即便多米尼加人也不例外，而多米尼加人还真是不少呢）。骨子里的愚鲁、精神疾病、家庭饥渴、性饥渴，这些却是令黏土走动的闪电，是让人生变得有趣和流动的生命力，前提是你必须学会如何看穿各种人格和交互作用，分辨它们。认定只要是黑人或亚洲人就必定不可能如爱尔兰佬和波兰佬那样愚蠢，这是种族主义，而非尊敬。如果你这人没意思，那就根本不存在。与其躲避你的命数，或者将其藏在可悲的自负和冷静之下，还不如大方地表现出愚蠢、无能、懒散、贪婪和怪异。因此，我这个"堂皇超级大怪胎"便成了这种世界观的福神。

有一天，我被单独留在一间仓库办公室里二十分钟等敏纳回来，于是就给布鲁克林电话簿上每个姓艾斯罗格的打电话，我在沉重的拨号盘上缓慢地选出数字，努力不被手指插进去的孔迷住。到人生中的那个时刻为止，我大概一共只拨打过两次电话。

我试了F.艾斯罗格、劳伦斯·艾斯罗格，以及莫瑞与安妮塔·艾斯罗格。F不在家。劳伦斯的电话是小孩接的，我听着他在那边说"哈啰？哈啰？"自己的声带却被冻住了，我默默地挂断电话。

莫瑞·艾斯罗格接起电话，他的声音有些气喘，听起来特别古老。

"艾斯罗格？"我说，然后压低声音对话筒之外说了声胸部屁股。

"是的，这里是艾斯罗格的住处，我是莫瑞。您是哪位？"

"贝利罗格。"我说。

"哪位？"

"贝利。"

他等了几秒钟，接着说，"呃，贝利，我能为您做些什么？"

我挂断了电话，然后把三个号码全都记在心中。

后来那些年，我始终没有越过我给莫瑞或其他电话本上的艾斯罗格画的那条界线——我没有在他们家门口出现，没有指责他们与一个免费人类怪胎秀有血缘关系，甚至没有一本正经地介绍过自己——但我创造出了一种仪式：拨通他们的号码，等一两次抽动后挂断，或者静静聆听，但只到听见另一个艾斯罗格的呼吸声为止。

有件真事——绝非笑话，尽管重复了许多遍，不断被"拖大船"——说的是一个法院街出身的巡警，他每天照例驱散聚集在门廊上或酒吧里的成群青少年，要是遇上有人跟他求情，他总是打断他们，说："好啊，好啊，叫你的故事快些走。"这个故事特别强烈地捕捉住了我对敏纳的感觉——他缺乏耐心，喜欢简明扼要，喜欢熔合不同的言语，从而让普通事物变得更具表现力，更逗趣，也更生动。他喜欢说话，但厌恶解释。示好的话平淡无奇，除非夹杂在辱骂中。如果辱骂的同时也在自贬便是好上加好，如果还反映出了一星半点的街头智慧，或者重拾起某个处于休眠期的辩题就更理想了。在行动的节拍之间，闲来无事在人行道上消磨时光的聊天最是美好：我们都学会了如何叫各自的故事快些走。

尽管杰拉德·敏纳的名字也印在L与L公司的卡片上，但我们只见过他两次，而且都不是在干搬运活儿的时候。第一次是八二年的圣诞节，敏纳母亲的公寓里。

卡洛塔·敏纳是个"老炉子"，按照敏纳的说法，这是布鲁克林称呼她这类人的当地切口。她是个在自家公寓里做生意的厨子，制作嫩煎乌贼和柿子椒塞肉盆菜，还有成罐的牛肚汤。前来购买的顾客永远络绎不绝，大部分都是附近家务事太多的妇女或者单身男人，老少皆有；玩室外滚球的人带着她做的菜去公园，赌赛马的家伙站在场外厅门口边吃边等结果，理发师、肉店老板和包工头坐在店后的柳条箱上，狼吞虎咽地吃着她做的炸肉饼，他们用手指把肉饼叠来折去，像是对待华夫饼一般。我一直没法理解她是怎么把售价和出炉时间告诉大家的，兴许是通过心电感应吧。另外，她的确用老炉子做菜，那是一套小型瓷漆四芯炉，多年累积的滴落酱汁结成硬壳，上头总有三四口锅在沸腾冒泡。这套无所不能的厨具从没有冷却的时候；整个厨房如砖窑般发光发热。敏纳太太本人仿佛也是烤出来的，她面目焦黑，沟壑纵横，像是做过了头的寇颂饼①。我们每次来都得先挤开门口排队的顾客，每次走总要带上好多盘美食，她究竟是怎么留出这些食物的实在是个谜，因为看起来她从来都是按需制作的，绝不浪费一块渣子。有她在场，敏纳总是口若悬河，总在对着他母亲说话，欢快地凌辱公寓里的其他人，无论那是送货小弟、顾客还是陌生人（如果真有谁敏纳不认识的话），品尝她烹饪的每一样东西，对每一盘菜色发表意见，戳戳拧拧每种原材料、每个生面团，甚至也戳戳他老妈本人，拧拧她的耳垂和下巴，张开手掸去母亲黑黝黝的胳膊上的面粉。她极少对敏纳的这些关注做出反应（但我看得很清楚），甚至都不太在乎他究竟在不在场。有我在场的时候，她连一个字都没说过。

那年圣诞节，敏纳把我们都拽进了卡洛塔的公寓；仅此一次，我们围坐在桌前共进餐食，不过首先把沾着酱汁的搅拌调羹和用婴儿食品罐装的没有标签的香料推到了一旁，给我们的盘子挪出地方。敏纳站在炉子边，试吃她的肉汤，我们贪婪地吞咽着她的肉丸子，卡洛塔在我们身后盘旋着，沾着面粉的手指摸过椅背，继而温柔地抚摸我们的脑袋和后脖颈。我们假装没有注意到，羞于在同伴和我们自己面前表现出我们喝着她的爱抚就像喝着她的肉汤一样热切。但我们都喝了。这毕竟是圣诞节啊。我们把肉汤溅出了盘子，拼命往嘴里塞着食物，在桌子底下用膝头互相顶撞。我偷偷擦亮手上调羹的手柄，安静地模仿着脖颈上手指的动

---

① 寇颂饼（calzone）：意大利传统美食，是半圆形的烤乳酪馅饼。

作，按捺住转身扑向她的冲动。我把注意力集中在盘子上，吃东西在当时已经成了一种颇为可靠的安慰物。她自始至终一直在爱抚我们，若是仔细端详那双手你说不定会吓一跳。

敏纳瞄到她的动作，开口说："老妈，这让你很快活不是？我把布鲁克林孤儿全带来给你了。圣诞快乐。"

敏纳的母亲只是发出一声悠长而哀恸的叹息。我们埋头猛吃。

"布鲁克林孤儿。"一个我们不认得的声音重复道。

说话的人是敏纳的哥哥，杰拉德。我们谁也没注意到他走进房间。他和敏纳很像，更丰满，个子更高，黑眼睛，黑头发，歪着嘴巴，唇角深缩。他穿一件棕色拼茶色的皮外套，没有解开纽扣，手插在拼色口袋里。

"这莫非就是你那个小小的搬运公司。"他说。

"嘿，杰拉德。"敏纳说。

"圣诞快乐，弗兰克。"杰拉德·敏纳心不在焉地说，看也不看他的弟弟，反而用视线依次把我们四个扫了一遍，他犀利的眼神把我们一个个折成两半，就像断线钳对付劣质挂锁那样。没几秒钟，他就一劳永逸地解决了我们——当时感觉如此。

"好，你也圣诞快乐，"敏纳答道，"去哪儿了？"

"北边。"杰拉德说。

"怎么，跟拉尔夫那群人一起？"我在敏纳的声音中觉察到了一些没听到过的东西，那是渴望，是谄媚，是紧张。

"差不多吧。"

"我说，大过节的，你就多说两句话不行吗？你跟老妈俩人，弄得这儿跟修道院似的。"

"给你带了礼物。"他递给敏纳一个塞得厚厚的白色公制信封。敏

081

纳正要拆开,杰拉德却用充满旧式兄长权威的低沉声音说:"收起来。"

这时,我们意识到我们都在看着他们。除了卡洛塔之外,她在炉子前忙活,为大儿子堆起一盘宛如来自丰饶之角的不可能吃得完的食物。

"妈,帮我打包。"

卡洛塔又是一声长吟,紧闭双眼。

"我会回来的。"杰拉德说。他走上前,伸出双手像敏纳先前那样爱抚母亲。"今天还有几个人非见不可,就这样。晚上肯定回来。你好好享受孤儿派对吧。"

他拿起用锡箔纸包好的餐盘,转身离去。

敏纳说:"瞪着眼睛看什么?吃你们的!"他把白信封塞进上衣内袋。信封让我想起马屈卡迪和洛卡弗蒂,还有他们那些崭新的百元钞票。砖面和灰泥,我在心中默默纠正自己。接着,敏纳挨个掌击我们的脑袋,力气用得有些大,中指那枚粗大的金戒指敲在我们头顶上,差不多就是他母亲抚弄的位置。

敏纳与母亲在一起的举止,与我们所知的他对女人的口味有着古怪的呼应。不该说女人,该说女朋友,只是他从不这么称呼她们,我们也极少见到哪个姑娘在他身边出现第二次。她们是法院街的姑娘,点缀着台球房和电影院休息厅,在面包房下班后还没摘掉一次性纸帽,边抹唇膏边一下不漏地嚼口香糖,把浓妆艳抹的精致身躯探出车窗、伸过披萨店柜台,眼神掠过我们的头顶而去,仿佛我们只有四英尺高,而敏纳似乎和每一个这样的姑娘都是初中同学。"萨蒂和我一起上六年级来着。"他说着揽乱她的头发,摸皱她的衣衫。"这位是丽莎——她在体育馆把我最好的朋友打得满地找牙。"他喜欢跟她们开各种玩笑,仿佛在矮墙上弹来撞去的手球，如条幅绕上旗杆般用言辞包围女孩。手指一撮，把胸罩扯离原位，以此逗弄她们，或者搂住她们臀部的突出部位，继而凑上前去，就像是要改变行进中的弹珠的轨迹，倾斜到了危险的角度。女孩从不笑，只是翻个白眼，一巴掌拍开他，当然那得看他肯不肯松手。我们仔细观察，牢牢吸取着她们身上那种满不在乎的气质。这种美质委实罕见，但我们都深深认为那是理当具有的。敏纳有天赋，我们观察他的行为，将其分类归档，同时几乎不自觉地默默祈祷。

"我也不是只喜欢奶子大的女人。"多年以后他有一次这样告诉我，那时他早已戒掉了法院街的女孩，取而代之的是一场怪异而冰冷的婚姻。我记得当时我们正沿着大西洋大道并肩而行，一个女人走过去，引得他回头张望。我的脑袋当然也跟着猛然抽动，动作既夸张又不由自主，像牵线木偶那样。"大家都误解了我。"他说，好像他是偶像明星而我是台下大众，是一大群亟欲理解他的观众。"事实上，对我来说，女人非得拥有一定程度的包裹物不可，明白我的意思吧？把她与你分开的东西，类似于绝缘体之类的。否则，你岂不要面对她赤裸的灵魂？"

"三环套月猜不透"，这是敏纳的又一句口头禅，专门用来嘲笑我们想象中的过度巧合和阴谋。如果我们这些孤儿大惊失色地看着——比方说——他和中学里认识的三个姑娘排成一排走在法院街上，其中两个他还单独偷偷约会过，他就会鼓起眼睛吟颂一句三环套月猜不透哦。大都会队没有打出过无安打比赛，但汤姆·西佛和诺兰·瑞安被交易走后都各自有所斩获——三环套月猜不透。理发师、干酪贩子和博弈庄家为什么都姓卡梅尼——是啊，了不起啊，三环套月猜不透。歇洛克，你找到线索了，恭喜恭喜。

含蓄些说，我们孤儿都是连通性方面的白痴，对世界上与家庭相关的线索都过度敏感。但凡想象出有哪个网络正在发挥效用，我们都应该首先怀疑自己。我们该把这类事情交给敏纳。正如他清楚我们父母的身份但永远不会透露一样，唯有弗兰克·敏纳拥有资格，去揣测法院街或整个世界背后的秘密体系。假如我们胆敢涉足，只可能发现更多猜不透的"三环套月"。生意照常。永远操蛋的世界——习惯它吧。

圣诞大餐五个月后，四月里的一天，敏纳开车来，所有的车窗都被彻底砸烂了，碎玻璃反射着阳光，车子变成了一尊令人炫目的水晶雕塑、带轮子的舞厅镜球。这无疑出自某位手持铁锤或撬棍的老兄之手，而且动手时还完全不怕有人阻拦。敏纳似乎对此浑然不觉，一个字也没提就带着我们上工去了。回孤儿院的路上，正在霍伊特路的鹅卵石路面上颠簸时，托尼对活像折叠帷幕般挂在框架中的挡风玻璃点点头，"发生了什么事？"

"什么发生什么事？"这是敏纳的游戏，当我们被训练得都用瞥视、迂回的方式说话时，他强迫我们要平直地描述。

"有人搞残了你的货车。"

敏纳耸耸肩，分外轻松随意。"停在大西洋大道的那个街区了。"

我们不知道他究竟在说什么。

"那个街区有些家伙，总觉得我在丑化这一带。"吉尔伯特给货车上漆几周后，涂鸦重又覆盖车身，空心气泡大字的线条断断续续，细线小字写就的签名层层叠叠，有些原因让敏纳的货车成了天生好靶子，扁平破旧的两侧仿佛没有窗户的地铁车厢，是寻常的公共空间，正在叫喊着恳求喷漆的玷污，而私家轿车和更大更浮华的商业卡车却不受侵犯。

"他们叫我别再把车停在那附近。可我又停了几次，结果他们换了个法子告诫我。"

敏纳的双手同时松开方向盘，打手势表示他有多么不在乎。我们没有被完全说服。

"有人给你传信儿。"托尼说。

"传什么信？"敏纳问。

"我只是说，这是一个信儿。"托尼说。我知道他想问的是马屈卡迪和洛卡弗蒂。他们与此有关吗？他们不能保护敏纳，让他的车窗免于被砸烂吗？我们都想问这两个人的事情，但只要托尼不开腔，其他人都不会真的问出口。

"没错，可你到底想说什么？"敏纳说。

"他妈的信。"我的看法脱口而出。

"你知道我什么意思。"托尼为自己辩护道，没有搭理我。

"嗯，也许吧，"敏纳说，"何不用你的话解释给我听听？"我能感觉到他的怒火在渐渐展开，势头平滑如一副新扑克。

"全他妈的告诉我！"我活像存心发脾气以阻止父母吵架的幼儿。

敏纳却不为所动。"安静，怪胎秀。"他的眼睛始终盯着托尼。"说啊，你怎么想的。"他再次对托尼说。

"没什么，"托尼答道，"该死。"他想息事宁人。

敏纳停下货车，恰好堵住了伯根街和霍伊特街路口的消防龙头。一户人家的门廊上有几个黑人，正在从一个袋子里喝酒。他们斜着眼睛看我们。

"说啊，你怎么想的。"敏纳逼问道。

他和托尼互相瞪视，我们其他几人直往后缩。我把这句话的几个变化吞进肚中。

"我只是说，你知道的，有人给你送了个信儿。"托尼讪笑着说。

这显然激怒了敏纳。他和托尼突然在用一种秘密语言交谈，其中的"信儿"具有深刻的内涵。"你觉得你什么都懂是吧？"

"弗兰克，我只是说，我看得出他们对你的货车做了什么，没别的意思。"托尼伸脚拨弄那层细小的玻璃碎块，安全玻璃被从变了形的窗框中扯了下来，残骸散落在车厢地板上。

"屄蠢，你不止说了这个。"

这是我第一次听敏纳使用"屄蠢"这个词组，日后它将跻身于我胡言乱语的最优先梯队之中。我不知道他是借用了别人的诨号，还是灵光一闪现场发明的。

我到现在也说不清这个词对我有何意义。或许它之所以被镌刻于我的词汇表之中，只是因为那一天留下的心理创伤：我们的小团体失去了童贞，尽管我没法解释其具体过程和原因。

"我又没法让眼睛不看，"托尼说，"有人把你的车窗都砸烂了。"

"你总觉得自己特睿智是吧？"

托尼死盯着他。

"想当疤面煞星是吧？"

托尼没有回答，但我们都清楚事实的确如此。《疤面煞星》于一个月前上映，阿尔·帕西诺演得出神入化，如巨像般傲然挺立于托尼心中，已然遮蔽了天空。

"要明白，疤面煞星有个关键，"敏纳说，"当疤面煞星前，他必须先弄得满脸伤疤。没人考虑过这个问题。你首先必须要弄得满脸伤疤。"

有一秒钟，我以为敏纳要动手揍托尼，打烂托尼的脸来证明他的论点。托尼似乎也在等待。可这时候，敏纳的怒火却悄悄熄灭了。

"下去。"他说着挥挥手，透过改装邮政卡车凹凸不平的车顶向天空打出凯撒般的手势。

"什么？"托尼说，"在这儿？"

"下去，"敏纳心平气和地说，"走回家，你们这群松饼屁股。"

尽管他的意思清楚得不可能再清楚了，但我们只是目瞪口呆地坐在那里。从这儿到孤儿院不过五六个街区，可我们既没有得到报酬，也没有去喝啤酒和吃一袋热烘烘、黏糊糊的炸面饼圈。我能品尝到失望——那是缺少糖霜的滋味。托尼滑开车门，又有几块玻璃脱落下来，我们顺从地鱼贯而出，站在人行道上，站在炎炎烈日之下，这个下午忽然脱离了正轨。

敏纳驾车离去，抛下我们尴尬地在门廊上的酒客面前晃荡。他们对我们摇摇头，这几个白种少年满脸蠢样，离应该在的地方有一整个街区。不过我们在这里并没有危险，我们自己也没有危险性。我们孑然呆站在霍伊特街上，面对一排粗陋的褐沙石房屋和沉睡的小酒铺，这件事本身从根本上说就很羞辱人，正在放声嘲笑我们。我们无法宽宥自己。聚集在街角的是其他人，不是我们，不再是我们了。我们与敏纳同行，他存心制造出这种效果：敏纳知道他收回馈赠有何价值。

"松饼屁股。"我强有力地叫道，用嘴巴衡量着这几个字的形状，倾听发出的声音，体验这次抽动有多么洪亮而清晰。接着，阳光惹得我打了个喷嚏。

吉尔伯特和丹尼反感地看着我，托尼的表情则更加险恶。

"闭嘴。"他说。牙关紧咬的笑容中燃烧着冰冷的怒火。

"告诉我怎么做，松饼屁股。"我低哑地说。

"这会儿别吵。"托尼警告我。他从排水沟里拾起一块木头，朝我走近一步。

吉尔伯特和丹尼警觉地从我们身边走开。我很想跟上去，但托尼把我逼进了死角，贴在一辆停着的车上。门廊上那几个人用胳膊肘撑起身子，一边细心品尝袋装麦芽酒。

"屄蠢。"我说。我想把这句话伪装成又一个喷嚏，却在脖子里发出了扑的一声。我抽搐一下，再次开口："屄蠢！屄蠢！"我被困在了自我循环之中，这情形对我而言实在太熟悉了，我在一遍遍地精炼这个口头抽动，为的是把自己从其魔掌中释放出来（此刻还不清楚这几个特别的音节组合将会是多么阴魂不散）。这当然不是在回应托尼，但"屄蠢"二字却正是敏纳对他的称呼，我正在将这个侮辱摔在他的脸上。

托尼举起他找到的木头，这是被丢弃的一段板条，上面粘着几块灰泥。我盯着它，等待痛楚的降临，就像不久前我在等待敏纳的手将给托尼带来痛楚一样。托尼走得更近了，木条垂在身侧，伸手揪住我的衣领。

"再张一次嘴试试看。"他说。

"拘蠢，探木，罚风。"我说，我是我自己综合征的囚徒。我反过来抓住托尼，双手摸索着他的衣领，手指如饥渴的恋人般沿着内侧抚弄。

吉尔伯特和丹尼已经走上了霍伊特街，朝孤儿院的方向走去。"来吧，托尼。"吉尔伯特歪着头说。托尼没有搭理他们。他把木条在排水沟里刮了一下，拿起来时沾了一团狗屎，芥末黄色，散发着恶臭。

"张嘴啊。"他说。

吉尔伯特和丹尼低着头，正在快步溜走。街上明艳艳的，空旷得荒谬。除了门廊上那几位黑人在冷眼旁观，再没有其他路人。我猛一扭头，托尼的木条恰好刺过来——抽动也是一种躲避动作——他只把狗屎涂在我的脸上。但我闻得到那股味道，与糖霜截然相反的切实物质，亲近了我的脸孔。

"木条我贝利！"我叫道。我失足一跌，靠在了身后的车上，我再次扭头，紧接着又是一下，抽搐着一次次转开，用抽动的方式铭记这个瞬间。污迹贴在了我身上，永远不会消失，灼烧着我。但也可能是我的面颊燃起了火焰。

旁观者揉皱纸袋，发出沉吟般的叹息。

托尼扔下木条，从我面前转开。他厌恶他自己，不敢正视我的双眼。他想说什么，但又咽了回去，小跑着赶上正要摆脱霍伊特街的吉尔伯特和丹尼，逃离了现场。

我们等了五个星期才再次见到敏纳，那是五月里的一个星期天，我们正在孤儿院的操场上。他和他哥哥杰拉德一起来；这次我们有幸第二次见到杰拉德。

中间这几周内，我们谁也没见到过敏纳，不过我知道其他三人和我一样，都在法院街上溜达过，去他经常出没的几个地方打探过，例如理发馆、饮品店和街机房。哪儿也看不到他。这说明不了什么，但又说明了一切。他或许不会再次出现，但假如哪天他忽然出现，对此只字不提，我们也绝不会有二话。我们彼此之间都没有说过这事，但凄凉的气氛飘荡在我们的头顶上，其中还混杂着孤儿的忧怍，我们就这样听天由命地接受了这永久的伤害。我们每个人都有一部分仍旧惊骇莫名地站在霍伊特街和伯根街的路口，我们在那里从敏纳的货车里被驱逐出来，不完善的翅膀在烈日烘烤下融化，我们跌落凡尘。

汽车喇叭声响了起来，不是厢式货车，而是那辆英帕拉。接着，敏纳兄弟钻出车门，走到防暴风围栏前，等我们聚拢上来。托尼和丹尼正在打篮球，吉尔伯特大概正在边线上抠鼻屎。反正在我眼中便是如此。他们开车过来的时候，我不在操场上。吉尔伯特不得不奔进室内，把我拽出孤儿院的图书馆，从托尼攻击我的那天起，我基本上彻底退回了那里，虽说托尼没有表现出准备再来一次的意愿。我总是缩进窗台上的座位，让阳光带着窗栏杆的阴影落在身上，吉尔伯特在窗台上找到我的时候，我正沉浸于一部艾伦·德鲁里的小说中。

对于那天早晨来说，弗兰克和杰拉德穿得过于暖和了，弗兰克还是那件短夹克，杰拉德则是拼色皮夹克。英帕拉的后座上放满了购物袋，里头是弗兰克的衣服，还有两个无疑属于杰拉德的旧皮箱。我不知道弗兰克·敏纳活到这么大是否拥有过一个皮箱。两人站在栏杆前，弗兰克紧张地踮起脚尖走来走去，杰拉德趴在网格上，手指挂在网眼中，毫不掩饰对弟弟的不耐烦，而不耐烦正渐渐转变成嫌恶。

弗兰克讪笑着，抬起眉毛，摇摇脑袋。丹尼把篮球夹在前臂和臀部间。敏纳对篮球点点头，模仿了一个跳投动作，手在手腕处骤然下落，然后张嘴做出完美的O形，表示这个球最终嗖的一声空心入篮。

接着，他傻乎乎地假装把球弹地传给杰拉德。他的哥哥似乎没注意到。敏纳摇摇头，转身重新面对我们，用两根手指做成枪口，伸过围栏指着我们，磨着牙齿发出"嗒嗒嗒"的声音，在想象中来了一场校园屠杀。我们只知道愣愣地看着他。就仿佛有什么东西让敏纳变成了哑巴，而敏纳本人则化身为他的声音——他自己知道吗？他的眼神说是的，他知道。这双眼睛看起来惊慌失措，仿佛被困在了哑剧演员的躯体里。

杰拉德漠然地望着操场，没有理会这出好戏。敏纳接着做了几个鬼脸，又是打眼色，又是无声傻笑，抽动脖子，甩开某些肉眼不可见的恼人物品。我按捺住模仿他的一阵冲动。

接下来，他清清喉咙。"我，呃，要出城一段时间。"他终于说道。

我们等待他继续说下去，但敏纳只是点点头，眯起眼睛，抿嘴微笑，像是在接受掌声。

"北边？"托尼问。

敏纳对拳头咳了一声。"哦，是的。我哥去的那地方。他觉得我们应该——呃，你知道——呼吸点儿乡间空气。"

"几时回来？"托尼问。

"呃，回来，"敏纳说，"答案是不清楚，疤面煞星。未知的因素。"

我们肯定都在惊慌失措地看着他，因为他又补充道："我不是出去避风头的，你们脑子里不会在转这个念头吧？"

当时我们正在读高中二年级。那种计量方式骤然隐隐袭来，一扇岁月的门猛地打开，前方是以一个又一个下午计算的茫茫未来。等敏纳回来的时候，我们还认得他吗？我们还互相认得吗？

敏纳不会在那儿告诉我们该怎么接受敏纳不在的日子，不会给这段时间起个名字。

"行了，弗兰克，"杰拉德说，转身背对围栏，"布鲁克林孤儿感谢你的支持。咱们还是快些上路为妙。"

"我哥哥赶时间，"弗兰克说，"他到哪儿都能看见鬼影子。"

"没错，我眼前就有一个。"杰拉德说，但他没有在看任何人，只在盯着车子。

敏纳对我们向他的兄长侧了侧头，意思是说你们都知道的。还有对不起。

然后，他从衣袋里抽出一本书，一本小开本平装书。我不记得曾经见过他拿起书本。"给你。"他对我说。他把书扔在人行道上，用鞋尖把它推过围栏。"读读吧，"他说，"原来你不是表演场上的唯一怪胎。"

我捡起那本书。书名叫《理解妥瑞氏综合征》，这是我第一次看到这个词语。

"本来想亲手交给你的，"他说，"但最近有点儿忙。"

"好极了，"杰拉德抓住敏纳的胳膊说，"咱们快走吧。"

我猜托尼每天放学后都在四处寻觅。三天后，他有了结果，带着我们其他几个人去了那儿，去到布鲁克林–皇后区高速路的边缘，凯恩街的尽头处。那辆货车缩了一圈，在框架中直往下沉，轮胎被烧化了。爆炸把本已破损的车窗一扫而空，安全玻璃化为齑粉，洒在人行道和路面上，与之为伍的还有成片散落的漆皮和团团灰烬，这是一幅力量的摄影制图。货车的镶板与车身分了家，骨白色的外框上，只有涂鸦还清晰可辨；吉尔伯特的蹩脚涂层和出厂时的古旧绿漆，此刻全被熏成了粉粒状的黑色，精致得仿佛晒黑的肌肤。这是先前那辆厢式货车的X光照片。

我们绕着它兜圈子，怀着奇特的虔敬心情，谁也不敢伸手触摸，我心里想：灰烬，灰烬——然后，赶在有任何字眼蹦出嘴巴之前，我拔腿就跑，沿凯恩街一路奔向法院街。

接下来的两年里，我变得越来越硕大——既不是发胖，肌肉也并不特别发达，只是体形硕大如熊，矮小的托尼或其他人再也没法欺负我——同时也变得越来越怪异。有了敏纳那本书的帮助，我将自己的种种症状置于妥瑞氏症的上下文中，继而又发现这个上下文是多么狭小。我的行为格局"像雪花一样独特"，噢，多么欢快，多么有延展性，仿佛显微镜头底下的结晶，以慢动作演示新的晶面如何生成，如何从我的私人内核长出来，覆盖我的表面，朝向公众的前端。怪胎秀现在占据了整场演出，我已经很难回忆起早先那个从不抽动的自我。我在书中读到有些药物或许能帮助我，氟哌啶醇、氯硝西泮、匹莫齐特，我拼了老命坚持要每周来孤儿院巡诊的护士帮我下诊断和弄到处方，却只发现结果不堪忍受：化学药剂让我的大脑进入阴郁的爬行状态，如靴子般踩住了自我的轮盘。我宁可智胜我的综合征，或伪装或合作，把它们扮成怪癖或杂耍表演，也不肯麻醉它们，因为要付出的代价是让整个世界（或我的大脑，都是一码事）笼罩在幽光之中。

我们以各自不同的方式熬过了在萨拉·J.豪尔的高中时代。吉尔伯特也有所成长，他长成了一尊怒目金刚，学会用冷笑和歪门邪道穿越困境。丹尼仗着篮球技巧和日趋世故的音乐品味而轻松度日，《饶舌歌手的喜悦》和"放克疯"换成了哈罗德·梅尔文与"蓝色音符"乐队和泰迪·彭德格拉斯。如果看见他和某些特定的人在一起，我知道最好别去打扰他，因为在他钻进果壳深处、一厢情愿扮作黑人的时候，永远认不出我们其他几个。托尼多少有些心灰意懒——你很难被正式开除出萨拉·J，因为来上课的老师就没几个——把高中时光耗费在了法院街上，流连于街机房中，从通过敏纳结识的人那儿蹭香烟和接古怪的小活儿，坐在小绵羊的后座上走街串巷，接连在敏纳的几个前女友身上走了好运，至少他是这么说的。他有六个月被限制在"皇后披萨店"的柜台后面，把披萨块铲出烤炉，装进白色纸袋，休息时在隔壁色情影院的天棚下抽烟。我偶尔造访，他会用低劣的骂人话羞辱我，与敏纳无法相提并论，只能逗老店员开心；骂完又会出于愧疚塞给我一块免费披萨，接着拿更多的骂人话赶我离开，也许还要给我头上一巴掌，或者脾脏上一记过于真实的假戳。

至于我，我成了一个会走路的笑话，荒谬绝伦，世所罕见，难得一观。我的阵阵喷发、突兀举动和随处敲击成了白噪音或静电噪音，惹人厌烦，但还可容忍，最终变得无聊无趣，除非凑巧激得某个不明内情的成年人——新老师或代课老师——做出反应。同学们，甚至包括那几个最顽劣、最可怖的黑人姑娘，都凭本能领会了萨拉·J的老师和顾问（他们因为可怕的环境而变得冷酷无情，简直是一股准军事力量）难以理解的事实：我的行为不是任何一种形式的青春期反叛。我并不硬朗、喜欢挑衅、有格调、具有自毁倾向、性感，喷出来的并不是什么反文化密语，并没有在尝试挑战权威，并没有在炫耀任何颜色的羽毛。我甚至不属于那三两个留绿色莫西干头、裹一身皮衣、轻率而怯懦的朋克摇滚乐迷，他们经常因为过于鲁莽而挨揍。我只是纯粹的疯狂而已。

敏纳回来的时候，吉尔伯特和我正要毕业，这算不得什么伟大的功绩，基本上只需要露面和别在课堂上睡觉就行，在吉尔伯特而言，还得系统性地亲手完全誊抄我的家庭作业。托尼在萨拉·J完全消失了踪迹，丹尼则处于两头之间——他出没于操场和体育馆中，是本校文化的一部分，三年级没怎么上过课，被"暂缓"了，不过我觉得这个概念对他一定很抽象。你可以直接告诉他，他将去幼儿园回炉重造，他只会耸耸肩，问那儿操场的篮圈有多高，篮筐能不能撑住他的分量。

敏纳开车到学校外的时候，托尼已经坐在了车里。吉尔伯特跑到操场上，把正在三对三的丹尼拽出来，我站在马路牙子上，不为涌出教学楼的学生大潮所动，那一刻我惊呆了。敏纳钻出车门，他开的是一辆淤紫色的新凯迪拉克。我的个头已经比敏纳高了，但他对我的影响丝毫未减，他现身的方式自然而然地引起我扪心自问：我是谁，打哪儿来，现在成了什么样的男人或怪胎。五年前，我被敏纳从图书馆里猛地拖出来扔进世界，一切都和我因此发现自我的方式有关，在这条路上，他的声音就是我的指路明灯。我的综合征爱他。我伸出手，尽管时值五月，他却身穿战壕雨衣，我轻敲他的肩头，一下，两下，让胳膊垂落，然后再次抬手，断断续续地喷发出一阵妥瑞氏症式的爱抚。

"吃我啊，敏纳蠢。"我压低声音说。

"怪胎秀，你就是一个半笑话。"他的面容严酷得一塌糊涂。

很快我就意识到，回来的不再是离开时的那个敏纳了。他像减掉婴儿肥似的撇去了旧日的滑稽个性。他不再于各处看见离奇可笑的东西，失去了对种种人间喜剧的好胃口。注意力的大门变得狭窄，如今能登堂入室的都尖锐而苦涩。动情不过是多看一眼，笑起来只是嘴角皱缩。他表达不耐烦的方式也更加激烈了，要你少讲故事，多快些走。

那一刻，他的严峻显得非常独特：他叫我们几个人都坐进车里，他有话要说。就仿佛他只离开了一两个星期而不是两年。他有份工作要我们完成，我感觉到自己在这样想，或者在这样希望，前后相隔的这两年刹那间化为乌有。

吉尔伯特带来了丹尼。我们坐进后座，托尼在前面和敏纳坐并排。敏纳用胳膊肘把住方向盘，点了一根香烟。我们转下第四大道，沿伯根街前行。朝法院街去，我心想。敏纳收起打火机，从战壕雨衣的口袋里掏出几张名片。

"L与L租车服务"，名片上这样写着。"二十四小时"，还有一个电话号码。这次没有口号了，也没有人名。

"你们几个讨厌鬼拿到学习驾照了吗？"敏纳问。

我们谁也没有。

"知道车管所在哪儿吧? 舍莫霍恩那边。拿着。"他掏出一卷钞票, 剥下四张二十块, 放在托尼旁边的座位上, 托尼逐个分发给我们。对于敏纳, 一切都还是老价钱, 随手扔出几张二十块就能搞定事情和付清酬劳。这件事丝毫未变。"我送你们过去。不过先给你们看件东西。"

这是伯根街上的一个小店面, 就在史密斯街的路口, 用木板封得死死的, 建筑物看似已经报废。不知他们如何, 但我对这里面已是颇为熟悉。几年前, 它是一家超小型的糖果店, 还有一个摆放漫画和杂志的架子, 店东是一位皱皱巴巴的西班牙裔老妇, 我曾把一册《重金属》藏进上衣内侧, 弯着腰企图冲出店门, 却被她牢牢钳住了胳膊。敏纳对店铺打了个傲慢的手势: 这就是"L与L租车服务"未来的家。

敏纳已经和利文斯顿街科维尔驾校一位叫卢卡斯的打好招呼, 我们从明天开始上课, 一应费用全免。紫色凯迪拉克此刻是L与L公司车队的唯一成员, 其他车辆正在运来的路上。(这辆车闻起来新得还在散发毒气, 乙烯基塑料像拧肉毛巾①一样吱嘎作响。我四处探查的手指伸进了后排座椅扶手上的烟灰缸, 里头盛着十枚整齐剪下的手指甲。)我们一边忙着学车拿驾照, 一边重新装修那个荒弃的店面, 用收音机、办公设备、文具、电话机、磁带录音机、麦克风(磁带录音机? 麦克风?)、一台电视机和一台小冰箱装点起来。敏纳有钱买这些东西, 他拉着我们一起去看他花钱。为了上班, 我们还得找些合适的衣服——诸位, 难道不知道你们活像是从《考特, 欢迎回来》里弹出来的吗?——唯一的解决方法是立刻从萨拉·J退学。这个提议没有掀起半点波澜。一眨眼, 我们已经列队

---

① 拧肉毛巾(Indian burn): 校园恶作剧之一, 双手抓住受害者的胳膊, 向相反方向如拧毛巾般使劲, 以在对方皮肤上造出红色印记(Indian burn)为佳。

完毕，好一群巴普洛夫的孤儿。我们听着敏纳怀疑而严厉的新调门渐渐暖化，变成类似于过去那种更大方的美好音乐，这是我们怀念但从未遗忘的曲调。命令滚滚而来：你们去安装民用波段对讲系统，这是他妈的二十世纪啊，难道没听说过？谁知道怎么操作民用电台？一片死寂，最后由"对讲贝利！"作结。好吧，敏纳说，怪胎挺身而出了。什么？怎么？你们这些杏仁奶酪球瞪什么瞪？不懂英语是不是——你们这两年到底都干什么了啊，不至于成天只研究一天能清理几趟鱼缸了吧？沉默。搓猴子，打嫌犯，打手枪①。敏纳是这个意思——莫不是要我一个字一个字写给你们看？继续沉默。喂喂？我说，你们看过《窃听大阴谋》②吗？全世界最牛逼的电影。吉恩·哈克曼。知道谁是吉恩·哈克曼吗？再次沉默。我们只知道《超人》里有他——莱克斯·卢瑟。敏纳指的应该不是那位吉恩·哈克曼吧。（莱克斯卢瑟，文字爱人，失去兄弟，我的脑子在说，查明难题——L与L里的另一个L，杰拉德去哪儿了？敏纳没提过他的名字。）呃，我们该去看看那片子，了解一下监视是怎么回事。说这些话的时候，他开车带着我们来到了位于舍莫霍恩的车管所。我看见丹尼的眼神射向街对面公园里正在打篮球的萨拉·J学生——但此刻我们与敏纳同在，和那些人足有一百万英里的距离。他接着说道，我们该拿豪华轿车驾驶员执照。只需要多花十块钱而已，考试内容没区别。拍照的时候别笑，看起来保证像是高中舞会杀手帮。有女朋友吗？当然没有，谁会想交往一群来路不明的混球呢？顺便说一句，老炉子死了。卡洛塔·敏纳两周前过世，敏纳才料理完她的事情。我们在心里想：什么事情？但没有问出口。哦，还有，敏纳

---

① 指手淫，上面的搓猴子、打嫌犯、清理鱼缸都是手淫的隐语。

② 《窃听大阴谋》（*The Conversation*）：1974年美国电影，由吉恩·哈克曼主演，他在《超人》电影中扮演莱克斯·卢瑟。

结婚了，他终于想起来告诉我们。他和新婚妻子搬进了卡洛塔的旧公寓，积累了三十年的酱汁冲洗起来好生费劲。我们这些锅盖头必须先理发才能谒见敏纳的新娘。她是布鲁克林人吗？托尼想知道这个。不完全是。她在岛上长大。不对，你们几个混球，不是曼哈顿或者长岛，而是真正的岛屿。我们会见到她的。很显然，我们首先得成为会操作照相机、磁带录音机和民用电台的驾驶员，要理发且换上正装，执照上的照片还不许有笑容。我们首先必须成为敏纳帮，尽管谁也没有说过这几个字。

最后，最后才是最精彩的部分。在敏纳的亲自授意下，他隐藏了我们的真实身份：L与L租车服务——并不真的是一家租车服务公司。那只是幌子而已。L与L是一家侦探所。

敏纳在急救室想听的那个笑话，关于欧文的笑话，是这样的：

一位犹太母亲——就叫她卡西曼太太好了——走进旅行社。"我想去西藏。"她说。"听我说，女士，请听我一句劝，你不想去西藏。我这儿有好极了的打包旅行计划，去佛罗里达群岛，或者夏威夷也行——""没门，"卡西曼太太说，"我想去西藏。""女士，你单独旅行吗？西藏那地方——""卖给我一张西藏的机票！"卡西曼太太怒吼起来。"好好，都依你。"于是她就去了西藏。下了飞机，她问头一个遇见的人："全西藏最圣洁的男人是谁？""呃，那肯定得是大喇嘛了。"对方这样回答。"找的就是他，"卡西曼太太说，"带我去见大喇嘛。""喔，不行，美国女士，您不明白，大喇嘛住在我们最高的山顶上，完全与世隔绝。谁也不能面见大喇嘛。""我是卡西曼太太，我一路跑到西藏来，必须见到大喇嘛！""呃，可你永远不可能——""哪座山？我该怎么去？"于是卡西曼住进那座山脚底下的旅馆，雇佣了夏尔巴人，带领她走向山顶上的隐修处。

爬山的这一路上，夏尔巴人都在跟她解释，谁也不能面见大喇嘛——他本人治下的僧侣想提个问题还得先斋戒冥想好几年呢。她只是竖着指头说："我是卡西曼太太，带我上山！"到了隐修处，夏尔巴人向僧侣解释——疯狂的美国女人，想求见大喇嘛。她说："告诉大喇嘛，卡西曼太太来找他了。""您不明白，我们绝不可能——""去告诉他！"僧侣去了，摇着头大惑不解地回来。"我们不明白，但大喇嘛说他允许你拜见他。您明白这是何等的荣耀——""我懂，我懂，"她说，"快带我去！"于是他们领着她去见大喇嘛。僧侣交头接耳，打开大门，大喇嘛点点头——他们可以离开了，留下他单独见卡西曼太太。大喇嘛看着卡西曼太太，卡西曼太太开口说道："我说欧文呐，你到底什么时候回家？你老爸都快担心死了。"

第3章

拷问的眼睛

敏纳帮穿正装。敏纳帮开轿车。敏纳帮窃听电话。敏纳帮站在敏纳背后，手插袋中，隐然威胁。敏纳帮随身带钱。敏纳帮四处收钱。敏纳帮不提问题。敏纳帮接电话。敏纳帮取包裹。敏纳帮刮脸刮得很干净。敏纳帮遵从命令行事。敏纳帮想和敏纳一个样，但敏纳死了。

吉尔伯特和我离开医院，速度快到极点。开车回去的路上，麻木如同浓雾般紧紧包裹住我们；刚走进L与L，托尼就说："别说了，我们已经知道了。"此刻我仿佛第一次从自己这里得知此事。

"听谁说的？"吉尔伯特说。

"黑人条子，几分钟之前来查过，来找你们，"托尼说，"你们恰好错过他。"

托尼和丹尼站在L与L的柜台后面，狂怒地抽着香烟，前额黏糊糊的都是汗，眼神迷离而遥远，牙齿在抿紧的嘴唇后面咬得咯吱咯吱响。他们像是挨了一顿痛揍，想从我俩身上找回场子。

伯根街办公室和十五年前我们翻新完毕时一个样子：用丽光板柜台

分成两部分，三十英寸的电视机永远在柜台这边的"等待区"播放节目，电话机、文件柜和电脑贴着远端的墙壁，顶上是一张巨大的布鲁克林薄板地图，敏纳用马克笔写的粗大数字横跨每一块地区，标识出L与L跑一趟要收多少钱——高地，五块钱，公园坡和格林堡，七块钱，威廉斯堡和区公园，十二块，布什维克，十七块。机场和曼哈顿，二十块及以上。

柜台上的烟灰缸里堆满了出自敏纳指间的烟头，电话记录本上全是他今天早些时候留下的笔记。冰箱顶上的三明治有他的齿痕。我们四个像是失去了中心花瓶的桌面摆设，或是缺少动词的句子般无法凝聚。

"他们怎么找到我们的？"我问，"我们拿走了弗兰克的钱包。"我打开钱包，拿出一叠弗兰克的名片，塞进我的衣袋。然后我把钱包扔在柜台上，又拍了五次丽光板台面，以完成六下的定额。

除我之外，谁也不在意。他们是我最古老、最厌倦的听众。托尼耸耸肩，说道："他临死前就哑着嗓子说了声L与L？外套口袋里的名片？吉尔伯特像个他妈的白痴一样乱叫名字？你倒是告诉我，他们是怎么找到我们的。"

"条子要干吗？"吉尔伯特不以为然。他一次只能处理一件事情，是一个埋头做事的实干家，即便事情从这儿堆到月亮上也是这个德性。

"他说你们不该离开医院，原话如此。吉尔伯特，你把你的名字告诉了某位护士。"

"去他妈的，"科尼答道，"去他妈的黑人条子。"

"嗯，说得好，你不妨去监狱里抒发这番感情，因为他还会回来。你估计还想说，'去他妈的黑人重案组警探'，因为你要应付的正是这么一位。而且还很犀利。从眼神里看得出来。"

"操案组。"我想添上这么一句。

"谁去通知茱莉亚？"丹尼静静地说。他的嘴巴，他的整张脸孔，都笼罩在烟雾之中。没有人回答。

"随便，他回来的时候我反正肯定不在，"吉尔伯特说，"我去街上替他完成任务，逮住做这事情的龟孙子。给我一根棺材钉①。"

"悠着点儿，歇洛克，"托尼说着递给他一根香烟，"先让我听听事情是怎么发生的好吗？你们俩究竟是怎么卷进去的？我记得你们按说在出监视任务。"

"弗兰克出现了，"吉尔伯特边说边一次次地试图擦燃业已耗尽的打火机，但就是打不着火，"然后就进去了。操，操。"他的声音紧得像个拳头。我看见整个愚蠢的因果链在他眼睛后面回放：停着的汽车，窃听器，交通灯，布雷南，一系列琐碎小事最终不知为何引向了血淋淋的垃圾箱和医院。这一系列琐碎小事由于我们的罪过势将永存。

"进哪儿去了？"托尼说着递给吉尔伯特一盒火柴。电话铃响起。

"什么功夫什么什么的地方，"吉尔伯特说，"问莱诺尔，他什么都清楚——"

"不是功夫，"我开口说道，"是供冥想——"

"你难道想说他们用冥想杀了他？"托尼说。电话铃响了第二声。

"不，不是。我们看见谁杀了他——可行的猜青蛙！——是个大块头波兰人——巴纳妈·煎饺！——块头真的很大。我们只见过他的背影。"

"咱们谁去通知茱莉亚？"丹尼又问了一声。电话铃响第三下。

我拿起电话，说道："L与L。"

"华伦街一八八号要车，就在——"一个女人用单调的声音说。

---

① 棺材钉（coffin nail）：香烟的俗称之一。

"没车了。"我机械地答道。

"一辆车也没了？"

"没车了。"我吞了一口唾沫，像定时炸弹似的即将爆发。

"多久能有车？"

"莱诺尔·死蛤蜊！"我对话筒吼道。这引起了来电者的关注，足以让她挂断电话。敏纳帮的同伴瞥了我一眼，死硬的绝望只是略略被撬开了条缝。

真正的租车服务公司，哪怕是最小的那种，也得有不少于三十辆车轮流上工，在任何时候都至少有十辆车在路上。精锐车行，离我们最近的竞争对手，也在法院街上，他们有六十辆车和三个调度员，每个班次差不多二十五名司机。大西洋大道上的鲁斯蒂车行，有八十辆车。新雷拉姆帕戈，多米尼加人开的车行，位于威廉斯堡之外，有一百六十辆车，这家在本区深藏不露的私人转运公司简直是个威风八面的秘密经济体。租车服务完全依赖于电话调度，法律禁止司机当街拉客，以防他们与有照计程车产生竞争。因此，司机和调度员只得满世界地扔商业名片，把名片像中国餐馆外卖菜单般塞进公寓门厅，成叠留在医院候诊室的盆栽旁边，每次出车结束都连同零钱一起找给客人。他们把号码或贴遍或用荧光笔写遍电话亭。

L与L只有五辆车，我们五个一人一辆，而且还根本没什么机会开车上街。我们从不乱发名片，对来电者历来恶声恶气，五年前干脆把电话号码从黄页里去掉了，也卸掉了伯根街门面上的店标。

然而，我们的号码已经流传出去，所以我们主要的活动之一便是接起电话说"没有车"。

我把话筒放回原处的时候，吉尔伯特正在竭力解释他眼中的这次监视。听他讲话，你会觉得英语是他的第四或第五母语，但他的努力却不容置疑。换了我多半只会说出"生微死亡记录"之类的话——我正在哀悼的大脑决定把给自己重新命名当作今夜的首要任务——因此我绝没有批评他的立场。我走出屋子，离开没完没了抽烟的浑浊之地，踱进光线冲刷下的寒冷夜晚。史密斯街生机盎然，F线地铁在脚下呢喃低语，披萨店、韩国人的杂货店和"赌场"都客流如织。这和任何一个夜晚都没有区别——史密斯街的景象中没有哪样东西非得在敏纳死去那天才会出现。我走到车边，从手套箱里取出笔记本，尽量不向染血的后座投去视线。这时候，我想起了敏纳最后的这段车程。我肯定忘记了什么细节。我转身去看后座，立刻发现了那是什么东西：他的手表和寻呼机。这两样东西躺在乘客座底下，我钩出来放进衣袋。

我锁好车门，在脑子里排演了几种可能性。我可以一个人回约克维尔禅堂踩踩盘子。我可以找到那位重案组警探，获取他的信任，把我所知的事情全告诉他而不是敏纳帮。我可以沿着大西洋大道往前走，找个阿拉伯铺子的店堂坐下，他们认识我，不会目瞪口呆地看着我，喝上一小杯泥浆般的咖啡，吃块果仁蜜酥饼或者"乌鸦窝"——刺激的酸味、升腾的蒸汽，再加上糖分，可以毒死我的悲恸。

或者，我可以回到办公室里。我回到了办公室里。吉尔伯特刚好结结巴巴地讲到事情如何收场，我们怎么冲上救护车坡道，最后是医院里的混乱经过。他想让托尼和丹尼知道，我和他已经尽力了。我把笔记本在柜台上摊平，用红色圆珠笔绕着"女人、眼镜、乌尔曼、市中心"这几个字画圆圈，这些至关重要的演员新近登上了我们的舞台。它们或许只有纸张这么薄，而且内情不明，但此刻却比敏纳还要富有生机。

我还有其他的问题：他们提及的那幢建筑。门童的莫名涉入。弗兰克失去控制的那个无名女人，那个想念她的所谓"罗摩喇嘛叮咚"的女人。还有窃听本身：敏纳希望我们听到什么？他为什么不能直接告诉我们该听什么？

"我们问过他，在后座上的时候，"吉尔伯特说，"我们问他，他不肯告诉我们。我不知道他为什么不肯说。"

"问他什么？"托尼问。

"问他是谁杀了他，"吉尔伯特说，"我是说，那会儿他还没死。"

我记起了那个名字，欧文，但没有说出口。

"总得有人去告诉茱莉亚吧？"丹尼说。

吉尔伯特捕捉到了笔记本的重要性。他走过来，读着我画圈的地方。"乌尔曼是谁？"吉尔伯特看着我说。"这是你写的？"

"在车上写的，"我说。"这是我在车上记的笔记。'乌尔曼，市中心'是弗兰克上车时本来要去的地方。禅堂那家伙，送弗兰克出去的那家伙——他要送弗兰克去那个地方。"

"送他去哪儿？"托尼问。

"不重要，"我说。"他没有去成。巨人带他出去，然后却杀了他。重要的是谁送弗兰克去的——败利！巴昆！雪花片！——就是那地方里面的那个人。"

"我不去告诉茱莉亚，"丹尼说，"谁去告诉她都行。"

"呃，别是我就行。"吉尔伯特终于注意到丹尼也在说话。

"咱们得回到东边——狡猾禅堂！——踩踩盘子。"我挣扎着想表明论点，茱莉亚不是我要关心的问题。

"行，行，"托尼说，"咱们这几颗该死的脑袋得一起合计合计。"

听见"脑袋"这个字眼，我的眼前忽然浮现出一幅景象：缺了敏纳，我们几个人的脑袋凑在一起，像气球一样空洞，脆弱。敏纳的死亡像是砍断了缆绳，剩下的问题只是他们在四散飘飞前能等多久，还有他们将飘多远，会爆裂还是会枯萎。

"好了，"托尼说，"吉尔伯特，我们得把你送走。他们有你的名字。所以，我们得送你出去走走。你去找那个叫乌尔曼的家伙。"

"我怎么可能做得到？"吉尔伯特在发掘线索方面实在不是专家。

"为什么不让我帮帮他？"我说。

"因为我有别的事情要你干，"托尼说，"乌尔曼交给吉尔伯特去找。"

"好吧，"吉尔伯特说，"怎么找呢？"

"他的名字说不定就在号码本里，"托尼说，"乌尔曼，这名字可不平常。也许在弗兰克的本子里——知道我说什么吗？弗兰克的地址本。"

吉尔伯特看着我。

"多半还在他的外套口袋里，"我说，"落在医院了。"尽管如此，但这件事还是触发我强迫性地搜了自己的身。我把自己的每个口袋都拍了六下，一边压低声音说："弗兰克本子，叉子闹鬼，告密血浆——"

"好极了，"托尼说，"实在是好极了。总之，就这次，表现一下你的主动性吧，找到那家伙。吉尔伯特，老天在上，这是你的工作。给你的哥们儿打电话，那个垃圾条子——他能查看警方记录，对吧？找到乌尔曼，打量打量他。也许就是你说的那位巨人。也许他约了弗兰克见面，结果等得有点儿不耐烦了。"

"楼上那家伙设计了弗兰克。"我说。吉尔伯特和他那位当公众卫生警察①的混球朋友得到了寻找乌尔曼的任务，这让我非常恼火。"他们当时在一起，楼上那家伙和巨人。他知道巨人等在楼底下。"

"很好，但巨人依旧有可能是乌尔曼，"托尼暴躁地说，"吉尔伯特就是要去弄清楚这个的，明白了？"

我举起双手投降，一把在空中捏住一只想象中的苍蝇。

"我自己去上东区走走，"托尼说，"四处踩踩盘子。看我能不能混进那幢楼。丹尼，店面交给你了。"

"成。"丹尼说着揿灭了香烟。

"条子肯定还要回来，"托尼说，"你跟他说话。态度要合作，但什么也别告诉他。别让人看起来像是惊慌失措的样子。"这个任务暗示丹尼跟他妈的黑人条子有着异乎寻常的亲善关系。

"你这话听起来好像咱们是嫌疑犯。"我说。

"不是我的想法，"托尼说，"条子的言下之意正是如此。"

"我呢？"我说，"你要我——罪犯鱼毯子！——跟你一起去吗？我认得那地方。"

"不，"托尼说，"你去跟茉莉亚解释。"

在搬运公司解散到侦探所创立之间，弗兰克不知去了什么地方，总之是带着茉莉亚·敏纳一起回来的。就我们所知，她大概是敏纳那些姑娘中的最后一个，也是最了不起的一个——她的长相自然配得上：高个子，容貌雅致，漂染的金发，下巴周围总有些目中无人的气度。你很容易

---

① 公众卫生警察（New York City Department of Sanitation Police）：纽约公共卫生部下属的执法单位，主管但不限于卫生和环保。上文的"垃圾条子"是他们的蔑称。

想象敏纳同她嬉闹的样子,敏纳如何解开她的衬衫,如何在肚子上吃了一肘。但当我们得以见到茱莉亚的时候,两人已经陷入了一场漫长而乏味的僵局。最初的激情只剩下了微弱的噼啪电流,驱策着他们互相侮辱,互相发起单调的攻击。至少在表面上看起来是如此。茱莉亚一开始吓坏了我们,倒不是因为她做的什么事情,而只是因为她冷冰冰地控制住了敏纳,还有敏纳待在她身边时有多么紧张,时刻准备用言辞惩罚我们。

如果茱莉亚和弗兰克还余情未了,还因为爱而精神十足,我们也许还会对她存有幼稚的敬意,我们所迷恋和渴望的东西仍旧停留在青春时期的水平。但两人间的冷战已经公开化。在我们的想象中,我们变作弗兰克,爱她,融化她,在她的怀抱中成为男人。每逢弗兰克·敏纳让我们愤怒或失望的时候,我们就会觉得与他那位美丽、愤怒、失望的妻子有了精神联系,因而兴奋莫名。她成了我们幻灭的偶像。弗兰克向我们展示了姑娘是什么,现在又在告诉我们女人是什么。他对茱莉亚的爱失败了,恰好给我们的爱留下了生长的缝隙。

在我们的梦中,我们敏纳帮都成了敏纳——这并不是什么新闻。但现在,我们的梦做得更大了,要是我们能拥有茱莉亚,我们将会比敏纳做得更好,会让她快乐。

于是,我们继续做梦。这么多年过去了,我想敏纳帮的其他成员大概已经征服了恐惧和对茱莉亚的热望,或者至少调整了心情,各自找到女人,过上了有甜有苦、有迷恋有清醒也有抛弃的生活。

当然,我却是例外。

一开始,敏纳把茱莉亚安排进了法院街某位律师的办公室,门面和L与L差不多狭小。我们几个经常带着物品、口信或弗兰克的礼物去拜访她，然后看着她接电话、读《人物》杂志和煮极糟糕的咖啡。敏纳似乎很渴望向她炫耀我们这几个手下，比他亲自过来找她的劲头还要大。另外一方面，他也乐于把茉莉亚当做展品，摆在法院街的橱窗中供人参观。我们自然而然领会了敏纳在人类象征方面的本能行为，叫我们跑来跑去是为了标出势力范围，因此在这层意思上，茉莉亚·敏纳也加入了敏纳帮，是他的团伙中的一员。可是，有些事情出了差错，茉莉亚和那位律师之间的关系变味了，于是敏纳将她拽回了波罗地街上卡洛塔住过的二楼公寓，她在那里度过了将近十五年时光，沦落成一个郁郁寡欢的家庭主妇。我每次去都忍不住联想起一盘盘被法院街的各式闲杂人等端下楼去的食物。旧炉子本身已被拆除，茉莉亚和弗兰克一般都在外面吃饭。

此刻，我来到了这套公寓，举手敲门，边敲边转动指节，以发出合适的声响。

"莱诺尔，哈啰。"茉莉亚打招呼道，她透过窥视孔看见了我。她拨开插销，拉开门，然后转过身去。她穿了条衬裙，丰满的胳膊露在外面，不过衬裙底下却是长筒袜和高跟鞋。公寓很暗，只有卧室开着灯。我关好背后的门，跟着她走进卧室，床上摆着一只打开的积满灰尘的手提箱，周围是几叠衣服。很显然，我没有享受到首先通知她这件事情的特权。我在手提箱里乱糟糟的女内衣间瞥见了一件黑乎乎亮闪闪的东西，它半藏在内衣底下，是一柄手枪。

茉莉亚在衣橱里翻找，依旧背对着我。我靠在壁柜的门框上，觉得非常尴尬。

"茉莉亚，是谁告诉你的？吃，吃，吃——"我咬住牙齿，努力控制住这一阵冲动。

"你以为是谁？我接到医院的电话。"

110

"吃，哈，哈，吃——"我像马达似的加速运转。

"莱诺尔，你想要我吃你？"她的语气随意得可怕，"说出来好了，没什么。"

"好的吃我，"我感激地说，"你在收拾东西？我是说，我说的不是那把枪。"我想起几个小时前敏纳在车里如何斥责吉尔伯特。你没有枪，他这样说。要不然我每天晚上怎么睡得着？"收拾衣服——"

"他们是不是派你过来安慰我？"她的声音尖利，"你是不是来安慰我的？"

她转过身。我见到了她的眼睛有多么红，嘴巴周围的肌肤有多么沉重而松软。她摸索着去拿衣橱顶上的烟盒，她把一根香烟放进哭肿了的双唇之间，我在身上找了一遍自知肯定没带的打火机，这只是做个样子而已。她自己点燃香烟，怒气冲冲地撇灭纸板火柴，溅起了一小股火花。

这个场面以大约十二种方式搅扰着我。弗兰克·敏纳似乎还活生生地在这个房间里，活在茱莉亚身穿衬裙的身体内，与其同在的还有半满的手提箱、香烟和枪。两人从未像此刻这样接近过。他们的婚姻更真实了。但她正要匆匆离去，我感到如果我放她离开，那么我觉察到的敏纳的精魄也会随之消散。

她看着我，看着香烟点燃的那头，片刻后吐出一口烟。"你们这些混蛋杀了他。"她说。

香烟在她的指间晃悠。我压下一阵怪异的想象：她的衬裙着了火——衬裙看起来很容易引燃，事实上看起来已经在燃烧了——而我不得不扑灭她身上的火焰，用一杯水浇湿她。这是妥瑞氏症令人不快的特性之一，我的大脑会泛出丑恶的幻想，对痛苦的惊鸿一瞥，千钧一发的灾祸。我的大脑喜欢与这种画面调情，仿佛我不停抽搐的手指被拉着靠近风扇旋转中的叶片。也许此刻在失去敏纳之后，我创造出了一场自己能够驾驭的危机。我想保护他人，任何人都行，茱莉亚就很不错。

"茱莉亚，不是我们，"我说，"我们只是没能保护好他的性命。他死在一个巨人手上，那家伙的块头足抵得上六个普通人。"

"了不起，"她说，"听起来实在太了不起了。莱诺尔，你也终于堕落了，听起来和他们一个样。知道吗？我讨厌你们这些人说话的方式。"她转身继续把衣物胡乱地塞进箱子。

我模仿着她碾灭火柴，伸长胳膊，在身体附近完成这个动作，这多多少少是想保持我的酷劲儿。说实话，我想让双手穿过床上的衣物，噼噼啪啪打开又关上手提箱的锁扣，伸出舌头舔乙烯基外壳。

"混账说话！"我说。

她没有搭理我。外面史密斯街和波罗地街响起警笛声，我打了个寒颤。如果医院给她打过电话，那警察恐怕也不会离得太远。但警笛声在半个街区外停下了。遇到了红灯，临时停车而已。史密斯街上随便哪个夜晚的随便哪辆车都符合某人的描述，某份协查通报中的描述。警车的红灯透过遮光帘从窗户的边缘照进来，给床铺和茱莉亚光润的身体轮廓涂上一层红光。

"茱莉亚，你不能走。"

"看着。"

"我们需要你。"

她对我冷笑一声。"你搞得定。"

"不，茱莉亚，真的不行。弗兰克把L与L挂在你的名下。我们现在替你工作了。"

"真的？"茱莉亚有了兴趣，或者是装出有了兴趣，她让我过于紧张，我看不出来。"我眼前的东西都是我的了? 你是这个意思吗? "

我吞了口唾沫，把脑袋猛然扭到一侧，仿佛茱莉亚在看我背后的什么东西。

"你认为我应该下去，莱诺尔，监督一家租车服务公司的日常生意? 没事翻翻账本? 你觉得寡妇很适合坐这个位置，对吗? "

"我们是——侦探推! 八爪凤! ——我们是一家侦探所。无论是谁干的，我们都会找出来。"就在说话的时候，我也在努力命令我的思路依照这条原则行事: 侦探、线索、调查。我应该在搜集信息。有那么一瞬间，我怀疑弗兰克失去控制的那个她会不会就是茱莉亚，这是我在窃听线路上听见禅堂里那个谄媚的声音说的。

当然了，这就意味着茱莉亚在想念她的"罗摩喇嘛叮咚"。不管那到底是什么，我都很难想象出茱莉亚会想念它。

"对哦，"她说，"我怎么忘了。我继承了一家既堕落又无能的侦探所。莱诺尔，别挡我的道。"她把香烟搁在衣橱边，推开我走进了壁柜。

无能又堕落，白痴艾斯罗格的脑袋里回荡着这几个字。老兄，你很堕落!

"上帝啊，看看这些衣服，"她说着拨开成排的衣架，声音忽然哽咽了，"看见这些正装礼服了吗? "

我点点头。

"比你们那家租车服务公司加起来还值钱。"

"茱莉亚——"

"这不符合我的穿衣风格。我看起来不是这个样子。我甚至不喜欢这些礼服。"

"那你是什么样子? "

"你想象不出。我自己都不太记得了。那是在弗兰克打扮我之前。"

"给我看看。"

"哈。"她撇开了视线，"现在我该是黑衣寡妇。你会喜欢的。好看得不行。弗兰克把我留在身边就是为了这个，我的盛放时刻。不了，谢谢。告诉托尼，不了，谢谢。"她用力一扫，把那些礼服推进衣柜深处。然后，她忽然连同衣架一起揪下两件扔向床铺，礼服展开盖住了手提箱，仿佛静静安歇的蝴蝶。这两身衣服都不是黑色的。

"托尼？"我说。我分神了，我如鹰的锐利目光正盯着烟灰越来越长，被遗忘的香烟亮着红光的那头离木制衣橱越来越近。

"正是如此，托尼。他妈的弗兰克·敏纳二世。不好意思，莱诺尔，你也想当弗兰克是吧？这话伤害你的感情了吗？很抱歉，托尼略占上风。"

"香烟要烧到木头了。"

"由它烧吧。"她说。

"这是哪部电影的台词吗？'由它烧吧'？我觉得好像在哪部电影里听到过——烧呐妈打我！"

她转过去背对着我，重又走回床边。她把礼服从衣架上取下来，把其中一件塞进手提箱，然后拿起另外一件往身上套，留神不让衣服缠住鞋跟。我紧紧抓住壁柜的门框，看着她把礼服包住臀部，拉上肩头，压制住一阵想要像小猫扑向微微发亮的衣物的冲动。

"莱诺尔，过来，"她说，但没有回身，"帮我拉拉链。"

我伸出手，先被迫轻敲她的双肩，一边两下，动作轻柔。她似乎没有注意到。接着，我抓住拉链头，毫不费力地向上拉起。我拉拉链的时候，她用双手挽起头发，胳膊举过头顶，转过身子投入我的怀抱中。我手里的拉链头只拉上了一半。近距离看过去，她的双眼和嘴唇像是刚被救起的溺水者的。

"别停。"她说。

我继续将拉链头往上拽，她把抬起来的两肘搁在我的肩头，眼睛盯着我的面门。我屏住了呼吸。

"知道吗？刚遇见弗兰克的时候，我从没刮过腋毛。是他逼着我刮的。"她把这些话说给我的胸口听，声音变得迷糊，仿佛漫不经心。怒火全都消失了。

我终于把拉链头拉到了颈背处，垂下双手，后退一步，呼出一口长气。她仍旧将头发挽在头顶上。

"也许我该让毛长回来，莱诺尔，你怎么看？"

我张开嘴，说出口的话轻柔但绝不会被听错："双乳。"

"乳房都是成双成对的，莱诺尔，你难道不知道？"

"只是抽动出的胡言乱语而已。"我尴尬地说，垂下视线。

"莱诺尔，把你的手伸给我。"

我再次举起手，她接了过去。

"上帝啊，这双手可真大。莱诺尔，你有双这么大的手。"她的声音如梦似幻，宛如歌声，像是出自孩童之口，或者假扮孩童的成人。"我是说——这双手到处动来动去，速度那么快，就是你做那些事情的时候，抓东西，摸东西。叫什么来着，你再说一遍？"

"茱莉亚，那也是一种抽动。"

"你的手动得那么快，我一直以为它们很小。但这双手可真大啊。"

她将我的手移到她的双乳上。

性兴奋让我患妥瑞氏症的大脑安静了下来，但与匹莫齐特或氯硝西泮那些压抑性的药物迥然不同，没有让我的意识变得麻木、让世界变得模糊，而是激起了心灵更深处的注意力和更美好的情感共鸣，聚拢并圈住了我即将失控的混沌，赐予它一个更大的动因，就仿佛齐声歌唱能把尖啸化为和弦一样。我仍旧是我自己，但仍旧受困于自我之中，这是一种罕见而宝贵的组合。是的，我非常喜欢性爱，但不那么经常能弄到手。每次做爱的时候，我都发觉我想放慢速度，慢如爬行，甚至住在那个地方，见见那个静止的自我，给他点儿时间四处看看。然而事与愿违，我总是被惯常的紧迫感催促，被那些酒精驱策下的笨拙同伴催促——迄今为止，也只有这些人曾给我机会，让我匆匆一瞥由性唤起筑成的避难所。可是，天哪，如果能让我一整个礼拜抓着茱莉亚的乳房，我的脑子肯定能恢复正常！

哎呀呀，我的第一个正常念头却把双手引向了别处。我走到衣橱旁，赶在燃尽前拿起闷烧的烟头；茱莉亚的双唇微微张着，于是我就将烟头插在了那里，还好是过滤嘴那头朝内。

"成双的，明白了？"她吸着香烟说道。她用手指理顺头发，然后拉直礼服下的衬裙被我抓过的位置。

"什么是成双的？"

"不就是乳房吗？"

"你不该取笑——抒情蛋狗！逻辑混蛋诺格！——茱莉亚，你不该取笑我的。"

"我没有啊。"

"你和——你和托尼之间有什么瓜葛吗？"

"谁知道。去他的托尼。莱诺尔，我更喜欢你。只是从没告诉过你。"她受了伤害，脾气乖戾，声音偏离正轨，疯狂地寻找栖息之地。

"茱莉亚，我也喜欢你。这没什么——去他的托尼！胡说的罗米！去他的索尼！嘟嘟去他我的！——对不起。这没什么不对的。"

"莱诺尔，我要你喜欢我。"

"你是——你不是在说，你我之间真的可以发生什么吧？"我转身拍了六下门框，觉得脸孔都要因为羞耻而凝固了，立刻后悔竟然问了这么一个问题——此刻我真希望刚才是一次抽动，能够因此删去话语中令人厌恶的意义，掐死那些我居然允许自己说出口的词句。

"不。"茱莉亚冷冷答道。她把剩下的烟头又放回衣橱顶上。"莱诺尔，你太古怪了。实在太古怪了。你自己照照镜子吧。"她回身继续把衣物塞进手提箱，塞进去的衣服多得让人吃惊，仿佛正在变戏法的魔术师填充道具箱子。

我只能祈祷手枪别走火。"茱莉亚，你打算去哪儿？"我疲惫地说。

"非说不可的话，莱诺尔，我要去个和平之所。"

"一个——什么？"蜜桃祈祷？豆子游戏？压榨对片？

"没听清楚？一个和平之所。"

外面响起汽车鸣笛声。

"我的车来了，"她说，"能下去跟他们打个招呼吗？我马上就来。"

"行，但——压力撒尿——你这说法可够奇怪的。"

"莱诺尔，你有没有离开过布鲁克林？"

乳房，腋毛，现在是布鲁克林——茱莉亚这是在考验我的眼界有多么狭窄。"当然，"我说，"今天下午才去过曼哈顿。"我尽量不去回想我在曼哈顿做了什么，或者没有做到什么。

"纽约城，莱诺尔，你有没有出过纽约城？"

考虑这个问题的时候，我注意到香烟终于烤焦了衣橱边缘。被熏黑的油漆代表着我的败绩。我什么也保护不了，也许连自己也包括在内。

"如果你出去过的话，就会知道外面到处都是和平之所。那就是我的目的地。现在，能帮忙叫那辆车等我一下吗？"

租车服务公司的车双线违停在楼门口，属于"传统联营"这家布鲁克林诸多竞争者中档次最高的公司，是一辆全黑色的豪华轿车，贴膜车窗，为客人准备了移动电话，后车窗底下还有内置式的纸巾盒。茱莉亚连跑路也有型有款。我站在门廊上对司机挥挥手，他对我点点头，把脑袋靠在了头靠上。我试着模仿他的颈部动作：点头，往后靠。就在这时，背后响起了一个严肃低沉的声音。

"是谁叫的车？"

是那位重案组警探。他正在等我们，监视我们，斜倚在门洞的另一侧，在外套里缩成一团，抵御十一月的冷风。我立刻就认出了他——他的"晚上十点"泡沫塑料咖啡杯，皱巴巴的领带，内生的胡须，还有一双拷问的眼睛，你实在不会认错这个人——但这并不代表他对我的身份有任何概念。

"里头的女士。"我说着敲了一下他的肩头。

"看着点儿。"他躲开了我的触摸。

"不好意思，兄弟，我控制不住。"我撇下他，转身走回楼里。

我的离去尽管潇洒利落，却马上受到了阻拦——茱莉亚恰好拎着那只塞得过满的手提箱笨拙地走下楼来。我跑过去帮她拿行李，门在液压铰链的作用下慢慢关上，实在太慢了。那名警察伸脚拦住，替我们开门。

"不好意思，"他带着虚伪而又疲乏的权威感说，"你是茱莉亚·敏纳吗？"

"曾经是。"茱莉亚答道。

"曾经是？"

"很好玩对吧？直到一小时前都还是。莱诺尔，帮我把箱子放进车尾箱。"

"急着要走？"警探问茱莉亚。我看着两个人互相打量，仿佛自己不比豪华车里正在等待的驾驶员更加重要。几分钟前，我想说，我的双手还——但我忍住了，默默拎起茱莉亚的行李，让她经过我的面前，走向那辆车子。

"差不多，"茱莉亚说，"赶飞机。"

"去哪儿的飞机？"他捏瘪那个空的泡沫塑料杯，随便往背后一扔，杯子飞出门廊，落在隔壁楼的灌木丛中。灌木丛本已挂满了垃圾。

"还没决定。"

"她要去悬崖，欢愉警察，慈善修士——"

"莱诺尔，闭嘴。"

警探看着我，仿佛我是个疯子。

我到此刻的人生故事大致如此：

老师看着我，仿佛我是个疯子。

社工看着我，仿佛我是个疯子。

那男孩看着我，仿佛我是个疯子，然后出手揍我。

那女孩看着我，仿佛我是个疯子。

那女人看着我，仿佛我是个疯子。

那位黑人重案组警探看着我，仿佛我是个疯子。

"很抱歉，茱莉亚，但你不能离开。"警探摇摇头，甩掉我突然喷发给他带来的困惑，叹了口气，扮了个鬼脸。他见多识广，在不得不动用暴力让我服帖前还可稍作忍耐——至少我是这样感觉的。"我们要跟你谈谈弗兰克的事情。"

"那你就非得逮捕我了。"茱莉亚说。

"为什么非得这么说话啊？"警探好像很受伤害。

"只是想让事情简单点，"茱莉亚答道，"要么逮捕我，要么让我上车。莱诺尔，请帮忙，谢谢。"

我使出浑身力气，把那个笨重的大箱子拎下门廊，对司机挥挥手，要他弹开后备箱。茱莉亚跟了上来，警探紧随其后。豪华轿车的音响在嗡嗡地播放玛丽亚·凯莉，司机仍在枕着头靠小憩。茱莉亚坐进后座，警探用肉乎乎的双手捉住车门，从上方探进头去。

"敏纳夫人，你就不在乎是谁杀了你的丈夫吗？"茱莉亚的无忧无惧弄得他一时间不知所措。

"你查清楚了记得通知我，"她答道，"然后我再告诉你我在不在乎。"

我把手提箱放进后备箱，从备用轮胎上方推进去。我考虑了一下是否该打开箱子，取走茱莉亚的手枪，但随即意识到带枪出现在重案组警探面前似乎并不是个好主意。他恐怕要误会。因此，我只好关上了箱盖。

"这样你我就得保持联系了。"警探向茱莉亚指出。

"告诉过你了，我不知道我打算去哪儿。你有名片吗？"

他挺直腰，手伸向胸前口袋，茱莉亚碰上车门，放下车窗接过名片。

"我们可以在机场截住你。"他凶巴巴地说，想提醒茱莉亚他的执法者身份，或者是提醒自己也未可知。但那个"我们"却比他想象中的要更加虚弱。

"是啊，"茱莉亚说，"不过听起来你已经决定放我离开了。非常感谢。"她把名片塞进手袋。

"弗兰克今天下午遇害的时候，敏纳夫人，你在哪儿？"

"问莱诺尔，"茱莉亚的眼神落回我身上，"他是我的不在场证明。我们一整天都在一起。"

"吃我啊不在场贝利。"我尽量压低声音一口气说道。警探对我皱起眉头。我摊开双手，做了个亚特·卡尼的鬼脸，请求他与我能够达成共识——女人，嫌犯，寡妇，你还能怎么办？有了她们活不了，离了她们也活不了，对吧？

茱莉亚将贴膜车窗升回原处，"传统联营"公司的豪华轿车开动起来，收音机里愚蠢的音乐声渐渐小了下去，最后周围归于一片寂静，剩下我和警探单独站在黑暗的波罗地街上。

"莱诺尔。"

不在场证明喧哗骚动容易受骗肚皮翻转臭鱼，我的大脑在歌唱，言辞随之灰飞烟灭。我对警探挥手作别，转身走向史密斯街。如果茱莉亚能如此直截了当地拒绝他，我为什么不行？

他却跟了上来。"莱诺尔，咱们最好谈谈。"这家伙搞砸了，让茱莉亚扬长而去，现在要在我身上补偿回来，演练推论和胁迫的能力。

"不能等等吗？"我挤出这几个字，没有转身，花了不少力气才没有扭头。但我感觉得到，他亦步亦趋地跟着我，仿佛一个散步的人和他的影子。

“莱诺尔，你的全名是什么？”

“摇篮曲·客座明星——”

“再说一遍？”

“阿里拜拜·艾斯黑帮——”

“听起来像阿拉伯人，”警探走到和我并排的位置，“看起来可不像阿拉伯人。阿里拜，你今天下午和那位女士在一起吗？”

“莱诺尔，”我逼着自己清楚地说，然后喷出一句“莱诺尔·逮捕我！”

“这花招一个晚上不可能奏效两次，”那条子说，“我不需要逮捕你。阿里拜，咱们只是一起散散步而已。只是我不知道咱们这是要去哪儿。愿意告诉我吗？”

“回家。”我说完才想起今天晚上他已经去了一趟我称之为家的地方，领着他再去一趟似乎对我没有任何好处。“不过我想先吃个三明治。我饿死了。想跟我一起吃个三明治吗？史密斯街上有个叫扎伊德的地方，你没意见吧？咱们可以去吃个三明治，然后各走各的，我有些害羞，不喜欢带陌生人回住处——”我转身说完这段话，对于肩头的渴求忽然被激活了，我抬手再次伸向他。

他一把打开我的手：“慢些来，阿里拜，你这是什么毛病？”

“妥瑞氏综合征。”我带着命中注定的凄凉感说。妥瑞氏症是我的别名，和我的本名一样，我的大脑也不会放过折腾它的机会。事实也正是如此，我开始回应自己的话：“妥瑞是狗屎汉！”我又是点头，又是吞咽，又是抽搐，想让自己安静下来；我快步走向三明治店，垂下双眼，这样警探就不在我碰到肩头的范围之内了。可惜作用不大，我失去平衡太过严重，再次抽动的时候，发出的是一声怒吼：“妥瑞是狗屎汉！”

"那家伙是狗屎汉,对吧?"警探误以为这是最新的街头切口,"能带我去见见他吗?"

"不,不行,没有叫妥瑞的人。"我说着屏住呼吸。食物惹得我发疯,我极度渴望能甩掉这名警探,即将发作的抽动就要把我憋死了。

"别担心,"警探高人一等地对我说道,"我不会说出去是谁泄露了他的名字。"

他以为自己正在培育线人。我只能尽量不哈哈大笑或大吼大叫。就让妥瑞当嫌犯好了,我能脱身就行。

上了史密斯街,我们转进扎伊德的二十四小时超市,大红肠①和劣质咖啡混杂着开心果、枣椰子和角豆的气味迎面而来。条子想要阿拉伯人,那我就给他一个好了。树脂玻璃和三合板做的柜台后面的扎伊德本人站在垫高的坡道上。看见我,他打招呼道:"小疯子我的好朋友,今天怎么样啊?"

"不太好。"我实话实说。警探在我背后徘徊,引诱着我再次扭头。我拼死顽抗。

"弗兰克呢?"扎伊德说,"怎么一直没看见弗兰克?"

虽说终于有了传播消息的机会,但我的心思却不在这件事上。"他在医院里,"我终究还是忍不住紧张兮兮地瞥了重案组警探一眼,"医生拜拜!"我的妥瑞氏症回忆道。

"你这家伙可够疯的,"扎伊德笑呵呵地对我的那位官方影子挑挑眉头,"跟弗兰克说一声,扎伊德问候他,好吗兄弟?"

"好,"我说,"交给我了。能帮我做个三明治吗?凯撒面包夹火鸡

---

① 大红肠(bologna):一种美式灌肠,属于熏香肠,一般使用牛肉、猪肉、小牛肉制作。

肉，多放些芥末酱。"

扎伊德对他的副手点点头，那个懒散的多米尼加小伙子慢吞吞地走向切片机。扎伊德从不亲手做三明治，但他把柜员都培训得很好，他们切的肉片特别薄，懂得肉片从刀锋上滑落时必须打褶，而不是听凭它们挤出空气后堆成一叠，他们做出的三明治松软可口，我渴望着它在嘴里的那种压缩感。我放任自己沉浸在切片机的嗡嗡声中，沉浸在那小伙子胳膊律动的节奏中，他接住切下来的肉片，一片片搭在凯撒面包上。扎伊德看着我。他知道我爱他的三明治爱得发狂，这让他非常愉快。"你和你那位朋友都要？"他大度地问。

警探摇摇头。"一包万宝路特醇。"他说。

"好。疯子你要汽水对吧？自己动手。"我走过去，从冷柜里拿出一罐可乐，扎伊德把我的三明治和条子的香烟连同塑料叉和一叠纸巾装进棕色纸袋。

"记在弗兰克账上？对吧我的朋友？"

我说不出话。我接过口袋，和警探一起回到史密斯街上。

"跟死人的老婆睡觉，"警探说，"吃东西还记他的账。你到底有多恨他啊？"

"你误解了。"我说。

"那就解释给我听好了，"他说，"烟给我。"

"我替弗兰克做事——"

"曾经替他做事。他死了。你为什么不告诉你那个阿拉伯朋友？"

"阿拉伯眼！——不知道，说不上来。"我把万宝路递给条子，"吃我啊贝利，重复我贝利，重复汽车——咱们能不能换个时间接着谈？因为——撒退汽车！——因为现在我非得回家——吃饵！打邮件！——吃这

124

个三明治了。"

"你在哪儿替他做事? 租车服务公司? "

侦探所,我默默纠正他。"呃,是的。"

"那么,你和他老婆是怎么回事? 驾车兜风? 车子在哪儿? "

"她想去购物。"谎言有如神助般自然滑出,没了抽动的拖累,听起来很像真话。也许是这个原因,也许还有其他理由,总之警探没有质疑。

"那么,你认为你是什么呢? 死者的朋友? "

"倾向的去世! 撤退的改进! ——没错,正是如此。"

他已经学会无需理睬我的阵阵喷发。"那么,咱们这是要去哪儿? 你家? "他脚下不停,手上点燃香烟。"看起来你这是打算回去上班。"

我不想告诉他这两者之间的区别有多么小。

"咱们去这儿吧。"我说,过伯根街的时候,脖子向两侧不停飞速扭动,我让身体的抽动引导自己——妥瑞氏导航仪——走进了"赌场"。

所谓"赌场",就是敏纳口中的史密斯街那家小得像墙洞的报刊店,店里只有一面墙摆着杂志,还有一箱子百事可乐和思乐宝被塞在大号壁橱尺寸的空间中。"赌场"因每天早晨门前的乐透、刮刮乐、六加一和双色球彩票的购买长队而得名,因韩国移民店主靠赌彩赚到的大量财富而得名,因一到时间就有许多颗心灵默默破碎而得名。那些人温顺地站着等待的样子很有悲剧感,他们大部分都上了年纪,剩下的都是新移民,除了他们所选择的那种游戏的狭隘语汇之外,大字不识几个;真正来买东西(比方说杂志、双A电池、润唇膏)的人却要排很长时间的队。他们的温顺让人看了实在伤心。他们用钥匙或硬币刮开彩票上的锡箔,露出底下巧妙制作的几近中奖的号码,游戏几乎还没开始就结束了。(纽约是个患

125

了妥瑞氏症的城市，人人都在刮擦、都在数数、都在撕扯，这些都是确定无疑的症状。）外面的人行道洒满废彩票，那是徒然希望的废弃糠壳。

不过，我实在没有资格批评他们注定失败的努力。若不是赌场与敏纳之间存在关系，在敏纳活着的时候存在关系，我实在没有理由拜访此处。假如我能在他的死讯传遍法院街和史密斯街之前多多拜访他曾经出没过的地方，也许就能说服自己不承认亲眼见到的事实，不承认有个重案组条子跟在我屁股后面，转而认为一切如常，什么也没发生过。

"咱们这是要干吗？"警探问。

"我，呃，需要读着东西吃三明治。"

乱七八糟的杂志在架子上摆成两排，这附近每个月买《GQ》、《连线》和《布鲁克林大桥》的顶多只有一两个人。我只是在唬弄他，我根本不读任何杂志。我在《震颤》杂志的封面上瞄到了一张熟悉的脸孔。曾经名叫"普林斯"的艺人①。他在模糊的奶油色背景前搔首弄姿，将脑袋靠在粉色吉他的琴颈上，眼神娴静，太阳穴附近的头发剃出一个无法发音的象形文字符号，用以代替他的名字。

"斯库巴。"我说。

"什么？"

"普莱伏什克。"我说。我的大脑决定要尝试读出那个无法发音的符号，这是一趟深入《超越斑马》②之地的语言学冒险。我拿起那本杂志。

---

① 普林斯（Prince）：美国著名黑人歌手。1993年到2000年曾把名字改成无法发音的符号，在此期间提及他的时候称之为"曾经名叫'普林斯'的艺人"或"那位艺人"。
② 《超越斑马》（*On Beyond Zebra!*）：苏斯博士系列绘本之一，主人公不满足于普通的字母表，在Z之后又发明添加了许多字母，每个字母都有一种幻想生物与其对应。

"你该不会是说你打算读《震颤》？"

"是啊。"

"阿里拜，你不是在取笑我吧？"

"不，绝无此意。我是斯库尔思伏谢的歌迷。"

"谁？"

"曾经名叫'普林伏斯克'的艺人。"我无法停止读出那个符号的努力。我把杂志扔在柜台上，韩裔店主吉米对我说："给弗兰克的？"

"是啊。"我按捺下一阵冲动。

他挥挥手，没要我的钱。"拿去吧，莱诺尔。"

回到外面，我们转过街角，走上相对昏暗的伯根街，刚经过F线地铁的入口，离L与L的店面只有几个门洞的时候，条子忽然一把揪住我的衣领，他双手齐出，抓紧我的上衣颈口，推着我贴在马赛克瓷砖的墙壁上。我手上使劲，杂志被捏成了纸棍，装三明治和汽水的纸袋也被我攥在手里，我将这些东西挡在面前保护自己，仿佛老妇人和她的手袋。我知道跟条子推搡很不明智；再说我块头比他大，他在身体上可吓不住我。

"圈子我兜够了，"他说，"你到底要去哪儿？阿里拜，你为什么要假装你那位敏纳老兄还活着？你这是在耍什么把戏？"

"哇噢，"我说，"没想到你还有这一手。活像红脸白脸二合一。"

"是啊，以前上头发两份工钱。现在他妈的预算削减，得顶两个人的班。"

"咱们能不能——操我啊黑人条子——还是有话好好说？"

"你刚才说什么？"

"什么也没说，放开我的衣领。"我把接下来的喷发压成一段呢喃，我想我还得感谢妥瑞氏症控制下的大脑，总算没让我说出"黑鬼"二字。

尽管这位警探动作粗鲁（或者正因为如此？），我们之间暂时的狂躁已翻过巅峰，正在渐渐消退，为两人赢得了和平共处的安静瞬间。要是我的手里没有东西，多半要去摸摸他满是须茬的下巴，或者拍拍他的双肩。

"跟我说说，阿里拜，说点儿什么都行。"

"别把我当嫌疑犯。"

"那就告诉我为什么不。"

"我为弗兰克做事。我想念他。我和你一样，也想抓住杀了他的人。"

"那咱们就对对笔记好了。阿方索·马屈卡迪，列奥纳多·洛卡弗蒂，你对这两个名字有什么想法？"

我沉默了。

马屈卡迪和洛卡弗蒂：这位重案组条子不知道，你绝对不能大声说出这两个名字。在哪儿都不行，但尤其是在史密斯街上。

我从来没听过他们的教名，阿方索和列奥纳多。感觉不对劲，但谁的教名对劲呢？这些名字和难得听闻一次的发音周围全是不对劲的事情。别说马屈卡迪和洛卡弗蒂。

非说不可的话，叫他们"那两位客户"。

或者说"花园州砖面与灰泥"。但千万别说这两个名字。

"从没听说过。"我轻声地说。

"我怎么不太相信呢？"

"相信我黑人。"

"你他妈的有病是吧？"

"是啊，"我答道，"真抱歉。"

"没什么好抱歉的。你的老大被杀了，你却什么也不肯告诉我。"

"我会抓住凶手的，"我说，"我只能告诉你这个。"

他放开了我。我吠叫了两声。他又做了个鬼脸，这显然被他归入了无伤大雅的精神病之列。领着条子去扎伊德的铺子，让他听见阿拉伯人管我叫"疯子"，我无疑比自己想象中更加聪明。

"阿里拜，你或许更愿意把这件事留给我。你只需要确定你把自己知道的全说出来了就行。"

"绝对的。"我扮出可亲可敬的童子军脸。我不想向红脸指出白脸什么也没问出来，只是懒得接着跟我打交道而已。

"三明治和该死的杂志让我觉得你很可怜。你给我滚吧。"

我拉直上衣。奇特的宁静感笼罩了我。这个条子使得我考虑了一下"那两位客户"，但旋即又把他们推出脑海。我对此颇为在行。患妥瑞氏症的大脑在吟颂"想抓住他和想念他一样多和三明治一样多"，但我此刻不想抽动，可以让它暂时栖息在体内，宛如泛着水花的清溪，深井里的歌声。我走到L与L的店前，用自己的钥匙开门进去。视线所及不见丹尼。电话响个不停，我没去管它。条子站在那儿看着我，我对他挥了一下手，然后关门走进黑暗中。

有时候我很不愿意承认我就住在L与L店面的楼上，但事实的确如此，自从多年前我离开圣文森特那天起，我就住在这里。楼梯向下直通店铺的后面。除去令人不快的事实之外，我尽量在脑子里将这两个地方分开看待，我从史密斯街远处的旧货折价店展示厅里拖来四十年代风格的家具，按自己的喜好装饰住处，尽量不邀请敏纳帮的其他成员上楼，还坚守某些不知所谓的原则：在楼下喝啤酒，在楼上喝威士忌；在楼下打扑克，在楼上摆开象棋盘研究古局；在楼下用按键式电话，在楼上放一部胶木拨盘电话；诸如此类，等等等等。有一阵子我甚至养过猫，可惜没能长久。

楼梯尽头的房门如青春痘般点缀着成千上万个细小凹坑，因为我在开门前总要仪式性地用钥匙叩门。我飞快地又添上六个钥匙印痕——今天自从那一口袋生死相关的"白色城堡"之后，我的计数神经就被卡在了六上——然后才放自己进屋。楼下的电话依旧在响。我没开灯，免得让警探知道楼上楼下的关系，他说不定还站在外面看着。想到这儿，我蹑手蹑脚地走到前窗口向外张望。街角已经没有条子的身影。不过实在没必要冒险开灯。窗口透进来的路灯光线足以让我不至绊跤。因此我没有开灯，但还是不得不把手伸进窗帘底下，抚弄一遍电灯开关，仪式性的触摸只是为了让自己感觉到家了。

请理解：我在任何时候都有可能伸手把住处的每样东西都摸一遍，这迫使我在周围营造出一种仿日本式的简洁主义气氛。阅读台灯底下是五本没看过的平装本小说，等读完我了就拿去还给史密斯街的救世军办事处。这些书的封面布满了几十条细小的折痕，都是我用指甲侧面划出来的。我有一套黑色塑料便携音响，扬声器可拆卸，还有短短一排普林斯或称"曾经名叫'普林斯'的艺人"的激光唱片，我没有对重案组条子撒谎，我的确是他的歌迷不假。唱片旁边是一把餐叉，正是十四年前我从马屈卡迪和洛卡弗蒂住处那张摆满餐具的桌上偷来的。我把《震颤》杂志和三明治放在除此之外空无一物的桌上。现在我不是那么急切地想吃东西。喝一杯的欲望更加强烈。倒不是我特别热衷于酒精，只因为这是仪式中必须的环节。

楼下的电话一声声地响个没完。L与L没有自动答录机接电话，来电者一般在九十下铃响后放弃，尝试其他租车服务公司的号码。我把铃声推出脑海。我掏出上衣口袋里的所有东西，重新发现了敏纳的手表和寻呼机。我把这两件东西搁在桌上，然后给自己倒了一杯尊尼获加红方威士忌，扔了两块冰块，然后在黑暗中坐下，试图让这一天的事情沉淀下来，试图从中寻找出些许意义。冰块闪闪发光，我想学着猫在金鱼缸里捞鱼的动作去捉住它，但另一方面这幅场景却也令人心静。要是楼下的电话铃能停下就好了。丹尼去了哪儿？说起来，托尼难道不是也该从东边回来了吗？我不愿考虑他会在无人压阵的情况下贸然闯进禅堂，我们其他几个敏纳帮的成员必须也在场才行。我推开这个念头，努力暂时忘记托尼、丹尼和吉尔伯特，假装这仅仅是我一个人的事情。我衡量各个变量，赋予它们我能够理解的形状，从而引出答案，或者至少能澄清问题。我回想在我们眼皮下载着老板驶向垃圾箱的大块头波兰凶手——他已经显得像是我想象中的人选了：一个可怖的人形，来自噩梦的剪影。楼下的电话仍在没完没了地响。我回想起茉莉亚，她如何戏弄那名重案组警探，最终扬长而去。她仿佛对医院来的消息早有准备，我觉得她的哀恸中还混着几分怨恨。我尽量不去回想她如何戏弄我，而我又多么不了解其中的含义。我回想起敏纳本人，他与禅堂的神秘联系，他对待背叛他的那个人既刻薄又熟识的态度，他如何费尽心思让手下藏在暗处，最后因此付出惨痛代价。我的视线掠过路灯，落在伯根街对面那些公寓闪着蓝光的卧室窗帘上，我的思路徘徊在仅有的几条线索上：市中心的乌尔曼，戴眼镜的短发女孩，约克维尔禅堂里那个讥讽声音提到的"那栋楼"，还有欧文——如果欧文的确是条线索的话。

正在考虑这些事情的当口，我的大脑又沿着一条轨道走了下去，它吟咏着"聪明八爪我,聪明赡养费,小兔子垄断,贝利八爪鱼,聪明的动物,椰菜袋音乐"。楼下的电话还在响。我叹了口气,屈服于命运,下楼拿起了听筒。

"没有车!"我气冲冲地说。

"莱诺尔,是你吗?莱诺尔?"吉尔伯特的朋友卢米斯说,他就是那位公共卫生检查员,别称垃圾条子。

"卢米斯,怎么了?"我非常讨厌这个垃圾条子。

"这儿出事了。"

"这儿是哪儿?"

"曼哈顿,第六大道分局。"

"屌蠢!卢米斯,你在警察局干什么?"

"呃,他们说太晚了,今天晚上没法提审,他得在牛栏里过夜了。"

"谁?"

"你以为是谁?吉尔伯特!警察说他杀了个叫什么乌尔曼的家伙。"

读侦探小说时,你是否有过这种感觉:角色跃然纸面、以其真实存在成为你的负担之前就被杀害了,这时你会体验到一种既负疚又释然的激动。侦探故事反正总是角色太多。故事早期提及但没露过面的角色,只在台下逡巡的角色,有一种不祥的气质。还是尽早除掉他们为好。

听见垃圾条子传达的消息,乌尔曼的死讯,我就体验到了类似的悚然激动,然而我还有一层截然相反的感觉:这个案件所属的世界正在坍塌,我惊恐万状。乌尔曼原先是一扇打开的门,是一个方向,是从某处吹来的一股风。我对乌尔曼这个人的死毫无哀伤可言,特别是在弗兰克·敏纳死去的这一天,但我还是倍感忧伤:我的线索被谋杀了。

同时还有另外几种感觉：

烦恼——今天晚上我必须应付卢米斯这家伙了。我的白日梦就此夭折。楼上那杯红方威士忌里的冰块将会融化。扎伊德给我的三明治将不能入口。

迷惑——吉尔伯特喜欢瞪眼睛，喜欢大发雷霆，但他绝不可能杀人。我曾看见他傻乎乎地对着乌尔曼这个名字眨眼睛。它对吉尔伯特没有任何意义。因此也就没有动机，自卫另当别论。否则的话他就是被陷害的。因此：

恐惧。有人正在猎杀敏纳帮。

我开了侦探所的车子去曼哈顿的警察局，想见见吉尔伯特，但运气不够好。他已经转出了前面的拘留牢房，被送进了后面，与其他一群刚落网的家伙共度今夜，条子的委婉用语管这个叫"牛栏疗法"——吃大红肠三明治，憋不住的时候在众目睽睽下使用马桶，摆脱别人对你的手表和钱包的卑鄙觊觎，假如身上有香烟的话，拿来换取刀片保护自己。不依不饶的卢米斯已经耗尽了条子的耐心，不再让吉尔伯特享用任何权力乃至特权：他打过了电话，隔着牢房的铁栏杆见过了访客，再想搞什么名堂最快也要等到明天早上。到时候他可以指望得到提审，然后被送进"坟墓"①，等待有人保他出来。因此，我费的那些力气到头来什么也没弄清楚，只落得载着卢米斯开车回布鲁克林。我趁机问垃圾条子他从吉尔伯特嘴里都问出了些什么。

"没有律师在场他不想多说，这不怪他。隔墙有耳，懂吧？他只说他

---

① 坟墓（The Tombs）：指位于下曼哈顿白街的曼哈顿拘留所。

133

到的时候乌尔曼已经死了。他离开的时候被重案组抓了起来，好像有人给他们通风报信。见到他的时候，他骂了些脏话，挨了几下，他说要找律师，条子说得等明天了。估计他给L与L打过电话，但你们谁也不接，还好我就在附近——嘿，顺便说一句，弗兰克的事情我很抱歉。实在太不幸了。吉尔伯特对此很不开心，我看得出来。不知道他说了什么，或者因为什么也没说，总之我到场的时候条子看起来不怎么喜欢他。我跟他们讲道理，给他们看我的徽章，但你知道吗？他们待我好像我比他妈的监狱看守还低一等。好像老子他妈的不够格似的。"

吉尔伯特在高中生涯行将结束那会儿跟卢米斯交上了朋友，当时两人都总在卡罗尔街公园看老人玩地滚球消磨时间。卢米斯跟吉尔伯特懒散、邋遢的那一面志趣相投，也就是喜欢抠鼻屎、讨香烟的那个吉尔伯特，那一面他并不想总是得跟上敏纳和我们其他几个人。我们孤儿里最顺从、最死脑筋的那些也把自己磨砺得比卢米斯锐利；这家伙是他父母一不小心弄出来的，是附着在家里沙发、电视和冰箱上的一块没有形状的赘物，心不甘情不愿地过上了独立生活。他陪在吉尔伯特身边，我们刚起步的时候他经常半死不活地在L与L厮混，对表面上的租车服务公司和私底下的侦探所都没有表现出哪怕一星半点兴趣——不过他来的话，台子上总会有一包打开的"雪球"或"巧克袋"[①]。

卢米斯被父母撵着走向警察工作。他冲击过两次当片警必须的公职考试，某位好心肠的职业顾问往下方轻推了他一把，让他不妨参加更容易的公共卫生警察考试，这次他勉强挤了过去。他得名"垃圾条子"之

[①] 雪球(Snow-Balls)：奶油馅的巧克力蛋糕，外表覆有糖霜和椰蓉。巧克袋(Chocodiles)：巧克力壳、填奶油的海绵蛋糕。两者均是Hostess公司出品的点心。

前，敏纳曾经叫他"屁囊团"，每次这么称呼他的时候敏纳都带着十二万分的温柔。

我和其他几个孤儿听了五六次没太在意，以为敏纳迟早要解释给我们听，最后实在忍不住跑去问他到底是什么意思。

"智囊团知道吧？最宝贵的东西，"敏纳说，"然后就是剩下的人了。你让他们在附近随便晃悠也无所谓。那就是屁囊团，对吧？"

我一直很不喜欢这个屁囊。事实上，我厌恶卢米斯——让我数数看有多少理由：他的含糊和懒散逼得我强迫性的本能要发狂——他的别扭脾气，说起话来像是磨旧的磁带，到处都是遗漏和错误，他拒绝认识世界的倦怠感官，注意力仿佛弹珠，滚过闪光小灯和动也不动的挡板，一次次直接进洞：游戏结束。最无关紧要的寻常事情总能给他留下深刻印象，而真正的新奇、意义或冲突却不可能对他施加影响。而且他过于愚蠢，连自我厌恶都做不到——因此厌恶他就变成了我的责任。

今夜，我们呼啸地驶过布鲁克林大桥路面的金属栅板，他和平常一样呆呆地说起了车轱辘话：公共卫生执法队伍得不到半点尊敬。"你觉得他们知道在纽约城当警察是什么滋味吗？我和那些兄弟是一条战线上的啊，但那条子就知道没完没了说，'嘿，你为什么不上我的街区巡逻啊，最近一直有人在偷垃圾。'要不是因为吉尔伯特，我非得叫他把这话塞回——"

"吉尔伯特几点给你打电话的？"我打断了他的话。

"不知道，七八点吧，或许快九点。"他说，一句话就体现出他有多么不适合执法。

"卢米斯，现在——妥瑞是拿棍子的！——也才十点钟。"

"呃，那就是刚过八点吧。"

"你弄清楚乌尔曼住在哪儿了吗？"

"市中心什么地方。我把地址给了吉尔伯特。"

"你不记得了？"

"是啊。"

卢米斯帮不上任何忙，他大概也清楚，马上开始了新一轮离题的胡扯，像是在说，我是没用不错，但请别讨厌我，行吗？"听过这段子吗？要几个天主教徒才能拧上一个灯泡？"

"听过了，卢米斯。现在不想听笑话，谢谢。"

"啊，别这样嘛。这段子呢？金发女郎为什么盯着橙汁盒子看？"

我沉默了下去。车在卡德曼广场下了桥。我得尽快甩掉这家伙。

"因为那是'浓缩的'，听懂了吗？"

这是我讨厌卢米斯的另一个原因。几年前，他知道了敏纳和笑话竞赛，认为他也能参与其中。但他喜欢的是白痴级别的谜语，压根儿就不是笑话，既没有角色也没有微妙之处。但他似乎不知道两者的区别。

"明白了。"我答应道。

"这个呢？你怎么给虎猫挠痒？"

"什么？"

"给虎猫挠痒。不知道吗？跟大猫差不多，我估计。"

"的确是一种大猫。好吧，卢米斯，怎么给它挠痒？"

"使劲摇晃它的奶子，听懂了吗？"

"吃我啊虎猫！"拐上法院街，我大喝一声。卢米斯那蹩脚的双关语段子恰好击中了我的综合征的软肋。"兰斯洛特从属波动跑！八爪茶壶！奶子敲打加谬！"

垃圾条子哈哈大笑。"莱诺尔，天哪，笑死我了。你就喜欢耍这套

136

把戏。"

"这不是——根——虎猫。"我紧咬牙关嘶叫道。终于说到我最憎恨卢米斯的地方了：从我们十几岁相遇起直到今天，他始终坚持我是在装腔作势，而且只要愿意就能停止病态抽动。没有什么能劝服他，无论举例、示范，还是教育节目。我有次把敏纳送我的书拿给他看，他瞥了一眼，然后哈哈大笑。都是我瞎编的。就他而言，我的妥瑞氏症不过是个绵延十五年的古怪玩笑，只是超出了他的理解范围而已。

"乱扔色拉！"他说。"听懂了！"他觉得这是在配合我。

"去使劲摸！"我隔着外套厚厚的肩垫狠狠地拍了拍他的肩头，动作过于突兀，车子随着动作猛然转向。

"天哪，当心！"

我又接连拍了他五次，同时稳住了车子。

"我实在赢不了你，"他说，"即便在这种时候也一样。该说我有点儿感伤吧，就像老话说的：要是弗兰克还在就好了。因为你这套把戏总能让他笑得前仰后合。"

我在L与L门前放慢车速。店头的灯亮着。我跑第六大街警局的这段时间里人回来了。

"以为你要送我回家呢。"卢米斯住在内文思街，离安置区①不远。

"走回去好了，去操个条子。"

"莱诺尔，别这样。"

我把车停在店对面的空车位上。越早让我和卢米斯各奔东西越好。

———————

① 安置区（projects）：指供赤贫阶层和无家可归者居住的成组破旧楼房。

"走吧。"我说。

"至少让我上个厕所,"他恳求道,"警局那群混球不让我上。我一直忍到现在。"

"那你得帮我个忙。"

"什么忙?"

"乌尔曼的地址,"我说,"你已经查到过一次了。卢米斯,我需要那个地址。"

"那得等明天早上我回到办公桌前。我打电话到这儿来?"

我从口袋里掏出一张敏纳的名片递给他。"打寻呼机号码。我会带在身边的。"

"行,没问题,现在能让我进去撒尿了吗?"

我没说话,只是不由自主地六次开关门锁,然后下车。卢米斯跟着我走到店门口,然后一起进到室内。

丹尼从后面迎了出来,经过柜台时在烟灰缸里揿灭烟头。他在敏纳帮这几个人中总是打扮得最漂亮,但此刻身上那件细瘦的黑色正装看起来却像一连穿了不知道多少天的样子,让我想起失业的殡仪馆老板。他朝我和卢米斯横了一眼,抿紧嘴唇,但没有开口,我从他的眼神中看不出任何端倪。缺了敏纳,我感觉都不认识他了。丹尼和我代表着弗兰克·敏纳本能的两个极端:他是高挑、沉默的躯体,吸引女人,胁迫男人;我则是夸夸其谈的嘴巴,用名号和描述应对纷乱世界。加起来除以二,弗兰克·敏纳差不多就回来了。没有敏纳从中沟通,丹尼和我不得不重新把对方当作独立的个体看待,好像我们忽然又回到了十四岁,在圣文森特孤儿院畏缩于各自小小的生存环境之中。说实话,我突然盼望丹尼手里正拿着篮球,这样我就可以叫一声"好球!"或者恳求他扣个篮让我见识一下。但事与愿违，我和他只能面面相觑。

"不好意思，"卢米斯说着快步走过我的身边，对丹尼挥了挥手，"借用一下洗手间。"说完他消失在了店堂后面。

"托尼呢？"我问。

"还指望你告诉我呢。"

"呃，我不清楚。希望他比吉尔伯特运气好。我刚把他留在第六大街的拘留所了。"我意识到这说法像是我亲眼见到了他，不过我没去澄清话语中的暗示。卢米斯不会揭穿我，即便他在洗手间里听见了也是一样。

丹尼看起来并不吃惊。敏纳的死讯大概使得这个消息变得微不足道。"他为什么进去？"

"乌尔曼杀害！——托尼派吉尔伯特去找的那个人，被发现死了。警察说是吉尔伯特干的。"

丹尼只是若有所思地挠挠鼻梁。

"你去哪儿了？"我说，"还以为你在看店。"

"出去吃了点儿东西。"

"我在这儿待了三刻钟。"一句谎话——我估计顶多一刻钟，但我很想逼他说实话。

"大概恰好错过了吧。"

"有电话吗？见到那个——人类，均匀，屠杀，没法决定，糖果眼睛——重案组条子了？"

他摇摇头。他在隐瞒什么——但我随即想到我也一样。

丹尼和我站在那里，阴沉着脸互相打量着对方，等待下一个问题成形。我感到内心深处传来一阵震颤，更大规模的抽动潜藏在心中，正在暗自蓄势。或者，我只是终于有了饥饿的感觉。

卢米斯从后面忽然走了出来。"天哪，你们二位看起来真糟。今天够艰难的，是吧？"

我们两人一起瞪着他。

"呃，我想弗兰克值得咱们静默几秒钟，二位觉得呢？"

我很想指出，卢米斯你刚打破的正是那几秒钟的静默，但想想还是算了。

"追思会似的小小静默一下，行吗？你们两只火鸡，把脑袋低下来。他就像你们的父亲。别用吵架给今天画上句号，应该大声哭出来。"

卢米斯说得有道理，至少算得上有道理，我和丹尼竟会落到被他教训的这步田地，也实在够可耻的了。因此，我们静默下来，站在那里，看见丹尼和卢米斯都闭上眼睛，我也闭上了眼睛。我们几个人加在一起大致是侦探所的残次品翻版——丹尼代表他自己和托尼，我代表我自己，卢米斯差不多是吉尔伯特。即便如此，还是有一两秒钟，我心中有所感动。

卢米斯放了个响屁，破坏了此刻的气氛，他咳嗽一声，想要蒙混过关，可惜并不成功。"好吧，"他忽然说，"莱诺尔，送我回家怎么样？"

"走。"我说。

垃圾条子天生低三下四，他没有多争论，只是走向了门口。

丹尼自告奋勇，守着接听L与L的电话。他说他反正已经在煮咖啡了，我看得出他这会儿心神不定，坐不下来，希望能独占办公的空间。我对此也没有意见，便把他留在了楼下。我跟他没说几句话就上楼去了。

进了楼上的房间，我点起一根蜡烛摆在桌子中央，旁边是敏纳的

140

寻呼机和手表。卢米斯对仪式的坚持虽说笨拙，但却阴魂不散地纠缠着我。我也需要实践我的仪式。但我又很饥饿。我倒掉冲淡了的威士忌，重调了一杯，也摆在桌上。接下来，我揭开三明治的包装纸。思忖片刻，克制住立刻咬下去的冲动，到柜橱前取来了锯齿餐刀和小盘。我把三明治切成六等分，凯撒面包的纹理抗拒着餐刀的钝齿，让我得到了意料之外的乐趣。我把餐刀放回台子上，摆正餐盘、蜡烛和威士忌，以满足我令人愁闷的妥瑞氏症。如果不满足综合征的种种需要，我就永远也腾不出空间摆放自己的哀伤。

接着，我走到便携式音响前，播放唱片收藏中最悲哀的一首歌：普林斯的《你怎么不再给我打电话了》。

不知道"曾经名叫'普林斯'的艺人"在现实生活中是否有妥瑞氏症或强迫症，但我确定他在音乐生活中必定深深受其控制。我在八六年那一天前对音乐始终没什么特别的感觉，当时我坐在敏纳的凯迪拉克的前排乘客座上，首次听见单曲《吻》从车载收音机中张牙舞爪地扑将出来。到生命中的那一刻为止，我大概只听到过一两次有音乐能够耍弄幽闭恐惧症的难耐和受到驱逐的释放感，听着这样的音乐，我的妥瑞氏症暂时被贴上了符咒，被似曾相识的感觉迷惑住了，就仿佛亚特·卡尼或达菲鸭——但此刻出现在耳边的音乐却全然存在于那个领域之内，吉他和人声在强行划分出的边界内不停抽搐与脉动，静默和爆破交相辉映。这首歌彻底受妥瑞氏症式的能量驱动，我可以投身于这种磨人的吱嘎节拍中，让病症暂时离开我的大脑，栖息于空气中。

"关掉那狗屁东西。"敏纳说。

"我喜欢。"我说。

"丹尼才喜欢听这种烂玩意儿。"敏纳答道。丹尼是一样东西"过于黑人"的代称。

我知道我必须拥有这首歌。第二天我就跑到"J&R音乐世界"去找它——我需要售货员给我解释"放克"这个词是什么意思。他卖给我一盒磁带和一台播放磁带的随身听。就这样,我拥有了一个七分钟"加长单曲"版,正是我在收音机上听见的那首歌,但又添加了四分钟能让人幽闭恐惧症发作的砍斫、咕哝、嘶嘘和拍打声:简直是一封精心设计的私人确认函,对我狂喜中的妥瑞氏症大脑来说堪比一罐可口可乐。

与打手枪和芝士汉堡一样,普林斯的音乐也能让我心神安定。听他唱歌的时候,我的综合征不药而愈。所以,我开始搜集他的录音,特别是那些以单曲唱片发行的精妙而癫狂的混音曲目。他苦心孤诣,用单一韵律或人声语汇做出的那长达四十五分钟的变奏曲,就我所知,是艺术领域内最接近于我的病情的存在物。

《你怎么不再给我打电话了》是一首伤感的情歌,钢琴在令人痛心的假声歌唱下闲庭信步。这首歌缓慢而忧郁,但依旧拥有妥瑞氏症的突兀和强迫症的精确,尖啸和静默骤起骤落,普林斯的音乐是我的大脑的止痛香膏。

我把这首歌设置为重复播放,在烛光下坐好,等待泪水降临。等到开始流泪,我这才允许自己享用六等分的火鸡三明治,这是为了纪念敏纳的仪式,吃一小块三明治,我喝一口威士忌。我的肉,我的血。我忍不住要这样想,尽管天底下的哀悼者谁也不会比我更缺乏宗教感。我的火鸡,我的烈酒,我换了个说法。敏纳连最后的晚餐也没吃到。普林斯呻吟着,唱完了这首歌,旋即又从头开始。蜡烛流下烛泪,吃完一小块三明治，我数出三，然后是四。这是我的综合征在向外延伸。我一边流泪，一边数着三明治的块数。数到六，我关掉音乐，吹灭蜡烛，上床躺下。

第4章

（妥瑞氏症的梦境）

（在妥瑞氏症的梦境中，你摆脱了抽动）

（或者抽动摆脱了你）

（你与抽动并肩而行，惊讶地发现你被抛在了后面）

第5章

坏曲奇

有些日子我早上起床后，跌跌撞撞地走进卫生间开始放水，一抬头却连镜子里自己的牙刷也认不出来。我是说，那物件看起来很诡异，外形尤其不同寻常，古怪的渐细手柄和方槽斜割面的刷毛，不禁让我怀疑自己以前有没有仔细端详过它，夜里会不会有人偷偷溜进来，把旧牙刷换成了这只新的。大体而言，我和物件的关系就是这样，它们有时候会不受控制地在我眼中变得陌生、鲜活，我不知道这是否亦属妥瑞氏症的症状。我从未在文献中读过类似的描述。拥有一颗罹患妥瑞氏症的大脑的奇异之处在于：我对自己的个人体验没有控制可言。兴许不过是异状的东西要经受试炼甄别，确定是否该被驱入综合征的领域，正如综合征也时常被赶进其他领域一样，它们请求获得粉墨登场的机会，去舞台中心表演"目光如炬"或"天马行空"的节目，这是它们发光发亮的时刻——我们也能参与角逐！拟人化。我的脑子里车流如潮，而且还是双向车道。

不过，今天早晨的异状格外新鲜。比新鲜更胜一筹，简直犹如天启。我醒得很早，因为睡前我没拉窗帘，床上方的墙壁和桌子上满是融化的蜡烛，酒杯里装着四分之一杯融化的冰块，饮食仪式制造出的三明治碎渣落在炫目的白色阳光中,这光线仿佛来自胶片还没上轴前的放映机灯泡。很有可能我是全世界头一个醒来的,很有可能这是一个全新的世界。我穿上最好的正装,没有戴自己的手表,而是戴上敏纳的那只,把他的寻呼机别在我的屁股后头。接下来,我给自己煮咖啡,烤吐司,拾掇干净桌上拖着长长影子的面包屑,坐下来美美地享用了一顿早餐。我的存在竟是如此多彩,每迈出一步都令我惊讶不已。暖炉嗡嗡呜呜、叽叽喳喳,我模仿它的声音,带着纯粹的快乐,而非无助。或许我本来以为敏纳的缺席会让这个世界——至少是布鲁克林——断绝生机,不复存在;我则将感同身受它的渐渐熄灭。但醒来时我却意识到,我将继承敏纳的遗志,也将为他复仇,这个城市因线索而焕发光彩。

看起来,我有可能成为正在办案的侦探。

我悄悄下楼,走过趴在柜台上睡觉的丹尼,他的黑色正装上衣在肩头皱成一团,袖口还有几滴口水。我关掉咖啡机,机器正在把最后四分之一英寸液体烤成辛辣的气体,然后走出大门。七点差一刻。"赌场"的韩国老板刚拉起卷帘门,正在把成捆的《新闻》和《邮报》扔出店门。清晨冷得让人头脑澄明。

我发动L与L的庞蒂亚克。让丹尼接着睡吧,让吉尔伯特在牢房里耐心等待吧,让托尼继续失踪吧。我要去禅堂。时辰尚早,和尚或黑帮恐怕都还没藏进去——我拥有突然袭击的优势。

我停好车,走向禅堂的时候,上东区才刚刚醒来,店主正在把水果摊推出店门,卖缺封面平装本的街边贩子正在倒空纸箱,换好上班衣服的女人一边看表一边把狗粪扫进垃圾袋。隔壁门洞的门童换了张新面孔,不是昨天骚扰我的那家伙,而是一个穿制服的小胡子年轻人。这位多半是临时工，没有长期合同，夜班结束后还在忙着做事。我觉得反正值得一试，便隔着玻璃对他勾勾手指，他见状走出大楼，来到寒冷的室外。

"你叫什么？"我问。

"沃尔特，先生。"

"沃尔特先生——什么？"我散发出条子或老板的气场。

"沃尔特是，呃，是我的名字。能帮您做些什么吗？"他看起来很上心，既为他自己也为他看守的建筑。

"帮我沃尔特——告诉我昨天晚上那个门童的名字，六点半左右到七点钟值班的。比你年纪大，估计三十五岁，说话有口音。"

"德克？"

"估计是，跟我说说看。"

"德克是上白班的。"他不确定是不是该跟我讲这么多。

我把视线从他肩头扭开。"很好。现在跟我说说，你对约克维尔禅堂都知道些什么？"我的大拇指一扭，指向隔壁门口的黄铜铭牌。"德克蠢！德克人！"

"什么？"他瞪大眼睛看着我。

"你看得见人来人往，对吧？"

"我猜是吧。"

"沃尔特值得一猜！"我故意清清喉咙，"沃尔特，跟我合作一下。你肯定看见了什么。我想听听你的印象。"

我看得出他正在层层叠叠的疲倦、无聊和愚蠢之下努力思索。"你是条子？"

"你为什么觉得我是条子？"

149

"你，呃，说话方式很有意思。"

"我是一个需要知道事情的人，沃尔特，而且在赶时间。夜里有人进出禅堂吗？注意到过什么不寻常的东西吗？"

他扫视街道，看是否有人注意到我们在谈话。我趁机伸手掩住嘴巴，制造了一小阵喘息的声音，有些像兴奋的小狗。

"呃，昨天夜里没什么大事情，"沃尔特说，"这附近挺安静的。"

"禅堂这样的地方肯定有怪人来往吧？"

"你一直在说'禅堂'。"他好奇道。

"不就蚀刻在铜板上吗？"屁股里在痒痒。

他朝大街走了两步，弯着脖子读铜牌上的字。"嗯哼，是什么宗教学校对吧？"

"正是如此。有没有见过可疑的人在附近出没？比方说一个大块头波兰人？"

"我怎么知道他是不是波兰人？"

"那就只是大块头好了。块头非常、非常大。"

他又耸耸肩。"我想没有。"就算隔壁有起重机和破坏球穿墙而过，他木讷的眼神只怕也注意不到，更别提一个大块头男人了。

"听我说，能帮我盯着点儿吗？给你个号码，有情况就打给我。"我的钱包里有一叠L与L的名片，我抽出一张递给他。

"谢谢。"他心不在焉地说着瞅了一眼名片。他对我不再有畏惧心了，但他也不清楚如果我不构成威胁的话，他该怎么看待。我很有意思，但他不知道该怎么关注我。

"你看见任何不寻常的事情——门混蛋！门卡住！混蛋界！——要是能打电话通知我，我将感激不尽。"

"你就够不寻常的了。"他认真地说。

"除我之外。"

"好，不过我过半个钟头就下班了。"

"呃，反正记着点儿就是了。"我对沃尔特越来越没耐心，于是允许自己敲敲他的肩膀，以此作别。迟钝的年轻人低头看看我的手，然后转身回去了。

我缓步走到街区拐角，然后又踱回来，跟禅堂调调情，为自己壮壮胆。这个地方在我心中唤起了尊重和某种魔法般的敬畏，仿佛我正在接近一处神祠——圣敏纳殉难地。我想修改门前的铭牌以体现这段历史。但我没有这样做，只是按了一下门铃。无人应门。我接着又按了四次，加起来一共五次，我停下来，这一刻的完备感惊呆了我。

我甩掉了让人厌烦的"六次"老友。

不知道这是不是一种纪念的方式——我的计数冲动降了一格，为弗兰克减去一个数字。

有人正在猎杀敏纳帮，我再次这样想。但我不能害怕。今天早晨我不是猎物而是猎人。另外，计数少了一个数字——四个敏纳帮成员加上弗兰克等于五。如果我在数人头的话，应该数到四就结束。队伍里还有一个人，是谁呢？说不定是贝利。说不定是欧文。

一分钟过得分外漫长，留着黑色短发的眼镜姑娘打开门，对着早晨的阳光眯着眼睛，打量我。她穿T恤和牛仔裤，光脚，手持扫帚。她笑得很浅，并非发自肺腑，也很假。但很甜美。

"哪位？"

"能问你几个问题吗？"

"问题？"她似乎不懂这个词语。

"如果时间不是太早的话。"我彬彬有礼地说。

"喔，不早，我已经起床了，正在打扫卫生。"她举起扫帚给我看。

"他们逼你打扫卫生？"

"这是一项特权。禅修格外珍视清扫。这大概是可能存在的最崇高的行为。通常来说，老师更愿意由他本人亲自清扫。"

"不用真空吸尘器？"我问。

"太吵了。"她皱起眉头，好像在责怪我问这么明显的问题。一辆公共汽车在远处呼啸而过，毁坏了她的论点。我没有多纠缠。

她的眼睛适应了光亮，视线掠过我，落在马路上，仿佛惊讶于这扇门竟然通向一片都市街景。昨天晚上她在我目送下走进禅堂后恐怕就没再出来过。她大概吃住都在禅堂里，不知只有她一个人，抑或是还另有几十个禅修步兵与之为伍。

"很抱歉，"她说，"你刚才说什么来着？"

"问题。"

"噢，对。"

"和禅堂有关的问题，你在这儿干什么？"

她终于端详起我来了。"要不要进来？外面很冷。"

"那可就太好了。"

这是实话。跟随她走进这黑黢黢的殿堂，这颗死星①，我并不觉得有什么不安全。我可以借着她的禅道光辉，如特洛伊木马般从内部搜集情报。另外，我注意到自己不再抽动喷发，我不想破坏此刻对话的节奏。

---

① 死星（Deathstar）：《星球大战》（Star Wars）电影中的星球级武器要塞。

门厅和楼梯间极为简朴，白色墙壁和木制栏杆都没有任何装饰，看起来在她开始清扫之前就已经很干净了，从来就没有不干净过。我们经过底层的一扇门绕进去，沿着楼梯往上爬，她把扫帚拿在身前，很信任地将后背交给了我。她的步伐中有一种优雅的急促感，与她的答话方式类似，也很活泼伶俐。

"这边请。"她指着一个摆满成排鞋子的木架对我说。

"不用了。"我以为她要我在这些五花八门的鞋子中选出一双。

"不，脱掉你的鞋子。"她轻声说。

我按照她说的做了，脱掉鞋子，放进其中一排木架尽头处的整洁空位中。想到昨天晚上敏纳也脱掉了鞋子，地点很可能就是这同一个楼梯平台，我不禁周身涌上一阵寒意。

没穿鞋只穿袜子的我跟着她前进，栏杆扶手蜿蜒回绕，我们穿过一条走廊，经过两扇关死的房门和一扇敞开的房门，门里是一个黑暗荒芜的房间，成行成列的短布垫铺在镶木地板上，空气中飘来一股蜡烛或熏香的味道，这可不是晨间的气味。我想窥探两眼，却被她催促着往前走，又上了一段楼梯。

到了第三个拐角平台，她领我走进一小间厨房，一张木桌和三把椅子围着一扇横开的后窗摆成半圆形，外面乱糟糟的砖墙反射了一方黯淡的阳光透过窗户照进室内。建造这个房间的时候，如果两边的高大楼房都早已存在，那也就不必费力开那扇窗户了。厨房的桌椅柜橱都足够平常和粗朴，可以放进博物馆充当克里部落或摇喊派①的日常生活布景，不

---

① 克里人（Cree）：印第安部族。摇喊派（Shakers）：1747年起源于英格兰的一个基督教组织，其成员过着公社式的简朴生活并信奉独身。

过她放在桌上的茶壶却是日式的,壶身上的手绘书法图案是这里唯一不朴素的东西,唯一有炫耀意味的东西。

我背靠墙壁坐下,面对房门,回想起敏纳和我通过无线电听到的那段对话。她从文火炉子上取下水壶,倒满茶壶,把一个带柄的小茶杯摆在我面前,斟出一杯未经过滤的茶水,茶叶末在水中打着旋儿。我怀着感激的心情用杯子温热皲裂的双手。

"我叫金茉莉。"

"莱诺尔。"我感觉到亲狗格在喉咙里升起,连忙拼命压了下去。

"你对佛教有兴趣?"

"也可以这么说。"

"我实在不够资格和你谈话,不过我可以告诉你他们怎么说。佛教和寻找平衡或者——你知道的——减轻压力没有关系。许多人——我是说,许多美国人——有了那种定见。但佛教实际上是一整套戒律,而且很不容易修炼。你对坐禅有了解吗?"

"给我说说看。"

"坐禅让你的背疼得死去活来。你可要记住了。"她对我翻了个白眼,已经开始同情我了。

"你指的是冥想吗?"

"坐禅,这是正式叫法。或者打坐。听起来没什么了不起的,但这是修禅的根本所在。我不是很擅长。"

我想起了收养托尼的贵格派人家,还有与圣文森特相隔八车道公路相望的会堂。每逢星期日早晨,我们都能透过会堂的高窗看见教友们坐在硬板凳上静静沉思。

"要擅长些什么?"我说。

"你无法想象。对刚入门的来说，是呼吸。还有思考。但关键是你不能在思考。"

"思考不思考？"

"不去思考。一心，这是他们的叫法。就譬如意识到万物均有佛性，风和旗是一回事，诸如此类的。"

我不怎么跟得上她的思路，但"一心"听起来像个可敬的目标，尽管肯定荒诞不经。"我们能——我能跟你一起打打坐吗？还是说应该一个人练习？"

"都行。不过在禅堂有定期的课程。"她用双手捧起茶杯，眼镜顿时蒙上了水蒸气。"谁都可以参加。你今天如果留下的话可就真是走运了。有几位日本著名僧人来纽约拜访禅堂，其中一位今晚在坐禅结束后将开坛讲法。"

著名僧人，进口地毯，无名小鸭——胡言乱语如浮渣般在我的脑海泛起，很快就会随着一阵波涛冲上岸了。"原来是日本人开的，"我说，"他们这是来视察的吧——就像教皇从罗马来巡游。"

"也不完全是。老师自己创立了这家禅堂。禅宗不是中心集权的组织。有各种各样的教师，还经常云游天下。"

"但老师不是从日本来的。"这个名字给我的印象是一个枯瘦老人，体形只比《杰迪归来》里的约达略大。

"不是，老师是美国人。他曾经也有美国名字。"

"是什么？"

"不知道。老师的意思和教师差不多，也是他现在唯一拥有的名字。"

我喝了一口滚烫的茶。"还有人拿这幢楼派别的用场吗？"

"别的指什么样的？"

"杀我啊！——对不起。就是除了打坐以外的。"

"在这儿可不能那么大喊大叫。"她说。

"好，假如——亲我啊！——这儿发生了一些不寻常的事情，比方说老师惹了麻烦，那么你会知道吗？"我扭了扭脖子，要是做得到的话，我只怕早就把脖子像塑料垃圾袋的袋口那样打成结了，"吃我啊！"

"我觉得我听不懂你在说什么。"她漠然得有些奇怪，一边小口喝茶，一边从杯缘上方盯着我看。我想起禅宗的传说，师父为了让徒弟顿悟对徒弟拳脚相加。或许这种手法在禅堂里非常普遍，她已经习惯于其他人突然暴起，做出突兀的怪异动作。

"当我没说，"我答道，"听我说，最近有客人到访吗？"我想到托尼，昨天我们几个在L与L会面时，他主动要求负责禅堂。"昨天夜里有人在附近出没吗？"

她一脸迷惑的神色，还略略有些着恼。"没有。"

我想追问下去，向她描述托尼的长相，但觉得托尼肯定能避开众人视线，至少不会被金茉莉注意到。于是我转而问道："现在这幢楼里还有别人吗？"

"有啊，师傅住在顶层。"

"这会儿就在？"我惊讶地问。

"当然。他在为迎接那些僧人而接心①，这大致是更深一层的静修。他在修闭口禅，所以这儿显得特别安静。"

"你也住在这儿？"

---

① 接心（sesshin）：日本佛教用语，指在一定期间，不断坐禅、摄心，令心不散乱。

"不。我在为晨间坐禅清扫卫生。其他学生一个小时内就会出现。他们这会儿在外面做工。禅堂就是靠这个付房租的。华莱士已经在楼下了，但他基本上总是在的。"

"华莱士？"逐渐沉向杯底的茶叶让我一时分神，它们就像重力极小的星球上的太空人。

"像个老嬉皮士，除了打坐很少干别的事情。我觉得他那两条腿多半是橡皮做的。咱们上楼的时候经过他来着。"

"哪儿？有很多坐垫的那个房间？"

"嗯哼。他就像一件家具，很容易看漏。"

"意思是他块头很大？"

"没那么大。我是说一动不动，他坐得一动不动。"她轻声说，"我经常怀疑他已经死了。"

"但他块头并不大是吧？"

"很难说他块头大。"

我把两根手指插进杯子，非得让水里的茶叶重新动起来，强迫它们重新舞动。女孩就算注意到了，也没有发表议论。

"最近没见过块头特别大的家伙吧？"尽管还没有遇见老师和华莱士，但他们是波兰巨人的希望似乎颇为渺茫。不知道其中之一会不会是那个语出讥讽的对话者，我通过窃听器听见过他奚落敏纳。

"嗯——没有。"她说。

"煎饺怪物。"我说，然后咳嗽了五声作为掩饰。想到杀死敏纳的人，女孩令人心静的影响力也失去了效用——我的大脑里脏话吵得沸反盈天，躯体装满了各种动作。

她的回答只是替我斟满茶杯，然后把茶壶搁在厨台上。她背对着我的时候，我伸手抚摸她的座椅，用手掌感受她坐过之处的温度，如弹奏无声竖琴般拨弄椅背横杆。

"莱诺尔？你叫莱诺尔是吧？"

"是的。"

"莱诺尔，你看起来很不平静。"她转过身来，险些看见我调戏椅子的动作。她没有回来坐下，而是背靠台子站在那里。

我平时并不吝于告诉别人我的病征，但此刻心中却有某些东西阻止了我。"有吃的吗？"我问。也许热量能让我恢复平衡。

"呃，不知道，"她说，"面包之类的行吗？也许还剩些的酸奶。"

"茶里藏着好些咖啡因。只是表面上人畜无害而已。你经常喝这东西？"

"是啊，这也算是传统了。"

"这是禅道的一部分吗？给你来一下狠的，晕晕乎乎就看见神了？这不是作弊吧？"

"喝茶不止能帮助人保持清醒。再说佛教禅宗不立神灵。"她转过身去，在柜橱里翻找食物，同时继续边想边说，"我们只是打坐，同时尽量不要睡过去，所以我觉得从某种程度上说保持清醒就是面见神灵，差不多吧。所以你说的也对。"

小小的胜利并没有让我激动。我觉得被困在了中间，上面一层是枯瘦的老师，底下一层有橡皮腿的嬉皮士。我想立刻离开禅堂，但我不知道接下来该干什么。

离开时我想连金茉莉一起带走。我想保护她——冲动在体内暗涌，在寻找合适的目标附着上去。我没能保护好敏纳，现在还有谁值得我去保护呢？托尼？茉莉亚？真希望弗兰克能在天上小声给我指个方向。不过就眼下而言，金茉莉也挺适合。

"有了，喜欢吃奥利奥吗？"

"当然，"我半心半意地说，"信佛的能吃奥利奥？"

"莱诺尔，我们想吃什么就吃什么。这儿又不是日本。"她取出装曲奇的蓝色纸盒放在桌上。

我对零食已是迫不及待，便动手去拿，真高兴我们不在日本。

"我以前认识一位老兄，他在纳贝斯克工作，"她咬了一口曲奇，沉思着说，"知道吧？就是出品奥利奥的厂商。他说公司有两处生产奥利奥的大型工厂，分别位于美国的不同地方。两个管烘焙的师傅，明白吗？两种不同的质控体系。"

"呃——"我拿出一块曲奇，泡进面前的茶杯。

"他信誓旦旦地说，单凭舌头就分辨得出其中的不同。这家伙啊，我们大家吃奥利奥的时候，他总是一块块拿起整包饼干，又是闻味儿，又是品尝有巧克力的部位，然后把不好吃的曲奇摆成一堆。怎么说呢，所谓真正的一包好曲奇，里头被归入不好那堆的必须少于三分之一，之所以不好，因为它们出自差劲的烘焙师之手，懂了吧？但有时候，一整包奥利奥里只有五六块好的。"

"喂，稍等一下，你的意思难道是说，每一包奥利奥里的曲奇都来自两个烘焙厂？"

"嗯哼。"

我努力不去思考这件事情，努力将它摒弃在我的强迫症的盲点范围内，就好像我把眼神从吸引我敲打的肩头扭开一样。但这实在不可能做到。"公司有什么了不起的动机非得把不同批次的塞进一个包装里呢？"

"唉，再简单不过了。如果一个烘焙厂比另外一个强的消息流传出去，他们可不希望消费者——怎么说呢？——有意避开整箱乃至整卡车、整批次出货的奥利奥曲奇。他们必须把曲奇混在一起，这样你买随便哪包都知道里面肯定有几块好的。"

"所以，按照你说的，他们岂不是要把两处烘焙厂生产的不同批次运到一个中央地点包装？唯一目的不过是为了让曲奇混在一起。"

"我觉得这是必须的，你说呢？"她轻快地说。

"那太傻了。"我答道。这不过是我行将崩解的抗拒心在出声。

她耸耸肩。"谁知道呢，我们反正都吃，他会发狂似的把不过关的曲奇堆成一堆，然后往我面前一推，说，'你看，明白吗？'我从来分辨不出有什么区别。"

不，不，不，不。

吃我啊奥利奥，我不出声地比着口型。我窸窸窣窣地撕开又一块曲奇的玻璃纸包装，轻轻咬了一口垂下来的巧克力覆层，让碎屑粉末涂满舌头，接着伸手又拿起一块，重复同样的举动。味道毫无区别。我把两块被咬过一小口的曲奇放成一堆。我必须找到一块好曲奇或者一块坏曲奇，然后才有可能辨认出个中区别。

也许我这辈子一直在吃坏曲奇。

"还以为你不相信我呢。"金茉莉说。

"必须试试。"我口齿不清地说。我的嘴唇糊满了曲奇泥，眼神癫狂，心思全扑在了大脑为我可悲的舌头布置的任务上。这盒奥利奥里有三排饼干，我们才刚开始应付第一排。

她对被我舍弃的几块曲奇点点头。"那是什么？坏的还是好的？"

"不清楚。"我试着嗅探接下来的这一块，"那位老兄，是你男朋友什么的吗？"

"有一小段时间是。"

"他也是佛门禅宗弟子？"

金茉莉轻轻哼了一声。我咬了一小口另一块曲奇，开始绝望起来。此刻要是能有最常见的抽动来袭，让我像猎狗般的执念别再追赶这种味道，那我可真要谢天谢地了。敏纳帮的兄弟正处在危急关头，没错，而我非得追根究底奥利奥的谜题不可。

我猛地跳起来，碰得两个茶杯叮当乱响。我必须逃离此处，压制住惊恐症，重启调查，与曲奇保持一定距离。

"巴纳妈，烘焙厂！"我吠叫道，借此镇定心神。

"什么？"

"没什么。"我的脑袋猛然扭到一边，然后慢慢转动，像是在舒解抽筋的肌肉，"金茉莉，咱们得走了。"

"去哪里？"她倾身向前，她的瞳孔很大，投出信任的视线。有人这么拿我当回事，我禁不住一阵激动。没有吉尔伯特做伴外出巡游说不定也能习惯。这次终于轮到我扮演侦探而非开心果（又名妥瑞氏安慰剂）的角色了。

"楼下。"我想不出更好的答案。

"好，"她说，然后密谋似的轻声说，"但要安静。"

我们蹑手蹑脚地走过二楼那扇半开的房门，我从木架上收回鞋子。这次我看见了华莱士。他背对我们坐在那里，柔软的金发撩到耳后，露出一块秃斑。他穿运动衫和运动裤，安坐不动像是广告画，不知是丧失了行动能力，是睡着了，还是——我忍不住想——死了；但此刻，死亡对我来说并不是一件静止不动的事情，而是让我想起沾血的刹车痕和布鲁克林-皇后区高速公路。华莱士看起来平和无害。金茉莉心中的嬉皮士显然等同于不穿正装的四十五岁以上白人。在布鲁克林，我们的说法更简单：窝囊废。

她打开禅堂的前门。"我得接着清扫了，"她说，"明白吧？准备迎接僧人。"

"著名僧人。"我说。这是一次温和的抽动。

"对的。"

"我觉得你不该一个人待在这儿。"我前后扫视这片街区，想知道有没有人在监视我们。寒风和恐惧让我颈后寒毛直竖。上东区的居民已经取回街道，到处都是他们的踪影，手里或者是揉皱的狗粪袋，或者是《纽约时报》，或者是裹着百吉饼的蜡纸。世界尚在沉睡时，我曾经拥有过优势感，觉得我的调查上了轨道，这会儿却消失得无影无踪。

"我很迷忧。"我说。妥瑞氏症又来搅扰我的言语了，我想在嘶喊、吠叫、抚摸她的T恤衫领口前远走高飞。

她露出笑容。"什么意思？既迷惑又担忧吗？"

我点点头，很接近了。

"我没事，别迷忧。"她静静地说，我也平静下来。"你晚些时候会回来吧？来打坐？"

"绝对的。"

"那就好。"她一转脖子，亲了亲我的面颊。我惊讶得动弹不得，呆立当场，忘了感受她的吻痕如何在清冷晨风中灼烧我的血肉。这个吻是出自个人，还是源于某种古怪的禅宗规矩？他们就这么急于拉人填满禅堂的坐垫吗？

"别这样，"我说，"你才遇见我。这是纽约。"

"是啊，但你现在是我的朋友了。"

"我得走了。"

"好，"她说，"坐禅下午四点开始。"

"一定到。"

她关上正门。我重又孤零零地站在街道上，调查已经陷于停滞。我在禅堂里得到了任何情报吗？此刻我失落得简直头晕目眩——我突入敌营，却把全部时间耗在了琢磨金茉莉和奥利奥上。我的嘴里全是可可粉的味道，鼻子里全是她那个意外之吻留下的气味。

两个男人抓住我的胳膊肘，把我拽进了一辆等在路边的轿车。

他们一共四个人，穿款式相同的蓝色套装，裤子都有黑色滚边，戴着一模一样的黑色太阳镜。他们看起来很像给婚礼助兴的乐队。这是四个白种男人，我暗自为他们取了名字：矮壮、苦脸、青春痘和没特征。车是租来的。矮壮坐在后座上等待，两个抓我的人把我往后座上他的身边一摔，他马上伸手箍住我的脖子，用的是兄弟嬉闹般的勒颈固定手法。把我从街上拖进车里的两个人——青春痘和没特征——挤坐在了我旁边，这下子后排一共坐了四个人。有点儿挤了。

"到前面去。"抓着我脖子的矮壮说。

"我？"我说。

"闭嘴。拉里，给我下车。后面人太多了，你到前面去。"

"好，好。"顶头位置上真名拉里的没特征说。他爬出后排，坐进空着的前排乘客座，开车的苦脸随即启动。进入第二大道去市中心的车流后，矮壮松开胳膊，但左臂仍旧搭我的肩膀上。

"走快车道。"他说。

"什么？"

"叫他走东区快车道。"

"咱们这是去哪儿？"

"我想上高速公路。"

"咱们为什么不兜着圈子走呢？"

"我的车停在这儿呢，"我说，"你们得放我下去。"

"闭嘴。咱们为什么不兜着圈子走呢？"

"闭嘴。得让他觉得咱们有地方要去，白痴，兜圈子会吓坏他的。"

"我在听着呢，你们爱怎么开就怎么开吧，"我想让他们感觉好些，"你们有四个人，我只有一个。"

"我们不止要你听话，"矮壮说，"我们要你害怕。"

但我并不害怕。这会儿是早上八点半，我们在和第二大道的车流搏斗。附近根本没有圈子可以兜，只有被行人裹挟着的送货卡车不停鸣笛。我越是端详这几个人，就越是不以为然。首先，矮壮贴在我脖子上的手臂软绵绵的，他的皮肤软绵绵的，勒住我的时候也不怎么有劲。而他已经是四个人中最硬朗的一个了。他们并不冷静，不擅长此刻正在做的事情，更谈不上硬朗。据我的观察，这几个人谁也没有带枪。

还有，他们四个人的墨镜都还带着价格标签，荧光橙的椭圆形标签来回晃悠，上面写着"六块九毛九！"

我伸手弹了弹青春痘的价格标签。他猛一扭头，我的手指不巧勾住了镜腿，墨镜从他脸上被撩了下来，落在膝头。"妈的。"青春痘连忙抓起墨镜戴好，像是不戴就会被我认出来似的。

"喂，别再动手动脚了。"矮壮把我拥得更紧了。他在车厢里将我拉进怀抱的方式令我回忆起多年前的吻人冲动。

"好的。"我说。但我心知肚明，下次价格标签进入触摸范围的时

164

候，我恐怕还是忍不住要动手。"弟兄们，这唱的到底是哪一出啊？"

"按理说，我们要吓唬你一下，"矮壮望着苦脸开车，心不在焉地回答道，"叫你远离禅堂，差不多就是这样。喂，走他妈的快车道。七十九街那儿有个上匝道。"

"我穿不过去。"苦脸看着几条拥挤的车道说。

"东区快车道有什么要紧的？"没特征说，"留在马路上有什么不好？"

"怎么？你难道想靠边停车，在公园大道上揍他一顿？"矮壮说。

"吓唬吓唬就行了，揍一顿能免则免，"我提议道，"赶紧做完了事，前面还有一整天呢。"

"让他少说两句行不行？"

"好，不过他说的也有道理。"

"吃我啊道理兄弟！"

矮壮用手捂住我的嘴。就在这时，一个尖利的两声调的信号音传入耳朵。他们四人和我都在车里看来看去，寻找噪音来源。我们仿佛身处电子游戏之中，刚成功晋级进入下一关，即将被看不见摸不着的异形摧毁。紧接着，我意识到这个哔哔声来自我的外套口袋：敏纳的寻呼机响了。

"什么东西？"

我把脑袋从他的手掌里挣脱。矮壮没跟我搏斗。"巴纳姆寻呼机。"我说。

"那是什么特别型号吗？从他的口袋里掏出来。你们两个大猩猩难道没搜他的身？"

"去你妈的。"

"耶稣啊。"

165

他们几只手伸过来，没两下就找到了寻呼机。上面显示了一个布鲁克林-皇后区-布朗克斯开头的号码。"是谁？"青春痘问。

我皱起眉头，耸耸肩：不知道。我的确没有认出这个号码。有人以为敏纳还活着，我这样想，随即忍不住打了个小寒颤。这比几个绑架我的家伙更加让我害怕。

"让他打过去。"开车的苦脸说。

"你想靠边停车，然后让他打电话？"

"拉里，你带电话了吗？"

没特征在座位上转过来，递给我一台移动电话。

"打这个号码。"

我拨号，他们等待。我们在第二大道上挪着寸步。车厢内弥漫着紧张的嗡嗡声。移动电话中传出振铃音，嘟——嘟——嘟，这个小东西、小玩具不费吹灰之力就吸引了所有人的注意，让我们全神贯注盯着它。比起拿在耳边听，我更想把电话塞进嘴里，一口吞下去。嘟——嘟——嘟，它又传出一遍振铃音，然后有人接了起来。

垃圾条子。

"莱诺尔。"卢米斯说。

"嗯——哼。"我勉强压下一阵爆发。

"听着。三百六十五次口交和子午线轮胎有什么区别？"

"不关心！"我大喝一声，其他四个人都被吓了一跳。

"一个好时年，另一个爽整年。①"卢米斯傲然答道。他知道这次的谜语大获成功，一点儿也不勉强，每一个字都恰到好处。

---

① "goodyear"正式译名为"固特异"，翻译成"好时年"，好与"爽整年"（great year）形成对比。

"你这是在哪儿打电话？"我问。

"是你给我打电话的。"

"你寻呼了我，卢米斯。你人在哪儿？"

"不知道。"——他的声音模糊下去——"喂，这个地方叫什么？喔，真的？谢了。BBQ？真的就这么三个字母？自己去猜吧。莱诺尔，你还在吗？"

"在。"

"是家餐厅，名叫BBQ，跟烧烤①同样念法，但只有三个字母。我一直在这儿吃饭，可这还是头回听说！"

"卢米斯，为什么要寻呼我？"哔哔和再哔哔坐在篱笆上——

"你说你要那个地址的啊？乌尔曼，死了的那家伙。"

"呃，没错。"我说着对矮壮耸耸肩，他依然搂着我的脖子，但没有用力，给我留下了放电话的空间。他皱着眉头瞪着我，但他被搞迷糊了又不是我的错。我也很迷惑。既迷惑，又迷忧。

"那就好，地址就在我这儿。"垃圾条子骄傲地宣布。

"开着带他兜风，看他打电话，这算是干什么啊？"青春痘抱怨说。

"把电话拿走。"苦脸在前面出主意。

"给他肚子上来两拳吧，"没特征说，"吓唬吓唬他。"

"你身边还有别人？"卢米斯说。

车里的四个人看着他们本已微弱的权威还在消退，让位于现代科技的力量，让位于我手里的那一小团塑料和电线，都不禁恼火起来。我必须想办法叫他们冷静下来。我点点头，睁大眼睛，表示我非常合作，同时做

---

① 烧烤（barbecue），经常简写为BBQ。亦有快餐连锁店以BBQ为名。

了个"稍等片刻"的嘴型，希望他们能回想起犯罪电影里的行为规范：假装他们没有在听，抬头望天搜集情报。

我忍不住要想：他们可的确没有在听啊。

"把地址告诉我。"我说。

"好，听着，"卢米斯说，"有笔吗？"

"谁的地址？"矮壮在我的另外一只耳边说。他捕捉到了我的暗示。他对这些俗套滥调足够熟稔，一逗弄就上钩；至于他的同伴，我就说不准了。

"把乌尔曼的地址告诉我。"为了他们，我说道。我的大脑里在转人——色拉——礼服。我狠狠地吞了口唾沫，严防它们突破封锁线。

"是的，我查到了，"垃圾条子讥讽地说，"不然你还想要谁的地址？"

"乌尔曼？"矮壮说话的对象不是我，而是青春痘，"他在说乌尔曼？"

"谁的！一件！礼服！"我尖叫道。

"唉，省省吧。"卢米斯有些厌倦，可另外几位观众却没有那么泰然自若。青春痘抢下我手里的移动电话，矮壮把我的胳膊拧到背后，我被扭向前方和下方，险些就要贴上前排座椅的靠背。这架势就仿佛他打算把我横放在膝盖上打屁股。与此同时，苦脸和没特征在前面开始恶语相向，争辩是否该停车，对方是否配得上什么位置。

青春痘把电话凑到耳边听着，但卢米斯已经挂断电话，也有可能在屏息静听这边的声音，所以他们都静了下来。苦脸总算找到地方停了车——也有可能是双线违停，从我被困的位置看不清楚。前面两个人还在互相絮叨，但矮壮已经安静了下来，把我的胳膊又拧了一两度，试着真的弄疼我，试试自己手上的力气。

"你不喜欢听见乌尔曼这个名字。"我吸着凉气说。

"乌尔曼是个朋友。"矮壮说。

"别让他再提起乌尔曼了。"苦脸说。

"这太蠢了。"没特征带着十二万分的厌恶说。

"你才蠢呢，"矮壮说，"我们要吓唬这家伙，现在该动手了。"

"我不太害怕，"我说，"你们几位倒是比我还害怕。害怕谈起乌尔曼。"

"好，是的，就算我们害怕，你也不知道为什么，"矮壮说，"别再胡乱猜测了。少找不自在。"

"你怕一个大块头波兰人。"我说。

"这太蠢了。"没特征重复道。他听起来像是快要哭了。他走下汽车，在身后狠狠地碰上门。

青春痘终于不再继续倾听卢米斯在线路中留下的一片寂静，断开通话，把移动电话摆在我们之间的座位上。

"我们怕他，那又怎样？"矮壮说，"我们有理由怕他，向你保证是真的。要是不怕他的话，我们就不会为他做事了。"他松开我的胳膊，我直起腰，四处张望了一圈。车停在第二大道上一家挺受欢迎的咖啡馆门外。橱窗里尽是靠超小型电脑和读杂志吸引视线的阴沉年轻人。他们没有注意到我们这一车的榆木脑袋，也实在没有理由要注意。

没特征不见踪影。

"我感同身受，"我想让他们的嘴巴别闲着，"我也很害怕那位大块头。只不过，你很害怕的时候是没法好好吓唬人的。"

我想到了托尼。昨天晚上他拜访禅堂时是否触发了同样的警报？他

169

难道没有教训这群假装硬朗的家伙——这几个塞满这辆小丑轿车的小丑大学应届毕业生？

"我们为什么这么吓不住人？"苦脸说。他对矮壮说："你已经让他吃了苦头。"

"你可以让我吃苦头，但你吓不住我。"我心不在焉地说。我的大脑有一部分正在思考，处理恐惧、丑闻头发，诸如此类的。另外一部分正在琢磨有关托尼的问题。

"电话那头是谁？"青春痘还在琢磨他为自己选择的谜题。

"你不会相信的。"我答道。

"说来听听。"矮壮扭着我的胳膊说。

"普通人而已，在替我查事情，真的。我想知道乌尔曼的地址。我的搭档因为杀人案被捕了。"

"我说，你就不该找人帮你查事情，"矮壮说，"这就是最大的问题了。我们为什么要吓唬你？来蹚这趟浑水，探访乌尔曼的住处，就是因为这种事情。"

吓唬我，骷髅人，我的疾病咏唱道。骷髅妈贝利。干瘦人聪明。

"给他点儿颜色看，吓唬吓唬他，然后咱们赶紧离开，"苦脸说，"我不喜欢这种事。拉里说得对，很蠢。我不关心谁在查什么事情。"

"我还是想知道电话那头是谁。"青春痘说。

"听我说，"随着这伙人的士气和注意力——还有实际人数——开始下降，矮壮这时想跟我讲道理了，"我们代表的正是你说的那位大块头先生，懂吗？就是他派我们来的。"他接着抛出了形态共鸣理论说："要是他想吓唬你，你就该被我们吓唬住，我们都不用动手伤害你。"

"你这样的家伙，就算杀了我也还是吓唬不了我。"我说。

"什么烂主意啊。"苦脸说完他的结论，也钻出了车门。前排现在空荡荡的，方向盘无人执掌。"我们不是这块料，"他说着又探进头来，对青春痘和矮壮说，"我们不擅长这个。"他对我一挑眉头，"请您务必原谅我们，这不是我们的意思。我们也曾倡导和平。"他关上门，我转动脖子，目送他行色匆匆地沿街走远，他的步态仿佛激动的小鸟。

"吓坏的条子！"我叫道。

"哪儿？"矮壮立刻放开了我的胳膊。他们两人都惊恐地扭着脖子看来看去，墨镜后放射出慌乱的眼神，橙色价格标签如鱼饵般舞动。终于获得自由的我也转动着脖子，但当然不是在寻找任何东西，而是在欢快地模仿他们的举动。

"去他妈的。"青春痘嘟囔道。

他和矮壮一同跳下租来的车子，追着苦脸跑远了，留下我一个人孤零零地坐在车上。

苦脸带走了车钥匙，但没特征的移动电话留在了我身边的座位上。我把电话收进衣袋。接着，我趴在前排座椅上，按开手套箱，找到了租车公司的登记卡片和收据。这辆车租给了藤崎公司，地址是公园大道1030号，租期六个月。根据邮政编码，我很确定这家公司与禅堂位于同一区域。说巧不巧，我此刻也正在这里。我敲了五下手套箱的门，但既没有产生共鸣，也没有让我满足。

步行走向公园大道1030号的路上，我打开移动电话的盖子，拨通了L与L的号码。我还没有过边走边打电话的经验，不禁觉得自己很有柯克船长①的风范。

"L与L。"传来一个声音，正是我渴望听见的那一个。

"托尼，是我，"我说，"艾斯罗格。"敏纳打电话总是这样开场的：莱诺尔，我是敏纳。你是名，我是姓。换句话说，你是混球，我是混球的老板。

"你在哪儿？"托尼说。

答案是正在七十六街过莱克星敦大道。但我不想告诉他。

为什么？我不确定。管他的，我让一次语言抽动替我回答："吻我啊，吓唬人！"

"莱诺尔，我受够你了。丹尼说你跟垃圾条子在一块儿搞什么名堂。"

"呃，差不多吧。"

"他这会儿和你在一起？"

"垃圾曲奇。"我严肃地说。

"莱诺尔，你最好回来一趟，咱们得谈谈。"

"我正在调查一个案子。"我说。猜想抽动正在吃一件马甲。

"喔，真的？案子正在把你往哪儿带呢？"

一个穿蓝色正装、头发梳得一丝不乱的男人在我前面拐下莱克星敦大道。他手里的移动电话贴在右耳边。我走到了他的正背后，模仿起他的步态来。

"各种地方。"我说。

"说个名字听听。"

托尼问得越是急，我就越不想说。"知道吗？我挺希望咱们能坐下来

---

① 柯克船长（Captain Kirk）：科幻剧集《星际迷航》的主角。

碰一碰，对比对比情报。"

"举例来说呢? 莱诺尔。"

"比方说你——马甲循环! 猜抽很多! ——你昨天晚上在那个, 呃, 禅堂查出什么结果了吗?"

"等见面了详细说吧。现在更重要的是你必须赶紧回来。你在哪儿打过来的? 公用电话?"

"马甲电话!"我说, "有没有一轿车的人碰巧警告过你, 叫你别靠近禅堂?"

"你他妈的在说什么?"

"敏纳来之前我看见走进禅堂的那姑娘呢? 你有没有弄清楚她是谁?"问话的时候, 我已经得到了我真正想知道的答案, 那个真正的问题的答案。

我不信任托尼。

他答话前的暂停让我感觉到了真相。

"我弄清楚了几件事情,"他说。"现在我们需要把资源聚到一起, 莱诺尔, 你必须回来。因为快要出大麻烦了。"

我从他的声音中分辨出了哄骗的味道。漫不经心, 轻松自然。他并不特别紧张。电话那头毕竟只不过是艾斯罗格。

"我知道有什么麻烦,"我说, "吉尔伯特因为谋杀指控进监狱了。"

"呃, 那只是其中之一。"

"你昨天夜里不在禅堂。"我说。蓝西装拐上公园大道, 仍旧说个不停。我放他离开, 自己和一群人站在路口等待红灯变绿。

"莱诺尔, 你该多他妈的关心自己, 而不是老子的事情,"托尼说,

"你昨天夜里在哪儿？"

"我应该在哪儿就在哪儿，"我想激他多说两句，"我告诉茉莉亚了。事实上，她本来就知道。"我没提重案组条子那档子事。

"有意思。我一直在琢磨茉莉亚都去了哪儿。希望你弄清楚了。"

警铃大作。托尼想让他的声音听起来漫不经心，但并不成功。"你什么时候琢磨过？难道她经常出城不成？"

"也许吧。"

"可是，你怎么知道她离开去了别的地方呢？"

"莱诺尔，你他妈以为咱们是干什么的？我们搞清楚各种事情。"

"是啊，咱们还是第一流的机构呢。托尼，吉尔伯特在监狱里。"我的双眼忽然充满了泪水。我知道我该努力关注茉莉亚的问题，但不能辜负吉尔伯特的念头显得更加紧迫。

"我知道，他在里头挺安全。莱诺尔，回来谈。"

我和人群一起横穿马路，走到半路，停在了公园大道中间的交通岛上。花园的缩略图上有个标记，写着"勇敢的黄水仙（北美）"，但地面却像是被狗啃似的缺了一块，好像有人挖走了枯死的球茎。我靠坐在木制围栏上，目送人群经过，绿灯变红，车辆在身边呼啸而过。阳光给大道镶上金边，照暖了坐在长围栏上的我。有了晨间光线打出的阴影，公园大道的庞然公寓楼更显华丽。我是孤岛上的漂流客，橙色计程车如同河流。

"怪胎秀，你在哪儿？"

"不许叫我怪胎秀。"我说。

"那我该叫你什么——金凤花？"

"勇敢的黄水仙，"我不假思索地答道，"踌躇的阿里拜。"

"黄水仙，你在哪儿？"托尼甚是甜蜜地说。"要我们来接你吗？"

174

"好警察,金凤花。"我隔着泪水抽动道。托尼叫我"怪胎秀"这个敏纳赐予的绰号,刺穿了层层叠叠的各种应对策略,直接击中我的妥瑞氏症,唤起了我稚嫩轻率的青春期声音。在熟悉我的人面前自由喷发,按理说是个解脱。但我不信任他。敏纳死了,我不信任托尼,我不知道这代表什么。

"告诉我,你的小小调查带你去了哪儿。"托尼说。

我抬头仰望公园大道,往日财富筑起的巍峨壁垒绵延伸展,这是一条巨石沟渠。

"布鲁克林,"我撒谎道,"吃我啊格林波因特。"

"哦,是吗? 格林波因特有什么特别的? "

"我在找——格林教皇! ——找杀害敏纳的凶手,那个波兰人。你怎么觉得? "

"你难道就那么走来走去找他? "

"吃我啊电话! "

"逛那些波兰人的酒吧,诸如此类的? "

我吠叫几次,用舌头发出咔哒咔哒声。我不停扭动的下巴猛地抵住了"重拨"按钮,线路中立刻响起一段拨号音。红灯转绿,要过公园大道的计程车狂按喇叭,在死锁的车流中蜿蜒扭动。又一批行人经过我的孤岛,然后重新投入河流。

"听起来可不像格林波因特。"托尼说。

"有人在这儿拍电影。你该来瞧一眼。他们把格林波因特——格林风! 恐球果! 骗子人! ——格林波因特大道弄得跟曼哈顿似的。假楼房、计程车、群众演员打扮得跟公园大道那种地方的人一样,你听见的就是这个。"

"里头有谁? "

"什么？"

"电影里有谁？"

"有人说梅尔——吉丝豆，嘎斯点，尿尿风——"

"梅尔·吉布森。"

"没错。但我没瞅见他，眼前只有许许多多群众演员。"

"真在那儿竖了些假楼房？"

"托尼，你睡了茱莉亚？"

"干吗忽然说这个？"

"睡了没有？"

"黄水仙，你想保护谁啊？敏纳都死了。"

"我想知道。"

"等你来了，我面对面告诉你。"

"屌毛黄水仙！不同爱鳄鱼！可笑巧克极！"

"好了，我都听见过了。"

"可爱午餐风，真正海绵拳，突变禅堂少年肺鱼，鸡巴米尔豪斯尼克松调音叉。"

"你他妈的少拖大船。"

"再见，托尼贝利。"

公园大道1030号也是一幢石砌大厦，在附近并不显得特别出众。橡木大门兼具富丽堂皇和军事设施式的坚固，小窗上装有铸铁栏杆：法国殖民地风格的防空堡垒。雨篷上只有数字，没有那种你会在中央公园西路和布鲁克林高地看到的花哨做作的大楼名称——这附近的居民不寻求他人的肯定，隐姓埋名是比领袖气质更珍贵的价值。这幢楼有一处私用的卸货区和一道设计巧妙的路缘坡，它们都歌颂着金钱的力量，歌颂着城市当局收到的贿赂，还有对常见的四英寸台阶而言过于脆弱、对踩到狗屎的风险来说过于昂贵的高跟女鞋。一位特设的杂役守在路边，随时准备拉开车门、踢走野狗，或是在闲杂人等让门厅蒙尘前将其驱散。我快步走过这段街道，避开他的视线，在最后一秒钟跳进门去。

门厅宽阔而黑暗，存心让不熟悉环境的访客从阳光下进来就变成睁眼瞎。刚跌跌撞撞地跨过门框，一群戴白手套的门童就立刻围了上来，他们那身裤子带黑色镶边的蓝色西装格外眼熟。租来的轿车里那几个暴徒就是这个打扮。

这么说，他们并不是以做暴徒为生的——这一点很明显。他们是门童，这也没什么好觉得耻辱的。可是，"倡导和平"？

"有什么可以效劳？"

"有何贵干？"

"姓名？"

"访客要预先通报。"

"送货的？"

"难道没名字？"

他们五六个人把我团团围住，谈不上被委派了什么特别任务，仅仅是受过如此训练而已。他们在朦胧中隐然逼近。带着白手套，身处正确的环境中，他们要比挤坐在一辆租来的汽车里假冒流氓恶棍更加吓人。他们的得体举止尤其可怕。我没看见苦脸、青春痘、矮壮和没特征，但另外一方面，这幢楼也很大。我给这群家伙命名为影子脸、影子脸、影子脸、高个影子脸和影子脸。

"我来找藤崎，"我说，"男的，女的或者公司，都行。"

"一定是搞错了。"

"找错楼，肯定的。"

"没有藤崎。"

"姓名？"

"藤崎管理公司。"我说。

"没有。"

"没有。这儿没有。你弄错了。"

"没有。"

"姓名？先生，请问您是哪一位？"

我拿出一张敏纳的名片。"弗兰克·敏纳。"我答道。这个名字轻易滑出口来，我没有感觉到那种令我百般折磨自己名字的欲望。

看见名片，那些门童纷纷松开了我。我显露出了第一丝拥有合法身份的微光。他们是第一流的门童，被调教得很好，溜须拍马的本能一逮到机会就要冒头。

"在等你吗？"

"不好意思？"

"所涉对方在等你吗？有预约吗？姓名？联系人？"

"偶尔路过。"

"嗯嗯。"

"没有。"

"没有。"

接下来又是一分钟的澄清。他们逼得更近了。敏纳的名片已然消失不见。

"一定是弄错了什么吧？"

"是的。"

"也许的确如此。"

"完全找错门牌号了。"

"假设存在一个目的地可以接受口信，那么您要传什么口信呢？"

"假如所涉目的地就是这里。您明白的，先生。"

"是的。"

"是的。"

"没有什么口信。"我答道。我敲了敲最近一名门童的制服胸口。他猛然回退，怒目而视。但他们现在成了企鹅。我必须触碰他们每一个人。我伸手去摸接下来那个人，他在几名门童中个头最高，我想用手掌轻拍他的肩头，却只是勉强擦过而已。我旋转身体的时候，这圈人再次散开。从他们躲闪的样子来看，估计以为我企图用不可见的黑光漆给他们打标记供日后辨认，也可能是在安装电子窃听器或者传播最普通的虱子。

"别碰我。"

"当心点儿。"

"不能这样。"

"这里不许这样。"

"出去。"

两人出列抓住我的胳膊肘，架着我回到了人行道上。

我绕着这个街区走了一圈，只是想看看我能从这幢大楼的北面搜集到什么。当然了，守在路边的那家伙如影随形，不过我并不在意。员工出入口有私人干洗房的味道，废弃的纸箱表示有大宗食物订单搬进过楼内，这幢楼很可能有自带的杂货店。不知道是否也有专属的大厨。我想把脑袋探进去看看,但守路人神色紧张地对着步话机说个不停,我觉得还是保持距离为妙。我挥手与他告别,他不情愿地回了个礼——有时候谁也免不了这样抽动一两下。

在吃热狗和喝木瓜果汁的间歇,我拨通了垃圾条子办公室的号码。八十六街和第三大道路口的"木瓜沙皇"是我喜欢的那种地方——店堂里到处贴着亮橘色和黄色的标记,嘶喊着"木瓜是上帝为男人创造的头号礼物!""我们的法兰克福香肠是蓝领工人的菲力牛排!""我们是有礼貌的纽约人!""我们支持朱利安尼市长!"等等。木瓜沙皇的墙壁层层叠叠地堆满了词句,一走进店门我就能立刻平静下来,仿佛我走进了自己头颅的内部模型一样。

就着振铃音,我用果汁把第一个热狗辣乎乎的碎块冲下肚。木瓜沙皇的食物与入口即溶的昂贵牛排毫无相似之处,法兰克福香肠连肠衣也没有,小圆面包和热狗都没有烤到香脆可口的地步,跟奶油一起黏糊糊地贴在舌头上。这些因素有时让人忍无可忍,令你渴求内森家热狗那更完美的表层处理技艺,但今天我的心情更贴近木瓜沙皇。另外四个热狗在面前台子上干净利落地一字排开,每个上面都有一道整齐的黄色芥末线条,勾勒出惊叹号的形状——五仍旧是我的守护天使。

至于木瓜汁,就我所知道的,说我正在喝真心树①树种神酿或狮鹫兽的乳汁也问题不大,因为除了沙皇这儿贩售的白垩色果汁外,我从未见过其他任何形态的木瓜。

"公共卫生检查员卢米斯。"垃圾条子接起电话说。

---

① 真心树(truffula):出自苏斯博士的绘本《老洛》。

"卢米斯，听我说，我在调查吉尔伯特的事情。"我很清楚想让他集中注意力，就必须把我的话和他朋友的困境绑在一起。事实上，吉尔伯特此刻位于我脑海里最遥远的角落。"我需要你替我找些情报。"

"莱诺尔，是你吗？"

"没错，听着，公园大道1030号。写下来。我需要这幢楼的资料，管理公司，董事长，无论你能查到什么都可以。看看能不能遇到你认得的名字。"

"从哪儿认得的名字？"

"从，呃，附近这片地方。"我想的是弗兰克·敏纳，但不想说出口。"对了，特别是这个名字，藤崎。日本人。"

"我不认识这附近叫藤崎的，一个也不认识。"

"卢米斯，反正去查查记录就是了。找到什么就打电话回来。"

"打回到哪里？"

我把寻呼机和移动电话搞混了。我正在收集其他人的电子设备。这个电话是我从那位戴墨镜的门童那儿借来的，我其实并不知道它的号码。我第一次想到，如果有电话打进来，和我交谈的不知道会是什么人。

"算了，"我说，"你有敏纳的寻呼机号码吧？"

"当然。"

"呼那个号码。我给你打过来。"

"咱们什么时候去保释吉尔伯特？"

"我在努力。听我说，卢米斯，我有事得走了。保持联系，行吗？"

"那是自然，莱诺尔。兄弟，还有一件事。"

"什么？"

"坚持住，兄弟，"卢米斯说，"你干得挺不赖。"

"呃，谢谢，卢米斯。"我挂断电话，把电话塞回上衣口袋里。

"基——督啊！"我右手边的男人说。这位先生四十来岁，西装革履。正如敏纳说过的，在纽约随便哪个白痴都能穿一身西装。反正不是门童打扮就行，其他的我都无所谓，我埋头应付三号热狗。

"我在洛杉矶去过这么一家餐厅，"他说了起来，"好地方，百万富翁济济一堂。食物都很高档，明白什么意思吧？高档？有张台子坐了一对夫妻，都举着手机讲个没完，就像你刚才那样。吃顿饭两个人从头到尾各说各的，那个喋喋不休的劲头唷，辛迪说了什么，周末去哪儿，我得努力参加我的比赛，竭尽全力，没完没了的。你都听不见自己脑子里在想什么了。"

我用均匀分割的五口吃完了三号热狗，舔干净大拇指尖的芥末酱，拿起四号。

"我想啊，洛杉矶嘛，不就这德性？大家都知道。你也没法期待有什么别的。然后呢，几个月前，我想给一位客户留个好印象，就带他去了巴尔萨泽，知道那地方吧？在市中心。百万富翁济济一堂啊，千万要相信我。高菜瘦子菜全都有。可是我看见了什么？我看见一对儿白痴坐在吧台打手机。我的火气直往上涌，不过我转念一想，吧台嘛，不就这德行？也还算是真心尊重人了。调整一下我的标准，否则还能怎样。总之，我们等了他妈的十五分钟，有了桌子，刚坐下，客户的电话就响了起来，那厮在餐桌上掏出了电话！我跟什么样的人坐在一起啊！他就坐在那儿哇啦哇啦的！十分钟，十五分钟！"

我在禅定般的冷静和安谧中享用了四号热狗，这是在预习即将去参加的坐禅。

"可是，没想到在这儿也能见到。他妈的加利福尼亚，他妈的巴尔萨泽，都差不多，一群鸟人，头发里抹着狗屎，手上戴着价值百万美元的名表，都当自个儿是迪克·特雷西了，我觉得我已经把标准调整到了现代世界的水平，但我还以为坐在这儿吃个他妈的热狗总不用听人哇啦哇啦哇啦了吧。"

我一早就把木瓜果汁等分成了五份，保证能将最后一个热狗冲洗下肚。我忽然不耐烦起来，急于离开，于是拿起一叠餐巾纸塞进上衣口袋，抓起热狗和饮料，走向明媚但寒冷的室外。

"在公众场合自言自语的怪人都像是他妈的有病！"

刚到车边，寻呼机就响了。我掏出来一看，又是个没见过的718①开头号码。坐进车里，我用移动电话拨了过去，准备好了被卢米斯气得七窍生烟。

"迪克·特雷西电话。"我对送话口说。

"这里是马屈卡迪和洛卡弗蒂。"一个沙哑的声音答道。尽管我在十五年内只听过两三次他们说话，但无论如何也不可能听错他的声音。

透过挡风玻璃，十一月正午的八十三街落入眼帘。几个身穿昂贵外套的女人为我模仿出曼哈顿式的对话，正在努力说服我相信她们是真实存在的。但是，我在电话中听到了一个老人的呼吸声，透过挡风玻璃看见的风景却显得很不真实。

我是在回应敏纳的寻呼机。他们知道敏纳已经死了吗？我必须把这个消息带给"那两位客户"吗？我觉得喉咙阵阵发紧，立刻因为恐惧和字句抽搐起来。

---

① 即纽约布鲁克林、皇后区、布朗克斯的区号。

"请说话。"洛卡弗蒂喘息着说。

"熔岩·推搡虫子。"我想自报家门，却轻声这样说道。那两位客户知道我的名字吗？"木瓜·撒尿口袋。"我被抽动捉住了，无力反抗。"不是敏纳，"我最后终于说道，"不是弗兰克。弗兰克死了。"

"莱诺尔，我们知道。"洛卡弗蒂说。

"谁告诉你们的？"我小声说，控制住一声吠叫。

"人谁无一死，"他说，然后停下来，喘息片刻，又继续说，"就这次的事情而言，我们对你感到万分同情。"

"你们从托尼那儿听说的？"

"我们听说了。我们需要知道什么，就会听说什么。我们能知道。"

但你们杀人吗？我很想这样问。你们手下有一个波兰巨人吗？

"我们很担心你，"他说，"消息说你这儿那儿地不停跑动，不肯安定下来。我们听说了这件事，很让我们担心。"

"什么消息？"

"还有，茱莉亚今天早晨离开了住处。除了你，没有人知道她的去向。"

"没有茱莉亚，没有人，没有人知道。"

"你仍然很难受。我们知道了，我们也觉得难受。"

我不太看得穿他这话是什么意思，但我反正不打算多说。

"莱诺尔，我们想和你谈谈。你能过来一趟，跟我们谈谈吗？"

"我们不正在谈吗？"我低声说。

"我们想看见你站在我们的面前。在这个痛苦的时刻，这一点很重要。莱诺尔，来见我们吧。"

"哪儿？新泽西？"我的心脏狂跳不止。我放开经过置换的单词在脑袋里流动，以安慰自己：花园州砖泥与灰面垃圾脸格里波与吸得快吊袜带长虫提宽与马戏团。我的嘴唇贴着电话噏动，险些将这些字词说出口。

"我们在布鲁克林的宅邸，"他说，"来吧。"

"疤面人! 雪茄鱼!"

"莱诺尔，你为何跑来跑去？"

"托尼。你们一直跟托尼保持联系。他说我在乱跑。我没有在乱跑。"

"听起来却像是在乱跑。"

"我在寻找凶手。我觉得托尼像是在阻止我。"

"你和托尼关系不好？"

"我不信任他。他表现得——灰泥胡子! ——他表现得很奇怪。"

"让我跟他说。"对面背景里响起另一个声音。洛卡弗蒂被马屈卡迪取而代之，后者音调更高，更加流畅如蜜，不是帝王牌的，而是单一麦芽威士忌。

"托尼有什么不好的吗？"马屈卡迪问，"你在这件事上为何不信任他？"

"我不信任他。"我呆呆地重复道。我想结束这次通话，于是再次求助于我的其他感官：我在曼哈顿的阳光下坐在一辆L与L公司的车里拿门童的手机打电话。我可以舍弃敏纳的寻呼机，忘记这具电话的存在，爱去哪儿就去哪儿。那两位客户仿佛梦中的角色。他们不该用那两副衰老、优雅的老嗓子影响我。但我实在鼓不起勇气挂断他们的电话。

"来找我们，"马屈卡迪说，"咱们谈谈。托尼不必非得在场。"

"忘了个电话。"

"你还记得我们的住处吧？迪格洛街。知道地方吗？"

"当然。"

"来吧。赏脸在这个失望和悔恨的时刻拜访我们吧。我们谈谈，托尼不会在场。让我们弥补已经犯下的错误。"

趁着考虑该怎么办的当口，我再次拿起门童的移动电话，打给信息服务台，要到《每日新闻》讣告版的电话，为敏纳买了条通告。我用一张敏纳的信用卡结账，敏纳生前把我列为这张卡的共同使用人。只能让敏纳自掏腰包登讣告了，不过我知道他一定愿意，会觉得这五十块物有所值。他总是如饥似渴地阅读讣告版，每天早晨都在L与L的办公室像研究内情报告似的琢磨讣告，这是他获得情报和制定计划的手段之一。电话那头的女士完全照章办事，因此我也一样：付款信息，逝者姓名，日期，遗属，直到需要我说出一两句敏纳曾经的身份时我才卡壳。

"挚爱的啥啥啥，"那女人没好气地说，"一般总是挚爱的什么什么什么。"

挚爱的父亲形象？

"或者点明他对社群的贡献。"她提议道。

"那就说侦探吧。"我告诉她。

第6章

一心

　　弗兰克·敏纳从流亡中归来，创立敏纳侦探所之后的这些年里，只有两个话题他始终不愿提及。第一个是流亡的内情，他在五月那天被杰拉德驱赶着离城而去，围绕着他的失踪究竟发生了什么事情。我们不清楚他为何要走，他去了哪里，他离开那段时间内都干了什么，还有他为什么回来。我们不知道他是怎么遇见茱莉亚并与之结婚的。我们不知道杰拉德的下落。那趟旅居"北边"的日子如此彻底地笼罩在团团迷雾中，有时让人不敢相信他真的失踪了三年。

　　另一个就是"那两位客户"了，尽管他们的踪迹处处可见，假如侦探所是身体，那他们就是到处都能摸得到的脉搏。

　　L与L不再是搬运公司了，我们也再没见过迪格洛街上那幢空心褐沙石大楼的内部。但是，我们不但是侦探，也是跑差小弟，在刚开始的那段时间里，不难觉察到我们有很大一部分差事的背后就藏着马屈卡迪和洛卡弗蒂的影子。你可以从他们在敏纳身上激起的深深不安中，看出任务是否来自他们的差遣。他会不加解释地改变行为模式，一个星期左右不去理发馆或街机房消磨时间，关了L与L的店面，叫我们出去歇几天再回来。连他的步态、他这整个人都有所改变。除了背对墙壁的餐馆角落以外，他哪儿都不肯落座。他走在街上会无缘无故地忽然扭头，不过这却是我伴随终生的抽搐动作。他为了掩饰而拼命说笑，但内容越来越不连贯，批评和侮辱会忽然停顿，被严峻的沉默切得七零八落，爆出来的笑点全无逻辑可言。我们替"那两位客户"做的活儿也是断断续续的。它们是故事当中的只言片语，是缺乏明确开头与结尾的中间段落。我们敏纳帮为丈夫跟踪妻子，监视有小偷小摸或篡改账册嫌疑的企业雇员，我们熟悉他们可悲的小小戏剧，用我们的世故压服他们的卑微人生。我们用窃听器和照相机收集情报，又真实完整地把情报写成报告。我们是敏纳麾下的秘密大师，正在把科伯尔山和卡罗尔花园的社会史写进我们的备份文件中。但马屈卡迪和洛卡弗蒂只要动动手指头，敏纳帮就化身为工具，视线所及的故事都庞大得超出理解范围，完事后总被一脚踢开，默默揣摸到底发生了什么。

侦探所刚建立的时候，有一次，我们大白天被派去绕着一辆沃尔沃轿车站岗，我们在敏纳语焉不详的呆板指示中闻到了"那两位客户"的味道。就我们所知，那辆车里空无一人。车停在雷姆森街靠近散步道的地方，这里是一个俯瞰曼哈顿的环形路口死胡同，非常幽静。吉尔伯特和我坐在公园长椅上，背对曼哈顿天际线，努力装得轻松随便；托尼和丹尼在雷姆森街和希克斯街的路口徘徊，对任何胆敢拐进这片街区的人投去灼灼目光。我们只知道我们应该在五点钟交班，到时候会有卡车来接这辆轿车。

五点钟慢慢变成了六点，然后是七点，卡车还是没有来。我们到蒙塔古街的儿童公园撒尿休息，狂抽香烟，满地乱走。晚间的休闲人群出现在了散步道上，有出双人对的，有用纸袋装着啤酒的青春少年，还有把我们当成巡猎者的基佬。我们耸耸肩，将他们从我们散步的这一带赶走，嘟囔几句，低头看表。这辆沃尔沃像是会隐形似的，毫不惹人注意，但在我们眼中它却在发光、嘶喊、如定时炸弹般滴答作响。每个骑车经过的孩子，每个跌跌撞撞的酒鬼，看起来都像是刺客，都像是意欲袭击这辆车的变装忍者。

太阳开始落山，托尼和丹尼吵了起来。

"这太蠢了，"丹尼说，"咱们走吧。"

"咱们不能走。"托尼说。

"你知道后备箱里有尸体对吧？"丹尼说。

"我怎么可能知道这个？"托尼说。

"那还能有什么别的可能？"丹尼说，"那俩老家伙干掉了什么人。"

"太蠢了。"托尼说。

"尸体？"吉尔伯特只是气馁而已，"还以为车里装满了钞票呢。"

丹尼耸耸肩。"不关我事，但肯定是尸体。还有一件事我要告诉你们：咱们被陷害了。"

"太蠢了。"托尼说。

"弗兰克知道什么？他们怎么说他怎么做，仅此而已。"即便正在反叛，丹尼依然严守敏纳的指示，断然不提那两位客户的姓名。

"你真觉得是尸体？"吉尔伯特问托尼。

"当然。"

"托尼，如果是尸体的话，我可不想留在这儿。"

"吉尔伯特，你个肥猪二货。什么叫'如果是'？否则你觉得咱们为什么在这儿？你觉得咱们替敏纳做事永远也不会见到尸体？老天在上，去当垃圾条子吧。"

"我受够了,"丹尼说,"我饿得不行了。这太蠢了。"

"我该怎么跟敏纳说?"托尼威胁想离开的丹尼。

"爱怎么说就怎么说呗。"

这可真是令人惊讶的背叛。托尼、吉尔伯特和我各有各的毛病,但沉默优雅的丹尼却始终被敏纳奉为顶梁柱,是他旗下的楷模。

托尼无法面对这样的背叛。他习惯于对吉尔伯特和我耀武扬威,而非丹尼。于是他转变了进攻对象。"怪胎秀,你怎么说?"

我耸耸肩,然后亲吻了一下自己的手。这个问题难以回答。对敏纳的虔信到头来变成了一场数小时看守沃尔沃轿车的试炼。现在我们必须想象灾难、背叛和腐烂的肉体。

但背离敏纳将意味着什么呢?

我当时万分憎恶那两位客户。

没等我说话,牵引卡车轰隆隆地沿着雷姆森街驶了过来。开车的是两个肥胖白痴,他们放肆嘲笑我们的一惊一乍,告诉我们这辆车没什么重要的,然后赶走了我们,开始拿铁链把沃尔沃的保险杠拴上拖车的吊具。我们那会儿还都是半大小子,觉得这档子事情肯定是设计用来测验我们正在成长的勇气的。尽管敏纳和那两位客户并不知道,但我们实际上失败了。

不过,我们都变得越来越硬朗,敏纳则越来越镇定自若,我们开始能够从容应对那两位客户在侦探所生活中扮演的角色了。谁愿意搞清楚每件事情的意义啊?再说了,你也很难确定我们何时在替他们做事,何时不是。到一间特定的办公室取一件特定的设备:这是不是那两位客户的意

190

愿呢? 找谁谁谁收多少多少钱: 我们把钱给了敏纳, 他把钱给了那两位客户吗? 揭开这个信封, 窃听那个电话: 是那两位客户的活儿吗? 敏纳一直把我们蒙在鼓里, 把我们变成了职业人士。马屈卡迪和洛卡弗蒂的形象基本上只存在于潜意识中。

最后一件我确定是替那两位客户做的活儿, 要追溯到敏纳遇害前一年多。整件事情的难解处处打着他们的注册商标。那年夏天早些时候, 史密斯街上的一家超市被烧后夷为平地, 那块空地被填上碎砖, 变成了非正式的摊贩市场, 卖单种水果 (比方说橙子或芒果) 的货郎堆起几个柳条箱, 做做夏日下午大甩卖, 热狗和刨冰摊也开始聚集。就这么过了个把月, 一个西班牙嘉年华会抢过了这片地方, 竖起旋转椅和小型摩天轮, 一块钱一次, 还设了烤香肠摊和几个无聊的娱乐项目: 有水枪打气球, 也有拿钩爪在玻璃箱里抓粉色和紫色毛绒玩具。要是靠得太近, 乱扔的垃圾和油脂的气味让人很倒胃口, 但摩天轮装了成排的白色霓虹灯管, 入夜后走在史密斯街上, 陡然间看见一个快三层楼高的发光风车, 看上去也真是璀璨夺目。那年夏天我们过得很无聊, 居然真的堕落到干起了租车服务的勾当, 有电话来我们就上路, 把约会的男女从夜店接回家, 载着老龄妇女来往医院, 送度假者去拉瓜迪亚机场飞赴迈阿密海滩。没车可出的时候, 我们就在有空调的店里打扑克。某个周五夜里, 已经过了凌晨一点半, 敏纳忽然走了进来。卢米斯跟我们坐在一起打牌, 输了很多手, 把薯片全吃光了, 敏纳叫他滚蛋回家。

"弗兰克, 出什么事情了? " 托尼问。

"没什么事情。有活儿给咱们干, 就这样。"

"什么活儿? 给谁干? "

"就是活儿呗。咱们这儿有撬棍或者差不多的东西吗? " 敏纳使劲抽烟，借此掩饰他的紧张。

"撬棍？"

"能抡起来的家伙就行。比方说撬棍。我的后备箱里有一根棒球棒和一个轮胎扳钳。反正就是差不多这样的东西。"

"听起来你需要一把枪。"托尼挑起眉毛说。

"如果我需要一把枪，我就去找把枪了。你个双元音①。这次不需要带枪。"

"铁链呢？"吉尔伯特很想帮忙，"庞蒂亚克车里有一大堆铁链。"

"撬棍，撬棍，撬棍。我为什么还要在你们这群神秘妄想家身上浪费时间？要找人读心的话，老天在上，我为什么不去找格莱迪斯·奈特啊。"

"狄昂·华薇克。"吉尔伯特说。

"什么？"

"通灵热线由狄昂·华薇克主持，不是格莱迪斯·奈特。"

"通灵战薇克！"

"楼下有几根铁管。"丹尼边想边说，从敏纳冲进办公室开始，他到现在才放下手里的扑克牌。这是一把满堂红，三张杰克，两张八点。

"应该抡得起来，"敏纳说，"拿来看看。"

电话铃响起，我抓起来说道，"L与L。"

"告诉他们没车了。"敏纳说。

"需要我们四个都去？"我说。我觉得不去凑这场撬棍和轮胎扳钳

---

① 双元音指一弱一强两个元音叠加的言语项。据Urban Dictionary, 某些地区的街头俚语中算是轻蔑的侮辱话。

192

的热闹（管他是什么），而是送随便什么人去羊头湾似乎更能博得我的好感。

"是的，怪胎男孩。咱们都得去。"

我打发掉来电的人。二十分钟后，我们和水管、轮胎扳钳、千斤顶和棒球节得来的洋基队纪念球棒坐进敏纳那辆旧英帕拉，这是L与L所有车中最不起眼的一辆，如果我在留神注意的话，这可又是一个坏兆头了。敏纳载着我们沿威科夫而下，经过安置区，绕了个圈子，走第四大道向南到总统街，然后兜回法院街。他不停地看表，似乎在拖延时间。

我们转上史密斯街，敏纳停车的地点到超市遗留的空地隔了一个街区。夜深人静，嘉年华会已经歇业，地界外竖了一圈三合板，设施都静止不动，当晚留下的空啤酒杯和香肠裹纸在月光下的碎砖地面上泛着微光。我们带着凶器悄悄走进场地，一言不发地跟随敏纳的脚步，不再因为他的颐指气使而恼火，转而依从了因身为帮众而潜藏内心的顺服。他抬手指指摩天轮。

"拆了。"

"啊？"

"你们这几个蜜饯山药，毁了那轮子。"

或许因为这项任务与他的技能和性情最为合拍，吉尔伯特第一个醒悟了过来。他抡起手里的铁管，朝身边最近的一截霓虹灯砸了下去，不费吹灰之力便将其敲了个粉碎，银色尘埃如细雨般洒落。托尼、丹尼和我不甘落后，向摩天轮的本体发动袭击，头几下只是在试探，在衡量力量，紧接着我们疯狂地挥动武器，力量倾泻而出。砸烂霓虹灯很容易，但毁坏摩天轮的框架可一点儿也不轻松，不过我们还是冲了上去，攻击各个连接处和易损的焊缝，扯出电缆，用扳钳最锋利的边缘切剁，看见了绝缘层和铜芯后继续乱砍，直到断头散乱为止。敏纳本人挥舞起洋基队的球棒，狠砸着将乘坐者固定在座位上的铁门，碰得木屑乱飞，他没能破坏铁门，只是让它们变形而已。吉尔伯特和我钻进摩天轮的框架内，用上了全部体重拉扯支轴，最终拽断了铰链。然后，我们找到了制动器，放开轮子允许它旋转，好让我们将恶意泼洒在整个摩天轮上。几个多米尼加青年站在马路对面看戏。我们没搭理他们，只顾埋头应付摩天轮，匆忙但不慌张，服从敏纳的领导，但根本不需要他开口指挥。我们一体同心，毁灭了这处娱乐设施。此刻的侦探所处在成熟期的顶峰：即便任务进入了彻底的达达主义①领域，我们也毫不犹豫地坚决执行到底。

　　"莱诺尔，弗兰克很爱惜你。"洛卡弗蒂说。

　　"我，呃，我知道。"

　　"因此我们也关心你，因此我们很担心。"

　　"尽管上次见到你的时候，你还是个小男孩。"马屈卡迪说。

　　"一个吠叫的男孩，"洛卡弗蒂说，"我们还记得。弗兰克带你来，就在这同一个房间里，你站在我们面前，吠叫了几声。"

　　"弗兰克多次提到你的病况。"

　　"他爱惜你，虽说他觉得你是个怪胎。"

　　"他用的就是这两个字。"

　　"你帮助他成长，你是他手下的孤儿之一，现在你是个成年男人了，在这个痛苦和误解的时刻站在我们面前。"

---

① 达达主义（Dada）：欧洲艺术界的运动，通过无意义的胡扯、怪诞的戏仿和不和谐的手法，来藐视传统的艺术和文化价值。

我还是个少年的时候，马屈卡迪和洛卡弗蒂就已经是一副半截入土的样子，现在看起来也没有变得更难看，他们的皮肤干瘪而皱缩，稀疏的头发如蛛网般贴在反光的脑壳上，马屈卡迪的耳朵和带疤的鼻子让他面容的其他部分相形见绌，洛卡弗蒂的脸则更加松胀，更加像个马铃薯。他们的打扮好似一对孪生兄弟，都穿黑色套装，是否出于哀悼我就说不准了。他们一起坐在硬面沙发上，进门的时候，我觉得我看见他们的手一开始是握着的，摆在两人之间的坐垫上，但随即猛然缩回到了各自的膝头。我站得足够远，因此不会受到诱惑，伸出手玩"你拍一我拍一"，去拍打他们叠放的手或两人的手曾经放着的地方。

迪格洛街的这幢褐沙石楼房无论内外都毫无变化，不过客厅的家具、地毯和相框上盖着厚厚一层均匀的灰尘。被搅起的灰尘在房间里游动，仿佛马屈卡迪和洛卡弗蒂几分钟前才刚到。估计他们不像以前那样经常造访这处位于布鲁克林的神祠了。不知道开车从新泽西送他们来这儿的是谁，不知道他们是否为了避人耳目而吃了些苦头，或者他们是否在乎被人看见。也许卡罗尔花园已经没有认得出他们的活人了吧。

隔壁屋子的秘密房东与隐形人无异。

"你和托尼之间到底怎么了？"马屈卡迪说。

"我想找到杀害弗兰克的凶手。"我听自己说这句话的次数过多，字词已经开始丧失内涵。它有成为某种精神抽动的潜质：找到杀害弗兰克的凶手。

"你在这件事上为何不听从托尼？你们难道不该共同进退？像兄弟那样？"

"他们抓走弗兰克的时候，我在场。托尼——医院贝利！——托尼不在。"

195

"你的意思是说，他应该听从你？"

"他不该挡我的道。艾斯道！走错道！"我缩了缩身子，我不愿此刻在他们面前抽动。

"莱诺尔，你生气了。"

"我当然很生气。"我为什么要向这两位我不信任的人坦陈我不信任托尼？马屈卡迪和洛卡弗蒂越是提及托尼的名字，我就越是确定他们以某种方式纠合在了一起。还有，在我们初次造访这座地宫、这处陵墓之后，托尼与"那两位客户"的熟稔程度显然远胜于我。我带着一把餐叉离开，他带走的则要更多。我为何要向同一场密谋的一方控诉另外一方呢？于是，我眯起眼睛，扭开脑袋，收紧嘴唇，竭力避免最终向那两位客户的暗示力量屈服，然后大声地吠叫了一次。

"你饱受折磨，我们感同身受。一个人不该逃跑，不该如狗般吠叫。他应该觅得内心的安定。"

"托尼为什么不想让我调查是谁谋杀了弗兰克？"

"托尼希望这件事能以正确的方式谨慎解决。莱诺尔，跟他合作吧。"

"你们为什么要替托尼说话？"我咬牙切齿地说出这句话。这不完全是在抽动，但我已经开始模仿那两位客户的词语节奏，这仿佛隐蔽在他们措辞中的乒乓球。

马屈卡迪叹了口气，望向洛卡弗蒂。洛卡弗蒂挑起眉头。

"喜欢这幢屋子吗？"马屈卡迪说。

我端详着覆满灰尘的客厅，打量着家具和天花板的涡卷装饰之间的许多古老家具，琢磨着这屋子如何悬浮于仓库-褐沙石楼房的外壳之中。我感觉到过去就存在这里，有母亲和儿子，有交易和协定，有一个死人紧

196

握另一个死人的手——死人的手在迪格洛街上结网堆巢，就像是中国套盒。其中也包括弗兰克·敏纳的手。我有太多理由不喜欢这个场所，甚至都不知道该从哪儿说起，但我晓得我根本就不能允许自己说话。

"这不是一幢屋子，"我给出了最低量级的反对意见，"只是一个房间。"

"他说这是一个房间，"马屈卡迪说，"莱诺尔，我们坐着的地方是我母亲的屋子。你站在那儿，满腔怒火，活像被逼近死角的野狗。"

"有人杀害了弗兰克。"

"你是在指控托尼吗？"

"指控托尼！抱歉香肠！有趣垄断！"我闭紧双眼，打断了这次言辞发作。

"莱诺尔，我们希望你能理解。我们对弗兰克的逝去深表遗憾。我们非常想念他。我们的心里藏着哀伤。我们乐于见到凶手被鸟儿撕烂，或被昆虫用钳夹扯成碎片。为了早日看到这一天，托尼应该获得你的帮助。你该站在他背后支持他。"

"要是查到最后引到托尼身上呢？"我听任那两位客户把持对话，将我领到这个关口，此刻他们没有理由继续掩饰了。

"死者活在我们心中，莱诺尔。弗兰克永远不会离开那里。但现在，托尼在生者的世界中已经取代了弗兰克的位置。"

"这话什么意思？你们用托尼取代了弗兰克？"

"意思是你不能对抗托尼。因为他承载着我们的意愿。"

我听懂了。托尼意大利式的一步登天终于梦想成真。他让我忍不住浑身发毛。

还有另一种可能，事情已经如此发展了好些年，只是我不知道而已。

托尼·佛蒙蒂与那两位客户的关系也许比弗兰克·敏纳与他们的关系更加深远。

我琢磨着"取代"这个字眼。我觉得我该离开了。

"我需要你们的许可——"我刚开口就停下了。那两位客户究竟是什么人？他们的许可有何意义？我到底都在想什么？

"莱诺尔，说吧。"

"我会继续查下去，"我说，"托尼帮不帮忙都一样。"

"好的。我们看出来了。我们有件事情想交给你。是个建议。"

"有个地方能够让你把你的热情引到正道上去。"

"还有你的侦探天赋。言传身教的训练。"

"什么？"一缕白昼的光线斜着刺透了客厅的厚实窗帘。我扭头瞥了一眼在成排相框里怒目而视的世纪中叶暴徒一般的脸，不知道哪个是马屈卡迪的老妈。先前吃下的热狗在胃里打起群架。我渴望走到室外，站在布鲁克林的街道上，只要不是这儿，哪儿都行。

"你和茱莉亚谈过了，"马屈卡迪说，"你应该去找到她。像我们引你来那样带她来一趟。让我们和她谈谈。"

"她很害怕，"我说。一个磨损的结。

"害怕什么？"

"她和我一样，也不信任托尼。"

"他们之间有不对劲的地方。"

这样的对话耗得我筋疲力尽。"当然不对劲。他们睡过。"

"莱诺尔，做爱能缩短人与人的距离。"

"他们也许对弗兰克有负罪感。"

"负罪感，是的。茱莉亚知道不少事情。我们叫她来见我们，她却逃之夭夭了。托尼说他不知道茱莉亚去了哪儿。"

"你们觉得茱莉亚和弗兰克遇害有关系吗？"我放开约束，让我的手在大理石壁炉架的灰尘上划出一条断断续续的细线。我努力忘掉自己干了这样的事情。

"她心里有事，分量很重的事。莱诺尔，愿意帮助我们的话，请找到她。"

"弄清楚她的秘密，与我们分享。完成这项任务，别告诉托尼。"

我有些失去控制，把手指插进了壁炉的波纹边缘，轻轻一推，聚起了一丛蓬松的灰尘。

"我不明白，"我说，"现在你们又希望我背着托尼做事了？"

"我们愿意去听，莱诺尔，听见了消息，我们会思考。随即提出问题。如果你的怀疑有理由，那么答案很有可能就在茱莉亚身上。托尼在这个方面很不坦诚。尽管怪异，尽管有缺陷，但你将担当我们的手脚，我们的耳目，你获取情报，回来告诉我们，与我们分享。"

"有根据。"我说。我的手推到了壁炉的尽头，一使劲，把积累下来的灰尘球抛过边缘，这动作活像是单指扔铅球。

"假如他们的确如此，"马屈卡迪说，"你并不知道。所以要你去弄清楚。"

"不，我是说有根据，而不是有理由。怀疑有根据。"

"他在纠正措辞。"洛卡弗蒂对马屈卡迪咬牙切齿地说。

"找到她，艾斯罗格！根据！理由！坦白摩擦！"我想用上衣擦净手指，灰尘却阴魂不散地画出了一条灰色条带。

接着我大大地打了个嗝，尝到了热狗的味道。

"你身上有一小部分的弗兰克，"马屈卡迪说，"我们和这部分说话，它听懂了。剩下的你也许不是人类，是野兽，是怪胎。弗兰克选择这个字眼再正确不过了。你是天生的怪胎。但弗兰克·敏纳爱惜的那个部分，那个留恋着关于他的记忆的部分，将帮助我们找到茱莉亚，并把茱莉亚带回家。"

"你走吧，因为看见你把玩这些灰尘令我们厌恶，这些累积在他挚爱慈母家中的灰尘，保佑她蒙羞受折磨的甜美灵魂吧。"

阴谋论是妥瑞氏症的一个变种，制造与追踪出乎预料的联系需要某种类型的敏感性，是在表达对于触摸世界的渴望，想用理论吻遍整个世界，继而拉近这个世界。和妥瑞氏症一样，所有阴谋论者都是彻底唯我主义的，受害者、密谋者和理论家高估了阴谋论者的向心性，不知道他永远在反应、依附和诱因中排练创伤综合征式的愉悦，他永远在逃离自我这个罗马的道路上。

绿草丘陵上的第二个枪手①不是阴谋的一部分——我们妥瑞氏症中人确信这一点。他只是在抽动，在模仿令他惊讶、入迷的动作，然后子弹便射了出去。这是他在以自己的方式说：我也是！我活着！看这儿！重放那电影！

第二个枪手在拖大船。

我先前把车停在一棵又老又残的老榆树下，树干上节瘤丛生，那是一次次逃脱病害的证据，石板人行道被树根渐渐拱起、分开。我将钥匙插进车门时，才发现托尼等在庞蒂亚克车里。他坐在驾驶员座位上。

---

① 指关于肯尼迪刺杀案的阴谋论中的"第二个枪手"，据说他埋伏在遇刺地点附近的绿草丘陵上。

"进来。"他凑过去打开了乘客座的车门。人行道上左右两边都空无一人。我在考虑转身离开，但随即陷入了"去哪儿"的常见问题中。

"怪胎秀，进来。"

我走到乘客座那边，坐进他身边的座位，然后闷闷不乐地伸出手，抚摸了一下他的肩头，在那里留下一抹灰尘。他举起手，给了我脸上狠狠的一巴掌。

"他们对我撒谎。"我往后猛地一缩。

"我好震惊啊。他们当然撒谎了。你是什么？新生婴儿不成？"

"巴纳妈婴儿。"我嘟囔道。

"马洛①，说说看，你特别担心的是哪句谎话？"

"他们提醒了你，说我要过来，对不对？他们给我下了套。这是个陷阱。"

"你他妈的以为会发生什么？"

"无所谓。"

"你觉得自己特聪明是吧？"托尼说，他的声音充满了蔑视的鼻音，"你觉得你是他妈的迈克·哈默②是吧？莱诺尔，你就像哈迪兄弟③的弱智小弟弟。"他又给了我一巴掌。"你是哈哈小弟。"

坐在迪格洛街马屈卡迪和洛卡弗蒂的门外，阳光灿烂，我的故土却从来没有这么像个噩梦：一个重复和幽闭的噩梦。在我多年的记忆中，布鲁克林一成不变、咋咋呼呼，它的怀抱有着敏纳式的气息，我通常总是陶醉于这种气氛中。但此时此刻，我却渴望看见这片地区被夷为平地，

---

① 菲利普·马洛（Philip Marlowe）：雷蒙德·钱德勒笔下的侦探。

② 迈克·哈默（Mike Hammer）：美国冷硬侦探小说家米基·史毕兰笔下的人物

③ 哈迪兄弟（Hardy Boys）：美国儿童冒险系列小说的主人公，业余侦探兄弟。

被摩天大楼和复合商场取代。我渴望消失于曼哈顿吐故纳新的遗忘之舞中。让敏纳入土为安吧，让敏纳帮分崩离析吧。我只希望托尼能放我一马。

"你知道我带着弗兰克的寻呼机。"我弱弱地说，我在拼凑线索。

"不对，那两个老家伙有透视眼，和超人一样。我没告诉他们的事情，莱诺尔，他们一概不知。你需要换个工种了，迈克格拉夫①。屎洛克·福尔摩斯。"

我很了解托尼的好战本性，知道他要滔滔不绝地说上一阵子，直到说厌了才行。至于我，我的双手沿着挡风玻璃根部的仪表盘顶端一路摸过去，擦掉那里积累的碎屑和尘埃，手指扫过塑料出风口的格栅。接下来，我换用大拇指尖擦拭挡风玻璃的角落。探访马屈卡迪母亲的客厅触发了我除去积尘的强迫冲动。

"你个白痴怪胎。"

"寻呼我两次。"

"我会呼你两次的，没问题。"

他又举起手，我再次畏缩，如拳手般闪避。靠近他的时候，我舔了他身上套装的肩头，想清除我留下的那抹灰尘。他厌恶地一把推开我，这是多年前圣文森特走廊上那情形的隐然回声。

"好吧，莱诺尔。你仍旧是半基佬。在这点上你说服我了。"

我没有开口，这可算不得什么小成就。托尼叹了口气，把双手放在方向盘上。他这会儿看起来似乎不想接着揍我了。我盯着我那条唾液渐渐消失在他的上衣织物中。

---

① 迈克格拉夫（McGruff）：美国卡通角色，以侦探为业的一只大警犬。

"那么，他们都说了些什么？"

"那两位客户？"

"没错，那两位客户，"托尼答道，"马屈卡迪和洛卡弗蒂。莱诺尔，弗兰克已经死了。如果你对他们直呼其名，我想他不会——怎么说呢？——在坟墓里辗转反侧的。"

"叉子它算不上，"我悄声说，然后回头瞥了一眼他们那幢楼的门廊。"火箭操我①。"

"相当不错了。他们都说了些什么？"

"跟门童们——鸭子人！狗童！坦白狗！——门童们告诉我的一样：离这个案子远点儿。"我此刻很恼火自己的言语抽动，这是在试图弥补荒废的时间，试图让自己感觉更自在。托尼在这方面依然能让我安心。

"什么门童？"

"门童们。整整一群门童。"

"在哪儿？"

但托尼的眼神告诉我，他完全清楚在哪儿，只是需要衡量我知道多少内情而已。他看起来还有些惊慌失措。

"公园大道1030号。"我说。能力口袋角落。矩形酱汁！

他的手攥紧了方向盘。他没有看我，而是眯着眼睛望向远方。"你去了那儿？"

"我在追查一条线索。"

"回答我的问题。你去了那儿？"

---

① 叉子它算不上（Fork-it-hardly）和火箭操我（Rocket-fuck-me）都是主人公在试图说出洛卡弗蒂（Rockaforte）的名字。

"是啊。"

"你看见什么了？"

"只有许许多多的门童。"

"你跟马屈卡迪和洛卡弗蒂说这件事了吗？告诉我你没有，你这天杀的大嘴巴。"

"他们说，我听。"

"哦，是吗？真的假的？我操。"

很奇怪，我发现自己想安慰托尼。他和那两位客户把我骗回布鲁克林，在我的车里伏击我，但孤儿间的旧日情谊却抵消了我的幽闭恐惧症。托尼让我害怕，但那两位客户更让我害怕。现在我知道，他们终究也让托尼害怕。无论他搅和进了什么交易中，这交易都还没有完成。

车里很冷，但托尼在出汗。

"莱诺尔，跟我正经说话。他们知道那幢楼吗？"

"我一直很正经。这正是我的人生悲剧所在。"

"怪胎秀，告诉我。"

"任何楼！没有楼！没有人说过关于任何楼的任何话。"我的手伸出去，想拉直他的衣领，他一把拍开我的手。

"你在屋里待了好一阵子，"他说，"莱诺尔，别跟我胡扯。他们都说了什么？"

"他们要我去找茉莉亚，"我说，心里在想不知是否应该提起她的名字，"他们觉得她知道些事情。"

托尼从腋下拔出手枪，瞄准了我。

返回布鲁克林的时候，我怀疑托尼与那两位客户有勾结，而现在——多甜美的讽刺哟！——托尼对我有同样的怀疑。这算不上什么情势急转。马屈卡迪和洛卡弗蒂没有理由要迁就我。如果他们信任托尼，就不会让他等在外面的车里，待我出来后再收拾我。如果信任他，会让他埋伏在屋里，按老话说就是"躲在幕后"，从头到尾仔细旁听对话。

我不得不称赞那两位顾客一句。他们像弹奏"法费萨"牌电子琴[1]似的耍弄我们。

另外一方面呢，公园大道那幢楼里有托尼的秘密，他不想被那两位客户知道。而且，害怕归害怕，他的秘密依然没有泄露。这个四角形上没有谁单独垄断了所有情报。托尼知道一些他们不知道的事情。我也知道一些托尼不知道的事情，对不对？我希望是的。茱莉亚知道一些托尼和那两位顾客都不知道的事情，也可能她知道一些托尼不希望那两位顾客知道的事情。茱莉亚，茱莉亚，茱莉亚，就算没有马屈卡迪和洛卡弗蒂的吩咐，我也必须要弄清楚茱莉亚到底扮演了什么角色。

还是说我把自己想得太聪明了？我知道敏纳会怎么说。

三环套月猜不透哦。

我还没有被托尼拿枪指过，但从某种程度上说，我这辈子一直在准备面对这样的时刻。感觉起来并没有特别不自然，我们持续多年的关系反而像是爬到了顶峰，到了空气稀薄的终点。此刻，如果是我拿着枪指着他，反而会把我吓坏的。

枪同时也让我的注意力集中得无以复加。我感到冲动的欲望平息了，洪水般的冗余话语即刻蒸发，就像电视广告里的卡通污渍。枪战：又

---

[1] 法费萨（Farfisa）：意大利电子器材制造商，产品中尤以紧凑型电子琴和多层电子合成器著名。

一种彻底无用的治疗手段。

托尼似乎很不为眼前的局势所动。他的双眼和嘴巴尽露疲态。这会儿刚下午四点，我们在这辆停泊的轿车里已经坐了很长时间。他有问题，很紧迫、很特定的问题，枪能帮他推动事态的发展。

"你跟别人说过那幢楼的事情吗？"他问。

"我还能跟谁说？"

"比方说丹尼，还有吉尔伯特。"

"我刚从那儿过来。还没见过丹尼。吉尔伯特在牢里。"我没提垃圾条子也有份，心中默祷敏纳的寻呼机现在可千万别响。

与此同时，托尼的问题告诉了我很多事实，比我告诉他的要更多：丹尼和吉尔伯特在公园大道那档子事里跟他没站在一条线上。是的，这位哈哈少年还没放弃案子。

"所以，只有你，"托尼说，"我要应付的混球只有你一个。你个山姆·斯佩德①。"

"有人杀了你的搭档，按理说你总得做点儿什么吧？"我答道。

"敏纳不是你的搭档。怪胎秀，他是你的赞助人。他是杰瑞·路易斯，你是轮椅上的那玩意儿。"

"那么，昨天他有麻烦的时候为什么叫上了我而没叫你？"

"带你去那地方他实在太蠢了。"

一个人影踱过轿车，对我们的街边情节剧漠然无视。这是三小时内我第二次在停着的轿车里遇到生命危险。我寻思着不知道自己在街头散步时，漏掉过多少场有暴徒出场的西洋景。

---

① 山姆·斯佩德（Sam Spade），达希尔·哈米特代表作《马耳他黑鹰》中的私家侦探。

"跟我说说茱莉亚，托尼——郁金香律师！"被枪指着的神奇疗效正在渐渐退去。

"别那么多废话。我在思考。"

"那乌尔曼呢？"我问。只要他还允许我提问，我最好还是不停说话为好。"乌尔曼是谁？——白痴全计划！"我想问藤崎公司，但我觉得那大概是唯一我知道而他不知道的事情了。无论有多么微小，我都需要保持这丁点儿的优势。另外，我也不想听到我的综合征会把藤崎这个词扭曲成什么样子。

托尼露出特别难看的脸色。"乌尔曼是个不会数数的家伙。他是一小群想发财的家伙中的一个。弗兰克是另外一个。"

"这么说，他是被你和波兰杀手做掉的，对吗？"

"错得可笑。"

"托尼，告诉我。"

"该从何说起呢？"他说。我听出了一丝苦涩，心想不知能否利用一二。不管他如何堕落，知道什么我所不知道的剧毒情报，但托尼似乎依然以他的方式怀念着敏纳，怀念着侦探所。

"行个方便，念念旧情吧，"我说，"告诉我，你没有杀他。"

"一边玩蛋儿去。"

"真有说服力，"我答道。接着，我扮出心情焦躁的英国管家式的乖戾脸色，"有——说说说——服力！"

"莱诺尔，你的问题是，你不清楚这个世界的真正运转方式。你认识的人不是来自弗兰克·敏纳，就是出自书本。我不知道哪样更糟糕。"

"黑帮电影。"我努力不让管家脸再次出现。

"什么？"

"我看了很多黑帮电影，和你一样。那些我们都知道的事情，不是来自弗兰克·敏纳，就是出自黑帮电影。"

"有两个弗兰克·敏纳，"托尼说，"一个是我认识的，另一个是觉得你很有趣的白痴，他害自己送了命。你只认识那个白痴。"

托尼松松垮垮地握着枪，拿它在我们之间上下比划，充当标点符号。我只希望他清楚那东西能真的给对话画上句号。就我所知，除了敏纳之外，我们剩下几个人谁也没有带过枪。他甚至极少让我们看见他的枪。现在我不禁要怀疑，我不在的时候是否有过什么私人训练，琢磨我是否该严肃看待托尼关于两个敏纳的断言。

"我想，教你挥舞手枪的是那个比较精明的弗兰克·敏纳吧？"我说。这话说出口时比我预料中更具讽刺意味，不过紧接着吼叫出的"弗兰肯精明！"却把语气削弱了不少。托尼的确在挥舞手枪，枪口唯一没有指过的就是他自己。

"我带枪是为了保护自己。就好像我这会儿正在用枪保护你，说服你闭嘴少提问。还有，待在布鲁克林。"

"我希望你不用扣扳机就能保护——保护我贝利！侦探宝贝儿！——得了我。"

"咱们都这么希望吧。太糟糕了，你不如吉尔伯特那么聪明，他把自己置身于警方的保护之下一周左右。"

"谋杀现如今只判这么久了？一周？"

"别逗我笑了。吉尔伯特没杀人。"

"你听起来很失望。"

"眼看敏纳找了一群小丑聚在身边，我早就失望过了。这是一种生活方式。我不会犯同样的错误。"

"是啊，你会虚构出一群新的。"

"够了。难道每次跟你说话都非得是导演剪辑版？滚出这辆车。"

就在这时候，驾驶座旁的车窗被敲了一下。敲窗的是一把枪的枪口。拿着那柄枪的胳膊从那棵老榆树背后伸出来。同时探出来的还有一个脑袋：那位重案组警探。

"二位先生，"他说，"请下车——慢些。"

螳螂捕蝉，黄雀在后。

尽管头顶阳光，他周身上下仍带着那股落魄、厌倦、咖啡喝再多也不顶用的气息。从昨晚到现在，他似乎没脱下过那身西装。然而，我还是更放心让他带枪，而非托尼。他挥手示意，叫我们走到车头，命令我们分开双腿，这让几位老妇人看得惊诧不已，接着缴下了托尼的手枪。他叫托尼拉开上衣，露出空了的枪套给他看，然后拉起裤腿，证明脚腕上没有绑其他武器。接下来，他想搜我的身，我却反过来开始拍打他。

"该死，阿里拜，别这么干了。"他依然挺喜欢昨晚给我起的绰号。这让我也有些喜欢他了。

"不由自主。"我说。

"这是什么？电话？拿出来。"

"是电话。"我展示给他看。

托尼投来讶异的眼神，我只是耸耸肩。

"坐回车里去。先把钥匙给我。"托尼把车钥匙递上去，我们坐回了前排座位。重案组警探打开后车门，不紧不慢地坐进后座，枪口始终指着我们的后脑勺。

"手放在方向盘和仪表盘上，就是这样。二位先生，脸朝前。别看我。像拍照似的微笑。反正很快就要轮到你们拍照了。"

"我们做了什么？"托尼问，"难道一个人就不能请另外一个人看枪了吗？"

"闭嘴，给我听好了。这是一场谋杀案调查。我是主管调查的警官。我才不在乎你那柄该死的手枪呢。"

"那就还给我。"

"佛蒙蒂先生，我没这个想法。你们这些人都让我精神紧张。我在过去二十四小时内知道了这片地区的几件事情。"

"咯咯迪先生枪。"

"阿里拜，闭嘴。"

闭嘴闭嘴闭嘴！我像逗猫似的揉捏仪表盘上的硬化泡沫塑料部分，这只是想让自己别乱动和闭嘴。我迟早要把名字换成闭嘴，帮所有人节省许多时间。

"案子落到我的手里，全怪你们这些丑角把弗兰克·敏纳送进了布鲁克林医院。他死在那儿，而那儿属于我的辖区。我不常来福莱特布什大道的这边办事，懂我的意思吗？我对你们的地区不怎么了解，但我正在学习，在学习。"

"这附近很少有杀人案，对吧，头儿？"托尼说。

"福莱特布什大道的这边黑鬼很少，你是不是这个意思？"

"哇，悠着点儿，"托尼说，"你这算是诱供吧？难道这不违反章程？"托尼的手摆在方向盘上，他对着挡风玻璃咧嘴一笑。我觉得重案组条子并没有逗他笑成这样的意思。

"好了，托尼。"那位警察说，他的声音略有些嘶哑。我听见他用鼻子呼哧呼哧地喘息。想来拔枪出套让他颇为兴奋。在我的想象中，我能

210

够感觉到枪口先对准我的耳朵,然后移向托尼的耳朵。"说说你是什么意思,"他说,"就当给我上课了。"

"我只是说杀人案没那么多,没别的意思——我说的不对吗?"

"是啊,你们这附近把瓶盖拧得挺紧。没有杀人案,也没有黑鬼。漂亮整洁的街道,只有老家伙端着赛马新闻和小铅笔走来走去。看得我精神紧张。"

他能承认这一点可真是够坦诚的。不知道他在这一整天的调查中都听说了什么黑手党的恐怖段子。

"这附近的人都互相照应。"托尼说。

"是啊,直到除掉对方为止。托尼,敏纳和乌尔曼之间有什么关系?"

"乌尔曼是谁?"托尼说,"从没见过这位老兄。"

这句话很具有敏纳的风范:从没见过这位老兄。

"乌尔曼替一家曼哈顿的资产管理公司管账,"重案组警探说,"直到你们那位朋友科尼一枪爆了他的脑袋为止。我觉得像是血债血偿。你们的下手速度之快,给我留下了深刻的印象。"

"警员先生,请问你高姓大名?"托尼说,"我可以问的,对吧?"

"我不是警员,托尼。我是探长。我叫卢修斯·西米诺尔。"

"拉修斯?开玩笑吧?"

"卢修斯。叫我西米诺尔探长。"

"有什么来头吗?印第安部落名?"

"南方人的姓氏,"西米诺尔说,"奴隶的姓氏。接着嘲笑我啊,托尼。"

"**侦探洞!**"

"阿里拜，你让我不高兴了。"

"检查狂！"

"超飞①，饶他一命，"托尼的笑容愈加促狭，"我知道这很可悲，但他的确不由自主。就当你在看免费的人类怪胎秀吧。"

"甘草·闻个洞！"不能回头逼得我快要发狂：我被迫给我看不见的东西改名。

"你们到底是租车服务公司还是喜剧表演团？"西米诺尔说。

"莱诺尔很嫉妒，因为你只向我提问，"托尼说，"他喜欢说话。"

"我昨天晚上已经听阿里拜讲过了。听他说话险些没把我逼疯。现在我想听听你的答案，正常人。"

"我们不是租车服务公司，"我说，"我们是侦探事务所。"这番声明挣扎着自己冒出头来，一次伪装成正常发言的抽动。

"转过来，阿里拜。咱们谈谈那位逃去了波士顿的女士——死者的夫人。"

"波士顿？"托尼说。

"我们是侦探事务所。"我再次抽动道。

"她用本名订了机票，"西米诺尔说，"而且这不是她第一次这样做。波士顿有什么？"

"问住我了。她经常往北边那儿跑？"

"别装傻。"

"我真没听说过。"托尼说。他对我怒目而视，我也被难住了，报之以痴呆的表情。茱莉亚在波士顿？西米诺尔的情报不会是出错了吧？

---

① 超飞（Superfly）：来自美国1972年同名电影。主角是追查案件的黑人毒贩。

"她已做好了逃跑的准备，"西米诺尔说，"有人给她通风报信。"

"她接到医院打来的电话。"我说。

"没那事，"西米诺尔说，"我查过了。换个说法如何？也许你的吉尔伯特兄弟给她打了电话。也许吉尔伯特先干掉了弗兰克·敏纳，然后再干掉了乌尔曼。也许他和那位女士在这件事上是同谋。"

"太疯狂了，"我说，"吉尔伯特没有杀任何人。我们是侦探。"

我终于吸引来了西米诺尔的注意。"这个传言我也查过了，"他说，"根据电脑所述，你们谁也没有领过侦探执照。只有豪华轿车驾驶员的执照。"

"我们为弗兰克·敏纳做事。"我说。我听着自己毫不掩饰的恋旧情绪，听着自己的苦思。"我们协助一位侦探。我们是，呃，私家侦探。"

"就我所见所闻，你们是给一个下三滥小流氓打下手的。一个死了的下三滥小流氓。你们被揣在一个家伙的口袋里，而这家伙又被揣在阿方索·马屈卡迪和列奥纳多·洛卡弗蒂的口袋里，那两个老家伙则深藏不露。只是看起来口袋被人兜底翻了。"

托尼不禁畏缩：这些陈词滥调甚是伤人。"我们为上门的客户服务。"他坦诚得出奇。有一瞬间，敏纳在托尼的声音里活了过来。"我们不问不该问的问题，否则的话我们就不会再有客户。条子也是一样，别告诉我这有什么不同之处。"

"条子没有客户。"重案组警探硬邦邦地答道。我很想看看真正的弗兰克·敏纳会如何应付这位西米诺尔。

"你算老几啊？亚伯拉罕·杰弗逊·杰克逊？"托尼说，"想靠这种说辞竞选总统？饶了我吧。"

我喷出鼻息。其他暂且不论，托尼逗我笑了起来。我也随即抛出我的盛放花束：

"亚伯拉卡达布拉·杰克逊！"

枪，还有西米诺尔的执法人员身份，都无所谓了——他正在失去对这场盘问的控制。事情是这样发生的：极度疏远的托尼和我，被警探的枪口拉近了距离。在后敏纳时代，我们这些帮众都有些惊慌失措，面对面彼此见到都没什么好脸色。但有了西米诺尔做参照物，我们重又发现了潜藏在往日常规中的亲密关系。就算不能信任对方，我和托尼至少也该互相提醒一下：我和托尼是同一类人，特别是在条子眼中。托尼在警探的信心中瞥见了裂缝，正使出孤儿的旧有野性去撩拨对方。惯于仗势欺人的家伙最清楚耀武扬威的恐吓因哪些参数存在，又到何时便会半衰——唯一比长时间受到忽视的枪更缺乏威慑力的，大概就是根本没有枪了。到现在，这位警察应该要么逮捕我们，要么伤害我们，要么让我们互相仇视，但哪一样都他没有做到。因为他的错误，托尼会拿舌头将他撕成碎片。

与此同时，我也在思考西米诺尔的话，努力从他不堪一击的理论中抽取情报。如果茉莉亚没有接到医院的电话，她又是如何获知敏纳的死讯的呢？

我再次琢磨起这件事来：是茉莉亚在想念她的罗摩喇嘛叮咚吗？她是否把那东西保存在波士顿？

"听着，你们两个下作胚。"西米诺尔说。他正在竭力补偿一落千丈的权威。"我宁可跟当街枪战的帮派分子纠缠一整天，也不想蹚这趟意大利黑帮的浑水。现在，别给我自作聪明——我看得出你们只是一对儿傻蛋而已。真正让我担心的是幕后扯线的聪明人。"

"了不起，"托尼说，"一个阴谋论条子。背后扯线的聪明人——克里奥帕特拉·琼斯①，你的漫画书看得太多了。"

鼓掌的特整洁·贝利·约翰逊！

"你们觉得我很蠢是吧？"西米诺尔继续说道，他真的光火了，"你们觉得一个白痴黑人条子会一头撞进你们的小小罗网，看见什么就相信什么是吧？租车服务公司，侦探所，他妈的省省吧。老子要把这个使劲儿往前推，直到落进联邦调查局手里为止，让我好永远离开这个狗屁地方。说不定甚至去度个假，坐在海滩上读报，看你们几个窝囊废出现在都市版面上。"

撞，蹚：西米诺尔的用词背叛了他。他是真的害怕他已经卷得太深，以至于无法全身而退。我想找到办法减轻他的恐惧，真的想。我还挺喜欢这位重案组警探的。但从我的嘴里喷发出来的东西却隐约像是种族主义的蔑称。

"联邦什么局？"托尼说，"我还没见识过那条线上的人哩。"

"咱们不如上楼让阿方索叔叔和列奥纳多叔叔给你解释一下吧，"西米诺尔说，"有些东西告诉我，他们在工作中跟联邦调查局发展出了亲密的关系。"

"我不觉得那二位老先生还在屋子里。"托尼说。

"哦，是吗？他们去哪儿了？"

"他们走地下室的地道离开了，"托尼答道，"他们必须返回藏身之地，因为他们放了詹姆斯·邦德——或者是蝙蝠侠？我不记得到底是哪个

---

① 出自1973年美国同名电影，主角是黑人女探员。

了——在慢火上烤着呢。"

"你在胡扯什么？"

"不过别担心。蝙蝠侠每次都能逃脱。那些超级恶棍就是永远也不长记性的。"

"蝙蝠侠叔叔！"我叫道。他们不知道，要我把手按在仪表盘上并挺直脖子是多么艰难的事情。"贝利叔叔黑人！巴纳妈蝙蝠特大号！"

"够了，阿里拜，"西米诺尔说，"给我下车。"

"什么？"

"滚蛋，回家去。兄弟，你让我心烦。托尼和我要小谈片刻。"

"我说啊，黑库拉①，"托尼抱怨道，"咱们都谈了个把小时了，我跟你没什么好说的了。"

"你每叫我一个名字，我就能多想出好几个问题。"西米诺尔说。他朝我挥了挥手枪。"快滚。"

我瞪着西米诺尔，不敢相信这是真的。

"我是认真的。滚。"

我推开车门，转念一想，又翻出庞蒂亚克的钥匙递给托尼。

托尼怒视着我。"回办公室等我。"

"哦，没问题。"我说着踏上了马路牙子。

"关上门。"西米诺尔说着把枪口和视线都对准了托尼。

"谢谢，巧库拉伯爵。"我说完便毫不迟疑地逃遁而去。

故事说到这儿，你有没有注意到我把每件事情都跟妥瑞氏症扯上

---

① 黑库拉（Blacula）：出自1972年美国同名黑人吸血鬼电影。

了关系? 没错, 你猜对了, 这是一种抽动行为。计数是症状之一, 但数症状也是种症状, 是"plus ultra"①的抽动。我得的这是元妥瑞氏症。一想到抽动, 我的意识就开始疾驰, 念头伸展出去触碰每一种可能出现的症状。去触碰"触碰"这个行为。去计数"计数"这个行为。去思考"思考"这个行为。去提及"提及"妥瑞氏症的内容。这有点像是在电话上谈论其他的电话, 写信描述各个邮箱的位置。或者一个拖大船的家伙, 他最喜欢的奇闻轶事就是真正的拖大船。

纽约市地铁没有什么能诱发妥瑞氏症抽动的。

尽管我觉得有一整支隐形门童军团的目光落在我的后脖颈上, 伴随着我迈出每一步, 但能够重返上东区还是让我倍感欢欣鼓舞。我从八十六街车站出来, 急匆匆地走下莱克星敦大道, 只差十分钟就要到五点钟了, 而五点钟意味着坐禅。我可不想第一次就迟到。虽说时间很紧, 但我还是边走边拿出移动电话打给卢米斯。

"嘿, 我正要给你打电话。"我听见他正在咀嚼三明治或鸡腿的声音, 他张开的嘴巴和吧唧作响的双唇浮现在脑海中。他两个钟头前不是才吃过午饭吗?"那幢楼的资料我有了。"

"那就说吧——别磨蹭。"

"档案部那家伙可是没完没了地念叨了很久啊。莱诺尔, 那是一幢美丽的小楼, 远远超出我的阶层。"

"卢米斯, 那是公园大道啊。"

"好吧, 正因为是公园大道, 才有这样的事情: 你必须拥有一亿美

---

① 拉丁文, 意思为天外有天。是西班牙的国训。

元才能登上那地方的等待名单。这种人，他们的另一个家是一座岛屿。"

我听得出卢米斯在引用其他聪明人的原话。"好吧，跟我说说那位藤崎。"

"别着急嘛，我正要说到。这种地方，该有的东西样样不缺——简直像是好多幢大厦垒到了一块儿。楼里有密道，有酒窖，有洗衣房，有游泳池，有仆役住处，有私家大厨。一整个秘密经济体。纽约城只有五六幢这样的建筑物——鲍勃·迪伦在哪儿给干掉了来着？哪儿来着？新斯科舍？相比之下就是一狗窝。这地方是给旧富豪准备的，他们拒绝了宋飞①，尼克松连个正眼也没捞着。根本不把他当回事。"

"我也属于这一类，"我无法从垃圾条子的胡言乱语中得到任何有价值的情报，"卢米斯，我需要的是名字。"

"你那个藤崎是家管理公司。里头列的全都是小日本的名字——要是挖掘下去的话，估计会发现他们拥有半个纽约市。跟你说，莱诺尔，这是很正经的挣钱生意。乌尔曼，就我能查得到的，他不过是藤崎的会计而已。所以，请给我说说：吉尔伯特为什么要追查一个会计呢？"

"乌尔曼是弗兰克最后要去见的人，"我说，"但是没能见到。"

"敏纳要去杀乌尔曼？"

"我不知道。"

"还是反过来？"

"我不知道。"

"还是同一个人杀了他们两个？"

"卢米斯，我不知道。"

---

① 宋飞（Seinfeld）：来自美国同名情景喜剧，从1989年播映至1998年，主演真名亦是宋飞。

"这么说，除了我替你找到的线索，你什么也没查出来？"

"吃我啊，卢米斯。"

"真高兴你能来，"金茉莉给我开门时这样说，"你恰好赶上。大部分人已经在打坐了。"她又亲了亲我的面颊。"那些僧人让大家很兴奋。"

"我也好生兴奋。"事实上，金茉莉仿佛一剂良药，让我见了顿感平安喜乐。如果修禅能有如此效果，那我可迫不及待地想开始训练了。

"你赶快找个垫子坐下。随便哪儿都行，但千万别坐前排。回头再教你调整姿势——现在你先坐下，把注意力集中在呼吸上。"

"没问题。"我跟着她爬上楼梯。

"说到底呼吸也就是一切了。你可以用余生的每一天钻研它。"

"我想我非得这样不可。"

"脱鞋。"

金茉莉指了指，许多鞋子在走廊上摆成整齐的一排，我把我的也加了上去。把鞋子连同我的街头生存智慧一同交出去，尽管这让我有点儿不安，但我酸痛的双脚却很感激能得到这个呼吸和自由伸展的机会。

二楼的打坐房间这会儿很暗，头顶上的轨道射灯依然没开，十一月的天光到了此刻已经没法照亮这里。这次我找到了那股浓厚气味的来源：玉石佛像旁的高木架上摆着一炉正在闷烧的熏香。房间的墙上贴着没有花纹的壁纸，干净得能反光的镶木地板上摆着薄薄的坐垫。金茉莉领我走到房间靠后的一个位置，在我旁边先坐了下去，双腿交叠，脊背挺直，然后睁大眼睛对我点点头，示意要我模仿她的动作。真希望她了解我这个人。我跟着坐了下去，用双手抓住胫部，把双腿扳到位置上，只碰到了一次坐在前面的人。他转过头，凶巴巴地瞪了我一眼，接着恢复了之前的优雅姿势。我们周围的成排坐垫基本上全被修禅者占据，我数出有二十二个人，其中几位穿黑袍，大部分则是垮掉派式样的街头衣着：灯芯绒裤或运动裤加圆领套头毛衣，没有像我这样穿正装的。光线昏暗，我看不清任何一张脸孔。

于是，我就坐在那里等待，琢磨我到底在这儿干什么，学着周围众人那样挺直脊梁不放松是极为艰难的事情。我偷看了一眼金茉莉。她的双眼已经安然合拢。从昨天吉尔伯特和我在外面路边停车以来，只过去了区区二十四小时稍多一点儿，但我对禅堂究竟因何而重要的迷惑已经翻了两番，真相隐藏在一层又一层的面纱背后。我透过窃听器听到的对话，那些轻蔑的含沙射影，此刻感觉彻底无法与这个地方联系在一起。现在我听到的只有金茉莉的声音，坦诚而清澈见底。当然，与之对比的背景是我自己内心的胡言乱语。坐在金茉莉身旁，在她遏制抽动的力场护佑下，我却更加敏锐地感觉到自己的语言发电机在半关闭时仍不肯安歇的力量，那是我的多重意识，是回答与模仿在纠结交缠，是分岔再分岔的花园小径。

我再次望向她。她在全心全意地打坐，一点儿也不怀疑我。于是我也闭上眼睛，试试看能否开悟，努力汇聚心神，寻找到我的那点儿佛性。

我听见的第一个声音是敏纳在说话：我敢打赌你永远也没法闭嘴安静整整二十分钟，你个免费人类怪胎秀。

我推开这个念头，转而去想一心。

一心。

讲个笑话，怪胎秀。讲个我不知道的笑话。

我想去西藏。

一心。我集中注意力呼吸。

回家，欧文。

一心。病心。脏心。贝利心。

一心。

奥利奥人。

等我再次睁开眼睛，已经适应了昏暗的环境。房间前部挂着一只硕大的铜锣，附近的坐垫空着，大概是为更有名望的打坐者准备的，或许就是那些著名僧人。几排脑袋纷纷有了特征，尽管我能看到的基本上只有耳朵、颈背、项链和发型。这群人有男有女，女人大多皮包骨头，耳环和发型一看就不便宜；男人大体而言更肥胖、更鄙俗，而且都该理发了。我在靠近前排的位置上瞄到了华莱士的马尾辫、秃斑，和家具般僵直的身躯。在我前面一排，靠近出入口的位置上，坐着苦脸和没特征这两位原本要绑架我的老兄。我终于醒悟过来：他们也曾倡导和平。上东区的人类少到这等地步？同样一小撮门童要穿上制服站岗，要到那边扮演暴徒，还要来这里寻求内心宁静？不过他们至少脱掉了蓝色制服，奉献了更多的心血饰演这个新身份。他们包裹在黑色长袍中，姿势挺直得令人赞叹，这恐怕是下了苦功夫的结果，需要多年的身体力行。有一点可以肯定，他们没花过多少时间精研暴力手段。

我的呼吸练习到此为止，不过我想试试自己的嗓门。苦脸和没特征始终双眼紧闭，而我又是后来进门的，因此我占据了先发制人的优势。再说他们在我心中也算不上什么了不起的麻烦。我忽然想到，上衣口袋里偷来的移动电话和暂借的寻呼机随时都有可能打破这份古老东方的寂静。我飞快地动了起来，掏出这两样东西，关掉移动电话的铃声，把敏纳的寻呼机放在震动档上。正当我把它们放回上衣内袋的时候，一只巴掌狠狠地拍在了我的后脑勺和脖颈上。

我猛然转身，感受着热辣辣的疼痛。但袭击我的人已经擦肩而过，正庄重地穿行于坐垫间，缓步走向房间前面，他是六名鱼贯而行的光头日本男人中的第一位，这些人都被袍子罩得严严实实的，只在偶然间露出一两块松弛的棕色皮肤和丛生的白色腋毛。著名僧人。领头的僧人特地出列打了我一巴掌。这要么是提醒我注意举止，要么是当头棒喝以助我顿悟——我现在知道单手拍掌是什么声音了吗？不管是哪样，总之我都感觉到了血涌入耳上头的一阵炽热。

金茉莉没有注意到，从头到尾都在静静地坐禅。她在灵性之路上或许比她自己意识到的要走得更远。

那六个人走到前头，取了铜锣附近那几个空垫子坐下。第七个人随即走进房间，他比前面几个落后几步，也穿着长袍，也露着一颗锃亮的光头。但他的个头不小，也不是日本人，体毛更不是白色，也不仅限于腋窝。他的背脊和肩头都生着丝缎般的黑色体毛，从各个方向长上来，给脖子添了一圈穗边。这光景恐怕不太符合袍服设计师心中的模样。他缓步走到房间前侧，没等我看清他的长相，就坐在了最后一个VIP座位上。不过想到金茉莉的描述，我想那无疑是禅堂的创始人，美国人教头，老师。

欧文。欧文，你到底什么时候回家？家里人想念你。

这个笑话咬噬着我，但我不能有效地运用它。老师的原名，他身为美国人的名字，是欧文吗？欧文老师就是我透过窃听器听见的那个声音吗？

如果是的，为什么？是什么把敏纳与这个地方联系在一起？

他们在前面又陷入了沉寂。我盯着那一排光头，六名僧人和老师，但却什么也看不出来。就连苦脸和没特征也在诚心诚意地冥想。时间一分钟一分钟缓慢地爬过，唯——一双睁着的眼睛就属于我。有人咳嗽一声，我模仿他假咳一声。不过，只要我还用一只眼睛盯着金茉莉，我就能大体上保持平静。就好像我旁边的车座上摆了一袋"白色城堡"。不知道如果我愿意试试看的话，她对我的综合征可以施加多大的影响力，而我又有多么希望能够引入那种影响力。我能到达多近的地方。我闭上双眼，相信苦脸和没特征会继续牢牢地坐在垫子上，走神陷入了一些愉快的遐想中，这些念头与躯体有关，与金茉莉的躯体有关，与她神经质而又优雅的四肢有关。这也许就是通向禅道的钥匙。佛教禅宗不立神灵。她这样说过，我们只是打坐，同时尽量不要睡过去。我没费什么力气就保持了清醒。阴茎硬起来的时候，我忽然想到：我找到了我的一心所在。

门口传来的声音把我从白日梦中惊醒过来。睁开眼睛，转过头，我看见波兰巨人站在打坐室的门口，宽阔的肩头填满了门框，拳头里攥着满满一塑料袋的金橘，以彻底而完全的静谧表情望向这一房间的修禅者。他没有穿长袍，但就目光中透着的仁爱而言，说他是佛陀本人也不为过。

还没等我想出应对方案或回答，房间前面忽然骚动了起来。总之按照此处的标准来说是骚动。一名日本僧人站起身，对老师鞠了个躬，然后对与他同来的僧人鞠躬，最后向整个房间里的其他人鞠躬。虽说仍旧静得能听见大头针落地的声响，但他身上长袍的簌簌摩擦已足以昭示众人，各处的眼睛都纷纷睁开。巨人踏进室内，仍旧如对待一袋活金鱼似的攥着金橘，在金茉莉的另外一侧找了个（实际上是好几个）坐垫坐下，挡在我们和房门之间。我提醒自己，巨人没见过我，至少昨天没看到我。他自然没有特别注意我，对待其他人显然也一样。他在位置上安顿下来，看起来准备好了聆听僧人的教诲。何等了不起的聚首啊，各不相同的暴徒和笨蛋荟萃一堂，拜见东方来的小个头睿智僧人。苦脸和没特征也许真是修禅者，只是假扮恶棍而已，但煎饺怪物则无疑恰好相反。我很确定金橘是免费的赠品——金橘似乎与日本根本无关，而是中国水果吧？我想把金茉莉往身边拉，让她离开那杀手的可触范围，但另外一方面我又有许多其他事情想去做——我总是这样。

僧人对我们再次鞠躬，短暂扫视我们的面容，然后开始讲话，既突兀又随意，仿佛在继续先前跟他自己没说完的一段谈话。

"日常生活，我搭乘飞机，我坐计程车，前来拜访约克维尔禅堂"——他的发音是约克维拉——"我感到兴奋，想法，期待，我的朋友杰瑞老师会给我展示什么？我会去一家曼哈顿的上等餐厅吃饭吗？会在纽约市一家宾馆的特别舒服的床上睡觉吗？"他跺了一下穿着凉鞋的脚，仿佛在试床垫的软硬。

我想去西藏！那笑话再次执拗地扑向我。我的冷静承受着来自四面八方的压力，到处都有暴徒，僧人的讲演激发了我的模仿症。但我无法扭头再服一剂名为金茉莉的镇定剂，因为那样会同时望见杀死敏纳的那个巨人——他的体形太巨大了，以至于尽管坐得很远，但身形仍然完全把金茉莉框在了里面，我无法承受陷入这个视觉幻象所将付出的代价。

"全部这些情绪、冲动、这份日常生活，都没有任何问题。但日常生活、岛屿、餐食、飞机、鸡尾酒，日常生活不是禅。坐禅修炼的时候，唯一重要只有打坐本身。美国人，日本人，不重要。重要的只有打坐。"

我想和喇嘛说话！那位别称老师的美国僧人在位置上侧过半个身子，以得到更好的角度凝视远渡重洋而来的大师。老师那闪亮光头底下的面容出乎预料地让我悸动不已。我在他的五官中认出了某些极为可观的权威力量和领袖气度。

杰瑞老师？

就在这时，坐在那里的巨人很不恭敬地捏皱了一个金橘的外皮，压在他可怖的双唇上，供他吸吮汁液。

"以外在形式练习坐禅颇为容易，在垫子上坐下，在垫子上消磨时光。有那么多种形式的虚无禅、无效禅，但真正的禅仅有一种形式：真切地接触你佛性的自我。"

大喇嘛允许你拜见他。

"世间有畜生禅。那是驯服了的动物的禅，如家猫般蜷坐在枕头上，等待喂食。他们打坐是为了消磨吃饭之间的时光。驯服了的动物的禅没有用处！修习畜生禅的人应该挨揍，应该被扔出禅堂。"

僧人继续唠叨的时候，我却被杰瑞老师的面容迷住了。

"又有人间禅，为了自我改善而修炼的禅。自我禅。让皮肤更漂亮，让结肠蠕动得更合意，思考积极的念头，能够影响他人。狗屁！人间禅是狗屁禅！"

欧文，回家，我的脑子在说。不要肥皂，禅堂。西藏超大号。鸡舍禅。最高振喇嘛说很多。僧人咬字不准的发音，西藏笑话的一遍遍递归，我对巨人的恐惧——全都存心要让我沸腾爆发。我想用指尖抚摸老师那摄魂夺魄的面容——也许通过触摸我能意识到他的面容为何如此吸引我。但事实上我只能修炼艾斯罗格禅，拼命克制自己。

"再看看饿鬼禅：永不满足的鬼魂的禅。修习饿鬼禅的人追逐顿悟，仿佛渴求食物的幽灵，仿佛带着永远不能得到满足的复仇欲望。那些鬼魂根本不该踏入禅堂的门，因为他们忙着在窗口嚎叫呢！"

老师看起来很像敏纳。

你的兄弟很想你，欧文。

欧文等于喇嘛，老师等于杰拉德。

老师是杰拉德·敏纳。

我听见的那个声音属于杰拉德·敏纳。

我说不出是哪一样先让我明白过来，是眼前他的脸容，还是在潜意识中咬噬我的喇嘛笑话。感觉两者像是同时抵达终点。当然了，那笑话的用意就是让我早些醒悟，省得我在鲸鱼的肚子里苦思冥想。太糟糕了。

我想转开盯着他的视线，但就是做不到。那名僧人仍旧在前面列举各种伪禅，那些会将我们引入歧途的道路。我似乎还能想出好几种他多半未曾有幸体验过的。

可是，敏纳一开始为何要把情报藏在笑话里呢？我想到了几个可能性。第一：除非他死了，否则他不想让我们知道杰拉德的事情。如果他熬过这场劫难，他希望他的秘密也能保存下来。第二：他不知道该信任哪些手下，甚至包括吉尔伯特·科尼在内。他很确定我会搞清楚欧文这条线索的涵义，而吉尔伯特肯定会将其当作我和敏纳一起犯傻而置之不理。

另外，他认为身边的阴谋断不会连他的宠物"怪胎秀"一同算计进去，他的想法自然不错。其他几个孤儿永远不会带我一起玩。这其中隐含的信任理当令我受宠若惊，抑或是觉得受到了莫大侮辱。不过此刻已经无所谓了。

我瞪着杰拉德。我终于明白了他的长相为何拥有如斯魅力，但此番醒悟在心中激起的只是苦涩。就好像这个世界以为它可以夺走敏纳、继而拿一个蹩脚的基因同源者替换似的。他们仅仅是外貌相近而已。

"加州卷禅。这是填满了鳄梨和奶油乳酪的寿司禅，对你们来说和棉花糖没有任何区别，对吧？坐禅好比是鱼，轻松的愉悦、野餐、会面盖住了它的腥味，禅堂变成了约会场所！"

"禅仇！"我大叫一声。

不是每颗脑袋都转了过来。但杰拉德·敏纳的转了过来，苦脸和没特征的也转了过来。巨人的也转了过来。金茉莉属于那些以不理睬我来练习静心的普通人。

"弯曲禅堂达。"我大声说道。勃起消失了，能量在从其他地方发泄出去。"煎饺怪物禅师狂热邻里。坐禅丰满莎莎加裸。"我敲打着前面那位坐禅者的脑壳。"活泼态弄明白。"

一屋子导师和追随者苏醒过来，每个人都焦躁不安，但谁也不开口说哪怕一个字，我的言语喷发因此在寂静中回荡。训话的僧人瞪着我，摇摇头。他的一名同伴从垫子上起身，到墙边从挂钩上取下一根我先前没注意到的木质扁板，穿过成排的坐垫走来。唯有华莱士坐在那里动也不动，双眼紧闭，仍在冥想。我终于明白他在沉着上的名声是怎么来的。

"煎饺金橘寿司风！国内棉花糖鬼！吃不够的马洛马！盖住了的煎饺风！"洪水排山倒海而来，我扭动着脖子，以近乎于吠叫的声音吼出这些字词。

"安静！"训话的僧人命令我，"在禅堂制造骚动是非常不好的！该注意时间和地点！"愤怒对他用英语说话很是不利。"叫喊是该在外面的，纽约城充满了叫喊！不是在禅堂里。"

"敲啊敲啊禅堂！"我叫道，"僧啊僧啊嘘骂！"

拿着扁板的僧人越走越近。他两手交错握着那东西，动作颇似汉克·亚伦①。巨人站起身，把金橘口袋塞进"会员独享"牌上衣口袋，搓了

---

① 汉克·亚伦（Hank Aaron, 1934- ）：美国棒球运动员，招牌姿势是两手交错握球棒。

搓黏糊糊的双手，准备派它们上阵。杰拉德转身盯着我，没有任何迹象显示出他认出了十九年前那个被抛在圣文森特的操场围栏背后的抽搐少年。他的眉头优雅地拧成一团，嘴巴抿紧，露出沉思的表情。金茉莉伸手按住我的膝头，我伸手按住她的手，这是回应也是抽动。即便像此刻这样身处在狗屎风暴之中，我的综合征依然清楚上帝藏在细节里。

"警策①不只是仪式性的器具。"手持扁板的僧人说。他把那东西压在我的肩胛上，轻柔得仿佛一次抚摸。"不守规矩的学生要挨上狠狠一击。"他给我的背上重重一叩，和他的同伴给我脑袋上的那一巴掌差不多，都带着那种肌肉发达的佛教徒气势。

"哎哟!"我伸手到背后挡住扁板，发力一拽。那东西从僧人手中脱出，他跟跄着朝后跌去。这时候，巨人走了过来。我们之间的那些人依照各自解开叠合双腿的速度，或翻滚或急跳，仓皇逃出他的前进路线。待到他赫然矗立在我们面前时，金茉莉不想被他碾成齑粉，飞也似的躲远。煎饺怪人进门时没有脱鞋。

就在这个瞬间，我看见了一次点头。

杰拉德·敏纳难以觉察地对巨人点了点头，巨人也点头回应。只需要这点儿交流就够了。把弗兰克·敏纳送上绝路的同一支队伍再次上马。我是接下来的目标。

巨人一把抱住我，将我举起来，扁板叮叮当当地落在地上。

我的体重接近两百磅，但巨人没怎么用劲就抱着我走下楼梯，来到室外;他把我往人行道上一扔，我远比他颤抖和气喘得更厉害。我拉

---

① 警策(keisaku)：日本佛教用具，用以驱赶睡意和保持精神集中。

直西装，以一连串急转动作确认脖子还是直的，他在旁边又掏出那袋金橘，继续一个接一个地吸吮汁浆，果实逐渐化作空壳，在他巨大的手里像是橙色葡萄干。

狭窄的街道几乎完全暗了，遛狗的男女都在远处，给我们留下足够的私密空间。

"来一个？"他说着伸出口袋。他的嗓音有些发钝，始于喉头，但经过躯干那巨大的乐器共鸣，变得庄严肃穆，他活像站在一流音乐厅舞台的末流歌手。

"不了，谢谢。"我说。按理说此刻在敏纳被绑架的地方面对杀死他的人，我该愤怒得体形暴涨才对，但实际上我却变小了，肋骨被他抱得生疼，因为在禅堂里发现了杰拉德·敏纳而感到既迷惑又忧虑——迷忧，同时因为把金茉莉和鞋子落在了楼上而快快不乐。人行道的寒气穿过袜子透上来，坐禅时被拒之门外的血液冲进双脚，有一种古怪的刺痛感。

"说说看，你到底是怎么了？"他又扔掉了一个干瘪的金橘。

"我有妥瑞氏症。"我说。

"哦，好，但威胁对我不管用。"

"我说我有妥瑞氏症。"

"什么？我的听力不怎么好，不好意思。"他把那袋水果重新收起，手再次出现的时候，握着的是一柄枪。"进去。"他抬抬下巴，对着三级台阶说。那台阶通向禅堂和右手边那幢公寓楼之间的小过道，这条小径充满了垃圾桶和黑暗。我皱起眉头，他伸出没拿枪的手把我推向了那三级台阶。"走！"他再次命令道。

我将巨人和自己想成是一幕戏剧性的场景。我在追猎他，想与他对抗，如饿鬼或洁癖狂般渴求复仇的机会；可是，我有盘算过要如何战胜他吗？考虑过使用什么手段或器具让自己获得可靠的优势吗？更别说怎样才能缩小与其体形所代表的可怖力量之间的差距了。没有。我双手空空而来，实在太可悲了。这会儿他又掏出了手枪，简直是雪上加霜嘛。他伸直胳膊，又推了我肩头一把，我半真心半抽动地反过来去推他的肩头，却发现我们之间的距离实在太远，连伸长了指头尖也碰不到他，这诱使我想起一段古老的记忆：大笨猫①和袋鼠在拳击台上对打。我的大脑在耳语：老爸，他不过是只大耗子，健壮的虱子，体型庞大，像一幢屋子，一张沙发，一个男人，一个计划，一条运河，启示录。

"启示耗子，"我喃喃道，语言不受拘束地泄露而出，"无计划啊运河。没插上啊电话。"

"小老鼠，我说进去。"虽说听力受损，但他听懂了我的老鼠譬喻？可话说回来，谁在他面前不是一只小老鼠呢？他的块头大得可怕，光是耸耸肩就能吓住人了。我后退一步。我有妥瑞氏症，他有威胁。"走！"他再次说道。

这是我最不愿意做的事情，但我还是做了。

我刚走下台阶，踏入黑暗，他就挥动手枪，砸向我的头部。

那么多侦探被打昏过，坠入什么旋转着的怪异黑暗，又或是各种形式的超现实主义虚空（"有什么红红的东西像显微镜下的细菌一样蠕动着"——菲利普·马洛，《长眠不醒》），但我却未能遵守这种痛苦的传统。我在朦胧中坠入和升出的境界只有虚无和黑暗的区别，只有我的厌恶是否存在的区别。所见只有细沙。这是充满细密颗粒的虚无。一片细

---

① 大笨猫（Sylvester the Cat）：华纳旗下的卡通形象。

沙构成的沙漠。你能多爱沙漠里那些无嗅无味的细沙呢？它们比彻底的虚无好到哪儿去？我来自布鲁克林，我想我不喜欢开阔地。还有，我不想死。有意见？告我去吧。

接着，我想起一个笑话，一个符合垃圾条子风格的谜语笑话，它是我的生命线，它如同飘渺噪音的大合唱，召唤着身处黑暗边缘的我。

你为什么没在沙漠里饿死。

因为沙漠就是沙子在的地方①。

我为什么不想死，也不想离开纽约？

三明治。我把注意力集中在三明治上。有段时间宇宙中只有三明治，而我很高兴。三明治比细沙构成的沙漠好得太多了。

"莱诺尔？"

这是金茉莉的声音。

"呃——"

"我把你的鞋子拿来了。"

"噢——"

"我想咱们该离开这儿。站得起来吗？"

"啊——"

"靠在墙上，当心点，我去叫计程车。"

"计程车程车程。"

再次短暂醒来的时候，我们正在林荫下供计程车通过的卵石小路

---

① 原文是"because of the sand which is there"，谐音为"because of the sandwich is there"（因为那里有三明治）。所以才有下文的三明治一说。

上，从东向西穿过公园，我的脑袋搁在金茉莉瘦削的肩头上。她正在帮我穿鞋，逐只抬起我沉重灌铅的双脚，然后绑上鞋带。她的小手和我的大鞋让这件事看起来像是给昏睡的马匹上鞍。我能看见司机的执照，他名叫奥玛·达尔，这引发了我在当前状态下无法嘟囔出声的抽动。我还能透过侧面车窗望向上方。有一瞬间，我以为外面在下雪，所有的东西都显得那么精致，那么漠然——中央公园被罩在了一颗水晶球里。接着，我意识到计程车内部也在下雪。细沙又回来了。我闭上双眼。

金茉莉的住处位于七十八街，一幢"老妇人"式的公寓里。看过了东区的浮华奢靡，特别是公园大道1030号冷冰冰的敌托邦①门厅，觉得这里格外的破败、真实。我站直身子，只让金茉莉帮我拦住门，凭自己的力气走进了电梯，我觉得这样很不错，因为没有门童。仅载了我们两人的电梯驶向二十八楼，金茉莉像是仍在计程车里似的靠在我身上，我不再需要她的支撑，但也没有阻拦她这样做。我的脑袋一跳一跳地疼，煎饺怪人砸过的地方仿佛是我想长却没能长出来的独角，与金茉莉的接触好比某种形式的补偿。到了她住的楼层，她以那种紧张兮兮的快速步态从我身旁逃开，我已经把这当成了她的注册商标，她借此坦陈她在外表下也有几分不稳定，我可以与之交往，可以惜之爱之。开门时她的动作异常慌张，我怀疑她是不是觉得有人在跟踪我们。

"巨人看见你了？"进到室内，我问。

"什么？"

"那个巨人。你害怕那巨人吗？"我感到一阵来自身体的记忆，忍不

_____

① 敌托邦（dystopia）：即反乌托邦的意思。

232

住打了个寒颤。用敏纳的说法是，我这样叫有些如坐针毡。

她奇怪地看着我。"不怕，只是——这地方我是从二房东手里租的。楼里有些人喜欢多管闲事。你先坐下再说。要喝水吗？"

"好的。"我环顾四周，"坐在哪儿？"

构成这套公寓的是一个短小的门厅、一间超小的厨房（摆满了烹饪用具，看起来很像是宇航员的驾驶舱）和一个宽敞的中央大房间，长窗没拉帘布，聚氨酯地板映照着窗外月光下开阔的城市夜景。没有地毯或家具来打扰这面倒影，屋角塞了几个箱子，地上放着一台便携式收录机和几盒磁带，还有一只大猫站在地板中间，满腹狐疑地盯着我们进来。墙壁空无一物。我们此刻所在的门厅里，正对着公寓门的地方摊着一块床垫，那就是金茉莉睡觉的地方了。

"往前走，坐在床上。"她露出半个紧张的笑容说。

床边是一支蜡烛、一盒纸巾和一小摞平装本书籍。这是一块私人空间，一个行动总部。不知道她是否经常招待客人，我感觉到自己是第一个见到门内景象的外人。

"你为什么不睡在那儿？"我指着空荡荡的大房间说。我的嗓音浓厚而蠢钝，像是坐回更衣室里的落败拳手，或是方法派演员在扮演落败拳手。妥瑞氏症的大脑更喜爱精确，喜欢更锐利的刀锋。我感觉到它正在醒来。

"有人往里看，"金茉莉说，"我觉得不舒服。"

"可以装窗帘。"我对大窗打个手势。

"窗户太大了。我不怎么喜欢那房间。不知道到底为什么。"她看起来有些后悔带我回家。"坐下，我给你倒杯水。"

她不喜欢的那个房间是这套公寓的主体，她不住在那儿，却反而住

233

在门厅里。不过我决定对此绝不再多说一句。话说回来，她对空间的利用方法甚得我心，仿佛她计划好了要带我回家躲藏，知道我有问题，知道我害怕天际线，害怕曼哈顿这个充满阴谋和门童的大世界。

我在她的床上坐下，背靠墙壁，双腿伸展在床垫上，让鞋子耷拉到地板上。我觉得尾椎隔着薄如煎饼的床垫碰到了地板。现在我发现金茉莉给我打的是双蝴蝶结。我笨拙地仔细打量其中的种种细节，用它衡量我正在缓慢苏醒的神智，放任我的偏执欣赏这些结的繁复之处，还有金茉莉在计程车里如何拉拽我的双脚的断续记忆。在想象中，我觉得我能感觉到颅骨上的凹痕，受损的语言在改变后的拓扑结构中按新的方向流淌，那些字句是"三明治三明治我哭着要冰激凌尘归尘"等等。

我决定用叠放在床边的书转移注意力。第一本是《不安全感的智慧》，作者艾伦·沃茨。插在书里的超大码书签是本小册子，是张一折三的塑面纸页。我抽出书签展开，是吉井家的宣传单，这是一个位于缅因州南海岸的佛门禅宗隐修所，兼在公路边经营泰式加日式料理的餐厅。宣传单背后是线路图，底下是联系电话，圈在蓝色圆珠笔画的圆里。小册子正面的标题文字是"和平之所"。

欢愉警察。

压力豆子。

猫从大房间里走了过来，站在我伸开的大腿上，开始用前掌摩挲我，半缩回的爪子碰到织物，发出"嗤——嗤——嗤"的响声。这是一只黑白相间的花猫，有一抹希特勒式的小胡子，等它最终注意到我还长了一张脸的时候，对我挤了挤眼睛。我把小册子叠好放进上衣口袋，然后脱掉上衣，放在金茉莉的床铺一角。猫低头接着蹭我的大腿。

"你大概不喜欢猫吧？"金茉莉端着两杯水回来了。

234

"鸡肉猫，"我傻乎乎地抽动着说，"汤的奶油色拉三明治。"

"你饿了吗？"

"不，不是的，"尽管我的确很饿，但我还是这样说，"还有，我挺喜欢猫。"不过我还是把手拿远，免得迷恋上它的身躯——我会反过来摩挲它，或者模仿它低一下高一下的细碎呼噜声。

我没法养猫，因为我的行为能把它们逼疯。之所以知道，是因为我试过。我有过一只体形纤细的灰猫，仅有金茉莉这只一半大，名字叫"母鸡"，因为它总是发出吱喳和咕咕的声音，刚进家门时闻来闻去的探查动作也让我联想起谷仓里的鸡在啄米。一开始，我的关注，我多少有些过量的爱抚，让它觉得很受用。我轻轻敲它，它报之以咕噜噜的声音，用身体抵住我的手掌，享受着这份欢愉。我尽可能把我的冲动处理得温柔些，轻轻抚摸它的脖子，从侧面挨蹭它的面颊，刺激它想起幼年时被舔的记忆，或者天晓得什么让猫咪渴望那种感觉的部分。但从一开始，我的忽然扭头和突然发声就把母鸡惊吓得够呛，特别是我还会猛地吠叫两声。她会转头来看我被什么吓了一跳，我的手又在空气中抓什么。母鸡认出了这些动作，它们按理说应该属于它。母鸡始终没有自在放松的时刻。她会小心翼翼地爬上我的膝头，在安顿下来前要经过好长一阵半揣测半想象令它分心的争斗。然后，我又要释放出一连串含混不清的嘶喊，同时拼命拍打窗帘。

更糟的是，它在我双掌抚爱下的欢乐时光成了妥瑞氏症分心竞赛的焦点。母鸡咕噜噜地擦蹭我的手掌，我开始轻轻抚摸它如鲨鱼般光滑的面颊。它抵住我施加的压力，我再推回去，直到最后它弓起身子，准备翻身跌进我的手中。这时候，抽动来了——我抽回我的手。另有一些时候，我会被迫跟着它走遍公寓的各个角落，在它想避人耳目或闭门谢客的时候伸手摸它。我成了跟踪狂，尽管和其他猫咪一样，它的表演本就是冲着我来的。还有，我会测试它享受被触摸的极限何在——如果我一直反着摩挲它的毛皮，它会不会一直呼噜下去？如果我搔弄它的面颊，是否可以同时抓住它神圣不可侵犯的尾巴？它是否允许我帮它清理眼屎？答案通常是"是的"，但往往伴随代价。和伴着巫毒玩偶一样，我的抽动症状也灌注进了这只小号副本里，它成了患有妥瑞氏症的猫。它变得疑心深重，容易激动，集合了各种反应、预见性的抽退和飞扑。六个月后，我不得不将它托付给了隔壁楼的一户多米尼加人。他们把它拉回正轨，不过在走回正道前母鸡先在他们家的炉子后面躲了一阵子，这才冷静下来。

大块头纳粹猫继续拿爪子刨我裤子上的织纹，估计有兴趣独自重新发明魔术贴。正在这时，金茉莉端着水回来了，她把杯子搁在我脚旁的地板上。尽管房间里的光线昏暗——照明仅限于背后地板反射的高楼大厦的灯光，还有门厅里黯淡的灯泡——但她还是第一次摘下了眼镜，她的眼睛不大，眼神温柔而敏锐。她贴着墙滑坐下来，地板若是钟面，那我们就仿佛两根指针，我们的鞋子在中心点汇聚。按照我们构成的钟表，现在是四点钟。我想尽量在午夜前离开。

"你在这儿住了多久？"我问。

"我知道这看起来像在野营，"她说，"住了一个月左右。我刚和那男人分手。很明显，对吧？"

"奥利奥男人？"我眼前浮现出一个饱经风霜的牛仔站在夕阳前，嘴里叼的不是香烟而是一块曲奇。接着，出于疯狂的代偿心理，我又构想出一个让人看了就心烦的书呆子，眼镜厚如瓶底，正在用显微镜研究曲奇碎渣,想解读出它们的序列号。

"嗯哼,"金茉莉说,"有个朋友恰好搬走,把这地方转给了我。我甚至都不喜欢这儿,很少住在这儿。"

"那住在哪儿? 禅堂? "

她点点头。"还有电影院。"

这会儿我抽动得很少,原因有几条。首先是金茉莉本人,尽管时辰已晚,但她仍在发挥空前绝后的安慰效力。其次是今天本身,我得到了一系列尚未梳理的线索,拜访禅堂最终以惨败告终。我大脑里的外加音轨得到了足够多的任务,要串起珠子,按顺序厘清事件:金茉莉、门童、马屈卡迪和洛卡弗蒂,托尼和西米诺尔,著名僧人,杰拉德·敏纳和凶手。杀死敏纳的凶手。

"你不锁门吗? "我问。

"你真的很害怕,"金茉莉瞪大眼睛说,"害怕那个,呃,巨人。"

"你没看见他? "我说,"那个把我拖出去的大块头? "我没有提起接下来发生了什么。要金茉莉替我收拾残局已经足够可耻了。

"他是个巨人? "

"是啊,换了你怎么称呼他? "

"他是天生体形巨大的吗? "

"我认为是的。那种身高可长不出来。"我抬起一只手,摸了摸脑袋上那个一碰就痛的位置,强迫另一只手静静地留在身旁,克制住冲动,不对猫在我腿上的蠕动和抓挠做出反应。我转而抚摸铺在床垫上的手工缝制的粗朴床单,用手指追溯实在谈不上雅致的起伏接缝。

"我想我没注意到,"她说,"我在——你知道的——打坐。"

"以前从来没见过他？"·

她摇摇头。"但今天之前我也没有见过你。我想我该提醒你的，不能把那种人带到禅堂来。也不能发出任何噪音。结果我基本上错过了整场讲经。"

"那场讲经难道继续下去了？"

"是啊，当然了，等你和你的巨人朋友离开后。"

"你为什么不留下来接着听呢？"

"因为我的精神不够集中，"她此刻的话高深得令人头疼，"如果你的禅心足够坚定，就能够一直打坐下去，对让你分神的事物置之不理，就像老师。还有华莱士。"她翻了个白眼。

我很想提醒她，为了免遭踩躏，她确实移开了，而那只是成千上万种反驳之一而已。

"你不明白，"我说，"我没有带他来禅堂。谁也不知道我要来禅堂。"

"好吧，我猜他大概是跟踪你来的。"她耸耸肩，没兴趣跟我争论。对于金茉莉来说，我和巨人双生双灭这一事实是不言自明的。是我导致了他在禅堂出现，也许我还该为这家伙的存在负上责任。

"听我说，"我说。"我知道老师的美国名字。他不是你所认为的那个人。"

"我不认为他是任何人。"

"这话什么意思？"

"我没有说——呃，比方说——老师其实是约翰尼·卡森①或诸如此

---

① 约翰尼·卡森 (Johnny Carson, 1925-2005)：美国著名节目主持人。

类的话。我只是说我不知道。"

"好吧，但他不是禅道师父。他和一桩谋杀案有关。"

"胡说八道。"听她的语气，那仿佛是一件美德，好像我在逗她开心似的。"另外，要我说，谁教禅道谁就是禅道教师。即便杀人犯也一样。就好比谁打坐谁就是学生。甚至包括你。"

"我有什么问题吗？"

"你没有任何问题，至少从禅的观点来看是如此。这就是我想说的意思。"

"听懂了。"

"莱诺尔，别讽刺挖苦的。我没在开玩笑。你确定你跟那只猫还好吗？"

"这猫有名字吗？"希特勒猫闷闷不乐地趴在我的双腿间，断断续续地呼噜着，嘴角开始冒出小小的口水泡。

"架子，但我从来不这么叫它。"

"架子？"

"我知道这名字傻得可以。不是我起的。我只是替人养着而已。"

"所以，住处不是你的住处，猫也不是你的猫。"

"这大概算是我的危机时期吧。"她伸手拿起她那杯水，我满怀感激，也连忙去拿我的那杯：镜像动作缓解了我一个小小的精神瘙痒。再说我也确实渴了。架子没有动弹。"所以我才开始修禅，"金茉莉接着说道，"为了更加超然。"

"你指的是既不要住处也不要猫吗？你还能变得多超然？"我的语调无理得令人生厌。失望悄然地爬遍我的全身，这是难以正当化和具体定义清楚的失望。我想我大概有过幻想，以为我们得到了金茉莉这个狭小门厅的庇佑，这里是她《西区故事》里的树屋，三只猫躲藏的地方。但此刻我明白她与这个空间也是疏离的，像是无根浮萍。奥利奥男人的屋子或者禅堂曾是她的家，正如L与L是我的家一样，正如架子的家也在别处一样。我们谁也不能去那些地方，只能一同躲在这里，躲避空旷的大房间和摩天大厦森林。

就在金茉莉开口回答之前，我大声抽动道，"超——我——不！"我想阻止自己，用喝水打断这次抽动，可当水杯凑到嘴边，却恰好让我对着杯子大喊大叫，我的呼吸搅得水面一阵翻腾。"去——架子——好多！"

"哇噢！"金茉莉说。

我没有说话，而是大口大口地喝水，再次抚弄床单的针脚，试图让患有妥瑞氏症的自我迷失于纹理之中。

"你生气时说的那些话真够怪的。"她说。

"我没——"我扭动脖子，把水杯放回到地板上。这次我挤碰到了架子，它抬起头厌倦地看着我。"我没生气。"

"那你有什么毛病吗？"这个问题问得心平气和，既没有在挖苦，也没有害怕，她像是真心想知道答案。我不再觉得她的眼睛缺了黑框眼镜就显得偏小，它们如猫眼般圆滚滚的，透着质询的意味。

"没什么——至少从禅的观点来说如此。我只是偶尔大喊大叫，还要触摸东西，还要计数。还有就是想这些事情想得太多。"

"我觉得在哪儿听说过。"

"要是真听说过，那你可就是万中无一的例外了。"

她伸手探过我的膝头，拍拍架子的小脑袋，打断了猫质疑的凝视。猫闭上双眼，伸长脖子顶着它的爪子转。我也想像那样伸长脖子。

"想知道老师的真名吗？"我问。

"我为什么想知道？"

"什么？"

"除非你打算让我大吃一惊，说他其实是J.D.塞林格之类的，否则又有什么区别呢？我是说，反正对我而言，无非就是张三李四什么的，对吧？"

"杰拉德·敏纳。"我说。我想让这个名字听起来犹如塞林格一样响亮，想让她理解所有的事情。"他是弗兰克·敏纳的哥哥。"

"好的，可弗兰克·敏纳又是谁？"

"他是被杀的那个人。"多奇怪啊，此刻我又给了他一个名号，一个平铺直叙然而可怕真实的名号：被杀的那个人。在此之前，我始终无法回答这个问题，假如开始回答的话，那就很可能永远也说不完。弗兰克·敏纳是法院街的秘密国王。弗兰克·敏纳是行动者和空谈家，是一个词语和一个手势，是一个侦探和一个傻瓜。弗兰克·敏纳就是我。

"噢，这太可怕了。"

"是啊。"我不知道我是否能让她明白这到底有多可怕。

"我是说，这大概是我听说过的最糟糕的事情了，真的。"

金茉莉凑得更近了，她在抚摸的是猫而不是我。但我也觉得受到了抚慰。她在逐渐理解这件事情，这拉近了我们之间的距离。她的门厅或许就在等待这个时刻，等待我和我的经历，帮助它从临时空间变成一个真正的空间。敏纳在这里将得到合适的哀悼。我的创痛在这里将被抚平，我将解答托尼和那两位客户的谜团，将弄清楚敏纳和乌尔曼因何而死，将知道茉莉亚的下落和贝利的身份，而在这里金茉莉的手将从架子的脑袋移向我的大腿，我将永远不再抽动。

"他把自己的弟弟送上了绝路，"我说，"他给他下了套。我听见了前后经过。我只是不明白原因。"

"我不懂你的意思,你怎么会听见的?"

"弗兰克·敏纳走进禅堂的时候身上带着窃听器。我听见他和杰拉德的谈话。我们当时也在楼里。"我回忆起当时如何修改监视笔记,如何决定金茉莉是女孩还是女人,当时写字的手不禁开始抽搐,在柔软的床单上重演画线删除的动作。

"什么时候?"

"昨天。"我答道,但感觉起来已经是很久以前了。

"呃,不可能。肯定跟其他什么人弄混了。"

"为什么,告诉我。"

"老师在修闭口禅。"她轻声地说,就好像她此刻正在打破这样的誓言。"他过去五天内一个字也没有说过。因此你不可能听见他说话。"

我一时语塞,奥利奥男人式逻辑在入侵我的精神困局。又或者是另一个禅宗谜题:沉默的僧人判处他弟弟死刑时发出了什么声音?

僧人越安静,行话越花哨,我这样想着,又回忆起了那段窃听到的对话。

"真不敢相信,你四处窃听别人说话,"她依然在耳语,大概以为此刻这个房间里也有窃听器吧,"你当时在干什么?收集这个叫弗兰克的人的罪证?"

"不,不,不是的。弗兰克希望我听见他们的谈话。"

"他希望被抓住?"

"他什么也没做,"我说,"可就是被他的哥哥,你那个沉默的僧人杀掉了。"

尽管她满腹狐疑地打量着我,但同时仍在抚摸趴在我两腿之间的猫脖子。我有令人惊恐得异乎寻常的理由，必须忽视这些诱人入迷的感官体验，忽视它从鼻子里哼出来的呼噜声，还有底下那里感受到的擦蹭。我正在压抑两种不同的反应，两种不同的反击方式。我拼命把视线锁定在金茉莉的脸上。

"我觉得你搞混了好些事情，"她柔声地说，"老师是一位非常温和的人。"

"呃，杰拉德·敏纳是出身于布鲁克林的混混儿，"我说，"而且他们无疑是同一个人。"

"随便你。谁知道呢，莱诺尔。老师曾经告诉过我，他从没来过布鲁克林。他来自佛蒙特或者加拿大之类的地方。"

"缅因？"我想起被我藏进上衣口袋里的宣传单，水边的隐修中心。

她耸耸肩。"我不知道。但我可以向你保证，他不可能来自布鲁克林。他是一位非常知名的人士。"按照她说话的方式，这两件事情听起来完全不可能相容。

"吃我啊布鲁克林老师！"

我非常沮丧，抽动着出声。我和她对事情的理解差别太大了，我不但要建立起一个认知的新世界，还得先拆毁一个已然存在的旧世界。在她的眼中，任何人只要和禅沾边就容不得半分质疑。杰拉德·敏纳只是耍了个廉价伎俩，把脑袋剃得像是天生秃头般锃亮，便进入了牢不可破的万神殿。

杰拉德肚子里埋着足够多的怨恨，让他想和这个行政区断绝关系。

"莱诺尔？"

我抓起杯子，喝了一口水，眼睛躲闪着金茉莉的视线。

"你那么做的时候有何感觉？"她说，"我是说，你有何想法？"

她现在凑得够近了，我彻底屈服于冲动，伸出胳膊，用两个手指的指尖飞快地敲了五次。接着，我把水杯放回到地板上，身体前倾，迫使不胜欢愉的架子在我的大腿间睡眼惺忪地调整姿势，然后用双手拉直金茉莉的衣领。衣料软塌塌的，我努力竖起衣领，仿佛这件衣服刚上好浆，把领尖像芭蕾舞演员的脚趾头般支棱起来。我的大脑在想，你有何感觉有何想法想有何你感觉，而这成了副歌，成了我必须让衣领变得硬直这个过程中的配乐。

"莱诺尔？"她没有推开我的双手。

"可靠的，"我轻声说，视线往下移去，"想啊妈收费。"

"这些词句是什么意思？"

"只是词语而已，没有任何意思。"这个问题让我有点沮丧，也让我泄气，这是一件好事：我得以松开她的衣领，让动个不停的手指停下。

在我把手缩回来之前，金茉莉短暂地碰了碰我的一只手。然而，我已经习惯了她的存在。她不再能安抚我的抽动本能，她给予那些抽动的关注更是一种羞辱。我需要将这次访谈拉回到公事公办的层面上。坐在这儿撒娇和被撒娇并不能获得任何结果。巨人杀手毫无畏惧地游走于房门另一侧的城市中，我的任务就是找到他。

"你对公园大道1030号有什么了解吗？"我说，调查重新开始，这是个合情合理的问题。

"是那幢高大的公寓楼吗？"她的手接着抚摸架子的毛皮，身体靠得离我更近了。

"大楼，"我说，"是的。"

"老师的很多学生都在那里做事，"她轻快地答道，"厨房工作、清理打扫，诸如此类的。我跟你说过，不记得了？"

"门童呢？有——门童吗？"我的综合征管他们叫狗衬衫、门剪子、双音节。我紧咬牙关。

她耸耸肩。"我想有的。不过我从没去过。莱诺尔？"

"什么？"

"你来禅堂不是因为你对佛教有兴趣，对吧？"

"我觉得现在似乎很明显了。"

"是很明显。"

我不知道该说什么。我把注意力收缩到了一个精确的点上，只考虑弗兰克、杰拉德和为了完成调查而不得不去的地方。我隔绝了金茉莉对我的温柔，甚至隔绝了我对她的温柔。她是一个不称职的目击证人，除此之外还引我分心。我是一名调查员，向自己提供了很多引人分心的东西，太多了。

"你是来惹麻烦的。"她说。

"是啊，我是因为麻烦而来的。"

金茉莉沿着错误的方向揉搓架子的侧腹，一下子刺激了我的感官。我第一次把手放在猫身上，从被她弄得一团糟的猫毛上挤开金茉莉的手指，将猫毛重新抚顺。

"好吧，不过还是很高兴认识你。"她说。

我发出半猫半狗的叫声，这一声类似于"啥啊夫"。

我们的手在架子的毛里碰到了一起，金茉莉的手在弄乱刚被我抚平的位置，我的手则抢先滑到底下，去保卫我的工作成果。恐怕只有架子这么淡定自若的猫才能忍受，换了母鸡大概已经跑到了房间另一头，在拿自己的舌头整理皮毛了。

"你让我觉得很奇怪。"金茉莉说。

"不用为此难受。"我说。

"不会的,但我说的是一种好的奇怪。"

"呃。"她正在拉扯我的手指,而我也在有条不紊地拉扯她的手指,因此我们的手绞在了一起,捏来捏去,好脾气的猫在底下仿佛廉价旅馆的床垫般颤动。

"你愿意说什么都行。"金茉莉耳语道。

"什么意思?"

"那些字句。"

"你这么摸我的手,我就不需要那么说话了。"

"我喜欢。"

"触摸?"触摸肩膀,触摸企鹅,触摸金茉莉——谁不喜欢触摸呢?她为什么例外?我能想到的仅仅是这个再含糊不过的问题。我对她而言不止是奇怪而已,我在那一刻对自己而言也很奇怪:拉扯,暂停,抵抗。迷忧。

"是的,"她说。"你。来——"

她伸手往头后方的墙壁摸索着,关掉了电灯。曼哈顿的漫射白光从大房间射进来,我们的轮廓依旧清晰。接着,她凑了过来:十二点零一分。在她往我身边挤的过程中,猫挣脱出去,毫无怨言地慢慢走开了。

"这样更好。"我傻乎乎地说,仿佛正在念剧本。我们之间的距离变得更窄,但我和自己之间的距离则无比遥远。我在昏暗的光线中使劲眨眼,直勾勾地往前看。她的手按在了我大腿上猫曾经趴过的位置。我模仿他的动作,让我的手指轻轻抚弄她腿上的相同位置。

"很好。"她说。

"我这个样子,怎么可能让你感兴趣?"我说。

"可是我的确感兴趣啊,"她说,"就是———一个人很难谈论对你来说特别重要的那些事情——和新认识的人。每个人都那么奇怪,你不这么觉得吗?"

"我想你说得对。"

"因此,一开始你必须先信任他们。因为所有东西过一阵子就说得通了。"

"你就是这样待我的?"

她点点头,然后把脑袋靠在我的肩膀上。"但你没有问过关于我的事情。"

"对不起,"我惊讶地说,"我想——我想我不知道该从何问起。"

"嗯,你看,明白我的意思了吧?"

"明白了。"

我不需要把她的脸转过来就能吻到她。我扭头的时候,她已经等在那里了。她的嘴唇小而柔软,略有些皲裂。我还没有在喝上几杯前吻过任何女人,也没有在任何女人喝上几杯前吻过她们。我品尝她的时候,金茉莉用手指在我的大腿上画圈圈,我也有样学样。

"我做什么,你也做什么。"她在我的嘴边轻声说。

"我不是非得这样,"我再次解释道,"只要我们挨得这么近就不用。"这是实话。我从未像此刻这样没有抽动的念头:我勃起了,我紧贴着另一个人的躯体,行为完全出于自己的意愿。金茉莉不知怎的让我在对话中不再抽动,而另一方面,我也放手与妥瑞氏症的少许一部分合作,两者共同参与我与她的互相摸索;就好像她正在协调我那两颗彼此不合的大脑达成新的谅解。

"没事，"她说，"不过你需要刮胡子了。"

我们又吻在了一起，因此我没法答话，也不想答话。我感觉到她的大拇指非常轻柔地落在我的喉结上，这是我没法完全照搬的一个动作。我于是转而揉搓她的耳朵和下巴，催促她靠得更近。接着，她的手移向下方，我的手也是。刹那间，我只觉得我的手和意识失去了它们的特定性、指向性和计数本性，取而代之的是如云似雾的综合知觉，朦胧而易变，充满好奇。我的手仿佛不再是手，变成了接球手的手套或米老鼠的手，是某种宽大、迟钝和柔软的东西。抚摸她的时候，我没有在她身上计数，而是展开了整体上的探索，温柔地四处试探。

"你兴奋了。"她轻声说。

"是的。"

"很好。"

"我知道。"

"我只是想告诉你而已。"

"嗯，好的。"

她解开我的裤扣。我摸索着去解她的裤子，她没有系皮带，而是用了一根在前面打结的细腰绳。我一只手解不开。我们在彼此口中呼吸，嘴唇时而贴紧，时而分开，鼻子不停地挤碰。我找到一条路，把手从打结的腰绳底下伸进去，解开了她的衬衫。我用手指探进她的肚脐，继而摸到了阴毛的卷曲顶端，我用一根手指梳理阴毛。她颤抖起来，在我的两膝间打开大腿。

"你可以摸我那里。"她说。

"正在摸。"我想尽可能精确地描述事实。

"你可真兴奋，"她说，"很好。"

"好。"

"没事。噢，莱诺尔，这样很好。别停下，很好。"

"是的。"我说，"很好。"很好，很好：这是金茉莉的抽动行为，终于显露出来了。我可不羡慕这一点。我转动我的整只手，收紧她，围绕她，当我顶住她时她在流溢着。与此同时，她找到了我的拳击短裤上的开口。我能感觉到两根手指探进那个小窗，触碰到了我的一个部分：盲人摸象。我希望她继续摸我，但又不想让她摸我，两种欲念都无比强烈。

"你可真兴奋！"她再次说，这成了她的口头禅。

"啊！"她狠狠一拽，把我从内裤和自我之中解放出来。

"哇，天哪，莱诺尔，你还挺巨大的。"

"而且还是弯的。"我省掉了让她说出来的麻烦。

"正常吗？"

"我觉得有点儿不常见。"我喘息着，希望能跳过这个时刻。

"莱诺尔，岂止是'有点儿'。"

"有人——有个女人告诉过我，它像是啤酒罐。"

"这说法我听说过，"金茉莉说，"可你的——怎么说呢——像是被压瘪了的啤酒罐，正准备拿去回收。"

这的确是为我预备的。在我卑微的人生历程中，每次脱下短裤时我都得听到这样的话——怪胎秀里的怪胎秀。不过无论金茉莉是怎么想的，都没有阻止她将我从拳击短裤中释放出来，用手握住我，让我感觉自己处于她冰凉的手掌中渴望得都疼了起来。我们成了一个环路：两张嘴，两对膝盖，两双手，还有手里握着的东西。这种感觉真好。我想配合她握住我的手的节奏，却没能成功。金茉莉的舌头舔着我的下巴，然后重又找到我的嘴唇。我发出一声哀鸣，这不是任何一个单词的组成部分。语言被摧毁了。贝利弃城而去。

"说话很好。"她耳语道。

"啊。"

"我喜欢——嗯——我喜欢你说话时的样子。你发出那些怪声时的样子。"

"好。"

"莱诺尔,给我说说。"

"说什么?"

"随便说什么。就按照你平时的样子。"

我张口结舌地看着她。她的手将我驱赶向最不需要言辞的紧要关头。我试图用同样的方法让她分心。

"莱诺尔,说话啊。"

"啊。"这实在是我唯一想到能说的话。

她气喘吁吁地亲吻我,然后抽身后退,面露期待的神色。

"一心!"我说。

"对!"金茉莉说。

"方棒!"我叫道。

我的妥瑞氏症字典还另有一位关键的编撰人,他叫唐·马丁,漫画家。初次结识他,是在一叠卷了边的《疯狂》杂志中,这叠杂志放在圣文森特孤儿院地下室乒乓球房的一个盒子里,当时我才十一二岁。我经常凝神端详他的画作,努力搞明白他笔下的角色到底在搞什么名堂,这些角色的眼睛、鼻子、下巴、喉结和膝头都鼓胀得极为夸张,舌头拉长,手脚如彩旗般飘舞,名叫布灵特教授、P.卡特.弗拉尼特、佛莱因比恩夫人和方棒先生，他们在我的意识中搅起了异常深刻的回响。他关于人生的图景很浮华，很有爆炸性，脑袋会伸缩，外科医生会切掉鼻子会失手丢掉大脑会将手反着缝回去，跌落的保险箱和金属块会把人压扁或挤成盒子般的包裹，孩子吞下衣架或弹簧单高跷后会变成那些东西的形状。他笔下多灾多难的角色被令人生厌的肉体渴望驱赶着穿过一格格画框，仿佛急于要跟灭火龙头带、旋转的刀片和吊桥来一场悲惨的相遇，那些看似幼稚的点题语总是依赖于逆向解释或按字面上的意思来理解——"孩子在楼上，耳朵和收音机粘在了一起"——否则就是彻头彻尾的大毁灭。《疯狂》杂志往往将唐·马丁作品的最后一格放在下一页，他的作品所带来的欢乐有一部分就是揣测那最后的高潮：究竟是视觉上的爆点，还是语言上的即兴片段，又或者是眼看着全身打满石膏的人跌出窗户，落向压路机的行进路线。不过，我记得最清楚的却是扭曲变形，是他所绘人物的躯体的弯折——这些人在画页上诞生时就已经遇到了灾难，而他们更极端的命运便是领悟到各自的本性。这让我觉得很有道理。方棒也很有道理。他拥有一个我可以拿来隐藏自己的名字。有段时间他险些挤掉了贝利，他的踪迹在我给字词添加"风"和"棒"词尾的倾向中始终清晰可辨。

我和其他人性交的时候，随着身体前后抽动、越动越快，脚趾蜷曲，双眼上翻，我觉得自己变成了唐·马丁笔下的人物，成了一个方棒先生，肘弯、腿弯、飞去来器般的阴茎、发着咯咯声的喉咙都笼罩在飞溅的汗珠和音响效果构成的光晕中：啪、唰、嗖、嘶砰、噼里啪啦。比起达菲鸭、亚特·卡尼和令我不适的其他各种符号来说，唐·马丁的画作带着更多的与性相关的毁坏性暗示，隐然搏动。不过，他活跃的领地令他不能公然让角色淫欲满溢，那是必须有意使之显现的，无法通过抽动或发作、爆发或变形得到。他那些命运多舛的可怜的方棒先生，仿佛为我描绘出了从抽搐到高潮的路线，在这条道路上，性爱首先安抚住了抽动，继而用更加暴力的替身取而代之：短暂的死亡，巨大的抽动。因此，或许都是唐·马丁的错，因为我总觉得性爱过后将有惩罚，我心惊胆战地等待压路机或重锤接踵而至。

或许金茉莉感觉到了我内心的想法，那种对马上就要翻过这一页的恐惧，对漫画最后一格将揭示出何等可怕的滑稽结局的恐惧。关于唐·马丁，还有一件事情：他从不两次使用同一个角色——每套漫画都由零开始，绝不把这一集的人物带进下一集，没有哪个人物晓得他要扮演什么角色，将会遭遇什么命运。每个方棒先生都是一个占位符，都是一次性的克隆体或杂耍助手，都是屁囊团的成员。

"有什么不对的吗？"她说着停下了她正在做的事情，停下了我正在做的事情。

"都不错，我是说，比不错更好。"

"你看起来并不好。"

"只有一件事，金茉莉，答应我，别再回禅堂。至少这几天别去。"

"为什么？"

"相信我，好吗？"

"好。"

说完她这个神奇的字眼后，我们没有再说话。

金茉莉刚睡着，我就穿上衣服，蹑手蹑脚地走向她的电话机，电话摆在大房间的地板上。架子跟在我背后。我轻轻地敲了五次它的脑袋，立刻重新激起一阵粗哑的咕噜声，我赶忙推开它。电话的塑料显示窗上有个号码。我把号码输进门童的移动电话的快速拨号列表，哔哔声在空荡荡的寂静房间里回响，像是带着乐音的枪炮声，我不由为之畏缩。床垫上的金茉莉没有翻身。她摊开四肢躺在那里，像是在雪地上压天使印的小孩子。我想走过去跪在她身边，用指尖或呼吸抚遍她的身躯。但我并没有这样做，而是找到了她的钥匙环，把上面的五把钥匙分开。这套公寓的钥匙很容易分辨出来，这是我留下的唯一一把钥匙：她必须自己想办法应付有疑心病的邻居，否则就没法进入楼下的门厅了。我收起另外四把，我认为其中之一能开启禅堂的门。剩下的两把多半属于奥利奥男人的住处。我打算扔掉它们。

第7章

自作主张的身体

　　现在看看我，凌晨一点，在禅堂门前下了另一辆计程车，检视街道上是否有跟踪而来的车辆，检视停在死寂街边的轿车里是否存在从窗口泄露行迹的烟头亮光，双手在上衣口袋里动来动去，紧握着在外人看来多半是枪的东西，如敏纳般竖起衣领抵御寒风，如敏纳般胡子拉碴，鞋跟踏在人行道上发出滴答声响：就这么说吧，活脱脱像是着色画里的青蜂侠。这正是我理当扮演的角色，黑色轮廓中一个身穿长外套的男人，衣领上方射出警觉的怀疑眼神，两肩拱起，一步步走向争斗。

　　但实际上我却是这个样子：仍旧是着色画里一个男人的轮廓，可拿着蜡笔的手却属于疯子或胡写乱画的孩子或弱智儿童，狂野地横劈斜砍，配色愚不可及，怪诞的线条突破了使这个人异于街道、异于世界的边框。有些颜色来自金茉莉留下的新鲜印象，一小时前的西区不时闪回，蜡笔线条和箭头犹如中央公园上方夜空中的光焰。其他的就没有这么美妙了，那是精神病人的疯癫笔迹，闪电或风火轮赛车的火圈在我的脑海中画出一个个十英尺高的粗大字母：找到一个男人杀死一具电话搞砸一套计划。这场调查因狂热的罪恶感而起，此刻仿佛陷进了发黑的钢丝绒：

在我的想象中，敏纳两兄弟、托尼·佛蒙蒂和那两位客户的声音在头顶和四周咆哮，构成一张我必须穿透和使之消散的背叛之网，我刚刚发现的这个表象世界实际上是我随身携带的私人云团，我还没有看见过云团外面究竟是什么样子。因此，穿过马路走向禅堂大门的我，与其说看起来像是单枪匹马的青蜂侠，还不如说是那些东西组成的一整张燃烧的罗网。

我首先拜访的是隔壁门洞，找到了原来那位门童德克，他正在座位上呼呼大睡。

我用手抬起他的脑袋，他猛然惊醒，挣脱开来。"喂！"他叫道。

"还记得我吗，德克？"我说，"我坐在一辆车里。你说我的'朋友'有口信要给我。"

"啊？记得，当然记得。不好意思，我只是按别人说的做。"

"那是自然。你想必也从来没见过那个人喽，对吗——肮脏工人，德凯名字？"

"我从来没见过那个人。"他惊讶地睁大双眼，轻声答道。

"他块头很大，对吧？"

"对！"他把双眼往上一翻，演示那家伙的块头有多大。接着，他伸出双手，请我务必耐心。我稍稍后退，他站起身，整理身上的外套。我出手帮忙，特别关照领口周围。他要么太困，要么被我的问题弄糊涂了，总之没有出言反对。

"你跑过来让我分神，是因为他贿赂了你，还是被他吓住了？"我的口吻愈加温和起来。愤怒不能浪费在德克身上。再说，他确认了巨人的存在，我还有些感谢他呢。另一位确信的证人是吉尔伯特，但他正在蹲大牢。而金茉莉让我开始怀疑自己的眼睛。

"那么大块头的家伙不用贿赂别人。"德克诚实地说。

偷来的其中一把钥匙让我进了门。这次经过打坐室的时候，我没有脱鞋。我径直上楼，经过我和金茉莉坐着喝茶的那层楼，走向老师的私人住所——别称：杰拉德·敏纳的藏身之处。越往高处走，走廊就越昏暗，到了最顶层，我只能摸索着走向从一扇紧闭的房门底下漏出来的细细一小条光线。我转动门把，推开门，被自己的恐惧弄得心烦意乱。

他的卧室很符合他那个重新创造的自我，家具很少，墙边有一个长而矮的架子——事实上就是镶在砖墙上的一块木板，搁着几根蜡烛、几本书籍、一杯水和一小碗灰，装饰着日本书法，大概是某种形式的微型神龛。空荡荡的房间让我想起了金茉莉空荡荡的公寓，但我很厌恶这番联想，我不愿认为金茉莉受到了杰拉德假模假式的禅意影响，更加不愿想象她拜访杰拉德的私人楼层、听取他的谎言的情形。地上摆着一张平坦的床垫，杰拉德直挺挺地坐在床垫上的几个坐垫上，双腿交叉，膝头上的书合着，他的姿势非常冷静，像是一直在等我。我大概平生第一次面对面打量着他——我不记得我跟他直接说过话，十几岁时也只偷瞄过一两眼。我借着烛光第一次端详他的轮廓：他的下巴和脖子很厚实，使得那颗光头像是从浑圆的肩头中冒出来的，整体线条颇似眼镜蛇的羽冠。我大体而言更注意他的光头，但随着双眼适应了光线，我自然而然就明白了他的长相与弗兰克·敏纳的区别，相当于白兰度在《现代启示录》和《码头风云》这两部电影中的形象①。

---

① 白兰度出演《码头风云》是1954年，出演《现代启示录》是1979年。下文中的"那恐惧，那恐惧"是《现代启示录》的台词，"我也曾可以当个斗士"是《码头风云》的台词。

"那恐惧那恐惧，"我抽动起来，"我也曾可以当个斗士！"这很像一段两行诗。

"你叫莱诺尔·艾斯罗格，对吗？"

"不可靠的象棋翻挪。"我纠正他。抽动的欲望在我的喉咙口搏动。我对背后敞开的房门过于在意，往后看的欲念催促着我，我的脖子因此猛然一扭。门童可以穿过打开的门，这是众所周知的常识。"楼里还有别人吗？"我问。

"只有你我。"

"介意我关门吗？"

"请便。"他没有改变坐姿，只是四平八稳地盯着我。我关好门，往室内走到离门足够远的地方，以免自己受诱惑去摸索背后的门扇。我们在昏暗的烛光中对视，各自都来自对方的过去，各自都提醒对方想起失去了的那个男人，那个在前一天被杀的男人。

"你刚刚打破了闭口禅。"我说。

"我的接心结束了，"他答道，"再说，今天打坐时你为静默制造了一个不容撤销的结局。"

"我觉得你雇佣的凶手对此也有贡献。"

"你说话不经大脑，"他说，"我想起来了，你在这个方面的确有困难。"

我深深吸气。杰拉德的静谧在我心中唤起了补偿性的声响风暴，我需要堵住无数种不小心就会破口而出的嘶喊和辱骂。我有一部分想哄骗他卸下禅道的幌子，让潜藏其后的法院街主宰重新露面，让他再次变成弗兰克的哥哥。结果脱口而出的是一个笑话的开场白，这个笑话来自"弗兰克·敏纳其人其事"档案库里的最深层：

"话说有个修女会,明白吗?"

"修女会。"杰拉德重复道。

"普通修女风!——修女会,就像隐修会。知道吧,修道院。"

"修道院里只有男性僧侣。"

"好吧,修女院。计划场,修女网!——女修道院。她们这些修女全都发了沉默誓,懂吗?"我受到驱使,眼角含着泪水,真希望弗兰克还活着,此刻能出来拯救我,告诉我这个笑话他听过了。但我坚持着讲了下去。"不过每年有一天,其中一名修女可以说点儿什么。于是她们就轮流说话,每年一个修女。懂吗?"

"我想我懂。"

"然后呢,这个大日子到了——巴纳妈-大-修女!驯养鬼风!——大日子到了,修女齐聚一堂,在饭堂里坐好,今年得到机会讲话的修女开口说道:'好难喝的汤。'其他修女面面相觑,但谁也不说话,因为她们在守誓。话说完了,生活重归正轨。又是一年的沉默。"

"非常守纪律的一群人。"杰拉德不无敬佩地说。

"没错。一年以后,又到了这个日子,轮到另一位修女发言。她们照常坐下,后一个修女扭头对前一个说:'怎么说呢?也许只有我一个人这么想,但我真不觉得汤很难喝。'——话说完了,沉默。又一年。"

"嗯哼。想想看,一个人在这么一年中能沉思到什么样的境界。"

"我没琢磨过这个。总而言之,日历一页页地往下翻,那个特别的日子——噼啪嗖!操个门!噼啪蠢!藤崎啊!飞掠匠!——那个特别的日子又到了。第三个修女,轮到她了——修女操个风!——第三个修女,她看看头一个修女,又看看第二个修女,然后说:'唠叨,唠叨,真唠叨。'"

一片沉默。接着,杰拉德点点头,说:"这大概就是笑点了。"

"我知道那幢楼，"我努力调匀呼吸，"还有藤崎公司。"我的上颚底下默念着：反操条鱼。

"唉。你知道得可真多。"

"是啊，略知一二。我还见过了你的杀戮机器。不过你也看见了吧，他把我拖出房间，拖下楼。就是吃金橘的那家伙。"

我等他畏缩等得几乎发狂，我想让他明白我拥有何等优势，我已经知道了多少内情，但杰拉德丝毫不为所动。他挑起眉毛，他的前额像是空白的画布，眉毛有很大的活动空间。"你和你的朋友们，他们叫什么来着？"

"谁？敏纳帮？"

"是的——敏纳帮。这个词形容得非常好。我的弟弟对你们四个人来说很重要，对不对？"

我点点头，或者也许没点，但总之他都说下去了。

"看起来他教你学会了各种本事。你说话的时候听着跟他一个样。多么奇特的一生啊，实在奇特。你也意识到了，对吧？意识到弗兰克是个非常奇特的人，过着古怪和生不逢时的生活。"

"卡通逢时怎么说？"

"生不逢时，"杰拉德耐心地解释道，"就仿佛他来自另一个时代。"

"我知道这个词的意思，"我答道，"我想知道为何要说他很生卡卡时？"我的心情太紧张，没法回去修补被抽动戳破的语言表层。"另外，相对于什么说他母不塑时？百万年历史的日本神秘宗教？"

"你的无知和蛮横也和弗兰克一个样，"杰拉德说，"我觉得你恰好证明了我的观点。"

"什么观点？"

"我的弟弟只教你学会了他知道的东西，而且还没教全。他迷住了你，成天哄你开心，但同时也让你懵然无知，你甚至连他的小小世界都只感知到了皮毛，只感知到了两个维度。正如你所说的，被卡通化了。最让我惊讶的是，你居然到现在才知道公园大道的事情。这可真是够震撼的。"

"说来听听。"

"莱诺尔，无疑就在我们说话的此刻，你口袋里也装着我弟弟给的钱吧。你真以为那是做侦探工作挣来的？那些乱七八糟的小破事儿都是他琢磨出来专供你们这几个孩子忙活的，还是你以为他拉屎能拉出钱来？这倒新鲜了。"

拉屎？杰拉德的禅道外壳上出现了一丝裂缝，透出了一星半点的布鲁克林本性？我回忆起年长僧人关于"结肠蠕动禅"毫无用处的论述。

"弗兰克与危险的人结伙，"杰拉德说了下去，"而且还偷他们的钱。酬劳和风险都很高。他能够永远享受如此生活的概率有多高？很低。"

"给我说说温柔地愚弄我①——藤崎。"

"他们拥有那幢楼。敏纳参与管理。莱诺尔，其中牵涉到的金额之大，会让你五感俱乱。"他挤出一个期待的表情，仿佛这番话能代替钱让我天旋地转，能让我惊吓得放弃探究，离开他的卧室。

"这些人，他们的另一个家是一座岛屿。"我引用了垃圾条子的

---

① 温柔地愚弄我（fool-me-softly）与"藤崎"（Fujisaki）押头韵，后半部分来自名曲《用他的歌温柔地杀死我》（*Killing Me Softly With His Song*）。

话——此中措辞恐怕不是那家伙的原创。

杰拉德露出古怪的笑容。"对于每一个佛教徒而言,日本都是他的另一个家。你说得对,那的确是个岛屿。"

"谁是佛教徒?"我说,"我在说钱。"

他叹了口气,但笑容不减。"你和弗兰克实在很像。"

"杰拉德,你扮演的是什么角色呢?"我想让他难受,正如他让我难受一样。"我是说,除了把自己的弟弟送进波兰人的怀抱去死之外。"

他的笑容变得宽宏大量。我攻击得越是狠辣,他的宽恕和雅量就越是深远——笑容的言下之意便是这个。"弗兰克一直很小心,尽量不让我暴露在任何危险之下。他从来没向任何藤崎的人介绍过我。我相信我也始终与他们素不相识,除了昨天被你引来的那个大块头打手。"

"乌尔曼是谁?"

"一名会计,也是纽约人。他与弗兰克携手偷日本人的钱。"

"但你从未见过那家伙。"

我的原意是让他听出讥讽的味道,特别是弗兰克·敏纳式的讥讽。但他不理不睬,对答如流。"不。我只提供人力,用以交换与我在此处的禅堂抵押额等量的佣金。佛教要靠它所找到的各种方式传播。"

"做什么的人力?"我的大脑纠缠于靠它所找到的各种方式传播,靠笑剧在春天喂食,靠卑鄙部的间谍流血,但我立刻甩掉了这些念头。

"我的学生为那幢楼做维修和服务工作,充当训练的一部分。清洁、烹饪,他们在其他修道院都要做这些事情,只是换了个稍许不同的地点而已。向这样一幢楼提供如此服务的合同价值百万美元。我的弟弟和乌尔曼把大部分差额塞进了自己的腰包。"

"门童。"我说。

“是的，也有门童。”

“藤崎因此派那巨人收拾了弗兰克和会计。”

“我想正是如此。”

“他昨天只是凑巧把禅堂当成了陷阱？”我再次尝试使用敏纳的风格，“别往我手里塞两吨重的羽毛。”我正在全力挖掘敏纳遇到各种场面时的措辞，仿佛我可以用他的语言塑一尊土偶，赋予其生命，创造出一个懂得复仇的新角色，让它去寻找杀死他的凶手或凶手们。

我知道自己站在杰拉德的房间里，像是在地板上生了根，双臂放在身侧，一直没有走近他所在的位置，而他则坐在那里，朝我发出禅道的喜悦，不理睬我的指控和抽动。我块头不小，但既不是土偶也不是巨人。我没有从深层睡眠中惊醒杰拉德，他的冷静也没有因我的刻毒敌意而稍减半分。我没有拿枪指着他。他并不需要回答我的问题。

“我不太相信有谁会费尽心思杀人，”杰拉德说，“你相信吗？”

“去——费尽心思——啊——杀人风。”我抽动道。

“藤崎公司非常冷酷无情，深具公事公办的那种派头。但就以公司的角度而言，他们与所使用的暴力工具保持了一定距离，通过他们只在名义上控制的力量完成。在你提及的那名巨人身上，他们大概看到了某种原初个体的存在——就是那种本性热衷杀戮的角色。正如你所说，他们驱使他应付那些他们感觉背叛了他们的人。莱诺尔，我不确定是否能够从任何意义上——从任何人类的意义上——理解那名凶手的行为。”

我现在看出来了，杰拉德的如簧巧舌其实是敏纳式风格的一个变种。我感觉到了其中的力量，我在权威面前动摇了。然而，他对费尽心思杀人的攻击却让我想起了托尼嘲笑西米诺尔的话，他举出的是蝙蝠侠和詹姆斯·邦德里的超级恶棍。这是一条线索吗？在不经意间揭示出杰拉德和托尼是一伙的？那茱莉亚呢？我想引用弗兰克在遇害那晚与杰拉德的对话：她想念她的罗摩喇嘛叮咚了，弄清楚这句话究竟是什么意思。我想问波士顿，想问弗兰克与茱莉亚的婚姻——杰拉德参加婚礼了吗？我想问他是否怀念布鲁克林，想问怎样才能把脑袋弄得如此光亮。我搜肠刮肚，寻找一个能代表我心中成千上万个问题的问题，结果从嘴里蹦出来的却是这个：

"人类的意义是什么？"

"莱诺尔，佛教告诉我们，世间万物皆是佛性的容器。弗兰克有佛性。你也有佛性。我能感觉到。"

杰拉德停了漫长的一分钟，让我们琢磨他说的话。佛鼻孔，我险些吼叫出来。他再次开口的时候，仿佛确信我们两人此刻心意相通，不受怀疑或恐惧束缚。

"莱诺尔，你们敏纳帮里有一个人。他撞进了这桩事情里，我恐怕他已经激发了凶手的忿怒。托尼，是这个名字吧？"

"托尼·佛蒙蒂。"我大为惊讶，杰拉德似乎能读懂我在想什么。

"对。他想追随我弟弟的脚步。但我认为，藤崎从此以后会更加警惕地看着他们的钱。什么也得不到，但会失去一切。也许你可以和他谈谈。"

"托尼和我从昨天起就……沟通得不太好。"

"哦。"

我感觉到内心涌起了对托尼的关切。他只是一个粗率的冒险家而已，怀着强烈的渴望，想在所有方面模仿弗兰克·敏纳。他属于我的家庭——L与L，敏纳帮。他这会儿昏了头，四面楚歌，巨人、西米诺尔警探、那两位客户都对他造成威胁。只有杰拉德和我懂得他的危险。

264

我肯定沉默了一两分钟，以我的标准来看，这是不折不扣的接心。

　　"你和托尼都因为失去我弟弟而痛苦，"杰拉德柔声说，"但你们都还没有领悟现状。千万要有耐心。"

　　"还有另外一方面的人，"他富有同情心的语调安抚住了我，我试探性地说道，"还有其他人不知如何卷入其中。实际上是两个人——怪物曲奇和逆反友情！——呃，马屈卡迪和洛卡弗蒂。"

　　"你不能说。"

　　"可我说了。"

　　"你不知道我有多不愿意听见这两个名字。"永远也别提起他们的名字，敏纳在我记忆的共鸣腔里警告我。"这两个人是原型，不对吗？对于我弟弟跟危险人物打交道的倾向来说——还有他以危险手段利用这些关系人的倾向。"

　　"他从他们那儿偷钱？"

　　"还记得那次他不得不暂时离开纽约吧？"

　　还记得吗？！忽然间，杰拉德即将要为我解开在我心中埋藏最深的谜团了。我真的很想问他一句：那么，贝利又是谁呢？

　　"我不希望他们继续出现在眼前。"杰拉德陷入了回想。这是他在我面前露出的最接近于困惑的神情，也是我最险些上前骚扰他的一瞬间。但此刻我不确定自己是否真想这么干。"莱诺尔，只要做得到，就尽量避开他们，"他接着说了下去，"他们很危险。"

　　他继续凝视我的脸，轻轻眨眼，挑了挑极具表现力的眉毛。若是在攻击范围之内的话，我肯定会尝试去扇他的光头，还要用大拇指指尖抚平他的眉头，只是为了消除我引起的这个小小担忧。

　　"我能多问一件事情吗？"我被彻底折服了，老师二字几乎脱口而出，"然后我就告辞。"

杰拉德点点头。卡西曼太太，大喇嘛允许你拜见他。

"还有其他——禅棒！——其他禅堂的人卷入了这件事情吗？还有任何人——吻我快些！杀我早些！曲奇怪物！——可能成为杀手的目标吗？那个老嬉皮，华莱士？或者那姑娘——吻我！——金茉莉？"我尽量不泄露问题背后隐藏着分量特别的温柔和希望。很难说夹在说话间的连串尖叫是否让我显得足够漠然。

"没有。"杰拉德和蔼地说，"我在个人方面做出妥协，但不会连累到我的学生和我身为导师的责任。华莱士和金茉莉应该是安全的。真正需要担心的是你。"

我也担心苦脸和没特征，我很想这么说。我很怀疑学生对老师的服从是否还能超过这两个家伙的行为。

除此之外，我还看见杰拉德对巨人意味深长地点了点头。

这三件事——苦脸、没特征、点头——是一首美妙歌曲中的三个不和谐音符。但我管住了自己的舌头，我觉得我已经知道了能在这儿搞清楚的全部细节，现在该离开了。我想赶在巨人之前找到托尼。我需要摆脱烛光下杰拉德的说服力场，梳理清楚我们漫长对话中的真实与谎言，禅机和扯淡。

"我得走了。"我有些难堪地说。

"莱诺尔，晚安。"我关门的时候，他依然在看着我。

转念再想，纽约地铁，特别是深夜时分的地铁，还是存在某种模糊的妥瑞氏症气息的——有注意力在舞动，有视线在漂泊，每名乘客都必须与之接合。况且在地铁里还有那么多东西你不能触碰，而且还有其特定的顺序：比方说，这根柱子，然后是你的嘴唇。隧道的墙壁层层叠叠，仿佛我的大脑结构，使用的也是勃然喷发且不连贯的语言——

但我匆忙得可怕，或者说处于双重可怕的匆忙中：返回布鲁克林，在回到布鲁克林前整理清楚有关杰拉德的思路。我无法浪费一分钟让自我与搭莱克星敦线去内文思街的肉身合二为一——我不能被眼前充满涂鸦的憋闷车厢所魅惑和分神，而要假设自己是远距传送或搭飞毯飘回布鲁克林的。

L与L的店面灯火通明。我从街对面的人行道兜过来，确信店里的人看不见身处黑暗街头的我——我没怎么准备过在街上隔着玻璃暗中监视自家兄弟，只花了两三千个夜晚练习而已。我可不想优哉游哉地走进陷阱。西米诺尔警探说不定在店里，又或者是托尼和一大群门童。要是能先从远处了解到什么情况，我都打算看看再说。

差不多两点半了，伯根街已然打烊，今夜冷得足以把门廊上的醉汉都赶进室内。史密斯街还略微有些生气，扎伊德超市像浮标一样亮着灯，招呼着半夜犯了烟瘾的家伙，招呼着巡逻车上的警察进来买百吉饼、救生圈①和其他环形物体。四辆L与L的车子凌乱地停在店堂附近的停车点：敏纳死前乘的那辆车，自吉尔伯特和我从医院回来后就没再动过；托尼在那两位客户门前胁迫我时的那辆庞蒂亚克；敏纳喜欢开的那辆凯迪拉克；最后还有一辆追踪者，这个难看的现代主义玻璃球大多数时候被扔给我或吉尔伯特使唤。走到与店面平行的时候，我放慢脚步，扭过脖子。真高兴有个足够坚实的好理由让我扭脖子，这为过去的无数次抽

①　救生圈（LifeSaver）：美国环形薄荷糖和水果硬糖品牌。

动正了名分。托尼和丹尼，身边各有一团烟云围绕，丹尼坐在柜台背后，面前是一份叠起来的报纸，全身散发着酷劲。托尼在踱来踱去，放射出与"酷"截然相反的东西。电视机开着。

我走了过去，到了史密斯街路口又转身往回走。这次我躲在了与L与L隔街相望的大型公寓楼的短门廊里。这个哨位很安全。我可以缩起头，要是害怕被他们看见的话，我可以透过一辆停着的汽车车窗窥视。我暂时先坐在公寓楼侧面，借着店堂里的白炽灯灯光打量他们，直到发生什么事情或者我决定该怎么做为止。

丹尼——我花了一会儿端详丹尼·芬特尔。他如何泰然度日直至今天，就仍旧泰然面对这场危机，他镇定自若得都要融入环境了。吉尔伯特进了监狱，我被追得东躲西藏，而丹尼却在店堂里坐了一整天，抽抽烟，读读运动版，拒绝拒绝叫车电话。我很难将他视为能想出什么大计划的犯罪天才，但如果说托尼在L与L的圈子里还有同谋，或者甚至只是能倾吐心声的人，那肯定就是丹尼了。在此刻的气氛中，我想我不能想当然地相信丹尼，把我的后背托付给他。

这意味着我在他们分开前不能进去和丹尼或托尼谈话。等他们分开——托尼拿着枪对我比划的画面过于鲜明，不容踌躇。

就在我决定该怎么办的时候，有事情发生了——我为何一点儿也不惊讶呢？因为这件事情相对而言挺老套，甚至让人安心。伯根街的日常生活犹如钟表，只是滴答一声而已，但这样的日常生活此刻已经有些让人感到怀旧了。

向东一个街区，伯根街和霍伊特街的路口，有一家经过翻新开业的雅致酒馆，名叫波伦山酒吧，里头有闪闪发亮的古董嵌镜吧台，有偏向蓝色曲调和斯塔克斯厂牌①的CD点唱机，还有曼哈顿化的客户群，一个个都是单身职业人士，这些人过于上等，不习惯有电视机的闹腾酒吧、搭地铁回家，和敏纳帮之流的角色。只有敏纳曾造访过波伦山酒吧，嘲笑说在那儿喝酒的都是助手：一名地区检察官的助手，一名编辑的助手，一名视频艺术家的助手。酒吧里那群衣冠楚楚的家伙在上班日每晚都要聊天调情到凌晨两点，全然不顾这附近的过往和当今状况，然后回中城②那些贵得离谱的公寓或干脆在办公桌上睡到酒醒。经常有几伙人在最后一轮后跟跄着走过这个街区，想租L与L的车送他们回家——有时候碰上单身女人或刚勾搭上不久的一对儿，醉得太厉害以至于不能把他们扔给命运摆布，我们就揽下活计。大多数时候我们只是说没车了。

　　不过，店里的酒保却是两个我们很中意的姑娘，夏芳和欢迎。欢迎这个名字带着嬉皮士父母的烙印，相对而言夏芳反而很正常，不过两人都出身于布鲁克林，祖上都是爱尔兰人——至少敏纳这么宣称。她们在公园坡合住，有可能是一对恋人（也是敏纳的说法），靠当酒保挣钱读硕士。每天夜里，她们总有一个人留下来打烊——店东很吝啬，过了十二点就只付给她们一份工钱了。如果我们没有忙于什么监视任务的话，就把这位打烊的送回家。

　　来的是欢迎，她到了L与L门前，推门进去。我看见托尼对丹尼点点头，丹尼站起身，熄灭烟头，摸摸钥匙在不在口袋里，然后也点了点头。他和欢迎走出店门。我低下脑袋。丹尼领着她来到停在最前面紧邻着史密斯街路口的凯迪拉克。欢迎绕过车身，没有像普通乘客那样坐进后排，而是取了前排乘客座。丹尼碰上车门，车内的灯随即熄灭，他接着发动了

---

① 蓝色曲调（Blue Note）是经典爵士厂牌，斯塔克斯（Stax）是经典灵魂乐、节奏与布鲁斯厂牌。
② 中城（Midtown）：纽约的中城指的是从14街到59街的这段区域。

引擎。我回头瞥了一眼，发现托尼正在柜台底下的抽屉里翻找什么东西，他那种亡命之徒的活力忽然有了去处。他叼着香烟，双手齐出，把文件掏出来一份份飞快地摆上柜台。我大概误打误撞得到了一条含义不明的情报：托尼根本不信任丹尼。

就在这时，有一团巨大的黑影搅动起来，那团黑影位于一辆停在L与L那面街边的车里，距离店面仅有几码远。

不可能看错。

嚼金橘的大脚怪。

这是辆经济型轿车，亮红色，巨人塞满了整个车厢，车身仿佛浇铸在他身上一样。我看着他凑到侧面，目送丹尼和欢迎开着凯迪拉克绕过史密斯街路口，刹车灯一闪，车子随即看不见了。他把注意力转回店面；我从侧影的变化中读出他的动作，鼻子消失了，由一双大象般的招风耳取代。巨人在做和我一样的事情：监视L与L。

他望着托尼，我望着他们俩。托尼这会儿要有趣得多。我不常见到他阅读，如此专注的样子更是绝无仅有。他从敏纳的抽屉里翻出很多捆文件，此刻正在从中寻找什么。他皱着眉头，唇间夹着香烟，活像爱德华·R.莫罗①的流氓兄弟。他没有找到要找的东西，又拉开另一个抽屉，开始研究一本我隔着马路都认得出的笔记本，因为我前一天写下的监视笔记就在其中。他随手把笔记本往旁边一塞，低头接着翻抽屉，我尽量不往心里去。

---

① 爱德华·R.莫罗（Edward R. Murrow, 1908-1965）：美国广播记者，因其在二战期间在伦敦的真实报道而闻名。

巨大的人影得意地将这一切都看在眼里。他的手从车窗线底下移向上方，飞快地掩住嘴巴。他咀嚼片刻，然后身子前倾，吐出果核或残渣。这次是一袋樱桃或橄榄，是巨人可以一把一把往嘴里塞的东西。或者是爆米花也说不定，不过应该不是花生。他看着托尼，像个熟悉剧本的歌剧爱好家，情节早已了然于心，只想知道这次演出会有什么不寻常的细节。

翻完了抽屉，托尼向文件柜下手。

巨人还在咀嚼。我随着他咀嚼的动作眨眼，数着咀嚼和眨眼的次数，用这种近乎于无形的抽动塞满我罹患妥瑞氏症的大脑，努力像壁虎般待在门廊上一动不动。他一回头便会发现我。我的全部优势仅仅在于能够注视他，而不为他所知。我没有任何能胜过巨人的地方，永远也不会有。如果还想保存这丁点儿微弱的优势，那我必须找到更好的躲藏地点，要是能避开这冰冷刺骨的寒风那就好上加好了。

剩下那三辆L与L的车子是最佳选择。但我喜欢的庞蒂亚克却恰好停在巨人的车前，很容易被他发现。我也很确定我不想关紧车窗待在那辆死亡轿车里，面对敏纳的冤魂或更难耐的嗅觉痕迹。剩下的只有追踪者了。我在衣袋里摸到自己的钥匙串，三把较长的钥匙之一属于追踪者的车门和引擎。正准备弯着腰走下人行道、悄悄溜进车里的时候，凯迪拉克又出现了，丹尼抓着方向盘，沿伯根街疾驰而来。

他把车停回原来的路口位置，下车走向L与L。我跌坐在门廊上，假扮醉鬼。丹尼没有看见我。他走进店里，正在折腾文件的托尼吓了一跳。他们交换了一两句话，托尼关上抽屉，从丹尼那儿要了一根烟。小车里的阴影继续监视，极度自信，极度平静。我觉得托尼和丹尼都没有注意到巨人，他比我更不需要担心会引来关注。但理性本身并不能说明巨人的镇定沉着。假如他不是杰拉德的学生，那可实在太可惜了：他拥有真正的佛性，成就定能超越老师。要我说，三百五十多磅能产生宇宙量级的重力了。佛教徒对热狗贩子说了什么？此刻我想起这个笑话，这是卢米斯最无聊的谜语之一。给我做个什么都有的。我此刻很希望与万物合而为一。

妈的，给我做个什么都有的。

另外，真要想的话，我得承认我很饿。监视通常都是在大快朵颐之时，我开始一想到夹在两片面包里的东西就流口水。我为什么这么饿呢？因为我没吃晚饭，而是享用了金茉莉。

想到食物和性爱，我的心思飘荡了开去，所以当我看见托尼突然出现在门口的时候，不禁大为诧异，他的表情仍旧像他翻查文件时那样凶狠。有一瞬间，我以为他发现了我。但他却转过身，穿过伯根街，走向史密斯街，拐过街角消失了。

巨人望着，不为所动，毫不着急。

我们等待着。

托尼带着大号塑料购物袋回来，多半是跑了一趟扎伊德超市。我只能分辨清楚最顶上露出来的一条万宝路，但袋子里沉甸甸的，还有其他东西。托尼打开庞蒂亚克前排乘客座的车门，放下那袋东西，飞快地往前后扫了一眼街道，既没看见巨人也没看见我，然后重新锁好门，回身走进L与L。

我觉得这样的现状还能维持一段时间，就偷偷地溜回了伯根街，拐上霍伊特街，绕远路兜过这片街区，也摸进了扎伊德的店。

扎伊德喜欢很晚开工，彻夜做事，六点钟看着报纸送进门，睡过上午最明媚的几个钟头和下午刚开始的那段时间。他像是史密斯街的治安官，我们都睡觉了，他依然圆睁着双眼，目送醉鬼跌跌撞撞地回家，留神注意最紧要的货品，也就是"叮咚"蛋糕、恩特曼曲奇、四十盎司一瓶的麦芽酒和盖子上有帕台农神庙照片的"普装"咖啡。不过今天他并不孤单，街道那头的L与L公司有托尼、丹尼、巨人和我在进行着我们奇怪的守夜仪式，我们的监视圆舞。不晓得扎伊德是否知道敏纳的事情了。我悄然地走到柜台前，收银小弟正在没精打采地用冒着热气的白毛巾乱擦切片机，不时把毛巾放在一盆热肥皂水里搓洗，扎伊德站在旁边唠叨个不停，告诉他怎样能做得更好，在小伙子和其他人一样辞职前多榨取一些他的剩余价值。

"疯子！"

"嘘——"我觉得扎伊德的吼声足以穿透商店橱窗，绕过街角，传进托尼和巨人的耳朵里。

"你今晚替弗兰克卖命到这么晚啊？有什么重要事情，哈？托尼刚来过。"

"重要怪胎！重要弗兰克！"

"嚯！嚯！嚯！"

"听我说，扎伊德，能说说托尼都买了什么吗？"

扎伊德板起面孔，觉得这个问题很离奇。"你不能自己问他吗？"

"不行。"

他耸耸肩。"六听啤酒，四个三明治，一条烟，可口可乐——全套野餐装备嘛。"

"好玩儿，野餐。"

"他可不觉得好玩儿，"扎伊德说，"都没法让他笑一笑。疯子，他和你一样。案情很严重，哈？"

"他买了——因为哪个，除了哪个——买了哪种三明治？"是我突然暴涨的食欲引得我如此发问。

"啊哈！"扎伊德摩擦着双手叫道。他总是时刻准备着代替别人鉴赏他出产的美味。"火鸡加千岛汁，配上最合适不过的凯撒面包，意大利辣香肠和普罗卧干酪配辣椒英雄三明治，两个烤牛肉配辣根，用的是裸麦面包。"

我不得不抓紧柜台，否则非得仰天倒下不可，这场诱惑来得太猛烈了。

"我看得出来，你很喜欢听见的东西。"扎伊德说。

我点点头，左右转了转脑袋，看见了擦得锃亮的切片机，特别是护住刀锋的挡板的优雅曲线。

扎伊德说："疯子，你也想来点儿什么，对吧？"

帮工小弟知道即将发生什么，疲惫不堪地翻了个白眼。切片机很少在凌晨两三点见识这么多动静。天亮前还得再拿肥皂水擦洗一遍。

"请——鬼魂根，辣椒风，凯撒风——请，呃，按托尼的同样来一套。"

"同样的？四个都一样？"

"是的。"我喘息道。我的想象力无法超越托尼的三明治清单。我对它们怀着摧枯拉朽的欲念。我必须和托尼的三明治挨个配对，这是一种食欲上的镜像抽动——等我吃完四个三明治，大概也就能理解他了。配上千岛汁，我们将达到扎伊德式的意识混合。

扎伊德驱使着小弟完成我下的大订单，我跑到店后面靠近饮料箱的地方，拣出一瓶一升装的可乐和一袋薯片，顺便整理了乱糟糟的猫食罐头架子，外加计数。

"好啦，莱诺尔。"扎伊德交给我珍贵的货品时总是无比温柔，我们都非常尊重他出产的美食。"记在弗兰克的账上，对吗？"他把用纸裹好的三明治连同汽水和薯片一起放进一个大塑料袋里。

"不，不——"我赶忙从口袋里摸出一张叠得齐整的二十块钞票。

"这是干什么？为什么不让老板付钱？"

"我想付账。"我把钞票推过柜台。扎伊德拿起钱，皱起眉头。

"事情非常有趣。"他说，然后用舌头在嘴里发出咔哒——咔哒——咔哒的声音。

"怎么了？"

"前面来的托尼也这样，"他说，"托尼说他想付账。和你一样。"

"听我说，扎伊德，要是托尼今天夜里再来，"——我压住一声想冲出喉咙的嚎叫，那是三明治猎手急于享用新鲜猎物时的吼叫——"别告诉他你见过我，行吗？"

扎伊德使了个眼色。不知为何，他觉得很容易理解。我感到胃里一阵翻滚，这或者是因为偏执的猜疑——扎伊德说不定是托尼的探子，被托尼拿得死死的，我前脚刚出店门，他就会拿起电话打过去——也可能是我的胃渴望得都痉挛了起来。"没问题，头儿。"我出去的时候，扎伊德这样与我告别。

我再次绕远路兜过街区，飞快地确定了巨人和托尼都还在原处，然后调转方向横穿马路，手里拿着钥匙，溜到追踪者旁边。巨人的小型轿车在前面，与我隔了六辆车；开车门的时候，从我站立的位置看不到他如同高崖的身影。我只能寄希望于这意味着他也看不见我。我把扎伊德的口袋扔到乘客座上，跳进车里，以最快的速度碰上车门，祈祷巨人没有

275

在后视镜中注意到我这里转瞬即逝的车内灯光。接着，我将身体沉了下去，即便他扭头隔着十二块暗沉沉的挡风玻璃望过来，也不会看见我。这时候，我的手已经急不可耐地开始剥开第一个烤牛肉配特制辣根三明治的包装纸。刚剥好，我就狼吞虎咽起来，那姿势活像自然纪录片中的水獭在肚皮上撬牡蛎：两膝顶着仪表盘底下的电线，双肘死死抵住方向盘，胸部充当餐桌，衬衫便是台布。

　　这才是一场像样的监视嘛——不过我得先弄清楚我到底在等待什么事情发生。坐进追踪者，我能看见的东西反而少了。巨人的车子仍在那里，但我无法确定他是否还在车中。角度过偏，我只能看见很窄的一部分L与L灯火通明的窗户。托尼两次踱到店门口，但停留的时间仅够我在阴影中分辨出他的轮廓，他的胳膊肘一闪，余下一团烟气，冉冉飘过敏纳的收费地图，靠近左边的皇后区机场处有他用马克笔留下的潦草字迹：18块。在我的后视镜中，伯根街黑得仿佛不存在，前方的史密斯街也只稍微明亮一点点。四点差一刻。我感觉到F线地铁在伯根街底下隆隆驶过，列车先是慢了下来，进站后稍作停留，接着出站而去，掀起又一阵震颤。过了一分钟，六十七路巴士像个什么巨大的破旧器具，驶下伯根街，除了司机外空无一人。公共运输是夜晚的脉搏，是患者床头监视器的哔哔声。再过几个钟头，这些相同的地铁和巴士将挤满一颗颗灌满了咖啡因、喋喋不休的脑袋，报纸和才嚼过的口香糖将扔得到处都是。不过这会儿车厢都还干净。至于我，寒冷加上一升装的可口可乐和我的使命，还有我想扭转今夜这奇异困局的愿望，让我的头脑很清醒。但与之对抗的却是烤牛肉三明治的催眠效力，是最新有关金茉莉的回忆的梦幻般牵引力，是脑壳上被巨人用枪砸过的位置传来的阵阵钝痛。

　　巨人在等什么？

托尼在敏纳的文件中找什么?

他为何要在车里放几个三明治?

茱莉亚为何要逃到波士顿?

贝利那家伙到底是谁啊?

我打开薯片口袋,喝了一大口可乐,开动脑筋,琢磨起这些有新有旧的问题,同时保持清醒。

失眠症是妥瑞氏症的一种变体——清醒的大脑急速运转,在这个世界转开脸后还要继续体验它,触碰它的各个地方,就是不肯安歇,不肯加入打盹的阵营。罹患失眠症的大脑也是某种程度的阴谋论理论家,过于相信它自己偏执妄想出来的重要性:就仿佛它只要眨眨眼,睡过去,这个世界便会被什么灾祸逐步侵蚀,唯有它着魔般的沉思方能抵御一二。

我曾在这样的境界中度过许多漫漫长夜。但今夜我却要拼命召唤那个平日里尽量驱除的精神状态。此刻我孤身一人,没有了敏纳,没有了帮众,在这场依靠结果来判断什么人知道什么事的监视中,我是自己的老板。如果我睡了过去,我这次探查的小小世界就将坍塌。我必须找到那个失眠的自我,必须撩拨我那颗热爱解决问题的大脑,要是不能解决实际问题,那就杞人忧天好了,只要能让我这两只困得麻木了的眼睛别闭上就行。

绝不能与万物合而为一:这是我此刻面临的巨大挑战。

四点三十分。我的意识扩张蔓延,抽动像是雾锁重洋上的小岛。

谁需要睡眠?我问自己。死了以后再慢慢睡吧,敏纳喜欢这样说。

想来他已经愿望成真了。

我等死了以后再慢慢死,我的大脑用敏纳的声音诵读道。一分钟也不能提前，你个清真牛皮糖!

一餐面包。一男一床。

不，不能有床。不能有车。不能有电话。

电话。

那只移动电话。我抽出电话，拨通了L与L的号码。铃响三声，有人接起。

"没车。"丹尼懒洋洋地说。按照我对他的了解，他多半已经厌倦了假装在听托尼的激昂演讲，把脑袋搁在柜台上睡着了。

我当然有足够的理由知道托尼都在咆哮些什么。

"丹尼，是我。让托尼听电话。"

"喂，"他一点儿也不惊讶地说，"找你的。"

"什么?"托尼说。

"是我，"我说。"桌面工作。"

"你这天杀的小怪胎，"托尼叫道，"我要宰了你。"

我只比托尼重五十磅而已。"你有过机会。"我听见自己这样回答。托尼依然能诱发我心中的浪漫主义气息。我们两个骨子里都是亨佛莱·鲍嘉。"不过你当时要是扣动扳机，多半会在自己的脚上打个窟窿，也可能击中远处蹬脚踏车的三岁小孩。"

"哦，我已经想清楚了，"托尼说，"真该给你的身上开几个窟窿。你居然把我丢给那该死的条子。"

"你爱怎么回忆都随你。我这会儿想帮你个忙。"

"你的心肠可真好。"

"吃我啊圣文森特!"我把电话拿离脸面，直到确定抽动结束为止，"托尼，你有危险。就在此刻。"

"你都知道些什么?"

我想说,准备出城?文件里有什么?你几时喜欢吃辣根了?但我不能让他知道我在外面,也不能看着他扑进巨人的怀抱。"相信我,"我说,"我真心希望你能相信我。"

"噢,我相信你——相信你是小丑加蠢蛋,"他说,"重点在于,你能告诉我什么值得我一听的事情?"

"托尼,这话太伤人心了。"

"老天在上!"他把听筒拿离嘴边,大声咒骂道,"我有不少麻烦,怪胎秀,而你是头一号的。"

"如果我是你,肯定更担心藤崎。"

"你对藤崎知道什么?"他咬着牙呲呲说道,"你在哪儿?"

"我知道——脱衣个电话,印象个小丑——我知道几件事情。"

"那你最好藏起来,"他说,"最好希望别被我找到。"

"喂,托尼。咱们处境相同。"

"这是个笑话对不对?可惜我没在笑。我要宰了你。"

"托尼,咱们是一家人。敏纳把咱们聚到一起——"我发觉自己想引用垃圾条子的话,想提议大家再默哀片刻。

"风筝背后的线也拖得太长了,怪胎秀。我没空跟你扯这些。"

没等我回答,他就挂断了电话。

五点多了,面包店的卡车已经开始送货。很快就将有一辆厢式货车来给扎伊德送报纸,上面登有敏纳的讣告。

托尼走出L与L,钻进庞蒂亚克轿车,此时的我处于近似昏迷的状态。大脑留了一部分放哨,始终盯着店堂,其余部分都已沉沉睡去。因此我很惊讶地发现太阳已升起，伯根街上车来车往。我瞥了一眼敏纳的手表：六点四十。我冻得通体冰凉，脑袋一跳一跳地疼，舌头像是刷了层用辣根和可乐搅拌的水泥，整夜晾在月光下一样。我摇摇脑袋，脖子喀吧喀吧直响。我尽量让双眼盯着眼前的场景，左右晃动下巴，重新激活面部机能。托尼驾着庞蒂亚克加入了史密斯街的晨间车流。巨人隔了几秒钟也开着他的微型车上路，他放了两辆车垫在托尼背后。我转动追踪者的点火钥匙，引擎慢吞吞地活过来，也跟了上去，同样保持一定的安全距离。

托尼领着巨人和我沿史密斯街拐上亚特兰大大道，加入通勤车辆和送货卡车构成的车流中，朝码头方向驶去。没多久，我在车流中就找不到托尼了，但巨人那辆漂亮的红色微型车却足够显眼。

到亚特兰大大道的尽头，托尼驶上布鲁克林-皇后区高速公路。巨人和我依次跟着他开上匝道。格林波因特，这是我的第一个猜测。回想起离麦克金尼斯大道不远处、哈里·布雷南厂房背后的垃圾箱，敏纳走向他的结局的地方，我忍不住打了个寒颤。巨人是使了什么花招把托尼诱骗到那里去的呢？

但我猜错了。我们驶过格林波因特的出口，向北而去。沿高速公路向机场和长岛方向转弯的时候，我看见了前方远处的黑色庞蒂亚克，但我仍旧落在后面，与红色微型车至少保持两辆车的距离。我必须信任巨人能跟紧托尼，这是又一种禅定练习。我们经过一个个高速公路出口、一个个立体交叉路口，驶出布鲁克林，穿过皇后区，朝通往机场的出口而去。驶向肯尼迪机场的短暂时间内，我又琢磨出了一套新的理论：藤崎公司的某某人将搭日本航空离开，或者是主管处刑的头目，又或者是要交付烫手货物的信使。敏纳的死亡只是全球性处刑浪潮的第一波而已。要去接机能解释托尼这一夜漫长而紧张的等待。就在我安于这个解释的时候，我眼看着红色轿车偏离了机场这一选项，转上向北标着"白石桥"的匝道。我拼了老命才一口气穿过三条车道，勉强跟上他们的"轮"迹。

四个三明治，我怎么会没想到呢？如果我少花些力气为自己复制那套三明治，恐怕早就捕捉到这条线索的深意了。四个三明治，六听啤酒。这是要出城去啊。还好我按照托尼的野餐食谱原样准备了一份，否则大概很快就要弹尽粮绝。不知巨人除了我看见他在吃的那袋樱桃或橄榄以外是否还有储备。说实话，这小小的高速公路车队让我想起了三明治，敏纳帮成员在两头，中间是巨人——菜名叫"孤儿夹暴徒，配滚滚车轮"。越过白石镇的时候，我又灌了两大口可乐。就当是晨间咖啡。接下来我需要解决的问题是尿急。因此我咕咚咕咚喝光可乐，心想要尿就往瓶子里尿好了。

半小时后，我们驶过通往佩勒姆、白原和基梭山的出口，还有其他几个能让我想起纽约市外缘的地名，最终进入了康涅狄格州，走的先是哈钦森河公路，接着上了一条叫什么梅里特的公路。我让小红车保持在我的视线以内。车流密集得足够让我藏身其中。每隔一段时间，巨人都要偷偷靠近托尼的庞蒂亚克一次，我也得以看见我们三个人仍旧在一起，像秘密情人般紧密联系着，穿过数英里与我们无关的车流。在高速公路上驾驶很能安抚心灵。精神和肉体持续用力，脚下轻踩油门，不时扭动脖子，检查后视镜和视线盲点，我的抽动被全然包裹其中。我仍旧视线模糊，极需睡眠，但今天的追逐委实过于古怪，此刻又离开了我从未踏出过一步的纽约市，这些都帮助我保持了清醒。我见到了丛生的树木，迄今

281

为止，康涅狄格州带给我的印象与长岛或斯坦顿岛这种市郊地带并无多少不同。但康涅狄格州这个念头本身就足够有意思了。

　　绕过一个名叫哈特福德的小城时，车流稠密起来，有一小段时间我们被封死在了宽及五条车道的大塞车之中。九点差几分，我们赶上了哈特福德可爱的缩微版高峰时段。托尼和巨人在右手边的车道上，我每次开动都只能前进车轮转一圈的距离，很快就到了几乎与巨人平行的位置。这会儿我看清楚了，红车是辆康拓。追踪者随着康拓。听起来很像我掏出铅笔，在交通图上绘出巨人的路线。我这边车道上的车在缓慢爬行，但他那边却一动不动，没多久我就差不多和他拉平了。他正在嚼什么东西，下颚和脖子律动着，手恰好正在移向嘴巴。想保持这个体形，他大概非得不停吃东西才行。小红车说不定装满了各色零食，藤崎公司兴许就是直接拿食物当酬劳付给他的，连使用现金的环节都替他省了。不过他们真该给他弄辆宽敞些的车子。

　　我赶忙刹车，以确保他留在我前面。托尼所在的车道动得比较快，巨人连信号灯也没打就拐了进去，仿佛康拓也拥有了他粗蛮身躯的那种权威感。我不着急，趁机拉开了我和他们的距离。没多久，哈特福德的缩微版堵车就结束了。心灵食物，手儿脚儿，行走狗狗，辣根酱汁，我的脑袋唱着这样的小调。巨人的咀嚼动作和三明治口袋在乘客座上发出的飒飒声提示了我。我伸手摸到英雄三明治，非常想尝一口醋渍辣椒与嚼头十足的意大利辣香肠混合在一起的那种湿乎乎的口感。

　　英雄三明治刚狼吞虎咽地吃到一半，我便看见托尼的黑色庞蒂亚克放慢速度，驶进了一处休息站，而巨人的康拓则没有放慢车速，欣欣然地开了过去。

这只能说明一件事情。跟踪托尼到了这里，巨人不需要继续尾随其后了。巨人知道托尼去哪儿，他事实上更愿意早些抵达目的地，等待姗姗来迟的托尼。

不是波士顿。沿着这条路走或许也能到波士顿，但这趟旅程的终点不是波士顿。我终于将倡导和平的人与和平之所联系在了一起。我没那么迟钝。

与夜里的监视和晨间的追逐相同，我跟巨人的关系和巨人跟托尼的关系仍旧没变。我知道巨人这是去哪儿——怪胎秀在追寻合适的语境——我知道他两人这是去哪儿。我有理由赶在第一个到达，我依旧在寻求压倒巨人的优势。给他的寿司下毒听起来不错。

我在下一个休息站停车，给车加油，撒尿，买了些姜汁汽水、一杯咖啡和一张新英格兰地图。很明显，横越康涅狄格州的这条对角线穿过马萨诸塞州和一小片靠海的新罕布什尔州，最终通向缅因高速公路的入口。我从上衣口袋里摸出"和平之所"的宣传单，找到了应该在哪儿离开高速公路，接上宣传单背面的那张地图；这个海边的小村庄名叫穆斯康古斯波因特站。这个名字有一种不熟悉的耐嚼口感，逗得我的综合征直发痒。我在地图上找到了几个类似的地方。不管缅因的荒野是否能给我留下比康涅狄格城郊更深刻的印象，道路上的标记无疑可以提供更多的养分。

现在我只需在这场秘密的跨州车赛中领先即可。我所依赖的是巨人的过度自信——他太相信自己就是追逐者了，都没停下来思考过自己是否也在被追逐。话说回来，我也没怎么扭头往自己背后看。我使劲扭了几次脖子，甩掉这个念头，然后坐回车上。

铃响第二声,她接起电话,声音有些软弱无力。

"金茉莉。"

"莱诺尔?"

"是我罗格。"

"你在哪儿呢?"

"我在——我快到马萨诸塞州了。"

"快到是什么意思?马萨诸塞州,这是一种什么精神境界之类的吗?"

"不,我是说我真的快到那儿了。金茉莉,我在高速公路上。我从来没有离纽约这么远过。"

她沉默了足有一分钟。"你跑路的时候可真是飞跑。"她说。

"不,不,别误会。我不得不走这一趟。这是我的调查。我在——投资一把枪,连接一条子,发明萨诸塞——"我把舌头死死顶住咬紧的牙关,拼命拦住喷涌而出的字词。

和金茉莉说话时,抽动对我来说尤其难以容忍,因为我已经认定了她是我的解药。

"你在什么?"

"我在跟踪那巨人,"我挤出这几个字,"好吧,并不真的在跟踪他,但我知道他要去哪儿。"

"你还在找你的巨人,"她若有所思地说,"因为叫弗兰克的那人被杀让你很难过,对吗?"

"不对。对的。"

"莱诺尔,你让我很难过。"

"为什么？"

"你感觉起来那么……怎么说呢……有负罪感。"

"听我说，金茉莉。我打电话是因为——想我了贝利！——因为我想过你了。我是说，我想你了。"

"你这话可真好玩儿。呃，莱诺尔？"

"什么？"

"你拿了我的钥匙吗？"

"这是调查的一部分。对不起，请原谅。"

"无所谓，管他的，不过我觉得挺鬼祟的。"

"我没打算鬼鬼祟祟的。"

"不能做那种事情，会吓坏别人的，明白吗？"

"我真的很对不起你。我会还给你的。"

她又沉默下来。我驶上最靠外的车道，加入超速行车的行列，不时滑向右方，让特别疯狂的家伙先走。高速公路驾驶开始诱发一种妥瑞氏症式的幻想，引擎盖和挡泥板变成了肩膀和衣领，但我却不能伸手触摸。我必须与之保持合适的距离，否则很容易受到诱惑去擦碰那些闪闪发亮的拟人躯体。

我没有见到托尼和巨人的踪迹，但我有理由相信已经把托尼甩在了背后。巨人即便这会儿没停车加油，迟早也得这么做，到时候我肯定能超过他。

"我要去一个你或许知道的地方，"我说，"吉井家。一处隐修所。"

"这主意不错，"她勉强答道，好奇心战胜了怒气，"我一直想去那地方来着。老师说那儿相当不错。"

"也许——"

"什么？"

"也许咱们可以找个时候一起去。"

"莱诺尔，我得挂电话了。"

这次通话让我很焦虑。我吃掉了第二个烤牛肉三明治。马萨诸塞看起来和康涅狄格一个样。

我又打了过去。

"你说的负罪感是什么意思？"我说，"我不明白。"

她叹了口气。"我也不清楚，莱诺尔。就是，怎么说呢，我对你的这次调查有些拿不准。感觉起来像你只是在四处乱撞，努力不让自己感觉到悲伤和愧疚，或者你对那个叫弗兰克的人的任何其他情感。"

"我想抓住凶手。"

"听不见你自己在说什么吗？简直像是O.J.辛普森会说的话。普通人，若是遇到熟人被杀之类的事情，才不会跑来跑去企图抓住凶手呢。他们去参加葬礼。"

"金茉莉，我是侦探。"我险些说出：我是电话。

"你总这么说，但我又不知道。我反正接受不了。"

"为什么？"

"我想是因为我觉得侦探应该更……呃……精明。"

"你想的大概是电影电视里的侦探吧。"我很擅长解释这其中的区别，"电视上的侦探全都一个样子。真正的侦探各不相同，就像指纹，就像雪花。"

"非常好笑。"

"我一直在努力逗你笑，"我说，"真高兴你注意到了。喜欢笑话吗？"

"你知道公案是什么吗？就像是禅宗的笑话，只不过没有关键句而已。"

"你还在等什么？我有一整天的时间。"事实上，高速公路越走越宽，多了几条额外车道，分叉和交汇弄得路况非常复杂。但我不想打断金茉莉的发言，事态此刻进展得异常顺利，我这头毫无抽动的欲望，她那头却扯得离题万里。

"噢，我从来记不住那些段子，它们太隐晦了。好些个僧人互相打脑袋什么的。"

"听起来很欢乐。最好的笑话一般而言都有动物在里头。"

"有很多很多动物。听着——"我听见沙沙的声音，她把听筒夹在肩头和下巴之间，双手正在翻书。我原先想象她置身于空旷的大房间中，此刻我调整了画面：她躺在床上，电话线被抻得老长，架子也许趴在她的膝头。"两个和尚争一只猫，第三个和尚把猫斩为两段①——呃，这可不太好。"

"你杀了我算了。我的肚皮都快笑破了。"

"闭嘴。噢，找到了，这个我喜欢。关于生死的。有个小和尚来见老和尚，问起另外一位———位刚刚过世的更老的和尚。天童，过世的和尚叫这个名字。小和尚来问天童的事情，老和尚就说了些'看见那儿的那条狗了吗？'或者'想不想洗个澡？'之类的话——都和正题全然无关。他这么说啊说啊说，结果小和尚就顿悟了。"

---

① 出自《碧岩录》卷七之六十三，南泉斩猫。

"为什么顿悟？"

"我觉得想说的要点是谁也没法谈论生死。"

"好吧，我明白了。有点像在《唯有天使生双翼》①里，加里·格兰特的好朋友乔坠机身亡，罗萨琳·拉塞尔问他，'乔怎么办？'还有'你打算怎么处理乔的事情？'而加里·格兰特只是答道：'乔是谁？'"

"到底是谁看了太多的电影电视？"

"说得好。"我喜欢此刻的感觉，一英里一英里的路程被飞快抛向身后，金茉莉的声音让抽动无影无踪，高速公路上的车子稀疏起来。

就在我研究我们如何谈话和车辆如何急速前进的当口，我们却陷入了沉默。

"老师说过负罪感是什么东西，"隔了一分钟，她说，"实际上是自私，是一种避免关注自己的方法。或者考虑自己。我想这两者应该是有区别的。我记不清了。"

"请不要就负罪感的话题向我引用杰拉德·敏纳的话，"我说，"在当前的环境下，这有些让人难以轻信。"

"你认为老师在什么事情上有罪吗？"

"这得看我接下来能发现什么线索了，"我承认道，"我正在往这个方向努力。因此不得不拿走了你的钥匙。"

"因此你才去了老师的住处？"

"是的。"

在接下来的停顿中，我第一次从金茉莉的话音中体会到她相信我，相信我有案子在手。

---

① 《唯有天使生双翼》(*Only Angels Have Wings*)：美国1939年空战电影。

"莱诺尔，当心。"

"当然。我一直很当心。你答应过我的，记得吗？"

"答应过你什么？"

"别去禅堂。"

"好。莱诺尔，我得挂电话了。"

"答应我？"

"没问题，行，好的。"

忽然之间，办公楼、车库、头顶上塞满轿车的高架公路包围住了我。我醒悟得太晚了：应该绕过波士顿城，而不是从中间穿过去。车速放慢，我难受得仿佛噬心蚀骨，只好拼命咀嚼薯片，努力不屏住呼吸。没多久，城市松开了手掌，让位于蔓延伸展的城郊，让位于没有任何装饰的无尽州际公路。我只能希望这番耽搁没有让托尼和巨人超到前面去，没有让我丢掉线索，丢掉优势。必须要有优势。我对边缘的执念开始变得严重起来：车身的边缘，道路的边缘，视线的边缘，以及在那里漂浮盘旋的东西，那些恼人但又看不见摸不着的东西。很奇怪的事情是，车辆的车身渐渐显得不应该被触摸，假如不小心触摸到的话，将会引发大灾难。

方棒，别在我的盲点区域盘旋！

我觉得车身马上就要触发我的抽动了，要是听不见那个声音，我势必将去抚弄公路的斑驳路肩和周围那些疾驰的车辆。

"金茉莉。"

"莱诺尔。"

"我又给你打电话了。"

"打车载电话难道不是很贵吗？"

"反正不是我付钱。"我窃笑道。如魔法般的最新科技令我欣喜不已，移动电话跨越了时间和空间，再次将我和金茉莉联系在一起。

"那是谁付钱呢？"

"某个修禅的门垫，我昨天在一辆车里认识的。"

"门垫？"

"门童。"

"嗯哼，"她正在吃东西，"你的电话打得太多了。"

"我喜欢跟你聊天。驾车很……很无聊。"我淡化了我的焦虑，让一个词代替了其他的千万个。

"好吧，嗯——但你要知道，我此刻还不想让那些疯狂的事情进入生活。"

"疯狂指的是什么？"话题陡然转向，再次打了我一个措手不及。我觉得正是这种怪异的急转舞步同时迷住了我那双重大脑。

"没什么，只是——你知道的，很多男人，他们告诉你说他们知道要给你足够的空间什么什么的，他们知道该怎么谈论这个话题，知道你需要听见这些话。但他们并不真的明白这究竟意味着什么。莱诺尔，我最近经历了很多事情。"

"我几时说过要给你足够的空间之类的话了？"

"我只是想说，这么短的一段时间内，你打了好多电话给我，没别的意思。"

"金茉莉，听我说。我跟其他人不一样，呃，跟其他你遇到过的人不一样。我的生活围绕着某些特定的强迫行为展开。但和你在一起有所不同，我感觉到了不一样。"

"这不错，这很好——"

"你不知道究竟有多好。"

"——可是，我才刚结束了一段非常紧密的关系。我是说，莱诺尔，你像是裹着我离开了地面。莱诺尔，说实话——要是你自己不知道的话——你有些让人无法抵抗。我是说，我也喜欢跟你聊天，但在——怎么说呢——一起过夜以后一连三次打电话给我，这也似乎不是什么好主意。"

我沉默了，不知道该怎么解读这段不寻常的发言。

"我想说的是，莱诺尔，这正是我刚经历过的那种疯狂的事情。"

"哪种？"

"就这种，"她用温驯的声音说，"就像和你在一起。"

"你的意思是说，奥利奥男人有妥瑞氏综合征？"我感觉到一阵因嫉妒而起的怪异激动。此刻我明白了，她收集我们这些怪胎。难怪她不由分说就接纳了我们，难怪她能压制住我们的症状。原来我没有什么特殊的啊。还是说我形如拳头的阳具是我的唯一用途？

"奥利奥男人是谁？"

"你原先的男朋友。"

"噢。另外那个词是什么意思？"

"就当我没说。"

我们沉默了好一阵。我的大脑在说，妥瑞氏滑跤跌，臭气喷祝福垂，淹没的共同野性接吻完蛋了——

"我只是想说，我现在没有准备好接受过于紧密的关系，"金茉莉说，"我需要空间来搞清楚我究竟想要什么。我不能像上次那样被彻底征服、沉溺其中了。"

"我想这会儿我听够了这些东西。"

“好的。”

“可是——”我鼓起勇气，踏入远比康涅狄格或马萨诸塞更加陌生的领域，“我想我理解你所说的空间的意思。要在事物之间保持距离，以免过度沉迷其中。”

“嗯哼。”

“还是说你对这种讨论没有兴趣听下去了？我好像有些糊涂了。”

“没有的事，都很好。咱们能晚些时候再谈吗？”

“呃，好的。”

“莱诺尔，再见。”

拨号和重拨坐在篱笆上，拨号掉了下去，谁剩了下来？

叮铃铃。

叮铃铃。

叮铃铃。

咔哒。“您拨打的212304——”

“哈啰金茉莉我知道我不该再打来只不过——”

咔哒。“莱诺尔？”

“是我。”

“别再打了。”

“呃——”

“总之别再打了。感觉实在太像我遇到过的某些坏事了，能明白吗？很不浪漫。”

“明白。”

“好吧，再见，莱诺尔，真的别再打了，好吗？”

"好的。"

重拨。

"您拨打的——"

"金茉莉? 金茉莉? 金茉莉? 你在吗? 金茉莉? "

我再次沦为综合征的囚徒。你看, 我原以为自己在享受一个没有妥瑞氏症侵扰的早晨, 可是, 新的表现形式却浮现出来, 它藏在显而易见的地方, 这是瞒天过海而来的抽动症状。一次次揿下"重拨"按钮所展示的是一种名为"呼叫金茉莉"的抽动症状, 与任何粗鲁的音节或举手挥击一样具有强迫性。

我想将门童的移动电话扔到绿草茵茵的公路分隔带上去。但是我没有这样做, 在一阵自我厌恶的折磨下, 我拨出了另一个号码, 虽说有段时间没打过, 但这个号码早已蚀刻在了我的脑海中。

"哪位? "传来的声音很疲惫, 包裹在岁月的硬壳之中, 与我的记忆一模一样。

"艾斯罗格? "我说。

"是的, "停顿片刻, "这里是艾斯罗格家。我是莫瑞·艾斯罗格。请问您是哪位? "

我隔了一小会儿才想到答案。"吃我啊贝利。"

"噢, 上帝啊, "对面的声音从听筒前移开, "老婆子, 老婆子, 快来啊。你一定要听听这个。"

"艾斯罗格·贝利。"我几乎在耳语, 但仍然希望被对方听见。

背景中传来窸窸窣窣的声音。

"老婆子, 又是那家伙, "莫瑞·艾斯罗格说, "该死的贝利小崽子。

这么多年了，他居然还在干这种事。"

我对他而言依然是个孩子，正如他对我来说从第一次接起电话时就是个老人。

"真不知道你为什么在意。"话筒中传来老妇人的声音，每个字都是一声叹息。

"贝利贝利。"我柔声说。

"说话啊，小子，该说什么说什么。"老人说。

我听见电话换手，老妇人的呼吸声传了过来。

"艾斯罗格，艾斯罗格，艾斯罗格。"我吟诵道，活像一只被困在墙里的蟋蟀。

我是绷紧的伤口，我是失控的大炮。我两者皆是——我是绷紧的伤口失控的大炮，我是绷紧我是失控。我的整个人生就存在于这两个词之间：绷紧、失控，但它们之间并不存在空隙：它们应当是一个词，紧失控。我是仪表盘上的气囊，一层一层叠好，只等待那个爆发的时刻，伸展开来裹住你，填塞每个能进入的空隙。和气囊不一样的是，一旦爆发完毕，我又重新充填，跃跃欲试地等待下一个爆发的机会，就仿佛剪辑成循环播放的安全电影胶片，我所做的事情仅仅是压缩和释放，循环往复，除了我自己之外，无法拯救任何人，也无法让任何人满足。胶片漫无目的地不停播放，气囊带着执念一次次爆发，生命本身却兀自走向别处，走出了这些滑稽举动所划定的范围。

前一个夜晚，在金茉莉的斗室中的经历，忽然像是很久以前、很遥远的事情。

只是打打电话——打打移动电话，听听静电噪音，多半还不用掏钱——怎么就能够改变肉体的感觉呢？幽灵怎么能触摸活人呢？

我尽量不多想这些。

我把移动电话丢在身边的座位上，与它为伍的是三明治的遗骸、打开了的包装纸、撕破了的薯片口袋、洒遍座位的薯片和因为擦过油脂而在晨间阳光下变透明了的餐巾纸团。我的吃相不好，做什么事都没法恰到好处，现在我知道这无所谓了，不但现在无所谓，以后也无所谓了。我挣脱了阵阵袭来的可怕的拨号冲动，我的情绪坚实起来，注意力也开始集中。我在朴茨茅斯过桥，进入缅因州，把剩下的全部精神都放在驾驶上，放在摈弃不必要的一切行为上，我将疲惫和苦闷推到一旁，将自己变成车辆中的一枝箭，指向穆斯康古斯波因特站，指向在那里等待我的答案。敏纳的声音取代了喋喋不休的妥瑞氏症，我听见他在说：击败它，怪胎秀。你有事情要做，那就别磨蹭了。叫你的故事快些走。

我沿着缅因州海岸前进，途径一连串的旅游村落，一些村子有船，一些有海滩，每个都有古董商店和龙虾餐馆。很大一部分旅馆和餐厅都关门歇业，挂着"明年夏天再见！"或"祝你今年快乐！"的牌子。我很难相信眼前景象都是真的——高速公路感觉像是图示，像是路线图，而我所在的轿车则是循着线路前进的墨点或笔尖。此刻我觉得我像是在穿过一张又一张月份牌，或者是某套风景邮票集。没有哪一张拥有任何说服力，给我留下特别的印象。也许等我走出车门就不一样了。

穆斯康古斯波因特站属于有船的村子。它不是这些村镇里最不起眼的，但恐怕也差不多了，只不过是海岸线上的一处肿胀，紧邻着宽敞的渡轮码头，很容易就会看漏。码头上的牌子写着"穆斯康古斯岛渡轮"，每天往返两次。那个"和平之所"很容易找。吉井家——招牌上写着"缅因州独一无二的泰国菜和寿司海鲜店"——位于刚过渡轮码头和渔码的小山丘上，是一组三幢的整洁建筑物中最大的一个，用贝壳般的粉色、烤棉花糖般的棕色和自鸣得意的朴素泥褐色粉刷，这个组合看起来让人心神不宁，与缅因州的红色谷仓与白色房屋的通行色调格格不入。这幅光景可没法印到日历上。餐馆向外延伸，用支架撑着跨过海边的一道矮崖，崖下涛声如雷。另外两幢建筑大概就是隐修中心了，被间距相等的成排茂盛的松树围在中间，松树的年龄和种类都完全相同。店标顶上涂着一幅吉井的画像，一个光头的男人手持筷子，头上散发出一波波喜乐或安详，就像唐·马丁漫画里表示臭味的线条。我爬上俯瞰水面、渔码和渡轮码头的山丘，把追踪者停进饭馆的停车场。除了追踪者，停车场的员工车位上还停了两辆皮卡。吉井的开张时间写在门上：十二点半开始午餐，那是二十分钟以后。我没有看见托尼、巨人或其他人的踪迹，但也不想傻坐在停车场里充当标靶。优势，我在寻求的是优势。

优势罗格，三十三岁，寻求优势。

我下了车。第一件让我吃惊的事情是：寒冷。风立刻刮疼了我的耳朵。空气闻起来像是雷暴雨将近，但天空中万里无云。我翻过停车场一角的圆木栅栏，沿着坡度攀向海边，到了饭馆所在的突出平台底下。等确定从道路和建筑物里都看不见我了，我马上拉开拉链，冲着岩石开始撒尿，强迫症逼着我将一整块石头暂时尿成了深灰色，这让我觉得很可笑。拉上拉链，一转身望见海洋，眩晕感顿时击中了我。好吧，我也算是找到了一处边缘。海浪、天空、树木、艾斯罗格——我跳出上下文，远离了摩天大厦和水泥人行道的语法环境。我所感受到的正是一种失语感，我需要置身于涂满字句的墙壁之间，我需要触摸它们，靠它们支撑身体，在大声抽动时借鉴它们，此刻却被生生地扯出了这个环境。我明白了过来，语言的墙壁总在我的周围，让我时刻听见它们的絮絮叨叨，直到被缅因州的天空用一声沉默的呼号压倒。我跟跄了一下，伸出一只手扶住岩石稳住身体。我需要用新的语言回应自己，需要找到方法断言已经变得异常纤细的自我仍旧存在，我的自我收缩成了小小一块布鲁克林人，蹒跚于虚无的海边：孤儿遇到海洋。抽搐消融在带着咸味的雾气里。

"怪胎秀！"我对翻腾着的波涛大喊。声音迷失了。

"贝利！"也同样一去不返。

"吃我啊！屌蠢！"

什么也没有。我在等什么呢？等弗兰克·敏纳从大海中冉冉升起？

"艾斯罗格！"我嘶叫道。我想到了莫瑞·艾斯罗格和他的老婆。他们是布鲁克林的艾斯罗格，和我一样。他们有没有来过这处边缘拥抱天空？或者在缅因州地表留下足印的艾斯罗格只有我一个？

"我宣布艾斯罗格对这一大片水域的所有权！"我叫道。

我是天然怪胎。

回到停车场的干土地，我抻直上衣，环顾四周，看看是否有人听见我的那阵爆发。最接近我的活物是下方捕鱼码头的基部，一艘小船靠了岸，几个细小人形身穿"迪沃"风格黄色连体服，正在忙碌。他们将蓝色塑料箱搬过船首，搁在码头的货物托盘上。我锁好车门，来到空荡荡的停车场的另一头，走下草木丛生的小丘，朝那几个人和船只而去，我的皮鞋只适合在人行道上散步，在这儿只能半走路半打滑了，风吹得鼻子和下巴生疼。到了码头上，抬起的山丘遮住了半边餐馆和隐修中心。

"喂！"

我的叫声引来了栈桥上一个人的注意。他抱着箱子转身，把箱子噗通一声扔在脚下的箱子堆上，随后双手叉腰等着我走近。到了近处，我先打量了几眼那艘船。蓝色箱子贴着封条，从船员搬运箱子的架势来看，它们的分量可不轻，而他们小心的模样也让我知道箱子里的东西价值不菲。船甲板上有几个架子，摆满了潜水器材——橡胶潜水服、脚蹼、呼吸面具和供水下呼吸的一堆气罐。

"兄弟，够冷的，"我说着像运动迷似的直搓手，"不容易出海，对吧？"

船员的眉毛和两天没刮的大胡子都是亮红色，但并不比他经受过阳光洗礼的皮肤更红，他露在外面的各处都是如此：双颊、鼻子、耳朵和被海水泡过的指关节，他正在用指关节揉搓下巴，一边努力琢磨该怎么回答。

我不但听到，也感觉到了船体浮动时碰撞栈桥的铿然响声。我的思绪飘向水下的螺旋桨，它正默默地在水里旋转。如果我离船更近些，多半就要动心思伸手去触摸螺旋桨了，那东西与我的动觉执迷异常合拍。"拖大船！忘那船！"我抽动起来，继而猛扭脖子，把这几个音节横着甩进风中。

"你不是附近的人，对吧？"他小心翼翼地开了口。我以为他将发出红胡子山姆或大力水手般的声音，粗哑而口水四溅，但听到的新英格兰口音却那么镇定自若，那么古风盎然——您不是附近的人，对吧？——毫无疑问，剩下的我才更像是个卡通人物。

"其实不是。"我佯装快活——指个路吧，先生，在这片遥远的土地上，我是外来的陌生人！但看起来他却不想与我说话，似乎更想将我推下码头，丢进大海，或者干脆转身离去。我又整理了一番衣物，拿手指拉直衣领，以免我受到诱惑去整理他的荧光头罩，或是像对待馅饼皮那样将魔术贴的边缘压出褶皱。

他仔细地打量着我。"海胆季节从十月开始，到三月结束。这活儿冷得可以。今天这种日子跟公园散步似的。"

"海胆？"我说，感觉起来这个词仿佛出自我的一次抽动，其本身就是我的一次抽动，天生让人听了就想抽动。这个发音很适合曾经名叫"普林斯"的艺人现在用的那个符号。

"这个岛附近是产海胆的海域。市场有需要，我们就去捕捞。"

"太对了。"我答道，"很好，棒极了。坚持下去。知道坡顶上那个地方吗？吉井家？"

"那你也许该找弗依波尔先生聊聊。"他朝栈桥上的一间小棚子点点头，棚子的烟囱中冒着一小股细细的烟气。"他负责跟那群日本人打交道。我只是个渔民。"

"吃我啊渔民！——谢谢您的帮助。"我点点头，对他扶了扶想象中的帽檐，拔脚走向那个棚子。他对我耸耸肩，接过船上传过来的又一个箱子。

"先生，有什么可以帮助你的？"

弗依波尔也是红通通的，但红的方式有所不同。他的面颊、鼻子，甚至眉头都遍布蛛网般的膨胀血管，看了就让人难受。他黄澄澄的眼睛里也渗着血丝。正如敏纳评论圣玛丽教堂的本堂神父时说的：弗依波尔有一张饥渴的脸。他屁股底下的木头台子上的其他东西解释了这张脸为什么这么红：一堆空的长颈啤酒瓶和几个装琴酒的夸脱瓶，其中之一还剩下一英寸左右的余量。盘管式取暖器在台子下面泛着光亮，见到我走进房间，他对取暖器和房门点点头，意思是叫我随手关门。除了弗依波尔、取暖器和酒瓶外，房间里还有一个疤痕累累的木制文件柜和几箱子杂物，我猜箱子里那几层油布下面放的是五金工具和渔具。两天没换衣服、胡子拉碴的我，在这个地方却是最新鲜的东西了。我看得出来，唯有最古老的侦探技巧才应付得了眼下的局势：我打开钱包，拿出一张二十块。我说："谁能跟我说说那些日本人的事情？我想请这位兄弟喝杯酒。"

"他们的什么事情？"他浑浊的眼神与二十块缠绕许久，好不容易才转回来和我对视。

"我对坡顶的那家餐馆有兴趣。特别想知道它归谁所有。"

"为什么？"

"就当我想买下来好了。"我使了个眼色，咬牙挡住吠叫的冲动，将其弱化为简短的一声："——呸！"

"小兄弟，你永远也没法从他们手里拿下那地方。换个别的地方动脑筋吧。"

"要是我能出个他们拒绝不了的价钱呢？"

弗依波尔忽然起了疑心，眯着眼睛端详我。我不禁回想起西米诺尔警探如何被敏纳帮和法院街的环境弄得心惊胆战。真不知道这幅图景是不是从哥谭市①一路弹到这儿来的。

"能问个问题吗？"弗依波尔说。

"请说。"

――――――――

① 哥谭市（Gotham City）：纽约的诸多别称之一。

"你不是那种山达基教徒①什么的吧？"

"不是。"我吃了一惊。我从未想过我会给其他人以如此印象。

他使劲皱起眉头，像是回忆起了将他驱入酒海的精神创伤。"很好，"他说，"该死的山达基教徒买下了岛上的旧旅馆，翻修成供电影明星享乐的游乐宫。妈的，那群日本人我还忍受得了，他们至少吃鱼。"

"穆斯康古斯岛？"我只不过想品尝一下从嘴里说出这个词的滋味而已。

"咱们还能在说哪个岛？"他又眯起眼睛打量我，然后伸手来拿那张二十块，"小兄弟，给我吧。"

我让他拿走了钱，他把钱铺平放在台子上，清清喉咙里的痰。"小兄弟，这地方的钱多得超出你的想象。日本人总是掏出成卷的钞票，最小一张也是百元面额。妈的，海胆市场关闭以前，栈桥上一千块一捆的钞票满天飞，都是日本人拿来整船整船买货的。"

"跟我详细讲讲。"

"哼哼。"

"吃我啊。"

"什么？你说什么？"

"我说跟我详细讲讲。给一个不清楚情况的人说说那些日本人。"

"知道云丹是什么吗？"

"请原谅我的无知。"

"小兄弟，那是日本的国民食物。除了盘踞在那家该死的旅馆里的

---

① 山达基（Scientology）：由L.罗恩·贺伯特创立的一套信仰与修行活动的体系，争议极大，被德国、法国等数个国家列为邪教。

山达基教徒外，这是穆斯康古斯波因特站这附近唯一值得一提的东西了。日本家庭每周至少得吃一次云丹，否则就会颜面扫地。就像你喜欢吃牛排一样，他们喜欢来一盘海胆的卵。黄金周的时候——就像日本的圣诞节——他们只吃云丹这一样东西。可问题是，日本海域的海胆都捕捞干净了。跟得上吗？"

"大概吧。"

"日本法律规定不得继续潜水摘海胆，只能用手耙捞，意思是说你得乘退潮的时候手持长耙站在礁石上。有空你试试看。捞上一整天你也未必能挣几个钱。"

如果天底下有谁需要被喝令一声"叫你的故事快些走"，那就无疑是弗依波尔了。我压制住一阵想说这句话的冲动。

"小兄弟，缅因州海岸出产全世界最上等的海胆。跟葡萄似的密密麻麻丛生于小岛底下。缅因州居民对那东西毫无胃口，捕龙虾的渔民觉得没有比海胆更讨厌的东西了。日本法律让这附近的很多渔民发了大财，只要你懂得怎么组织捕捞队就行。从洛克波特一路往下的经济就靠这个。日本人建起加工厂，雇佣女工没日没夜地剥海胆的壳，隔天早晨就空运离港。日本商人乘着豪华轿车来，等渔船靠岸，竞拍捞回来的海胆，跟我前面说的一样，用一卷一卷的现金付款——钱多得能把人吓傻了。"

"然后发生了什么？"我吞下阵阵抽动。弗依波尔的故事开始吸引住我了。

"洛克波特？什么也没发生。事情依旧如此。如果你说的是这儿，我们的船仅有寥寥几艘。坡顶上的那些人买断我的货品，然后就这样了，不再有镶黑色车窗的轿车来，不再有日本黑帮在码头上做买卖——我压根儿就不怀念那种日子。小兄弟，现如今我成了独家供应商，是你从没遇见过的快活人。"

小小的窝棚里，弗依波尔的快活包围着我，但却没有感染我。我没有提起这一点。"坡顶上的那些人，"我说，"你说的是藤崎他们吧？"我觉得他正深深陶醉在自己的故事中，不至于反感我抛出这个名字。

"一点儿不错，先生，他们可真是上等人啊。在岛上买了好些住宅，自个儿整修了一整间餐厅，雇了个寿司师傅，每天给他们做可心的饭菜。唉，真希望当初是他们买下那家旅馆，而不是该死的山达基教徒。"

"谁不希望这样呢？那么，藤崎——超傻教徒！客户达基！藤崎都市！——藤崎他们全年都住在穆斯康古斯岛吗？"

"刚才那是什么？"

"咱们头顶有苍蝇！"

"小兄弟，你似乎有点儿妥瑞氏症的味道。"

"是的。"我惊讶道。

"来点儿喝的？"

"不，谢了。那些上等人，他们都住在那上头吗？"

"才不呢。他们成群结队地来，成群结队地走，东京、纽约、伦敦。岛上有个直升机停机坪，供他来去。他们今天早晨刚搭渡轮过来。"

"啊，"我在那阵爆发的余波中发疯似的眨眼，"渡轮也归你管吗？"

"不，我才没兴趣碰那浴缸似的玩意儿呢。我只管我的几艘船、我的几帮船员。舒舒服服地翘着脚，专心致志地喝喝酒。"

"你其他的船出去打渔了？"

"不，小兄弟，潜水捕捞海胆是凌晨干的活儿。三四点出去，到十点钟就干完一天了。"

"好的，明白了。那么，船在哪儿呢？"

"说来也有意思。一个钟头前来了两个人，驾着船出海了，说他们等不及渡轮了，非得这会儿上岛不可。他们跟你挺像，觉着二十块的票子真能让我心花怒放。"

"其中有个大块头吗？"

"从没见过那么大的。"

我在波士顿绕道耽搁了时间，让我在这场来穆斯康古斯波的赛车中丧失了领先优势。我竟然臆想过其他的结局，可真够愚蠢的。渡轮码头过去不远处有一小片停车区，是个藏在树林子里的死胡同，供上岛一日游的旅客停放车辆，有投币自动门和带偏向升降路钉的单向出口，门口挂着牌子："请勿倒车！严重损毁轮胎！"我在这里找到了红色康拓和黑色庞蒂亚克。我想象着托尼和巨人到这儿付钱停车，在衣袋里翻找硬币，然后陷入某种怪异的争斗，使得他们一起雇了捕海胆的渔船出海。我靠近打量了一番，发觉康拓锁得很牢靠，但庞蒂亚克的钥匙却插在点火器上，车门也没上锁。托尼的枪，前一天他拿在手里指着我的家伙，躺在油门旁边的车厢地板上。我把枪推到了座位底下。托尼也许还会需要它。希望如此。回忆起巨人如何肆意凌虐敏纳，我不禁为托尼感到难过。

往坡顶爬的路上，我感到一阵震颤，仿佛有蜜蜂或黄蜂被困在了我的裤兜里。是敏纳的寻呼机在振动。我在禅堂把寻呼机设置在了"振动"档上。我拿出寻呼机，上面显示的是个新泽西号码。那两位客户从布鲁克林回到家了。

到了停车场，我钻进我的车，在三明治包装纸里找到移动电话。在阳光的照射下，三明治包装纸正在渐渐软化。我拨通了那个号码。

我疲倦得无以复加。

"哪位？"

"马屈卡迪先生，是我，莱诺尔，你寻呼了我。"

"对的，莱诺尔。你替我们找到我们想要的东西了吗？"

"我正在努力。"

"努力，这是非常了不起、值得尊敬、令人钦佩的德行。但结果，这才是我们真正赞赏的。"

"我很快就能为你们找到些结果了。"

　　餐馆内壁整个都嵌着抛光木板，与外墙的烤棉花糖颜色相得益彰；地毯则配上了贝壳般的粉色。一进门就有一个女孩迎上来，她身穿精致和服，一脸恍惚神情。我伸手帮她抚平衣领的两侧，她看起来不为所动，也许以为我在欣赏丝绸衣物吧。我对俯瞰水面的宽大窗户点点头，她领着我走到那里的一张小桌子边，对我鞠了个躬，随后转身离去。我是唯一来吃午餐的客人，也可能是第一个到的。我饿得要命。隔着宽敞而雅致的餐室，捏寿司的师傅对我挥挥板刀，咧嘴一笑。他在磨边玻璃后面备餐，那块区域让我想起史密斯街那些酒铺子里供柜员工作的树脂玻璃防抢哨位。我也挥手回礼，他点点头，脑袋忽然上下一抖，酷似抽动；我愉快地照样来了一次。我和他你来我往了好一阵子，最后还是他主动退出，端着做作的姿势，从一整块红红的鱼肉上剥去鱼皮。

　　通向厨房的双扇门猛然打开，走出来的是茉莉亚。她也身穿和服，模样光彩照人，但她的发型却有点儿扎眼，她把长长的棕发剪成了军人般的平头，黑色的发根清晰可见。平头底下的面孔显得缺少遮挡，仿佛裸露在外，没有长发遮掩的双眼有些狂野。她拿起菜单走向我的桌子，走

305

到房间中央的时候，我发现她注意到了即将服侍的客人是谁。她继续大步走过来，只是略失仪态而已。

"莱诺尔。"

"尿爪儿。"我说了下去。

"我不打算问你为什么在这儿，"她说，"我根本不想知道。"她把菜单递给我，竹编封面毛扎扎的。

"我跟踪了托尼，"我说着把菜单小心翼翼地放在旁边，害怕被毛刺扎了手，"还有那巨人，那凶手。我们都是来参加弗兰克·敏纳纪念大会的。"

"完全不好笑。"她抿起嘴唇，打量着我，"莱诺尔，你看起来像是一坨屎。"

"开车长途跋涉。真应该先飞到波士顿，然后租辆车——这是你耍的花招对吧？或者搭大巴？我很清楚，你经常来这地方度假。"

"好极了，莱诺尔，你够聪明。现在给我滚蛋。"

"穆斯康加风！敏纳铺位港！"我一咬牙，吞下想跟着这两个短句冲出牙关的一连串缅因州地名抽动。"茱莉亚，咱们必须得谈谈。"

"你跟自己谈谈如何？"

"咱们扯平了，这也完全不好笑。"

"托尼呢？"

"他——拖大船！吞拿风！——他登船出海了。"这个说法听起来很愉快，我不想说出有谁与他结伴同行。吉井家的高窗位置很好，我终于看见了穆斯康古斯岛，地平线上的小岛被浓雾包围着。

"他该来这儿的。"茱莉亚说，不带一丝感情。她说话时仿佛是在过去一两天内彻底转变了思想方式的什么人。"他叫我在这儿等他，但我不想继续等下去了。他该早些来的。"

"他大概也想来的。我想他打算在别人捉到他之前先联系上藤崎。"抛出这个想法的时候，我仔细盯着茱莉亚，想看看是否有畏缩或怒火扰乱她的神情。

我见到的是畏缩。她压低嗓门。"别在这儿说那个名字。莱诺尔，别犯傻。"她扫视四周，不过房间里除了我们，只有女招待和大厨。别说那个名字——遗孀继承了死者的迷信。

"茱莉亚，你在害怕什么？是藤崎吗？还是马屈卡迪和洛卡弗蒂？"

她看着我，我看见她的喉咙变紧，鼻孔翕张。

"我不是在躲避意大利佬的那个人，"她说，"我也不是应该害怕的那个人。"

"谁在躲避？"

这是一个多余的问题。她的怒火此刻瞄准了我，只是因为我恰逢其时，而她想杀死的那个人远在千里之外，通过遥控指挥着她的一举一动。

"去你妈的，莱诺尔。你个该死的怪胎。"

鸭在池塘里，猴在树枝上，鸟在电线上，鱼在铁桶里，猪在毯子里：这场悲剧宛如发烧时的恶梦，无论应该把其中的角色想象成何种动物，现在我都凑齐了一帮演员。问题不是怎样寻觅踪迹，我已经坐在追踪者里完成了这个任务。此刻我必须画下一根连贯的线条，穿过这些猴、鸭、鱼、猪，穿过那些僧人和讨厌鬼——这条线精确地划出两个敌对的阵营。我已经接近这个结果了。

"茱莉亚，能让我点单吗？"

"莱诺尔，你为什么不走远点儿呢？求你了。"这句话兼具怜悯、苦涩和绝望三种情感。她想放我们两人各自一马，但我必须弄清楚威胁来自何方。

"我想试试云丹。来点儿——孤儿海洋冰激凌！——来点儿海胆的卵。尝尝这么折腾到底是为了什么。"

"你不会喜欢的。"

"能做成三明治什么的吗？比方说云丹色拉三明治。"

"那东西没法夹三明治。"

"那好吧，给我一大碗和一把调羹。茱莉亚，我真的饿极了。"

她的注意力没有放在我身上。门砰然打开了，苍白的阳光照在房间里橙色和粉色的内壁上。女招待深深鞠躬，引着藤崎公司的人走向房间中央的长台。

事情发生得很突然。他们一行六人，这场面让人看了心碎。我险些就要祝福敏纳了，他还好已经离去，用不着面对这幅景象，面对藤崎公司的六位中年日本男人所构成的画面，敏纳帮费了九牛二虎之力想达到这个效果，却恐怕永远也做不到：他们的黑色套装合身得丝丝入扣，都打着黑领带，戴着雷朋旅行者墨镜，一个个腰板笔直，神态机敏，皮鞋踩出咔哒咔哒的步点，指环和手镯闪闪发亮，笑起来坚忍克己，不露唇肉。他们是敏纳的理想，但无论敏纳怎么压榨我们，我们也做不到这个地步：完全彻底的一支队伍，一个作战小队，他们的整体形象仿佛一个散发着感召力和力量的浮岛。他们如浮岛般对大厨点头，对茱莉亚点头，甚至对我也点了点头，然后走到座位前，摘下墨镜，收起装进胸袋，脱掉带着美丽折痕的帽子，挂在衣架上。我望着橘红色光线中的几颗光头，立刻认出那个曾经大讲特讲棉花糖、饿鬼、结肠蠕动、野餐还有复仇的人，于是我知道了，我全都知道了。那一刻，除了贝利究竟是谁之外，其他的我全都知道了，自然而然地，我大声抽动起来。

"我就要海——胆嘛！"

茉莉亚转过身，大惊失色。她和我一样也在盯着他们看，被藤崎这群人的壮观阵容迷住了。如果我没猜错的话，她也从未见过这几个人，包括他们伪装成僧人的时候。

"我这就为您下单，先生。"她很优雅地恢复了过来。我没有费神指正我其实并没有点单。惊恐的眼神说明她这会儿承受不了调侃。她收起竹编封面的菜单，我注意到她的手在颤抖，不得不按捺住自己的冲动，去伸手触摸她，以同时安慰她和我的综合征。她再次转身，走向厨房，经过藤崎那群人的桌子时，她聚集起力量，微微鞠了个躬。

藤崎公司的几个人扭过头，再次向我瞥了一眼，目光一如既往的轻盈和漠然。我微笑着挥挥手，想让他们感到不好意思继续打量我。他们转过脸去，接着用日语交谈，发出的声音淌过我这边的地毯和抛光木板，像是合唱团的喃喃声，又像是一种轻柔的震颤。

我尽量一动不动地坐着，眼望茉莉亚重新出现，听他们点取饮料，然后递上菜单。一名黑西装对她视而不见，往椅背上一靠，径直与寿司师傅交涉，后者咕哝两声，表示明白了。其他几个人展开毛扎扎的菜单，也开始咕哝起来，又是叽里咕噜地说话，又是哈哈大笑，又是拿指甲修剪整齐的手指点点戳戳菜单里那些鱼的塑封照片。我回忆起禅堂里的僧人，他们苍白、松弛的肉体，还有此刻藏在昂贵衣装下的稀疏腋毛。与现在我所在的场所相比，禅堂是多么遥远、多么不讨人喜欢的地方啊。茉莉亚再次走出厨房门，端着一个冒着热气的大碗和一个盛着颜色鲜艳的东西的小三脚盆。她端着这两样东西经过藤崎那群人的桌子，来到我的桌前。

"云丹。"她说着对那一小方木头点点头，那里面盛着一团黏糊糊的绿色东西、一撮粉色调的刨花状物品，不是腌渍过的甜菜根就是芜菁，还有一小坨泛着光的橙色珠子——这大概就是海胆卵了。加起来顶多够我吃三口。她放下的大碗看起来还比较像样。汤汁呈乳白色，底下是一大团纠结着的蔬菜和鸡肉块，上面涟漪阵阵，还有几小枝富有异国风情的欧芹之类的玩意儿。

"我还给你拿了些你大概会真心喜欢的。"她平静地说，一边从和服的口袋中掏出陶瓷长柄勺和嵌着花饰的筷子，摆在我的面前。"这是泰式鸡汤。莱诺尔，吃完了赶快离开。求你了。"

把鸡绑在哪儿？我的大脑问。修补和曾经和鸡肉。

茉莉亚拿着记录本回到藤崎公司的桌前，他们用断断续续的洋泾浜英语吼叫下令，茉莉亚努力从中理清头绪。我尝试着吃云丹，拿长柄勺舀起那东西——我跟筷子实在不合拍。凝胶状的橙色珠子在嘴里如刺山柑般爆开，咸乎乎的，味道很冲，但并非绝不可能喜欢。我试着调和木板上三种明亮的颜色，将黏稠的绿色糊状物、几条腌萝卜片和海胆卵拌在一起，得到的混合物则完全是另外一回事：辛辣的气息从喉咙后部升起，充满了鼻腔。这几样东西显然不是让人拌起来吃的。我的耳膜往外鼓，两眼泪汪汪，我发出像是猫吐出毛团的声音。我再次引起了藤崎那群人的注意，寿司师傅也不例外。我挥挥手，脸色涨得通红，他们点点头，也挥挥手，脑袋上下振动一番后又接着谈话。我舀起一口汤，觉得这至少能带走舌头上的刺激味道。再次出乎意料：汤汁好喝极了，对先前那剂爆发的毒药而言既是回应，也是斥责。汤将温暖送向其他部位，沿咽喉而下，穿过胸腔，经过时温暖了双肩。美味一层层展开，洋葱、椰子、鸡肉，还有一种我分辨不清的辣味。我又舀起一勺汤，这次还带了一块鸡肉，让滋养的火苗再次流遍全身。若不是有这碗汤的关照，我都没有意识到我有多么冷，我有多么渴求抚慰。我感觉汤正在不折不扣地拥抱我的心灵。

麻烦跟着第三勺汤来了。我兜底捞了一勺，带上来一团我认不出的蔬菜。我喝掉汤，开始咀嚼塞满嘴粗糙而辛辣的东西，其中只有一部分超出了我的容忍范围。有几片韧性十足、如刀片般的叶子就是不肯屈服于我的牙齿之下，而是跟牙龈和上颚展开了一场意料之外的拉锯战。我嚼啊嚼啊嚼，等着它开始解体。可惜事与愿违。我正在用小拇指掏出这团东西的时候，茱莉亚出现了。

"是不是有几页菜单掉进汤里了？"我终于把那团香料吐在了桌上。

"那是香茅，"茱莉亚说，"不该吃它的。"

"那为什么出现在汤里？"

"调味。给汤增加味道。"

"这我无法反对，"我说，"叫什么来着？再说一遍。"

"香茅，"她呲呲地说，把一片纸扔在我的手边，"莱诺尔，给你账单。"

我伸手去摸她盖住那一小片纸的手，但她立刻抽了回去，这就像是某种形式的儿童游戏，我抓到的是那片纸。

"千层面的屁股。"我低声说。

"什么？"

"大笑艾斯罗格。"这次比较响亮，但没有惊动藤崎那群人，至少现在还没有。我抬头无助地看着茱莉亚。

"莱诺尔，再见。"她快步从我的桌边走开。

那并不真的是账单，茱莉亚在底下潦草地写了几行字：

食物算这儿请客。

友情角灯塔见，两点三十。

赶紧离开！！！

我喝完汤，小心地把不可食用的神秘物质——香茅——推到一旁。接着，我站起身，经过藤崎那群人的桌子走向房门，希望茱莉亚保佑我能变成隐形人。可是，经过他们身边的时候，其中一个人抓住了我的手肘。

"喜欢这儿的食物吗？"

"棒极了！"我答道。

这是拿薄木板打我脊背的那个人。他们正在狂饮清酒，他脸色赤红，眼睛潮湿，眼神快乐。

"你是杰瑞老师那个不守规矩的学生。"他说。

"的确如此。"

"隐修中心这主意不错，"他说，"你需要长期接心。我觉得你有口头表达上的问题。"

"我知道我有。"

他拍拍我的肩头，我也拍拍他的肩头，摸到了上衣的肩垫和衣袖的紧密针脚。接着，我挣脱他的搂抱，意图离开餐馆，但为时已晚。我必须完成这一圈，挨个抚摸所有人。我绕着桌子走动，拍打每个人剪裁完美的套装肩头。藤崎这群人大概觉得这是什么鼓励打气的仪式，一边拍打戳弄我，一边用日语互相说笑。"鸭子鸭子大鹅，"我的声音一开始还很轻，"水獭水獭口头。"

"水獭——鸭子。"藤崎的一个人说着挑起眉头，仿佛在纠正我显而易见的错误，然后狠狠地捅了我一肘子。

"和尚和尚助手！"我绕着桌子走得越来越快，蹦蹦跳跳的，"武器草鸭子蠢！"

"你该走了。"用木板教训我的矮个子说。

"吃我啊藤崎！"我呼喊着奔出门去。

第二艘小船回到了码头边。我再次穿过吉井家的停车场，走下山坡去一探究竟。弗依波尔的窝棚仍旧冒着袅袅轻烟。除此之外，渔码上再没有第二样活动的东西。船长说不定也钻进了棚子跟弗依波尔做伴，拿我那张二十块又开了一瓶琴酒。也可能在结束了从凌晨三点开始的当日劳作后，他直接回家睡觉去了。海胆夏时制。如果真是这样，那我就太嫉妒他了。我蹑手蹑脚地走过棚子，来到栈桥的另外一端。站在这儿，我能看见同样空旷的渡轮码头，渡轮出海驶向了岛屿，售票窗口要一直关闭到傍晚渡轮靠岸为止。风从洋面吹了起来，眼前岸边的场景透着凄凉、荒芜的感觉，羽毛褴褛的海鸥在历经日晒雨淋的码头上空盘旋，十一月的缅因仿佛只属于它们，人类则听到了大难临头的新闻而逃之夭夭。

我瞄到远处三面封闭的停车场里有什么东西在动弹，那是生命的痕迹。我悄悄走过渡轮码头，离开斜射的刺眼光线，来到一个能够望进暗处、分辨清楚那究竟是什么地方。答案是巨人。巨人站在他和托尼的两辆车之间，眯着眼睛抵挡海风和斑驳的阳光，正在阅读或瞪视牛皮纸信封中的一叠文书，它们的出处也许就是L与L公司。就在我看着他的时候，他对那些文件开始感到无聊或者不满意，举手将它们一撕两半，然后再撕为二，接着走到停车场的边缘，宽阔的石块堆在这里隔开了人行道与大海，石块上爬满了藤壶，还嵌着许多啤酒罐。他把撕成四半的文件扔向石块和大海，纸片被迎面而来的风裹挟着冲过他身边，散落在停车场的砾石地面上和附近的树丛中。他还没有完事。他的手里还另有其他东西，一件闪闪发亮的黑色小玩意儿，乍看之下我还以为他要打电话。定睛一看，那东西原来是个钱包。他翻了一遍钱包，拿出几张叠着的钱塞进裤袋，然后把钱包也扔了出去，这次比扔文件的时候来得成功，钱包划着弧线飞过石块，似乎落进了大海——从我所在的位置看不清楚，估计巨人也是一样。他似乎并不特别担心。担心不是他的天性。

这时，他一转身看见了我：哭笑不得，优势尽失。

我掉头就跑，穿过渡轮码头和渔码头，奔向山丘，坡顶上有那家餐厅，还有我的车。

我自己疲惫不堪的呼呼喘息声、血流在耳朵里的怦怦声、海鸥的凄厉叫声、底下海浪的哗啦哗啦拍击声——巨人身下车轮的刺耳摩擦声将它们一并击得粉碎：我刚把钥匙插进点火器，那辆康拓就吱吱嘎嘎地冲进了餐厅的停车场。他挡住了我的去路。断崖很近，他可以把我推下去。我打到倒车档，车子猛然向后退去，离开他的行进方向。他的车侧向滑行着停下，险些撞上停在那里的小货车。我一脚把油门踩到底，抢先倒车冲出停车场，驶上一号国道，逃向南方。巨人紧随其后。我在后视镜里看见他全神贯注地追赶着我，一手抓方向盘，一手持枪。

敏纳和托尼——我坐观他们被温柔地护送向最终结局，死得无声无息。我的结局看来会吵闹一些。

我猛打方向盘，骤然往左驶离公路，向渡轮码头而去。巨人没有被糊弄住。他紧紧咬住我的后保险杠不放，红色小轿车仿佛和他的身躯同样庞大，可以爬上来擒抱住我的追踪者。我向右转，向左转，擦到了通向码头的水泥道路的参差边缘，那动作仿佛半象征性的摆手指或是在嘘人，意在赶开紧追不舍的巨人，但他跟上了我用车子耍的每一个花招，康拓克制住了追踪者。水泥道路变成砾石滩，我把刹车踩到底，车身向右滑开，否则就要冲过码头、掉进大海了。我转弯驶向渡轮码头的停车区，托尼的庞蒂亚克仍在原处，他没有机会用来对付巨人的枪依然躺在驾驶员座位底下。

必须拿到手枪，我的大脑嘶喊道，我的嘴唇跟着动了起来，努力跟上吟唱的节奏：必须拿到手枪，必须拿到手枪。

枪枪枪砰！

我还没有开过枪。

我驾车冲过入口，脆弱的大门被撞得绕门柱啪的一下转了半圈。巨人的车依然咬着我的后保险杠，金属发出摩擦声和呜咽声。我不知道到底怎样才能拉开足够的空间让我跳下车，钻进托尼的汽车，抓住仍然留在原处的手枪。我转弯兜过托尼的车，驶向左方，在我和巨人之间拉开转瞬即逝的间隙，径直冲向石块屏障。撕碎的纸片依然散落各处，随风舞动。希望巨人能帮我个忙，一头扎进大海里算了。希望他根本没有动脑筋考虑过这个问题，大西洋也许还没大到能给他留下深刻印象的地步。

他再次咬住了我，我赶忙拐弯，以免自己下水洗澡，我带着他绕停车场的外沿兜起圈子。"请勿倒车！严重损毁轮胎！"出口处的牌子声嘶

315

力竭地喊叫着,提醒大家注意单向路钉,免得有客人企图不掏钱就在此停车。好吧,我得尽量避过那东西。巨人的车子又撞了我一下,两辆车都朝左边滑行了一段,离开托尼的庞蒂亚克,朝出口而去。

忽然间我灵光一闪,加速冲向出口。

刚过可伸缩的路钉,我就拼死踩下刹车,轿车尖啸着滑行一段,在距离出口一个车身的位置上停住了。巨人的车恶狠狠地撞上我的车屁股,把我往前又推了几码,我狠狠地贴在了座位上。我感到脖子里有什么咔哒一声断了,嘴里也尝到了血腥味。

第一下砰然声响来自巨人的气囊爆炸。我在后视镜里看见一个白色丝缎气球充满了康拓的车厢内部。

第二下砰然声响是巨人在惊慌中开了枪,也可能是手指在应激反应下扣动了扳机。挡风玻璃崩裂开来。我不知道那一枪射向何方,但找到的目标肯定不是我的身体。我打到倒车档,把油门踩到底。

然后把巨人的车子推向路钉。

我听见他的后轮胎爆裂,继而嘶嘶作响。康拓的后半部塌陷下去,轮胎被路钉刺穿了。

有一个瞬间,我能听见的仅仅是轮胎跑气的嘶嘶声,一只海鸥接着叫了起来,我发出声音回应它,这是一声化身为鸟叫的痛苦嘶吼。

我摇摇头,瞥了一眼后视镜。巨人的气囊在悄无声息地缓缓缩小。子弹或许打穿了气囊。气囊底下没有任何动静。

我打到一档,朝左前方转弯,然后倒车再次撞向康拓,驾驶座的金属车门瘪了下去,扭曲了康拓的轮廓,让它像锡箔一样皱缩,发出的嘎吱声响传入耳中。

我应该停下来才是。巨人多半在气囊下丧失了知觉。他没有继续开枪，也没有在挣扎求生，而是一动不动、一声不吭地躺在那里。

但对称性疯狂地召唤着我：他的车应该在两侧都留下凹痕。我必须捶打康拓的双肩。我前进了一段，到了位置后猛然倒车，再次撞上他的座驾，和对待驾驶座那侧一样，撞瘪了乘客座的一侧。

妥瑞氏症使然——你是不会明白的。

我带着地图和移动电话坐进托尼的庞蒂亚克。钥匙仍旧在点火器上。我驾着车经过被撞坏的入口离开停车场，拐弯穿过空荡荡的渡轮码头，沿一号国道向北而去。很显然，没有人听见海边停车区的撞击声和枪声。弗依波尔甚至没有从窝棚里探头张望。

友情角在穆斯康古斯波因特站以北十二英里，坐落于海边的一片出露岩层上。灯塔涂成红色和白色，餐馆里佛教徒钟爱的褐色与之相比真是丑不可耐。相信山达基教徒也还没有染指此处。我把庞蒂亚克尽可能近地停在海边，眺望了一阵子远处，感觉到舌头被自己咬破的伤处在慢慢收口，顺便检验一下脖子伤得有多严重。对于我的妥瑞氏症而言，能够自由活动脖子是至关紧要的事情。我在这方面堪称运动健将。感觉起来只是颈部扭伤而已，并不特别严重。我又冷又累，香茅肉汤补充的热量早已消耗殆尽，被巨人在二十四小时或一百万年前敲伤的头部还在一跳一跳地疼个没完。但我依然活着，随着阳光的角度越来越陡，大海也美丽了起来。与茱莉亚的约会我早到了半个钟头。

我拨通本地警方的号码，告诉他们有个巨人睡在穆斯康古斯岛轮渡站背后。

"他也许状况欠佳，但我想应该还活着，"我告诉他们，"也许需要救生颚①把他弄出来。"

"先生，能留下您的姓名吗？"

"不能，真的不行。"我答道。他们不可能知道这句话有多么真诚。"我的名字无关紧要。他杀死了一个人，你能在渡轮码头附近的海边找到那个人的钱包。尸体多半被海水冲上了小岛。"

负罪感是一种妥瑞氏症吗？有可能。要我说，负罪感就有那种微妙的特质，让人想起汗津津的手指。负罪感想覆盖所有的根基，想同时占据所有的地方，想将手伸进过往，去扭拧、整理、补救。负罪感如同妥瑞氏症的口头发作，无用地流淌着，生硬地从一个绝望的人类冲向另一个绝望的人类，不在乎边界，注定要被误解或拒之门外。

负罪感和妥瑞氏症一样，没完没了地尝试，却学不到教训。

而愧疚的灵魂，正仿佛妥瑞氏症患者，也戴着小丑的面具——就是斯莫基·罗宾逊那种，面颊上画着泪痕。

我拨通了那个新泽西的号码。

"托尼死了。"

"这真是可怕——"马屈卡迪开始说。

"是啊，是啊，真可怕。"我打断了他的发言。我没情绪跟他胡扯。实在没有任何情绪。只要一听见马屈卡迪的声音，我就变成了比人类更糟糕或更低劣的某种东西，那绝不是悲恸、气恼、抽动、孤独能总结的，自然也肯定不是忧郁，而是具有目标的愤怒。我是利箭，要刺透岁月。"仔细听我说，"我说，"弗兰克和托尼都死了。"

---

① 救生颚（Jaws of Life）：有铁钳状金属装置的气动工具，插入严重损坏的汽车内打开通道。

"是的。"马屈卡迪似乎已经明白了。

"我有你们想要的东西,咱们就此了结。"

"好的。"

"就此了结,我们不再跟你们有任何瓜葛。"

"我们是谁?你以什么身份发言?"

"L与L。"

"弗兰克已经离开了,现在又是托尼,说L与L还有什么意义吗?为何非得提起L与L?"

"这是我们的事情。"

"那么,你有的我们想要的东西呢?"

"杰拉德·敏纳藏在东八十四街的一家禅堂里。用了化名。他该为弗兰克的死负责。"

"禅堂?"

"日本人的教堂。"

长久的沉默。

"莱诺尔,这不是我们期待你做的事情。"

我没有答话。

"但你说得对,这是我们感兴趣的事情。"

我还是没有答话。

"我们会尊重你的意愿。"

我对负罪感知之甚详。复仇就完全是另外一回事了。

但我必须考虑复仇。

第8章

曾经相识

曾经有个楠塔基特①来的姑娘。

不，我说真的，她的确来自楠塔基特。

她父母都是嬉皮士，因此她也曾是个嬉皮儿童。她父亲不总是待在楠塔基特的家里。即便在，也很少久留。慢慢地，探访的频率越来越低，时间也越来越短。

女孩开始听父亲留下的磁带：艾伦·沃茨演讲系列，漫无目的、打诨插科的独角戏，向美国人介绍东方智慧。女孩的父亲彻底不来之后，在她的记忆中，父亲和录音带上那个富有魅力的声音开始混淆起来。

女孩年纪渐长，她搞清楚了这件事情，但那时候她已经听了成百上千遍的艾伦·沃茨讲演。

女孩十八岁了，她去波士顿念大学，就读的艺校是一家博物馆的一部分。她厌恶这所学校，也厌恶那里的其他学生，厌恶假装成艺术家；两年后，她退学了。

---

① 楠塔基特（Nantucket）：美国马萨诸塞州东南一岛屿，位于科德角以南。

321

她先回到楠塔基特待了短短一阵子，但女孩不喜欢跟母亲同居的那个男人，更何况楠塔基特再怎么说都只是个小岛。于是，她回到了波士顿。她在一家学生出没的劣等酒吧里找了份没几个钱的工作，同时还得抵挡顾客和同事没完没了的揩油。到晚上，她就去上瑜伽，还在本地基督教青年女性协会的地下室参加禅修聚会，同时还得抵挡导师和同修没完没了的揩油。女孩明白过来，她厌恶的不仅是学校，更是波士顿本身。

　　差不多一年以后，她拜访了缅因州海岸边的一家禅宗隐修中心。这地方美得惊人，在夏天那几个喧闹的月份里，小镇是波士顿和纽约那些有钱人的避暑胜地，但过了那几个月，这地方简直是与世隔绝。它让女孩回忆起楠塔基特，特别是她所留恋的那些东西。她很快做好安排，来这里全天修行，同时在隔壁的海鲜餐厅当女招待挣钱养活自己，当时这家餐厅还是传统的缅因龙虾馆子。

　　女孩在这里遇到了两兄弟。

　　先遇到的是哥哥，女孩在他陪同朋友接二连三地短暂拜访隐修所的过程中结识了他。他的朋友对佛道略有心得，两兄弟里的哥哥却毫无根基，但这两位在宁静的缅因州都是让人见了心中不安的角色——散发着不耐烦的气息，有都市人那种带着敌意的幽默感，但对刚接触到的禅修都颇为恭顺和虔敬。当他们被介绍认识时，哥哥的态度既殷切又谄媚。除了艾伦·沃茨的录音带以外，女孩从未遇到过如此口若悬河的人物，而艾伦·沃茨依然影响着女孩的渴求方向——然而两兄弟里的哥哥却绝不是沃茨那种人。他说的故事都与布鲁克林的独特风情有关：下三滥的黑帮、漫画情节般的骗局，其中有些的结局还很暴力。他用言辞建造了一个在她看来触手可及的真实世界，而这世界实际上却非常遥远。从某种意义上说，她未曾去过的布鲁克林成了一个罗曼蒂克的理想场所，比她在波士顿管中窥豹见到的城市生活要更真实更精致。

过了一阵子，女孩和哥哥成了情侣。

哥哥探访的频率越来越低，时间也越来越短。

有一天，哥哥回来时开着一辆英帕拉，车里不但塞满了装着衣物的购物纸袋，还载着他的弟弟。向禅修中心捐赠一笔可观的香火钱之后，两个男人住进了隐修所的房间，而且还是从沿海公路上看不见的房间。第二天，哥哥开着英帕拉离开，回来时开了辆挂缅因州车牌的小货车。

接下来，无论何时，只要女孩试图去哥哥的房间找他，他都会婉言谢绝。如此局面持续了几周，女孩开始接受现状。他们之间不再做爱，也不再讨论布鲁克林了。但就在这时候，两兄弟里的弟弟却进入了女孩的视野。

弟弟不修禅道。直到这趟来缅因州为止，他还没有离开过纽约市，缅因对他而言是个神秘而荒谬的目的地，正如他对女孩而言是个神秘而荒谬的人一样。哥哥拿来把女孩哄得昏头转向的那些故事，在女孩看来都具象化为弟弟这个人。弟弟也很爱说话，但他的故事缺乏底气，很混乱。他说的话完全没有哥哥讲起故事时那种带着距离、让人沉迷的姿势，也没有散发出禅意的光泽。当他们在缅因州的海岸边迎风拥抱时，他仿佛仍旧住在他所描述的那些街道上。

哥哥读的是克里希那穆提、沃茨和丘扬创巴，弟弟却喜欢史毕兰、钱德勒和罗斯·麦克唐纳①，他经常大声念给女孩听，女孩特别受麦克唐纳吸引，她从听到的故事中学到的东西超出了楠塔基特、禅道和在大学里学到的那丁点儿知识。

———————

① 史毕兰、钱德勒与麦克唐纳均为美国冷硬派侦探小说作家。

过了一阵子，女孩和弟弟成了情侣。

弟弟做了哥哥无论如何也不可能做的事情：他向女孩解释了将两人逐出布鲁克林的境况，他们为何来到禅修中心寻求庇护。他们兄弟是联络人，一边是两位老年布鲁克林黑帮头目，另一边是温彻斯特和新泽西的郊区匪帮，专门抢劫走小道进入纽约市的卡车。年迈的黑帮头目负责将卡车劫匪搞来的货物分销出去，这门生意只要能沾边就能挣不少钱。不过，两兄弟给自己挣来的钱超出了应得的份额。他们找到一个地方，私吞下一定比例的货物，也安排好了销赃的途径。两名黑帮头目发现了他们的背叛行为，决定干掉这对兄弟。

因此来到了缅因州。

弟弟做了一件哥哥恐怕永远也不可能做的事情：他与楠塔基特来的愤怒怪女孩共坠爱河。有一天，被爱意冲昏了头脑的弟弟向女孩解释了他的远大梦想：他想开一家侦探所。

与此同时，哥哥与他们两人越来越疏远，更深也更真诚地投向了禅修的怀抱。与过去和现在的许多灵修者没什么两样，他似乎从物质世界抽离了出去，变得既有容忍力又喜欢讽刺挖苦，但在面对被他抛下的人和事时也显得有点儿冷淡。

弟弟和女孩不在隐修中心的时候，他们就管哥哥叫"罗摩喇嘛叮咚"。没多久，他们甚至开始当面这样称呼他。

有一天，弟弟想跟母亲通电话，发现母亲被送进了医院。他与哥哥争执起来，女孩偷听到了几句他们之间苦涩而可怕的对话。哥哥认为母亲所在的医院是人为设置的陷阱，目的在于引诱他们返回布鲁克林，领受应得的惩罚。弟弟不同意。第二天，他买了辆车，装上他的物品，宣布他这就要回城去了。他请女孩与他同行，但也提醒她前方或许有危险。

女孩想了想她在隐修中心的生活,隐修所已然渐渐包围住了她,很难发生什么新鲜事,就仿佛一个岛屿。她又想了想弟弟和布鲁克林的画面,他的布鲁克林,与他一起生活在那个地方。她点头同意离开缅因。

路上,他们在奥尔巴尼结了婚,主持婚礼的是这个州首府的一名治安法官。弟弟想给母亲一个惊喜,想哄她开心,或许也想给他的长期失踪找个合适的借口。跨过那座著名的大桥进入布鲁克林之前,弟弟带女孩去曼哈顿采购衣物,再一想,他又领着女孩走进蒙塔古街的美容院,把女孩的黑发染成铂金色。搞得好像女孩反而是应该改头换面的那个人似的。

母亲生病并不是别人设下的圈套。弟弟和新婚妻子赶到医院时,她已经死于中风了。但另一方面,黑帮也确实知道这片地区发生的各种事情,安排了人手仔细看守医院。弟弟泄露了踪迹,没多久便被抓去回答问题:他们兄弟为什么要犯下如此罪错。

他恳求饶命,说他才结婚没多久。

他也把两兄弟共同犯下的罪过全推在了哥哥头上。他声称与哥哥彻底断绝了联系。

最后的结局是,他允诺终其一生都将当黑帮的跑腿小弟。

基于这个条件,黑帮接受了他的道歉。他们允许弟弟苟活于世,但同时又发毒誓一定要哥哥的命,还逼着弟弟答应,只要哥哥一现身就交给他们处理。

弟弟让新婚妻子住进母亲的旧公寓,楠塔基特来的女人开始调整自己以适应布鲁克林的生活。不期而遇的首先是陶醉和惊吓,继而是祛魅。她的丈夫是个不入流的混混,他口中的所谓"探员"是一群乌合之众,是几个连高中都没上完的孤儿。有一阵子,他安排女孩在朋友的律师事务所打下手，她的职务是公证人，被放在法院街的橱窗里展览，感觉起来低人一等。她提出抗议，弟弟准许她蜗居公寓之中，不再抛头露面。年老的黑帮头目替这对夫妻付房租，弟弟的绝大多数侦探工作来自他们的命令。楠塔基特来的女人不喜欢在布鲁克林被称为"侦探工作"的那些事情。她希望弟弟能运营一家真正的租车服务公司。他们的婚后生活既冷淡又别扭，充满了没有解释的缺失和疏漏，也不再有海滩漫步的节目。过了一段时间，她开始明白过来，弟弟还有别的女人，高中时的旧女友、远房表姐妹之类的，她们从未离开过这片街坊，也从未远离过弟弟的床榻。

楠塔基特来的女人挺了过来，时不时给自己也找个情人，大部分时间不是在法院街和亨利街看电影，就是去布鲁克林高地购物，购物后在那附近的旅馆休息室喝两杯，然后去散步道随便溜达，抵挡住大学男生和在这儿消磨午餐时间的已婚男人没完没了的搭讪。总而言之就是怎么虚耗人生都行，只要能不去怀念缅因州被她抛在身后的静谧田园生活，不去怀念她在遇到这两兄弟和被带到布鲁克林之前那种虽寡淡但波澜不惊的满足感。

有一天，弟弟告诉妻子一个可怕的秘密，她决不能向布鲁克林的任何人透露，尤其不能让风声传进那群歹徒的耳朵：哥哥回到了纽约市。他声称自己是一名老师，也就是教习禅道的长者，在曼哈顿上东区约克维尔开设了一家禅堂。约克维尔禅堂靠哥哥在缅因州遇到的几位日本商人团体资助，这个团体很有势力，买下了缅因州那家简朴的禅修中心和隔壁的龙虾馆子，从头到脚修缮一新。他们就是藤崎公司。

藤崎公司的人都是道行很深的灵修者，但感觉自己在祖国遭到了不公正的待遇，因为日本的僧侣阶层仅接纳天生血统高贵的特定人群，在那里，资本主义的巧取豪夺和精神上的虔诚被视为格格不入的两样东西。金钱和权力无法让藤崎公司的人在祖国买到他们渴求的那种尊敬。但到了美国，首先在缅因州，接着又是在纽约市，他们可以让自己变成真实可信的苦行僧和导师，睿智而倡导和平的人。做这件事的过程中，正如哥哥向弟弟解释的、弟弟向妻子解释的，藤崎公司的人和哥哥希望顺便搞点儿小"生意"。纽约市，这片充满机会的土地，对僧人、骗徒和讨厌鬼来说，众生平等。

我们站在灯塔靠海那边的栏杆前，极目远眺。风依然很大，但我已经习惯了。我按照弗兰克·敏纳的架势拉起衣领。岛屿外的天空灰蒙蒙的，让人心情沮丧，但海天相接之处有一条漂亮的细致光带，我把眼睛眯到指缝那么细的时候才看得见那条分界线。鸟儿不时掠过脚下泛着泡沫的大海，不知道是在找海胆，还是在找被人扔在岩石间的热狗尾端。

托尼的枪在我的上衣里，此处视野开阔，我们能沿着一号国道的两个方向望出去好几英里远，谁要是接近都逃不过我们的视线。我有强烈的冲动想保护茱莉亚，想用我的身体抱住她或者护住她，好让我觉得除了自己之外还帮助其他人平安度过这场劫难。但我估计藤崎公司并不特别在乎我和茱莉亚。她和我都曾是杰拉德·敏纳问题的一部分，却从不是藤崎公司的问题。茱莉亚对我想保护她的热望也没有表现出任何兴趣。

"我知道接下来发生了什么，"我告诉她，"这两兄弟忍不住又染指了钱柜。弗兰克参与了从藤崎管理公司长期窃取资金的骗局。"我已经明白过来，杰拉德告诉我的并非谎言，而是精心粉饰过的真相。杰拉德撇清了自己与这件事的关系，扮出禅师般的清白模样，但其实他才是轮子的轴心。"还有一个会计，名叫——蠢身体，全是钱，赡养费——呃，名叫乌尔曼。"

"是的。"茱莉亚说。

她说话时精神恍惚，并不需要我每隔一会儿就提示她一次。叙述越是接近现在，她的眼神就越是清澈，视线就越是不再盯着远处的小岛，说话声也随着怨恨而愈发沉重。我感到她正在滑进苦涩的深渊，我想把她拉回来。即便没有其他威胁，也要保护她不被自己伤害。

"因此，弗兰克隐瞒了他哥哥已经回来的秘密，没有让那两位客户知道，"我说，"而那两个家伙同时正在跟杰拉德的日本搭档做生意。交易不停进行，但——香茅，酸球，去他妈的！"我难以为继，直到迎着风发出一阵放屁般的摩擦音——形之于文就是"吹啊我呸"——这才满足了我的爆发性抽动欲望。唾沫星子溅回到了我的脸上。"然后，藤崎公司发现有人在偷他们的钱。"我终于说完这句话，一边用袖子擦净了脸。

她反胃地看着我。尽管难堪，但她总算被我拉回到了现实中。"是的。"她答道。

"而杰拉德为了自保，把责任全推给了——指风先生！酸草叔叔！——推给了弗兰克和乌尔曼。"

"托尼也是这么想的。"她又飘向了远方。

"藤崎的人肯定吩咐杰拉德自行处理此事，以表达良好的合作意愿。于是杰拉德雇佣了那名杀手。"

我，一个茫然无知的喜剧配角，就是在此处步入这个故事的。两天前，弗兰克·敏纳闻到风声不对，他不信任杰拉德，想在外面街上安排后援，于是就叫我和吉尔伯特守在禅堂门口。温血动物。如果事情出了岔子，他可以招呼我和吉尔伯特全速支援，让我们也掺和进这场骗局，至少他是这么盘算来着。若是事情顺利的话，就让我们留在原处好了，那是我们天生应该待的地方——局外。

"你知道的比我多。"茱莉亚说。随着交谈的内容转向雇佣杀手和因此引发的种种不必细述的事情，她的情绪激动了起来，她只是局外叙事者的幻想消散了。此刻我必须转过身去，模仿她扫视地平线的沉思模样，不过我的手指仍在灯塔护栏上傻乎乎地跳舞，数着一二三四五、一二三四五。我越来越习惯她的短发模样，但往日里总在头发后面闪闪放光的双眼离了那层帷幕却有些过于耀眼。我既受到吸引，又感到厌恶，连抽动也变得举棋不定。此刻我明白了，弗兰克在我们即将离开高中时把茱莉亚介绍给我们，当时的茱莉亚尽管只比我们大五六岁，但看起来却像是被弗兰克从退色的电影海报中生生拔出来的。楠塔基特和佛教怎么可能让她变得如此老成，如此咄咄逼人？我实在想象不出。估计弗兰克以他偏爱的方式一夜之间催熟了她，用的是长筒丝袜、头发漂白剂和讽刺挖苦——还有他所忽视的各种东西。

"让我猜猜看接下来发生了什么吧。"我说。我觉得自己像是在不抽动的前提下努力说完一个笑话，但视线所及却没有可爆的笑点。"弗兰克和乌尔曼出局后，杰拉德必须确保除掉他本人和弗兰克·敏纳之间的所有联系。这指的是你和托尼。"

按照我的猜想，杰拉德也很惊慌失措，他害怕的不但是藤崎公司，还有那两位客户。杀死亲弟弟导致他破坏了一套精密的控制体系，这套体系保护他不为马屈卡迪和洛卡弗蒂所害超过十年之久。正当杰拉德发狂般地试图收拾残局的时候，藤崎公司宣布他们要来纽约查账，要亲自抓一抓管理工作（但假扮成僧侣）。或许他们很想看看杰拉德如何收拾残局，想看看他怎么像虫豸一样蜿蜒挣扎。

杰拉德的推断很准确：如果弗兰克在世界上还信任什么人的话，那就无疑是他的老婆和得力助手，亦即身后的接班人，也就是托尼。后一部分让我有些难以接受。尽管托尼因为和弗兰克走得太近而丢掉了性命，但这样的安慰实在缺乏说服力。

"打电话说弗兰克死了的是杰拉德，"我推测道，"不是医院。"

茱莉亚转过来，咬牙切齿地看着我，泪水在脸上画出亮晶晶的轨迹。"了不起，莱诺尔。"她悄声说。我伸手想用衣袖擦掉她的眼泪，但她飞快退缩，对我的关怀不感兴趣。

"但你不信任他，所以就逃跑了。"

"别傻了，莱诺尔，"她的声音恨得抖了起来，"如果我在躲杰拉德的话，我为什么要藏在这儿？"

"白痴衣叉！字母表调怪胎！"我猛扭僵直的脖子，清除掉这阵抽动。"我也不明白。"我答道。

"这是他为我安排的安全屋。他说杀死弗兰克的人在找余下来的人。我信任他。"

我开始懂了。卢修斯·西米诺尔说过，茱莉亚的记录说她经常拜访波士顿。"你对弗兰克生气了就藏在这儿，"我猜测道，"你退隐到往日里去。"

"我没有在躲藏。"

"弗兰克知道你和杰拉德有联系吗？"

"他才不在乎呢。"

"你和杰拉德仍是情人吗？"

"只在他的……灵修道途允许的时候。"这几个字从她嘴里喷发出来。她脸上的泪水已经干了。

"你是什么时候搞清楚真相的？"

"我给托尼打了电话。我们碰了碰各自知道的事情。杰拉德低估了托尼，他知道不少内情。"

我心想，托尼知道的只是九牛一毛而已。托尼想接管藤崎骗局中弗兰克·敏纳的份额，却不知道已经没有任何东西留下来供他接管了。他要那份钱，还要更多其他的东西。我总是急不可耐地想成为一名道德高洁的侦探，但托尼总是急不可耐地想扮演一个腐败堕落的角色，甚至是一名彻头彻尾的精明玩家。自从他晓得弗兰克·敏纳还有另一面那天起，他就把自己设想成了敏纳最黑暗的那一面，也许就是在我们卸装吉他、功率放大器、介绍给马屈卡迪和洛卡弗蒂认识的那一天，也许还要更早些，在仅有他和弗兰克两人跑腿的某件更丑陋的事情中。他那天表现得格外欢喜，是因为他的黑手党狂想终于得到了证实，同时也第一次看见了弗兰克·敏纳的虚弱之处。那一幕的言下之意是，如果弗兰克的运数可以有起有落，而权力仿佛能流动的液体，那么托尼有朝一日或许也能分得他的一杯羹。弗兰克死去的那一刻，托尼以为他能够在两个舞台同时扮演弗兰克，一边是布鲁克林的那两位客户，一边是约克维尔的杰拉德和藤崎公司，但只扮演弗兰克更有效率、更加残忍的那个部分，抛弃他滑稽可笑的狂热劲头，还有他心中那些柔软的地方，正是这些东西让弗兰克招揽了我这种怪胎，让弗兰克最终走上了歧途。

杰拉德眼中的托尼只是这番错综复杂的午夜传奇中的一部分，但又不完全是个谎言。我想杰拉德尽管神通广大，但毕竟没法一眼看穿托尼究竟在动什么脑筋。

"茱莉亚，你和托尼碰的不仅仅是各自知道的事情。"话刚出口，我就后悔了。

她投来怜悯的视线。

"是啊，我跟他搞过。"她从手袋里拿出香烟和打火机。"我跟许多男人搞过，莱诺尔。我跟托尼和丹尼都搞过，甚至还搞过一次吉尔伯特。除你之外的所有人。没什么大不了的。"她把香烟塞进唇间，拢起双手挡住海风。

"对托尼就难说了。"我越说越后悔。

她只是耸耸肩，一次又一次地捻动打火机的滚轮，但都无济于事。汽车呼啸着经过脚底下的公路，但没有人在灯塔停下。我们在痛苦和羞耻中孑然独立，对彼此而言都毫无用处。

她搞了敏纳帮，搞了敏纳的小伙子们，这对茱莉亚或许真的没什么大不了的，对托尼或许也是这样——尽管我很怀疑是否如此。你是原初的那个女人，我想这样告诉她。敏纳把你带回家展示给我们看的时候，我们拼命想弄清楚弗兰克到底为了什么娶她，我们努力研究你这个人，想理解敏纳的女人该是什么样，但见到的唯有愤怒而已——现在我明白了，愤怒背后隐藏的是失望和恐惧，是汪洋大海般的恐惧。我们曾经望着女人和信件疾驰而过，但你是第一个被正式介绍给我们的女人，我们想理解你。还有，我们爱你。

此刻的我想拯救茱莉亚，想把她从灯塔和缅因州天空下的凄凉故事中拉回来。我想让她知道我们同样都是让弗兰克·敏纳失望的爱人，是被遗弃的孩童。

"茱莉亚，我们年龄相仿，"我的开场白很笨拙，"我是说，你和我，我们曾在差不多的时候度过青春期。"

她望着我的眼神一片空白。

"茱莉亚，我遇到一个女人。因为这个案子遇见她的。她在某些方面很像你。她研修禅道，和你遇见弗兰克的时候一样。"

"莱诺尔，没有哪个女人会想要你。"

"要我啊贝利！"

这是一次经典的抽动，坦诚而清晰。缅因州、茱莉亚·敏纳和犹如泰山压顶的疲倦也挡不住这么一次完美、清晰、喉头拧紧的抽动。我的造物主有着无穷的智慧，这是他赐予我的礼物。

我努力不去听茱莉亚在说什么，而是把精神集中在海鸥的嘎嘎叫声和海浪拍岸的涛声上。

"也不尽然，"她继续说道，"女人或许会要你。我自己就有那么一丁点儿想要你。但她们绝不可能公平待你，因为啊，莱诺尔，你实在是个彻底的怪胎。"

"这个人不一样，"我说，"她和我遇见过的所有人都不一样。"但此刻我已经词不达意了。如果我把茱莉亚和金茱莉两者的区别明白地说给茱莉亚听，明白地说给我自己听——她不像你这么满怀恶意，也永远不可能这么满怀恶意——那我肯定会后悔自己这么说的。

"好吧，我猜你对她来说也很特殊。我相信你们会快乐相伴直到永远的。"从她嘴里说出来，"快乐相伴"这几个字显得既扭曲又刺耳。

狗屎然而。

巴掌忘她。

此刻我想给金茱莉打电话，想得撕心裂肺，想得连手指都已经摸到了上衣口袋里的移动电话，开始把玩起来。

"托尼为什么来缅因？"我逃回我们共同编织的剧情中寻求庇护，这些事情忽然间与我们可悲的命运、此刻海风中我们可悲的生命没有多少关系，或者干脆没有关系了。"你为什么不一走了之？你知道杰拉德说不定也要杀你。"

"我听说藤崎公司的人今天搭飞机来这儿。"她再次顶着香烟捻动打火机,仿佛我们将像燧石击中石块般擦出火花。这会儿她的敌人不止是海风。她的双手在颤抖,叼在唇间的香烟也在颤抖。"托尼和我打算把杰拉德的事情告诉他们。他会随身带证据来。结果你却挡在了中间。"

"阻止托尼赴约的不是我。"口袋里的移动电话让我分心,想到金茉莉具有安慰效果的声音更是如此,哪怕只是听听自动答录机的外出留言提示也行。"杰拉德派他的巨人追杀托尼,"我继续说道,"他跟踪托尼来了这儿,估计打算拿他粗大的手指一下子弹死两只小鸟儿。"

"杰拉德不想让我被杀害。"她静静地说。她的双手落到了身体两边。"他想让我回去。"她这么说是想让这句话成为现实,但字词本身却几乎湮灭在了风中。茱莉亚又隐然要退向远方,但我知道这次自己将不会有兴趣拉她回来。

"所以他害死了自己的弟弟?因为嫉妒?"

"非得有什么原因吗?他也许只是看出来他和弗兰克只能活一个。"香烟仍旧在嘴边晃动,"藤崎公司需要一个牺牲品。他们在这方面是了不起的信徒。"

"你刚才跟藤崎的人谈过了?"

"莱诺尔,他们那种人是不跟女招待谈交易的。"

"托尼太倒霉了,杀手在他找到藤崎公司的人之前先找到了他,"我说,"但这也救不了杰拉德。这我能确定。"我不想详细解释。

"随你怎么说吧。"她从栏杆前踱开,手里紧握着打火机,再使劲恐怕就要捏碎了。

"这话什么意思?"

"意思是说，我没见过你不断提起的那个巨人杀手。你确定自己没有发生幻觉吗？"她转过身，把打火机递给我，从嘴里拔出那支香烟递给我。"莱诺尔，能帮我点烟吗？"我听见她的声音中有一种奇怪的震颤，仿佛她又将痛哭流涕，但这次没了愤怒，她也许终于对敏纳有了哀悼之情。我接过打火机和香烟，把香烟放进自己的唇间，转过身背对海风。

等我点燃香烟，茱莉亚已经从手袋里抽出了枪。

我本能地举起双手，扔下打火机，做出一是投降二是自卫的姿势，就好像我能用弗兰克的手表挡开子弹似的，神奇女侠[①]的手镯倒是有这个功效。茱莉亚轻松自然地握着枪，枪口直指我的肚脐。此刻她的眼睛就像地平线上缅因州的最远处一样灰暗，一样晦涩难解。我感到酸水如火焰般灼烧心窝。真不知道我是否能习惯于面对枪口，更不知道这是否真能成为我所热爱的事情。我想抽动，没什么特别原因，但在这个节骨眼上我实在什么也想不出来。

"莱诺尔，我忽然想到弗兰克说过的关于你的话。"

"他怎么说？"我慢慢放下一只手，把点燃的香烟递过去，她却摇了摇头。我把香烟丢在灯塔的露台上，用鞋底碾灭。

"他说你对他之所以有用，是因为你很疯狂，而所有人都以为你是痴呆。"

"我很熟悉这个说法。"

"我想我犯了同样的错误，"她说，"托尼也是，还有弗兰克。无论你去到哪儿，杰拉德想干掉的人都会被干掉。我不想成为下一个。"

---

① 神奇女侠（Wonder Woman）：DC漫画公司旗下超级英雄之一。

"你觉得是我杀了弗兰克？"

"莱诺尔，你说过你我年龄相仿。看过《芝麻街》节目吗？"她问。

"当然。"

"记得史纳菲①吗？"

"大鸟的朋友。"

"没错，但除了大鸟以外谁也看不见他。莱诺尔，我觉得巨人就是你的史纳菲。"

"震多巴！操多乱！巨人是真实存在的，茉莉亚，把枪放下。"

"我不这么认为。莱诺尔，退后。"

我向后退去，一边后退一边抽出了托尼的枪。举起枪的时候，我注意到茉莉亚紧了紧手指，但她没有扣动扳机，我也没有。

我们面对面站在灯塔栏杆前，宽阔的天空黯然失色，我们两人对此毫不关心，我们对海洋的深度毫不关心。两柄手枪将我们拉得更近了，使得我们与其他万事万物都脱离了干系——说这里是一个昏暗的汽车旅馆房间也行，电视机正在播映缅因州的图像。属于我的时刻最终降临了。我的手里有枪。枪口指着的不是杰拉德，不是巨人，不是托尼，不是任何一名门童，而是来自楠塔基特的那个女孩，多年后她变成了弗兰克·敏纳的黑眼圈遗孀，削短了头发，试图退回到她担任女招待时的过往，但却被逼入了死角，加害者是同样的这段过往、杰拉德、巨人和托尼——我尽量不让这个念头困扰自己。我错了，茉莉亚和我没有任何相同之处。我们只是两个陌生人，凑巧在此刻拔枪相向而已。托尼的枪自有其独特的物件属性，不是餐叉，不是牙刷，而是某件更沉重也更具诱惑力的物品。我用

---

① 史纳菲（Snuffleupagus）：《芝麻街》人物，外形类似猛犸。

大拇指扳开保险。

"茱莉亚，我理解你的误解，但我真的不是杀手。"

她双手持枪，枪抖也不抖。"我为什么要相信你？"

"相信我啊贝利！"我不得不对着天空吼出这句话。我扭转脑袋，与妥瑞氏症拼命抗衡，好让这句话飞出去后完事。我嘶喊时尝到了空气中的咸味。

"别吓唬我，莱诺尔。我险些就开枪了。"

"茱莉亚，你我正面对相同的问题。"事实上，我的综合征这才发现手中枪械发射后的前景，我开始执迷于扣动扳机这个动作。我很想如口头呼叫般对天鸣枪，但这样的试验恐怕会害得我丢掉性命。但我不想对茱莉亚开枪。我又把扳机扣了回去，希望她没有注意到。

"离开这儿我们能去哪儿？"她问。

"回家，茱莉亚，"我答道，"我对弗兰克和托尼感到抱歉，但事情已经结束了。你和我，我们得想办法活下去。"

这话稍微有些夸张。事情要等到几个小时或几天后的某个秘密时刻才能真正结束，杰拉德·敏纳将会被某些东西找到，被找了他差不多二十年的一粒子弹或一柄利刃找到。

说话的时候，我的手指被驱使着不停扳动保险，我数到五停下来，欲望暂时得到了满足。扳机留在打开的位置上，随时可以射击。我的手指对扣动扳机这个动作——扳机有多少反制力，需要多大力量才能开枪——产生了难耐的好奇心。

"你的家在哪儿，莱诺尔？L与L的楼上？"

"圣文森特贝利院！"我抽动道。

"你管那儿叫家？"茱莉亚说。

我的身体犹如上过了头的钟表弹簧，赶在手指在脉动间扣动扳机遂了心愿之前，我聚集起全身力量，抡起胳膊把枪扔向茫茫汪洋。枪飞过岩石滩涂，落进大海时微弱的溅水声湮灭在了风声和气氛音乐般的波涛声中。

一，我数道。

没等茱莉亚搞清楚我的行为有何用意，我就像是要肩撞攻击般冲了出去，抓住她的枪口，一把从她手上将枪扭了下来，然后拼尽腿部所有力量把枪抛了出去，那动作像是中外野手贴在场地边缘，伸展身体拦接远距离来球。茱莉亚的枪飞得比托尼的更远，到了击向岩石的波浪刚刚成形的地方，大海蜷曲身躯，在摸索自己的外形。

这是二。

"别伤害我，莱诺尔。"茱莉亚往后退去，她的小平头仿佛一个粗糙的光环，圈着两只震惊的眼睛，恐惧和愤怒扭曲了她的嘴唇。

"都结束了，茱莉亚，不会有人伤害你。"我无法全神贯注地与她对话，我需要把更多的东西扔进大海。我从口袋里抽出敏纳的寻呼机。这是那两位客户的工具，是他们对弗兰克的束缚的证据，活该跟那两柄手枪葬在一起。我尽可能远地将它扔了出去，可惜寻呼机分量太轻，轻飘飘地被风吹了下来，滑进了两块苔藓丛生的湿岩石之间。

三。

我抓住移动电话。电话落进手中的瞬间，金茱莉的号码就在恳求我去拨通它。我推开这种冲动，用将它抛出灯塔平台所得到的满足取而代之，脑子里的画面是几个门童坐在租来的轿车里，移动电话是我从那辆车里拿走的。电话飞翔的轨迹比寻呼机像样得多，至少落进了海水中。

四。

"给我点儿东西让我扔出去。"我吩咐茱莉亚。

"什么?"

"我需要一件东西,再有一件就够了。"

"你疯了。"

我想到弗兰克的手表。我对这块表尚有依恋。它没有被门童或那两位客户玷污过。

"给我点儿东西,"我重复道,"让我看看你的手袋里有什么。"

"去死吧,莱诺尔。"

我醒悟过来,茱莉亚始终是我们这些人里最冷最硬的一个。我们是布鲁克林的孤儿,我们是来路不明的混球——也有人来路清楚,例如弗兰克和杰拉德。我们没法满足楠塔基特来的姑娘,我想我终于懂得了原因。她是最不快乐的一个人,因此也就是最冷最硬的一个人。她或许是我遇见过的最不快乐的人。

我想,失去弗兰克·敏纳尽管痛苦,但对于我们这些曾经拥有过他、切实感受过他的爱的人反而更容易接受。茱莉亚所失去的却是她从未拥有过的一件事物。

不过,我也不再在乎她的痛苦了。

大路朝天,各走一边。弗兰克·敏纳的口头禅之一,虽然这句话恐怕不是他的原创。

如果你还有半点儿脑子,那也就能与残忍保持距离。我最近慢慢长了些脑子。

我脱掉右脚的鞋,抚摸片刻曾经把我侍奉得很舒服的光面皮革、精密的针脚和有所磨损的鞋带,吻了吻鞋舌顶端与其告别,随后将它扔了出去,鞋子飞得又高又远,我望着它静静地在波浪中溅起水花。

五，我心想。

可谁在数数呢？

"再见了，茱莉亚。"我说。

"操你妈的，神经病。"她跪下捡起打火机，第一下拨动滚轮就点燃了香烟。

"巴纳贝利操你茱莉亚敏纳。"

这是我就此话题的最后发言。

我驾车返回布鲁克林，踏油门和刹车的右脚只穿着正装袜。

第9章

好三明治

接下来，某时某地，一场轮回完成了。这是我不知晓的秘密，但我清楚这个秘密的存在。一个人——或者两个人？——找到了另一个人。抬起某样器具，枪，刀？就当是枪吧。完成了一件任务。结束了一件任务。收回了欠账。两兄弟间的纠葛就此画上句号，兄弟间的爱恨情仇得到解决，摇摆不定的黑暗曲调终于奏罢。曲调中的音符是其他人，有变成了敏纳帮的四名少年，有黑帮分子，有僧侣，有门童。还有女人，特别是其中的一个女人。我们都是曲调中的音符，但这首歌的关键是那两兄弟，曲末的高潮，最后奏响的那个音符，是惨叫？是血腥的殴打？还仅仅是戛然而止的呻吟？又或者，可能连呻吟也没有一声？负罪感让我更愿意这样想。让它在沉默中结束吧。就让罗摩喇嘛叮咚死在睡梦中吧。

凌晨两点，我们坐在L与L的店堂里，一边听"从男孩到男人"乐队的歌曲——这是丹尼的藏品，一边在柜台上打扑克。弗兰克和托尼都已离开，现在丹尼可以随心所欲播放他喜欢的音乐了。这是诸多变化中的一项。

"一张，"吉尔伯特说。坐庄的是我，我把他的弃牌滑到面前，从牌堆顶上拿了张新牌给他。

"吉尔，老天在上。"前垃圾条子说。他现在是司机了，是新L与L的一分子，"你总是要一张或者不要牌，而我为什么总得跟一把烂牌作斗争呢？"

"卢米斯，这是因为你仍旧主管垃圾，"吉尔伯特快活地说，"就算你辞了职也不顶用。总得有人处理垃圾。"

"处理垃圾破烂！"我说着给自己换了三张牌。

吉尔伯特被关了五个晚上，警方找不到杀害乌尔曼的证据，因此于两周前获释出狱。西米诺尔警探打过电话道歉，我觉得他温顺得有些过头，恐怕仍旧余悸未消吧。吉尔伯特的体形和脾性帮助他轻松度过那场严酷的考验，不过出来时缺了只手表，随身携带的香烟被收缴一空，因此在蹲大牢的那几天里他被迫戒了烟。他现在用香烟、啤酒、咖啡、"雪球"、"白色城堡"和扎伊德的浓味熏牛肉英雄三明治补偿自己，但这番流水般的自我纵容也挡不住他的抱怨，他抱怨我们把他不管不问地扔在了那儿。还好今天晚上他在赢钱。

丹尼坐得离我们三人稍微远些，一声不吭，拿着扑克的手和新买的软呢帽之间是略略挑起的眼眉。他每晚都坐得更远一点，服饰也更入时一点，至少在我看来是这样。L与L的领导权落进他的手中，这个篮板球他捉得轻松自然，甚至都不需要起跳，因为其他选手都忙于拳击肘撞，在运动场上错误的区域里流血流汗。丹尼没说过他是否知道以及知道多少杰拉德和藤崎的事情。他听我说了一遍在缅因州发生的那些事情，点了一次头，这个话题就此作结。到头来就是这么简单。想当新的弗兰克·敏纳吗？穿上那套行头，闭上嘴，耐心等待。等法院街看见你的样子就会明白过来。扎伊德会把账挂在你的名下。吉尔伯特、卢米斯和我没什么可争的。谁是带头大哥，谁是三个臭皮匠，这是一目了然的事实。

L与L是一家侦探所，第一次成了一家正经的侦探所。正经到了连一个客户也没有的地步。因此，我们兼营租车服务，现在我们真的是租车服务公司了，除非车全派出去了，否则从不拒绝客户的订车电话。丹尼甚至找人印了些传单，还有新的名片，我们的经济水平和服务效率一日千里，足迹遍布布鲁克林各处。敏纳在车厢里流血等死的那辆凯迪拉克也清洁一新，如今也是小小车队的一员，经常往返于科伯尔山护理院、亨利街、波伦山酒吧和展望公园西街与乔乐蒙街两边的高档公寓楼。

说谁见谁，波伦山酒吧这会儿刚好关门，夏芳站在我们的门口，眼圈乌黑，从站姿看得出来，驱散那群死皮赖脸的调情狂已然令她筋疲力尽。吉尔伯特竖起一根手指，意思是说驾车送她回家的活儿归他了，不过得等他亮完这把牌再动身，他似乎对手上这把牌极为自豪。看着他最近涌现出的送夏芳回家的狂热劲头，我怀疑吉尔伯特大概迷恋上了她，也可能是他终于允许自己早已有之的爱意显露出来，弗兰克不在了，也就没人用夏芳属于那一边这种话刺激他了。

"来吧，你们这群可怜虫，老子在叫板呐。"吉尔伯特说。

"屁也没有，"卢米斯对着他那手牌鼓了鼓眼睛，想让扑克牌羞愧脸红，"满把垃圾。"

丹尼只是皱起眉头，摇摇脑袋，把牌放在桌上。他有了更好的东西，不再需要牌桌上的凯旋。我们看得出来，他扣下了一副好牌，只是为了让吉尔伯特享受几分荣光。

"叉和勺。"我说着把牌拍在桌上，露出牌面给大家看。

"一对J，一对2？"吉尔伯特端详着我的牌说，"怪胎秀，这可不咋地。"他扔出一对A和一对8。"看着，尖叫吧，你个精神病。"

断言对我来说非常普通，对其他侦探亦是家常便饭。（"所有加州住屋的组成部分里，你唯一没法抬脚踹开的就是正门。"——马洛，《长眠不醒》）在侦探小说里，事情总是"总是如何如何"，侦探把疲惫而刻薄的眼神投向永远败坏的万事万物，听着他甘美而蛮横的概念化总结，你会禁不住激动起来。这个那个每一个都毫无例外地"静水流深"，都堪称典范地"一如既往"。哦，对极了。从前见过，以后还会见到。信我这句话没错。

断言和概括当然也是一类妥瑞氏症，是触碰世界、掌控世界、用确定性的语言覆盖世界的一种方式。

最后再来一句。某位伟人曾有言道：变化越大，就越难变回来。

杰拉德失踪后的几天内，约克维尔禅堂的学生也渐渐各奔东西。上东区还有一家真正的禅堂，在往南二十个街区的地方，很快便挤满了从约克维尔叛逃出来的学生，他们前来追求更真切的真理（尽管金茉莉曾经指出过，谁教禅道谁就是禅道老师）。这些困惑的门童原先都是杰拉德的得意门生，结果却变成了失去舵手的追寻者、泥塑木雕的人偶。杰拉德极具感染力的教习在他们身上引发了压倒一切的易感性，使得杰拉德可以随意摆布利用他们，首先是公园大道的那幢公寓楼，其次是在杰拉德需要有人替波兰巨人打下手时拉来充数的外行司机兼打手。弗兰克·敏纳有敏纳帮，杰拉德却只有一群追随者，一群修习禅道的低能儿，个中差别大概决定了这个案子的最终结局。这或许就是我的小小优势。反正这么想让我心中颇为愉快。

不过，约克维尔禅堂也没有倒下。华莱士这位沉默寡言的打坐者接管了这群人中剩下来的那些，但他拒绝承受"老师"这个头衔。他请众人叫他"先生"，这个略弱一筹的字眼代表的大抵是"实习讲师"的意思。敏纳兄弟旗下的两个组织，弗兰克和杰拉德的两帮人马，由各自最闷不吭声的弟子掌舵，就这样轻松而优雅地驶过了败坏的浅滩。藤崎公司和那两位客户，他们的庞然黑影也自然随之悄悄爬远，没有造成什么伤害，甚至都没怎么滋扰我们。敏纳兄弟和莱诺尔·艾斯罗格可没本事留下萦绕不去的残影。

从缅因州回来后隔了两周，我和金茉莉见了最后一面，因此听说了约克维尔禅堂的结局。我给她的自动答录机留了不少话，但她在此之前始终不肯回电。我们在电话上简单说了几句，气氛有些尴尬，最后约定到二十二街的一家咖啡馆见面。出发赴约前，我以我所知道的最彻底的方式洗了个澡，穿衣脱衣十几次之多，跟自己玩起了镜中人的游戏，想看见某些并不存在的东西，不想看见那个不住抽搐的大块头艾斯罗格。我想我仍存有一丝我们能长相厮守的幻想。

在金茉莉说起任何表示她总算还记得我们曾共度良宵的话之前，我们先聊了一阵子禅堂如何如何，然后她终于说到了正题，这句话是"我的钥匙呢？"

我迎上她的视线，明白她很怕我。虽说街对面就是一家木瓜沙皇连锁店，但我还是控制住了自己，没有逼近她，也没有抽搐身体。我对他们家的热狗上了瘾，很难管住自己不扭头去看。

"哦，对啊！"我说。我把钥匙扔在桌上，很高兴自己没将钥匙扔进大西洋，而是在口袋里用手指把它们擦得锃亮，就像多年前我对待那两位客户的餐叉一般，这两个护身符都来自我永远也不可能再次拜访的其他世界。此刻我正在和钥匙道别。

"莱诺尔，我必须告诉你一些事情。"她说话时又露出了那种欲笑还休的惶恐表情，近两周来，我一直在脑海中拼命召唤这个笑容。

"告诉我贝利。"我轻声说。

"我搬回去跟斯蒂芬住了，"她说，"所以，我们之间发生的那件事情，只是，你知道的，一件事情而已。"

奥利奥男人终究还是一名牛仔，这会儿又在夕阳的映衬下策马归来了。

我张开嘴，却什么也说不出来。

"莱诺尔，你明白吗？"

"啊。"明白我，贝利。

"好吗？"

"好的。"我说。她不需要知道这只是一次抽动，只是言语模仿症让我这样说的。我探过桌子，向着她瘦巴巴的娇小肩头拉直两边的领尖。

"好的好的好的好的好的。"我压低声音说道。

我做了一个关于敏纳的梦。我们坐在车里。他在开车。

"我属于屁囊团吗？"我问他。

他对我笑笑，很高兴有人引用他的话，但没有回答。

"我想谁都需要有人陪衬。"我说，但并不希望他因此难过。

"我不知道我是否把你归在屁囊团那一类里，"他说，"你太奇怪了，放不进去。"

"那我是什么呢？"我问。

"我也不知道，小子，我想我还是叫你'拖船王'吧。"

我多半笑出了声，至少也露出了微笑。

"有什么好骄傲的? 你个萝卜花结。"

那么复仇呢?

有次我花了五分钟还是十分钟闲暇时间想了想。说到复仇，那可就没完了，甚至要搭上一辈子。我曾希望认为复仇不是我的事，根本不是妥瑞氏症患者的事，不是姓艾斯罗格的人应该干的事。打个比方，就类似于地下铁。

但我还是搭上了V①字头列车。我带着移动电话和新泽西的一个号码上路，最后站上了缅因州的一处灯塔，我带着几个名字和字词上路，最后串起来得到的东西远比一次抽动来得有效力。那就是我，莱诺尔，急匆匆穿过那些地下隧道，游历了构造于世界之下、每个人都假装以为它不存在的迷宫。

愿意的话，你可以继续假装以为它不存在。我知道我就会这样做，尽管敏纳兄弟是我的一部分，深植于组成我的颗粒之中，深得超过了纯粹的言行举止，比悔恨更深。弗兰克是因为他赐予了我生命，而杰拉德，虽说我并不怎么认识他，但我取走了他的生命。

我假装我从未搭乘过这班列车，但事实却并非如此。

那天晚上接下来的一个叫车电话是去霍伊特街接人，然后送去肯尼迪机场。接电话的是卢米斯，他做了个夸张的鬼脸，把这个活儿交给了我们仨，因为他知道按照L与L的既往经验，跑一趟肯尼迪机场能把人活活

---

① 复仇原文为 "vengeance" 的第一个字母即为V。

气死。只是为了否定他的观点，我举起手说我去。

其实还有一个原因。我很渴望享用一种小吃。在肯尼迪机场的国际航站楼，上楼走到以色列航空公司的登机口，有个名叫"穆希小店"的犹太食物摊子，由一家以色列人经营，售卖用金属罐盛着的麦糜炖肉汤配手制馅饼，这个地方跟航站楼里星罗棋布的连锁餐厅毫无相似之处。每次只要送客人去机场，无论白天晚上，我都要找地方停好车，冲进穆希小店美餐一顿。他们家还有鸡肉沙威玛，从烤肉卷上现点现切，填进皮塔饼里，再厚厚地塞满烤甜椒和洋葱，涂上芝麻酱，这是纽约最好吃的秘制三明治之一，救赎了全无灵魂可言的整个机场。请允许我向您隆重介绍这家店铺，假如有朝一日你来到那附近的话，千万记得去尝尝。

金茉莉和香茅肉汤没有毁掉我对美好食物的向往。

我最怜悯的魂灵还不是死去的那些人。我曾以为弗兰克和托尼是我要保护的人，但我错了。我现在明白了。

最难割舍的是茉莉亚，尽管她并不比别人更属于我，尽管她几乎不认可我这个人的存在。可是，我的负罪感在抽动时仍旧采取了她的外形，站在灯塔栏杆前迎风而立，在纷飞如雾的子弹、鞋子、带有咸味的空气和我的唾沫星子间一动不动地站着，就像某个黑白电影海报中受了诅咒的偶像，多年前第一次看见她的时候，她很有这种气质。又或者是某个禅宗冥想者的画像，是卷轴上的一抹墨迹。但我没有费神去寻找茉莉亚，我晓得那会有什么结果，知道最好还是别去找为妙。作为替代，我允许我执迷不悟的本能去追寻脑海里的形象，等待它渐渐变得抽象，最终消失得无影无踪。迟早而已。

还剩下谁？只有乌尔曼了。我明白，他隐隐出没于这个故事的字里行间，却从未进入过你我的视线，对吧？这个世界（我的大脑）充满了太多迟钝的人，死去的人，乌尔曼们。有些魂灵忙着在你家窗口嚎叫，永远也不会踏进你的家门。或者就像敏纳所说，大路朝天，各走一边——是的，无论是否赞成这种观点，但你的行为的确如此。乌尔曼？没见过这个人。和贝利差不多。他们都只是没跟我打过照面的人而已。对他们也对你，我有话要说：屎壳郎搬家，滚蛋。刺猬吃枣儿，快滚。兄弟，叫你的故事快些走吧。